고구려문학유산

오희복 저

역락

고구려문학유산

과학백과사전출판사
주체105 (2016)

머 리 말

위대한 령도자 **김정일동지**께서는 다음과 같이 교시하시였다.

《고구려는 넓은 령토와 발전된 문화를 가진 강대한 나라였으며 고구려인 민들은 매우 용감하고 애국심이 강하였습니다. 고구려의 강대성과 높은 문화수준은 우리 민족의 커다란 자랑입니다.》(《김정일전집》 제8권 234폐지)

고구려는 강대한 국력과 발전된 문화를 가지고 천년력사를 빛내여온 우리 민족의 첫 봉건국가였다.

고조선을 비롯한 우리 나라 고대국가들의 우수한 문화전통을 이어받아 중세초기의 력사적환경에서 그것을 빛나게 발전시켜온 고구려인민들은 민족성이 뚜렷한 문화유산을 많이 창조하여놓았다.

고구려인민들이 이루어놓은 문화유산가운데서 문학유산은 중요한 자리를 차지한다.

다감한 정서와 높은 문화적소양을 가지고있던 고구려인민들은 민족의 슬기와 재능, 지향과 념원을 진실하게 반영한 다양하고 풍부한 문학유산을 창조하였다.

인간과 그 생활을 언어로 형상하는 문학은 일정한 력사적시대의 사회제도와 사람들의 정치생활, 경제생활, 문화생활 등을 반영한다. 고구려의 문학은 광대한 령토와 강력한 국력을 가지고 나라의 자주권을 지키고 민족의 존엄을 빛내이면서 과학과 기술, 문화를 발전시켜온 고구려인민들의 다양한 생활을 폭넓고 깊이있게 반영한것으로서 당대 우리 민족문학의 발전수준과 그특성을 뚜렷이 보여준다.

지난 기간 학계에서는 우리 민족의 원시 및 고대문학과 함께 중세초기의 문학에 대하여 깊이있게 연구하여왔다. 우리 민족문학의 오랜 전통과 우수성을 밝히며 그 높은 발전수준을 정당하게 평가하기 위한 이러한 연구는 내외학계의 한결같은 평가를 받았다.

그러나 지금까지 고구려의 문학에 대한 연구는 응당한 높이에서 폭넓게 진행되였다고 말하기 어렵다. 고구려문학을 원만하게 연구하지 못한 중요한 원인의 하나는 자료가 부족하였기때문이다. 다 아는바와 같이 현재 고구려문학을 연구하는데 필요한 자료는 매우 부족하다. 문학작품을 전문적으로 다룬 문헌은 찾아볼수 없으며 대체로는 력사기록을 비롯한 각이한 문헌들가운데서 문학적인 자료들을 찾아내고 그에 기초하여 연구를 진행하는데 불과하였다.

고구려의 문학연구에 필요한 자료가 이처럼 부족한것은 지난날 외래침략자들이 우리 민족의 문화유산을 수많이 파괴하고 략탈하였기때문이다. 근대에 이르러 일본침략자들과 유미자본주의렬강들에 의한 민족문화유산 략탈 및 파괴책동은 더 말할것도 없고 이미 중세초기부터 우리 민족의 다양하고 풍부한 문화유산은 외래침략자들의 략탈의 대상으로 되여왔다.

외래침략자들의 책동으로 말미암아 고구려의 문헌유산, 문학유산은 거의나 없어지고말았다. 그러므로 오늘날에 이르러 고구려의 문학을 연구하는 경우에는 무엇보다먼저 문학유산을 자료적으로 정리하지 않으면 안되게 되였다.

지난날 학계에서는 이러한 형편을 고려하여 내외의 문헌들가운데서 고구려 인민들이 창작한 문학작품들을 찾아내는데 깊은 관심을 돌리였으며 거기에 반영된 고구려인민들의 사상감정과 정서를 정확히 밝혀내는데 중심을 두고 연구사업을 진행하였다.

고구려의 문학은 우리 민족사에서 획기적인 의의를 가지는 중세초기의 사회력사적현실을 배경으로 하고 민족성이 뚜렷한 생활을 진실하고 생동하게 반영한것으로서 우리 민족문학에서 중요한 자리를 차지한다.

B.C. 277년에 건국을 선포한 후 A.D. 668년에 이르기까지의 천년력사를 가진 고구려는 자기 발전의 일정한 단계를 거치였다. 고구려는 건국초기에 고대사회의 낡은 유습을 배격하고 군소세력들을 통합, 복종시키면서 봉건적제관계를 정비강화하기 위하여 노력하였으며 국력이 자라고 정치적지반이 공고히 되자 고조선때로부터 우리 선조들이 차지하고 살아오던 옛땅을 수복하기 위한 투쟁을 줄기차게 벌리였다. 고구려인민들은 집요하게 달려드는 외래침략자들을 단호하게 물리치면서 나라와 민족의 존엄을 떨치는 한편 분렬되여있는 우리 민족의 여러 정치세력들을 통일하기 위한 투쟁을 민족사적과제로 제기하고 그것을 실현하기 위하여 과감한 노력을 기울이였다.

고구려력사발전의 이러한 과정은 당시에 이루어진 문학작품들에 그대로 반영되었다. 그러므로 고구려의 문학은 고구려의 력사발전과정을 구획지을수 있는 일련의 문제점들로 하여 몇개의 단계로 나뉘여지며 매 단계마다 일정하게 구별되는 특성들을 가지고 발전하여왔다.

경애하는 원수님께서는 주체101(2012)년 12월 창립 60돐을 맞는 사회과학원 과학자들과 일군들에게 보내주신 력사적인 서한에서 우리 인민이 창조한 우수한 민족문화유산들을 더 많이 발굴고증하고 계승발전시키기 위한 사업을 힘있게 벌릴데 대하여 간곡히 가르쳐주시였다.

《고구려문학유산》은 경애하는 원수님의 강령적말씀을 높이 받들고 우리 민족의 천년강국인 고구려의 문학유산을 발굴정리하기 위하여 집필하였다.

《고구려문학유산》에서는 지난 기간 학계에서 이룩한 연구성과에 토대하여 고구려의 발전된 문학을 시기별, 형태별로 정확히 리해하는데 도움을 주기 위하여 유산적가치를 가지는 작품들을 가능한 한 수집정리하려고 하였다.

《고구려문학유산》에서는 우선 고구려에서 매 시기 이루어진 문학유산은 어떤것들이며 거기에 구현된 우리 민족의 지향과 요구, 념원은 무엇인가 하는것을 해설하려고 하였으며 그것이 후세의 문학발전에 준 영향을 찾아보려고 하였다. 《고구려문학유산》에서는 또한 고구려의 문학유산을 고구려의 력사발전과정과 밀접히 결부하여 분석함으로써 문학유산에 반영된 우리 민족의 다양한 생활을 당대의 구체적인 력사적환경속에서 리해하는데 도움을 주려고 하였다.

중세초기문학으로서의 고구려문학은 구전문학과 함께 서사문학이 발전하였다. 오랜 옛날부터 글말생활을 하여왔고 이전시기에 발전하였던 문학창작의 경험을 이어받은 고구려사람들은 주위에서 벌어지는 사건, 사실들을 형상적으로 기록하기 위해 노력하였으며 거기에 자기들의 사상과 감정, 정서를 반영하였다. 그리하여 천년세월 오랜 나날에 수많은 우수한 작품들을 남겨놓았다.

그러나 현재까지 전해지는 고구려의 서사문학관계자료는 많지 못하다. 《삼국사기》와 《해동역사》를 비롯한 옛문헌들에 고구려에서 창작된 시가작품 몇편이 전해질따름이며 산문유산으로는 력사기록들인 《삼국사기》와 《삼국유사》에 얼마간 실려있을뿐이다. 그러므로 이 도서에서는 고구려의 문학유산을 가능한 한 수집정리하려는 의도에서 력사기록들에 많이 의거하였다. 고대나 중세초기의 문헌들에서는 력사와 문학이 명백한 한계를 가지고 서술되여있지 않다. 력사적인 이야기에 문학이 있고 문학작품에 력사를 반영하였다.

고구려문학유산을 정리하면서 우리 나라 중세초기에 응당하게 발전하였을 고구려의 서사문학에 대하여서는 체계성있게 소개하기 어려운 형편이다. 또 설화문학은 전하여오는 과정에 여러가지 변종들이 생겨났고 또 그것이 문헌에 고착되는 과정에 일부 가공되기도 하였다.

이 도서에서는 현재까지 전하여지는 내외의 여러 문헌들에 기초하여 고구려의 구전문학유산과 서사문학유산을 자료적으로 정리하여 소개하는데 기본을 두었다. 또한 고구려문학유산을 고구려의 력사발전과정과의 관계속에서 세개의 단계로 나누고 구전문학과 서사문학을 매 단계별로 구분하여 해설하였다.

우리는 앞으로 고구려의 문학작품들을 유산으로 더 많이 발굴정리하고 그것을 널리 소개하는데 힘을 기울여야 할것이다.

차   례

Ⅰ. 고구려문학개관 ····································· (6)

Ⅱ. 구전문학유산 ····································· (26)

  1. 설화 ·· (26)

  1) 고구려전기의 설화 ··························· (32)

    《동명왕전설》 ·································· (32)

    《유류이야기》 ·································· (62)

    《저절로 끓는 밥가마》, 《북명사람 피유와

      신기한 말 거루이야기》 ················· (67)

  2) 고구려중기의 설화 ··························· (75)

    《호동과 락랑공주》 ························· (78)

    《을두지의 기지》 ··························· (82)

    《올불이야기》 ······························· (84)

    《홍부동전설》 ·································· (89)

    《산상왕과 후녀》 ··························· (95)

    《장발미인이야기》 ························· (98)

    《견우와 직녀》 ····························· (100)

  3) 고구려후기의 설화 ························· (105)

    《을지문덕이야기》 ························· (106)

    《수양제의 말로》 ··························· (117)

    《갓쉰동전》 ································· (120)

    《올밀장군과 올밀대》 ····················· (126)

    《록족부인전설》 ··························· (132)

    《온달이야기》 ······························· (138)

    《서생과 처녀》 ····························· (145)

    《〈자봉와〉이야기》 ······················· (155)

  2. 우화 ·· (160)

    《토끼와 거부기》 ··························· (161)

  3. 구전가요 ······································· (164)

  1) 고구려전기의 구전가요 ···················· (166)

    《피꼬리노래》 ······························· (166)

2) 고구려중기의 구전가요 ……………………………… (170)

《인삼노래》 ……………………………………………… (170)

3) 고구려후기의 구전가요 ……………………………… (173)

《래원성》 ………………………………………………… (174)

《연양》 …………………………………………………… (176)

《명주》 …………………………………………………… (177)

《동동》 …………………………………………………… (178)

Ⅲ. 서사문학유산 …………………………………………… (203)

1. 산문 ……………………………………………………… (203)

1) 고구려전기의 산문 …………………………………… (205)

《류기》 …………………………………………………… (205)

《단군기》와 《동명기》 ……………………………… (211)

2) 고구려중기의 산문 …………………………………… (218)

① 금석문에 들어있는 인물전기 ……………………… (219)

광개토왕릉비의 비문 ……………………………… (220)

모두루의 묘지 ……………………………………… (224)

진의 묘지 …………………………………………… (226)

② 력사기록에 들어있는 인물전기 …………………… (228)

《명림답부》 ………………………………………… (230)

《밀우와 뉴유》 …………………………………… (232)

《올파소》 …………………………………………… (234)

《창조리》 …………………………………………… (238)

3) 고구려후기의 산문 …………………………………… (241)

《신집》 …………………………………………………… (243)

《고구려고기》 ………………………………………… (251)

2. 한자서정시 …………………………………………… (258)

《적장 우중문에게》 …………………………………… (260)

《외로운 돌을 읊노라》 ……………………………… (262)

I. 고구려문학개관

1

위대한 수령 김일성동지께서는 다음과 같이 교시하시였다.

《과거 우리 민족의 력사에서 나라가 제일 강하였던 때는 고구려시기였습니다. 당시 고구려는 동방의 대강국으로서 위력을 떨치였으며 동방문화의 개화발전에도 큰 기여를 하였습니다.》(《김일성전집》 제4권 388페지)

고구려는 일찌기 동방에 위용떨친 천년강국이였다.

고구려는 B.C. 277년 동명왕에 의하여 세워졌다.

고구려의 시조인 동명왕은 압록강중류지역에서 일정한 세력을 차지하게 되자 고조선, 부여, 구려 등 우리 민족의 고대국가들에서 오랜 세월 지속되여온 노예제도를 반대하고 새로운 봉건적인 사회관계를 이룩할것을 지향하던 진보적인 세력들의 지지속에 봉건국가를 세우고 나라이름을 《고구려》라고 선포하였다.

고구려는 졸본(卒本)에 도읍을 정하고 10여년기간에 린접에 있던 소국들인 비류, 행인, 북옥저 등을 통합하여 비교적 넓은 령토를 가진 나라로 되였으며 점차 중앙집권적봉건국가로서의 제도와 질서를 세워나갔다.

졸본에 도읍을 정한 때로부터 국내성(國內城)에로 도읍을 옮길 때까지 고구려는 봉건국가로서 나라의 기틀을 마련하고 봉건적인 제도를 공고히 하며 외래침략세력을 물리치고 민족적자주권을 확립하기 위한 줄기찬 투쟁을 벌리였다. 이 력사적기간을 편의상 고구려의 전기라고 부르기로 한다.

고구려전기의 력사발전에서 특징적인것은 봉건국가로서의 기틀을 꾸리고 그것을 강화하기 위한 투쟁을 적극적으로 벌린것이였다.

고구려는 동방에서 매우 이른 시기에 봉건적통치체제를 수립하였다.

지난날 봉건사가들은 우리 나라 중세초기의 력사를 그릇되게 서술해놓았다. 그리하여 고구려의 건국년대와 그 력사발전과정에 대하여 과학적인 옳바른 리해를 가질수 없게 하였다.

고구려를 비롯한 우리 나라 봉건국가들의 성립시기를 과학적으로 정확히 밝히는것은 우리 민족력사의 유구성과 그 발전의 합법칙성을 해명하는데서 중요한 의의를 가지는 문제였다. 이로부터 정확한 사료와 과학적인 방법론에 의거하여 우리 민족의 력사를 깊이있게 연구하는 과정에 고구려인민들이 B.C. 277년에 봉건적사회경제관계에 기초하여 나라를 세웠다는것을 밝혀내게 되였다. 고구려의 이러한 건국과정은 오랜 옛날에 이루어진 이웃나라의 력사기록들에도 명백히 수록되여있다.

10세기 송나라사람인 락사(樂史)는 당시 송나라와 그 주변나라들의 력사를 기록한 《태평환우기》(太平寰宇記)를 저술하였는데 고구려의 력사에 대하여 다음과 같이 썼다.

《…주몽이 동쪽으로 달아나서 보술수를 건너 흘승골성에 이르러 거기에 거처하면서 이름을 고구려라고 하고 〈고〉로써 성씨를 삼았다. 자손들이 대를 이어 왕위에 오르다가 한나라 무제 원봉3년(B.C. 108년에 해당함. 인용자)에 이르러 조선이 멸망하자 원도군을 설치하면서 고구려로 현을 삼아 소속되게 하였다.》*

* 《朱蒙東走 濟普述 至紇升骨城 遂居之 號曰高句驪國 因以高爲氏 子孫繼立 至漢武帝元封三年 滅朝鮮 置元菟郡 以高句驪爲縣 使屬之》(《太平寰宇記》第一百七十三卷 《高句驪國》)

봉건국가였던 고구려가 한나라침략자들이 고조선을 멸망시키고 그 일부 지역에 설치하였던 군현의 하나인 《원도군》에 소속되였다고 한것은 고구려의 력사를 매우 그릇되게 써놓은것이였으나 고구려가 한나라 전국이전에 이미 나라를 세웠을뿐아니라 몇대에 걸쳐 왕위를 계승하여온 강력한 왕국이였다는것을 인정한것은 비교적 정확한 서술이였다고 보아야 할것이다.

이처럼 동방에서 이른 시기에 봉건국가를 세운 고구려사람들은 나라를 존엄있는 국가로 내세우면서 국력을 강화하기 위하여 적극 노력하였다.

고구려는 주변의 소국들과 정치세력들을 통합하여 넓은 지역을 차지하였으며 외래침략자들을 반대하고 동족의 나라인 고조선의 유민들을 포섭하면서 그 옛땅의 많은 부분을 되찾았다.

이러한 력사적현실을 반영하여 고구려의 문학이 발생발전하였다.

위대한 수령 김일성동지께서는 다음과 같이 교시하시였다.

《문화예술은 민족과 동떨어진것이 아니며 민족의 력사와 련결되여있습니다.》(《김일성전집》 제44권 241페지)

문화예술은 민족의 력사와 련결되여있다. 문화예술은 일정한 력사적시대의 민족생활을 반영한다.

아득히 먼 옛날부터 문화유산을 창조해온 우리 인민은 삼국시기에 이르러 당대의 생활을 반영한 훌륭한 문학작품들을 창작하였다. 정의감이 강하고 진리를 사랑하며 의리를 귀중히 여기고 인정미가 많으며 례절이 밝고 품성이 겸손한 우리 민족은 오랜 옛날부터 단일한 혈통을 가지고 같은 령역안에서 살아오면서 민족적특성이 뚜렷한 문학예술유산을 이루어놓았다. 특히 고구려는 이전시기에 이루어진 문학예술유산을 계승하여 더욱 발전시켜나갔다.

중세초기에 해당하는 고구려전기의 문학에서 인민대중의 집단적구비창작으로 이루어진 설화작품들은 중요한 자리를 차지한다.

일반적으로 원시문학은 더 말할것도 없고 고대 및 중세초기의 문학에서도 많은 비중을 차지하는것은 인민대중이 집체적으로 창조하여 그대로 전해오는 구전문학이다.

고구려전기의 사람들은 이전시기에 이루어진 구전문학창작의 경험에 토대하여 자기들의 생활과 념원을 반영한 구전문학작품들을 창작하였다.

고구려전기의 문학에서는 나라의 건국과정에 대한 전설들과 국력을 키우고 민족의 존엄을 떨치는데 기여한 인물들의 위훈에 대하여 이야기한 설화작품들이 이채롭다.

고구려전기의 사람들은 나라를 누가 어떻게 세웠는가, 나라의 힘을 키우고 위용을 떨치는데 누가 어떻게 기여하였는가 하는데 깊은 관심을 가지고 그것을 가장 훌륭하게 보여주기 위하여 노력하였다. 이러한 과정에 건국전설과 인물전설 같은 설화작품들이 창작되였다. 후세의 봉건문인들이 그러한 설화작품들을 기록하고 정리하는 과정에 자신들의 세계관과 계급적립장을 이러저러하게 반영하였기때문에 원래의 설화작품들이 어느 정도 변형되고 윤색되기도 하였지만 《동명왕전설》, 《유류이야기》 등 설화작품들은 모두 당시 사람들의 집체적인 힘에 의하여 이루어진것들이다.

또한 나라의 기틀을 마련하며 령역을 넓히고 국력을 키우는데 기여한 인물들과 그들의 활동내용을 보여주는 설화들도 창작되였는데 《저절로 끓는 밥가마》 등이 그러한 작품이다.

이러한 설화작품들에는 자기들이 사는 나라, 고구려를 자랑스럽게 여기며 빛내이려는 고구려사람들의 애국적인 지향과 념원이 맥맥히 흘러넘치고 있다.

고구려전기의 문학에서 다음으로 중요한 자리를 차지하는것은 글말생활에 토대하여 창작된 서사문학작품들이다.

위대한 수령 김일성동지께서는 다음과 같이 교시하시였다.

《우리 인민은 오래전부터 자기의 고유한 언어와 문자를 가지고 살아왔습니다. 조선어는 그 발전력사로 보나 그 우수성과 풍부성으로 보나 세상에 자랑할만 한 언어입니다.》(《김일성전집》 제5권 120페지)

우리 민족은 오랜 옛날부터 자기의 고유한 문자를 가지고 글말생활을 진행하여왔다.

18세기의 학자였던 신경준(1712-1781)은 우리 민족의 문자생활과정을 이야기하면서 다음과 같이 썼다.

《우리 나라에는 옛날에 항간에서 쓰는 문자가 있었다.》*

* 《東方舊有俗用文字》(《訓民正音圖解跋》)

이러한 견해는 우리 민족의 글말생활과정을 자료적으로 깊이있게 연구한데 기초하여 내놓은것이였다.

우리 민족이 오랜 옛날부터 고유한 문자를 리용하여온것만큼 우리 민족글자로 기록된 문헌들과 문학작품들이 있었을것이다. 그러나 유감스럽게도 그러한것들이 오늘까지 전해지는것은 없다.

우리 민족은 력사발전의 일정한 시기에 한자와 접촉하게 되였다.

우리 나라의 력사와 문화발전과정을 전반적으로 고려하여볼 때 우리 민족의 문자생활에 한자가 리용되기 시작한것은 대체로 고조선말기, 고구려건국초기라고 인정된다.

한 민족의 문자가 다른 민족, 다른 지역에 전해지고 그것이 리용되려면 그에 따르는 사회문화적인 조건들이 마련되여야 한다. 우리 민족의 고대국가들인 고조선이나 부여, 진국 등이 한족의 여러 지역, 여러 나라들과 일찍부터 정치, 경제적관계를 가지였으나 고조선말기, 고구려의 건국초기처럼 긴밀하고 심각한 시기는 없었다.

B.C. 281년경에 연나라가 동쪽으로 고조선을 침략하여 고조선 서쪽변경의 일정한 지역을 차지하였다. 그때 고조선주민들이 많이 동쪽으로 옮겨왔으나 그대로 눌러앉아 산 사람들도 없지 않았다. B.C. 3세기말에 이르러 진나라의 폭정과 봉기, 정치적혼란 등으로 하여 수많은 한족의 사람들이 살길을 찾아 동쪽으로 고조선에 이주하였다. 이때 이전 고조선지역에 살던 우리 사람들도 고조선에로 옮겨왔는데 고조선의 마지막 왕조를 세운 만도 그때 고국인

고조선으로 돌아온 사람들가운데 하나였다.

만은 고국으로 돌아온 후 고조선의 서쪽지방에서 일정한 세력을 확보하여 가지고 B.C. 194년에 이전왕조를 전복하고 새로운 왕조를 세웠다. 이것이 바로 고조선말기의 만왕조였다.

만에 의한 새로운 왕조의 성립과정은 우리 민족의 정치생활은 물론 문화생활령역에도 일정한 영향을 미칠수 있는 사변이였다.

력사기록에 의하면 만이 새 왕조를 세울무렵에 대륙으로부터 란리를 피하여 많은 한족들이 고조선으로 왔다. 만을 비롯한 연나라의 변방, 이전의 고조선령역에서 살던 고조선주민들과 내란을 피하여 고조선에로 옮겨온 한족의 사람들은 한자를 알고있었을것이다. 이들은 새로 옮겨온 지역에서 이전처럼 한자를 사용하였을것이며 그것을 필요에 따라 다른 사람들에게 전하기도 하였을것이다.

원래 고조선사람들이 우리 민족의 고유문자를 사용하고있던 조건에서 일부 사람들이 글말생활에서 한자를 사용한것은 결국 당시 즉 고조선말기에 일정한 계층에 의하여 2중글말생활을 진행할 가능성이 조성되게 하였다. 그런데 당시에 정치적지배권을 차지한 통치배들은 자기의 특권적지위를 내세우면서 누구나 다 아는 우리 민족글자보다 저들만이 리해하는 한자를 내세우는 립장을 취하였고 나아가서는 사회생활에서 그것을 장려하는 정책을 실시하였다고 생각하게 된다.

지난날 착취계급사회에서 문화의 창조자는 근로인민대중이였으나 문화의 향유자는 지배계급이였다. 인민대중은 민족고유문자를 가지고 민족문화를 창조하였으며 그것을 발전시키기 위해 노력하였다. 그러나 고조선말기의 통치배들은 한자를 쓰면서 당시에 창조된 문화마저도 한자로 기록하게 하였다. 통치배들의 이러한 립장은 우리 민족글자의 발전을 억제하고 한자, 한문의 사용을 더욱 조장하는 결과를 가져왔다.

인민대중은 민족글자를 사랑하였으며 그것을 적극 사용하였다. 그리하여 문헌으로 남아있는것은 없으나 민족글자의 자취는 후세에까지 전하여질수 있었다. 1444년에 우리 민족의 자랑스러운 글자인 《훈민정음》이 창제될 때에 오랜 옛날부터 전하여지던 고유문자가 리용되였던것이다.

고조선말기, 고구려의 전국초기에 처음으로 한자를 쓰기 시작하였다는것은 《삼국사기》의 자료가 웅변적으로 증명하여준다.

600년에 태학박사인 리문진이 《신집》(新集)을 편찬한 사실을 전하면서 《삼국사기》에서는 다음과 같이 썼다.

《나라의 초기에 처음으로 문자를 사용할 때에 어떤 사람이 사실을 기록하여 100권을 만들고 이름을 〈류기〉라고 하였다.》*①

여기서 《나라의 초기》란 고구려봉건국가의 건국초기를 의미한다. 그런데 그때를 《처음으로 문자를 사용할 때》라고 명백히 기록하였던것이다. 다시말하여 고구려의 건국초기가 《처음으로 문자를 사용할 때》라는것이다.

일반적으로 한문에서 《문자》란 한자 또는 한문을 가리킨다. 《훈민정음》을 창제한 다음 그것을 발표하면서 세종왕은 《나라(우리 나라를 가리킴. 인용자)의 말소리가 중국파는 달라서 〈문자〉로써는 서로 통하지 않는다.》*②라고 하였는데 여기서 말하는 《문자》도 한자, 한문을 의미한것이다.

*①　《國初始用文字時　有人記事一百卷　名曰〈留記〉》(《三國史記》　卷二十
　　　高句麗本紀　嬰陽王　十一年)

*②　《國之語音　異乎中國　與文字不相流通》(《訓民正音例義》)

고구려의 건국초기에 처음으로 《문자》를 쓰기 시작하였다는 《삼국사기》의 기록은 우리 나라에서의 한자사용시기를 가늠하게 하는 자료라고 말할수 있다. 고구려의 건국초기에 우리 나라에서 한자를 처음으로 쓰기 시작하였다면 우에서 설명한것처럼 고조선말기의 사회문화생활환경과도 시기적으로 잘 어울린다.

고조선말기, 고구려의 건국초기에 한자, 한문이 우리 나라의 글말생활에 리용되기 시작하였으나 그것이 전일적인 글말로는 되지 못하였을것으로 인정된다. 한자, 한문은 당시 지배계급속에서만 글말로 리용될뿐이였으며 그것은 우수한 우리 말의 영향을 받아 어음, 어휘, 문법 등에서 우리 말을 정확히 기록할수 있는 방향으로 일정한 변화를 가져왔다. 그 결과에 이루어진것이 리두라는 독특한 글말이였다.

이것은 우리 민족어가 매우 우수하고 우리 말을 정확히 기록할수 있는 민족고유의 글자가 있었던 사정과도 관련되며 민족적자각이 높고 자존심이 강하였던 우리 민족의 특성과도 관련된다.

고구려건국초기 글말생활에 한자를 리용하게 된 관계로 서사문학에는 한자로 기록된것이 있게 되였다.

오랜 옛날부터 인민들속에서 사용되여온 우리 민족글자로 이루어진 문학작품들도 있었을것이지만 봉건통치배들의 반인민적인 글말정책으로 말미암아 민족글자로 창작된 문학유산은 전해지지 못하고 오직 한자, 한문으로 기록된 문학작품들만이 뒤날에 전해지게 되였다.

고구려전기의 서사문학에서는 이전시기부터 전하여오던 민족생활과 당대의 현실에서 벌어진 다양하고 의의있는 사건, 사실을 반영한 년대기, 인물전기들이 이루어졌을것이다. 고조선 및 고구려 건국초기의 사건, 사실들을 기록한것으로 인정되는 《류기》와 우리 민족의 력사발전에 특이한 공적을 세운 인물들의 전기, 일대기적인 기록으로 추정되는 《단군기》(檀君記), 《동명기》(東明記) 등은 그러한 산문들중의 하나였다. 이러한 산문이 그대로 문학작품은 아니였다 하더라도 당대 사람들의 생활을 반영하면서 문학적인 내용을 일정하게 보여주었을것으로 인정된다.

2

A.D. 3년(류리명왕 22년)에 고구려는 북쪽의 졸본으로부터 남쪽으로 수도를 옮기였다. 새로 도읍지로 선정된 국내성(國內城)일대는 당시 고구려의 중심지역으로서 압록강중류지방의 넓은 벌판과 물량이 많은 압록강을 끼고있어 농업발전과 교통운수에 유리한 고장이였다.

고구려는 나라를 세운 다음 초기에 주변의 군소세력들을 통합하여 강대한 나라를 이루면서 한편으로는 서쪽으로 한족의 나라들과 여러차례에 걸치는 전쟁을 진행하였는데 졸본보다 몇백리 뒤에 위치해있고 힘준한 산줄기가 가로놓여있는 국내성은 군사적으로도 외래침략세력을 막기에 유리하였다.

고구려로서는 강대한 국력을 키워 고조선의 옛땅, 우리 선조들이 차지하고 살던 령역을 수복하는것을 주요과제로 내세웠던것만큼 국내성은 이러한 과제를 실현하기 위해서도 필요한 곳이였다. 그리하여 국내성에 새로 터를 잡고 수도를 꾸린 다음 427년에 평양에로 수도를 옮길 때까지 장장 420여년간 그곳을 정치, 경제적 및 군사적중심지, 문화생활의 중심지로 꾸리였다.

국내성에 수도를 정한 고구려는 강대한 국력을 떨치면서 민족사를 빛내였다. 이 시기를 편의상 고구려의 중기라고 명명하려고 한다.

고구려중기의 기본특징은 강대한 국력에 기초하여 선조들이 대대로 살아오던 옛땅, 고조선의 령역을 수복하기 위한 투쟁이 힘있게 벌어진 시기라고 할수 있다.

이 시기 고구려에서는 선행시기의 발전한 군사력과 경제력에 토대하여 나라의 힘을 키우고 생산력을 발전시키기 위해 노력하였다.

당시 고구려의 생산력은 매우 높은 수준에 있었다. 경지면적이 늘어나고 농업기술이 발전하였으며 작물의 품종이 확대되였다. 농업의 발전과 함께 수공업, 상업이 발전하여 주민들속에서는 사회적분업이 촉진되였다.

한편 고구려에서는 강력한 군사력을 키워나갔다.

당시까지만 하여도 우리 나라 령역안에는 여러개의 정치세력이 분산되여있었다. 남쪽에는 백제, 신라, 가야이외에도 락랑국이 있었고 북쪽에는 부여가 존재하였다. 고구려의 령역안에도 할거세력들이 남아있었다. 고구려는 이러한 세력들을 포섭, 제압하기 위한 대책을 줄곧 강구하였는데 그 배경에는 강력한 군사력이 있었다.

이 시기 고구려는 고조선의 옛땅을 수복하기 위한 투쟁에 힘을 기울이였다.

고구려전기에는 대체로 침략자들을 물리치기 위한 투쟁이 주되는 대외정책적과제였다면 중기에 이르러서는 강력한 국력, 군사력에 토대하여 고조선의 옛땅을 되찾기 위한 투쟁을 중요한 과제로 내세웠다. 당시 동방에서 오랜 력사와 강대한 국력을 과시한 나라는 오직 고구려뿐이였다.

고구려에서 국토수복을 위한 투쟁을 본격적으로 벌린 시기는 4세기 후반기인 고국원왕(재위기간 331-371)과 광개토왕(재위기간 391-412)때였다고 말할수 있다.

특히 고조선의 옛땅을 수복하고 강대한 나라를 일떠세우기 위한 고구려인민들의 투쟁은 광개토왕시기에 더욱 적극적으로 벌어졌다.

고구려력사에서 광개토왕시기는 강대한 나라의 힘을 내외에 널리 시위하던 때였다. 광개토왕이 죽은 후 당시 고구려사람들은 그에게 《국강상광개토경평안호태왕》이라는 왕호를 붙여주었다. 《국강상》(國岡上)이란 그의 무덤을 만든 고장을 가리키며 《광개토경》(廣開土境)이란 령토를 넓게 개척하였다는 뜻이다. 이것은 그의 공적을 높이 평가하고 칭송하여 명명한 왕호이다.

고구려중기는 이처럼 고구려의 력사에서 강대한 국력을 널리 떨치던 시기였다.

고구려중기의 문학은 고구려의 이러한 사회력사적, 문화적배경속에서 이루어졌다. 고구려중기의 문학은 고구려문학발전에서 중요한 자리를 차지하는 문학이였다.

일반적으로 문학예술은 사람들의 자주적인 요구와 창조적인 능력이 높아지는데 따라 문화생활령역을 넓혀나가는 과정에 발전한다.

고구려중기 인민대중의 자주적요구와 창조적능력은 그 이전시기에 비하여훨씬 높아졌다. 나라의 힘을 키우고 외래침략자들을 물리치면서 사람들이 체험하게 되는 사상감정과 생활정서는 매우 다양하면서도 심각하고 교훈적인 것이였다. 당시 사람들은 현실적으로 벌어지는 생활을 자기들의 미학정서적 요구에 맞게 그리기 위해 노력하면서 문학예술의 형태들을 다양하게 발전시 켰다.

고구려중기사람들은 현실생활을 미학정서적으로 파악하고 그것을 예술적으로 형상하는데서 비교적 높은 수준에 있었다. 현재까지 전해지고있는 미술작품들은 이러한 사실을 잘 보여준다. 4세기 중엽에 이루어진 고국원왕릉(안악3호무덤)의 벽화와 408년에 완성된 덕흥리무덤벽화는 비록 지배계급의 생활을 보여주는 그림이기는 하지만 당시의 사람들이 생활을 예술적으로 감수하고 그것을 형상하는 수준이 얼마나 높았는가 하는것을 보여주고있다.

덕흥리무덤의 벽화만을 가지고 이야기하더라도 거기에서는 무덤의 주인공인 진(鎭)의 호화로운 생활을 집약적으로 잘 보여주고있다. 벽화에는 진의 사회생활과 함께 당시 사람들의 요구와 리상이 집중적으로 반영되여있다. 하늘을 자유로이 날으는 천마(天馬)와 비어(飛魚), 쟁반을 손에 든 옥녀(玉女)와 련꽃을 손에 든 선인(仙人) 그리고 견우와 직녀, 천추(千秋), 만세(萬歲)와 길리(吉利), 부귀(富貴)의 그림들은 다 당시 사람들의 리상과 요구를 회화적으로 표현한것이다.

덕흥리무덤에 그려진 수많은 그림들과 600여자의 벽서들은 당대 사람들의 생활과 그에 대한 예술적형상수준을 뚜렷이 엿볼수 있게 한다. 당시의 사람들은 인간과 그 생활을 예술적으로 형상하는 능력이 이미 높은 수준에 있었으며 생활에서 본질적인것을 찾아 집약적으로 표현하는 능력도 비교적 높았다.

덕흥리무덤의 벽화에는 인물의 초상과 생활의 다양한 세부를 예술적으로 일반화하여 보여준것들도 있다. 뿐만아니라 벽화에서는 내용과 형식을 유기적으로 통일시켜 형상하려는 경향도 일정하게 찾아볼수 있다.

덕흥리무덤벽화뿐아니라 그보다 약간 먼저 이루어진 고국원왕릉(안악3호무덤)의 벽화에서도 고구려사람들의 발전된 미적의식을 력력히 느낄수 있다.

고구려중기사람들의 이러한 미적의식은 문학창작에서도 그대로 발현되였다.

고구려중기문학은 우선 종류와 형태가 다양해졌다.

문학의 형태는 현실의 특성과 사람들의 다양한 미학정서적요구에 의해 산생된다.

고구려중기에는 이전부터 많이 창작되던 인민구전설화작품들과 함께 인물전기를 비롯한 문예산문, 시가작품들이 널리 창작되였다.

고구려중기문학은 다음으로 형상수준이 보다 높아졌다.

고구려중기에 창작된 작품들은 구전문학이나 서사문학을 불문하고 단순히 객관적으로 벌어진 사건, 사실을 라렬하는데 그친것이 아니라 사상주제적내용이 뚜렷하게 강조되였다. 그리고 형상수법들이 보다 다양하고 풍부하게 리용되여 문학작품으로서의 면모를 뚜렷이 하였다.

고구려중기문학에서 중요한 자리를 차지하는것은 무엇보다먼저 나라의 정치적안정을 이룩하고 강력한 국력을 떨치는데 이바지한 인물들과 사건들에 대한 설화와 산문들이다.

나라의 령토완정을 이룩하고 외래침략자들을 물리치는 싸움에 공헌한 사람들의 사적을 설화로 옮긴 《호동과 락랑공주》, 《울두지의 기지》와 부패무능한 봉건통치배들을 반대하고 나라의 힘을 키우는데 기여한 인물들의 일생담 또는 위훈담들인 《밀우와 뉴유》, 《을파소》, 《창조리》, 《명림답부》 등의 전기식산문은 이 시기에 창작된 대표적인 작품들이다.

고구려중기문학에서 중요한 자리를 차지하는것은 다음으로 다양한 현실생활을 반영한 설화들이다.

다양한 생활을 반영한 설화작품들은 이 시기 문학발전에서 뚜렷한 자취를 남기였다. 고구려중기에 이르러 사람들의 보다 다양해진 생활과 높아진 미학정서적요구는 문학창작령역에서 새로운 발전을 가져오게 하였다.

고구려중기에 많이 창작된 설화작품들은 바로 당시의 시대적요구와 사람들의 사상미학적리상을 반영한것이였다. 《장발미인이야기》(일부 책들에서는 《판나부인의 말로》라는 제목으로 해설하였다.), 《산상왕과 후녀》 등의 설화작품들은 당대의 복잡한 사회정치생활과 인간관계를 보여주며 《견우와 직녀》는 고구려인민들의 고상한 정신세계와 근면한 로동생활, 행복한 삶에 대한 열렬한 희망을 반영하였다.

고구려중기문학유산에서 중요한 자리를 차지하는것은 또한 구전가요들이다.

일반적으로 가요는 자연을 정복하기 위한 사람들의 로동생활과정에 나왔으며 인민대중의 생활속에서 발전하였다. 노래는 지난날 대체로 로동과정에 나오고 로동과정에 불리우면서 발전하여온것만큼 인민대중의 생활과 련계가 밀접하다.

우리 인민은 예로부터 남달리 노래와 춤을 즐기였으며 민족적특성이 뚜렷한 가요작품들을 수많이 창작하였다. 고구려사람들도 생활을 다양하고 풍부하게 반영하고 민족적특성이 뚜렷한 가요들을 창작하였겠는데 현재까지 전해지는 작품은 많지 못하다.

고구려중기에 이르러 이전시기의 가요창작경험을 받아들이면서 새로운 시대적환경과 인민대중의 높아진 미학정서적요구를 반영하여 여러가지 가요작품들이 창작되였다.

인민가요적성격을 띠는 《꾀꼬리노래》와 《인삼노래》는 현재까지 전해지는 고구려중기 가요유산에서 대표적인 작품들이다.

고구려중기에 이루어진 문학유산에는 이밖에도 오랜 세월 인민들속에서 전해지던 설화들을 기록한것과 개별적인 인물의 일생을 전기식으로 기록한 금석문들이 있다.

비석에 새기거나 무덤의 벽면에 기록하기 위하여 집필하는 금석문(金石文)은 당시 사람들이 직접 쓴것으로서 내용과 형식에서 귀중한 유산적가치를 가진다. 광개토왕의 무덤우에 세웠던 비석의 비문과 그와 거의 같은 시대에 이루어진 모두루(牟頭婁)무덤의 벽서, 408년에 이루어진 덕흥리무덤의 벽서들은 그 대표적인것들이다. 이러한 금석문들에도 당시 사람들속에 전해지던 설화작품들이 반영되여있다.

고구려중기 우리 민족의 글말생활에서 특징적인것은 한자를 리용하여 우리 말을 기록하는 서사수단인 리두(吏讀)를 사용한것이다.

고구려중기사람들은 글말생활에 한자를 리용하면서 문자로서의 한자, 글말로서의 한문의 부족점을 일정하게 간파하게 되였다. 한자와 한문은 어음상태, 어휘체계, 문법구조에서 우리 말과 엄격히 구별된다. 15세기 우리 민족의 우수한 글자인 《훈민정음》을 제정할 때에 중요한 역할을 한 정린지(1396-1478)는 한문으로 우리 말을 기록하는것은 《마치도 모가 난 구멍에 둥근 자루를 맞추는것과 같다.》*고 하였다. 이것은 매우 비근한 형상적비유라고 말할수 있다.

* 《假中國之字 以通其用 是猶枘鑿之鉏鋙也 豈能達而無碍乎》(《訓民正音序》)

슬기롭고 재능있는 우리 선조들은 우리 말을 기록하는데서 한자의 부족점과 제한성을 간파하고 그것을 극복하기 위하여 새로운 방법을 창안해내게 되였다. 이렇게 되여 생겨난것이 리두라는 글말체계이다.

위대한 수령 김일성동지께서는 다음과 같이 교시하시였다.

《이미 삼국시기부터 리두문자를 사용하여오던 우리 인민은 1444년에 가장 발전된 문자인 훈민정음을 창제함으로써 문화발전에 크게 기여하였습니다.》(《김일성전집》제1권 555페지)

리두는 삼국시기 고구려에서 처음 사용하기 시작하였다.

《삼국사기》의 기록에 의하면 고구려사람들은 한자의 음을 빌어 자기의 고유어를 표기하였다.

《활을 잘 쏘는 사람》을 《朱蒙》 또는 《鄒牟》라고 하고 《옛땅을 수복하다》라는 어휘를 《多勿》이라고 썼다.*

* 《扶餘俗語 善射爲朱蒙》

《朱蒙(一云鄒牟 一云衆解)》(《三國史記》卷十三 高句麗本紀 第一 《始祖東明里王》)

《松讓以國來降 以其地爲多勿都 封松讓爲主 麗語謂復舊土爲多勿 故以名焉》(우와 같은 책)

이것은 뜻글자인 한자를 마치도 소리글자처럼 리용하였다는것을 말해준다.

《삼국사기》에 의하면 고구려에서는 사람이름과 고장이름 등 사람들의 생활과 친밀한 관계에 있는 어휘들은 거의다 한자의 음과 뜻을 리용한 한자표기어휘로 기록하였다. 이러한 한자표기어휘는 리두서사어체계의 주요한 구성요소의 하나이다. 이것은 한자의 음을 우리 말의 말소리에 맞게 고쳐서 리용한데 기초하여 생겨난것이다. 《朱蒙》과 《鄒牟》가 같은 말에 대한 서로 다른 표기라고 할 때 이것은 한자의 본래의 음으로써는 도저히 생각할수 없는것이다. 두 어휘에 쓰인 한자들의 음은 당시 우리 말의 어음과 대응하여 동일하게 읽을수 있다는 전제밑에서만 같은 말에 대한 서로 다른 표기로 될수 있다.

414년에 이루어진 광개토왕릉비에는 한자의 조사를 우리 말의 토처럼 리용하여 문장의 단락을 표시해주거나 우리 말 어순에 따라 한자어휘를 배렬해놓은 문장들이 있다. 왕의 무덤우에 세운 비석에 새긴 비문이 우리 말 어순에 따라 이루어졌다는것은 당시 고구려에서의 공용서사어가 순수 한문이 아니라 리두였다는 사실을 말해준다.

따라서 고구려에서 중기에 창작된 서사문학작품들이 리두로 기록되였으리라는 추측을 가능하게 한다. 또한 세나라말기에 백제에서 창작된 《서동요》(薯童謠)나 전기신라에서 창작된 《풍요》(風謠), 《혜성가》(彗星歌) 등 향가(鄕歌)작품들의 서사방식이 고구려에서 처음 시작된것이 아닌가 생각하게 된다. 《삼국유사》의 기록에 의하면 《서동요》의 창작년대는 579～632년경이고 《풍요》의 창작년대는 632～647년경이며 《혜성가》의 창작년대는 579～632년경이다.

향찰에서의 어휘표기방식이나 문장속에서 한문의 조사글자들을 우리 말의 토처럼 리용한것은 고구려에서의 지명 및 인명표기방식이나 광개토왕릉비에서의 한문조사의 리용방법과 동일하다.

고구려중기에는 많은 경우 리두서사어체계를 리용하면서 한편으로 일부 글말생활령역, 일정한 계층들속에서 한문을 사용하는 경향도 있었다고 생각한다. 4구체 한자시형식으로 인민창작의 가요들을 기록한것이나 일부 인물전기 등이 한문으로 씌여진것은 그러한 경향을 보여주는것이라고 말할수 있다.

고구려중기문학은 선행한 시대의 창작성과와 경험에 토대하여 우리 나라 중세문학의 면모를 일정하게 갖추어놓았으며 세나라시기의 문학발전을 확고히 주도한것으로 특징지어진다.

3

5세기 전반기인 427년에 고구려는 수도를 국내성으로부터 다시 평양으로 옮기였다. 고구려에서 평양에로의 천도는 중앙집권적통치체제를 더욱 강화하고 국력을 키워 국토통일을 완성하려는데 그 목적이 있었다.

5세기초에 이르러 광활한 령토와 많은 주민을 차지한 고구려에 있어서 국내성은 여러 측면에서 수도로서는 부족점이 있었다. 국내성은 교통이 불편하여 물자의 수송에 불리하였으며 남방진출이 시급한 요구로 제기된 당시의 조건에서 정치, 경제, 군사적중심지로서도 그 위치가 마땅치 않았다.

평양은 일찍부터 경제와 문화가 발달한 지역으로서 넓은 벌을 끼고있어 농경생활에 유리하였고 대동강과 바다를 통한 교통운수에서도 매우 편리하였다.

평양은 이전에 고조선시기의 수도였으며 그후 락랑국을 비롯한 군소세력의 거점이기도 하였다. 32~37년기간에 평양지역을 차지한 고구려는 평양을 《선인왕검의 거처지》 또는 《임금의 도읍터인 왕험》이라 하여* 매우 중시하였다.

* 《平壤者本仙人王儉之宅也 或云王之都王險》(《三國史記》 卷十七 高句麗本紀 《東川王》 二十一年)

그리하여 국내성에 도읍을 정하고있을 때에도 전란을 겪어 수도가 파괴되면 국왕이 평양을 꾸리고 여기에 거처하군 하였다. 동천왕(재위기간 227-248)은 환도성이 파괴되자 247년 2월에 평양에 성을 쌓고 봉건국가의 상징인 종묘와 사직을 옮기였으며*① 고국원왕(재위기간 331－371)도 343년에 평양의 동황성에 림시로 거처지를 옮기였었다.*②

*① 《二十一年 春二月 王以丸都城經亂 不可復都 築平壤城 移民及廟社》 (《三國史記》 卷十七 高句麗本紀 《東川王》)

*② 《十三年…秋七月 移居平壤東黃城》(우와 같은 책, 卷十八 《故國原王》)

특히 광개토왕은 서쪽과 북쪽으로 령토를 넓힌 다음 남쪽으로 세력을 확장하면서 삼국을 통일할 확고한 의지를 가다듬고 평양을 꾸리는데 각별한 관심을 돌렸다. 광개토왕의 뒤를 이어 왕위에 오른 장수왕(재위기간 413－491)은 평양천도를 단행하여 새로 왕궁을 꾸리고 427년에 수도를 옮기였다.

고구려에서는 그후 586년에 다시 도읍지를 모란봉을 중심으로 한 오늘의 평양시 중구역일대에로 옮기고 그곳을 《장안성》(長安城)이라고 불렀다.* 《장안성》이란 영원한 안정을 바라는 고구려인민들의 념원을 반영한 이름이였다.

* 《二十八年 移都長安城》(《三國史記》 卷十九 高句麗本紀 《平原王》)

그리하여 427년부터 668년까지 240여년간 평양은 다시 고구려의 정치, 경제, 문화생활의 중심지로 되였다. 이 시기를 고구려후기라고 부르려고 한다.

고구려후기는 이미 장악한 넓은 령토와 많은 주민에 토대하여 삼국통일정책을 전면에 제기하고 그 실현을 위한 과감한 투쟁을 벌리여 민족의 존엄을 내외에 널리 떨치던 시기이다.

위대한 령도자 김정일동지께서는 다음과 같이 교시하시였다.

《…고구려는 삼국의 통일을 이룩하기 위한 투쟁을 주도적으로 이끌어온 나라였다.》(《김정일전집》 제2권 160페지)

고구려는 오래전부터 삼국의 통일을 중요한 정책으로 내세웠다. 고구려인민들은 고조선시기부터 선조들이 차지하고 살아온 지역을 수복하기 위한 투쟁을 벌리면서 남쪽으로는 삼국을 통일할 의지를 확고히 견지하였다.

고구려에서는 서쪽과 북쪽으로 고조선의 옛 령역을 어지간히 수복하게 되자 남쪽으로 세력을 넓히게 되였는데 고국원왕은 그 과정에 목숨도 잃었다. 남쪽에로의 세력확장은 광개토왕이후 대를 이어 계속되였다. 그리하여 6세기말에 이르러서는 강토의 거의 대부분을 차지하게 되였다. 그때 고구려는 서

남쪽으로는 오늘의 충청남도, 동남쪽으로는 오늘의 강원도 남부계선에서 각각 백제, 신라와 대치하게 되였다. 고구려의 애국명장인 온달이 출전하기에 앞서 《계립현, 죽령서쪽을 우리에게 귀속시키지 못한다면 돌아오지 않으리라.》고 맹세하였다는 《계립현, 죽령서쪽》은 곧 오늘의 충청남북도지역에 해당한다.

고구려인민들의 국토통일을 위한 투쟁은 외래침략자들을 반대하는 투쟁과 결합되여 진행되였다.

오랜 기간의 분렬과 대립으로 사분오렬되여있던 중원지방은 581년 수나라가 섬으로써 하나로 통일되였다. 수나라통치배들은 지난날 고구려를 침략하다가 참패를 당하군 한 여러 나라들의 수치를 만회해보려는 야심을 가지고 나라를 세우자마자 동쪽으로 고구려에 대한 침략을 단행하였다.

반침략투쟁의 오랜 경험과 강대한 군사력을 가진 고구려는 인민들의 반침략애국정신에 의거하여 침략자들을 영용하게 몰아내였다.

수나라침략자들은 598년부터 614년에 이르는 기간에 무려 네차례에 걸쳐 대병력으로 고구려에 대한 침략을 감행하였으나 그때마다 참패만을 당하였고 마침내는 나라까지 망하고말았다. 수나라침략자들을 물리치는 나날에 을지문덕과 같은 애국명장이 나왔고 살수대첩과 같은 력사에 특기한 대승리가 이룩되였다.

수나라의 뒤를 이어 618년에 나라를 세운 당나라통치배들도 고구려에 대한 침략책동을 끊임없이 벌리였다. 고구려인민들은 연개소문과 같은 애국명장들의 지휘밑에 침략자들을 물리치고 민족의 존엄과 나라의 자주권을 영예롭게 지켜냈다.

이처럼 5세기이후 고구려는 외래침략자들을 물리치면서 국토통일정책을 실시하여 강대한 국력을 내외에 떳떳하게 과시하였다. 당시 고구려의 정치, 경제, 군사적위력은 그 어느때보다도 강하였으며 그것이 서쪽으로 중원지방과 동쪽으로 바다건너 왜땅에도 커다란 영향력을 미치였다.

고구려후기의 문학은 이러한 사회정치적, 력사적환경속에서 발전하였다.

고구려후기의 문학은 그 발전의 높은 수준으로 하여 삼국시기 우리 민족문학을 대표하면서 세나라시기의 문학발전을 주도하였고 한족과 왜인들의 문학발전에도 크게 기여하였다.

고구려후기의 문학발전에서 특징적인것은 우선 당대의 시대정신을 강하게 구현한것이다.

일반적으로 문학에 구현된 시대정신은 해당 시대 인민대중의 지향과 념원,

사상정신세계를 반영한것이다. 문학작품이 진정으로 의의있는것으로 되자면 해당 시대 인민대중의 절절한 념원과 지향, 요구와 사상감정을 진실하고 깊이있게 반영하여야 한다.

국토통일을 위해 분발하고 외래침략세력의 끊임없는 침략책동을 짓부시는 싸움이 전인민적으로 힘있게 벌어지던 고구려후기의 현실은 구전문학이나 서사문학 할것없이 인민들속에서 발현된 반침략애국정신을 진실하고 생동하게 반영할것을 요구하였다. 그리하여 이 시기에 창작된 설화나 시가문학작품들에는 고구려인민들의 높은 애국심과 강한 적개심이 반영되게 되였다.

수, 당의 침략을 물리치는 싸움에 떨쳐나선 애국적인민들의 투쟁을 담은 작품들과 력사에 이름을 남긴 시조들, 명인들의 사적을 기록한 산문들이 이루어졌다. 《을지문덕이야기》, 《록족부인전설》, 《온달이야기》, 《수양제의 말로》와 같은 설화작품들과 시작품인 《적장 우중문에게》, 《단군본기》, 《동명본기》와 같은 산문이 그 대표적인 작품들이다.

고구려의 문학유산가운데서 이 시기에 창작된 작품들처럼 반침략애국정신이 높은 수준에서 강하게 반영된 작품은 일찌기 없었다고 하여도 지나친 말이 아니다.

고구려후기 문학발전에서 특징적인것은 다음으로 중세문학의 여러 형태들이 생겨난것이다.

고구려후기문학은 중기문학발전에 토대하여 더욱 발전한 문학이다. 고구려중기에 당대의 시대적특성과 인민들의 미학적요구를 반영하여 나왔던 문학형태들은 이 시기에 더욱 발전하였다. 그 결과 다양한 형태의 구전문학작품들과 시가작품들이 창작되였다.

설화에서는 력사설화와 함께 지명전설, 풍물전설이 창조되였고 구전문학의 한 형태로서 우화가 창작되였으며 시가문학에서는 인민창작의 비교적 긴 형식의 절가화된 시가와 함께 개인창작의 한자시가 나왔다.

고구려후기에 이루어진 문학유산으로서 이채로운것은 우화작품이다.

우리 나라 중세문학에서 우화적인 수법을 리용하여 창작된 첫 작품인 《토끼와 거부기》는 이 시기에 나온 대표적인 우화작품이다.

오랜 력사적기간에 체험한 구체적인 생활과 그 과정에 얻어진 귀중한 교훈 등을 반영하여 창작된 우화작품은 그 이전시기에는 없던것으로서 고구려후기에 비로소 나타난 문학형태이다.

이 시기 설화작품창작과 시가창작에서 매우 특징적인것은 설화와 결부된 가요, 가요와 관련된 설화작품들이 나온것이다. 그 대표적인 실례가 가요 《명주》와 결부된 설화인 《서생과 처녀》이다.

뿐만아니라 각이한 형식의 시가작품들이 널리 창작되였다.

우리 민족시가의 고유한 형식인 달거리체 분절가요가 창작되고 우리 민족의 미풍량속, 인민들의 아름다운 정신세계를 노래한 가요들인 《명주》 등이 구전설화와 함께 나왔으며 개별적인 사람들이 창작한 여러가지 형식의 한자시들이 나왔다.

고구려후기 문학발전에서 특징적인것은 다음으로 작품에서 형상수준이 더욱 높아진것이다.

문학은 예로부터 인간과 그 생활을 형상의 원천으로 삼지만 력사적으로 형상의 수준에서는 차이가 있었다.

고구려후기의 문학작품들은 그 이전시기에 창작된 작품들에 비해 형상수단과 형상수법에서 한단계 더 발전하였다.

고구려후기의 일부 설화작품들에서는 생활을 이야기식으로 펼쳐나가면서 형상수단들을 종합적으로 리용하고 특히는 일정하게 묘사를 시도한 경향도 나타나고있다. 전설 《온달이야기》는 이러한 특성을 체현하고있는 작품의 하나이다.

고구려후기에 창작된 시가작품들은 우리 민족시가의 고유한 특성들을 체현하고있으며 개인창작의 한자시들인 경우에는 한문의 운률조성방법들을 리용하여 시적운률을 비교적 높은 수준에서 보장하고있다.

고구려후기문학창작에서 형상수준이 높아질수 있은것은 당시 사람들의 미학적사고와 예술적형상능력이 그만큼 높아졌던것과 관련된다.

고구려후기사람들의 예술적형상능력의 발전수준을 집중적으로 보여주는것은 당시에 이루어진 무덤벽화들이다.

일반적으로 장사를 지내는 방법, 무덤을 만드는 방법은 당대 사람들의 의식수준, 생활관념 등 여러가지 원인에 의하여 변천되여왔다.

고구려벽화무덤의 경우에도 무덤의 구조와 벽화의 내용 등은 일정한 시대성을 띠고 변화발전하였다. 고구려중기에 속하는 시기에 이루어진 고국원왕릉, 덕흥리무덤, 약수리무덤 등과 고구려후기에 속하는 시기에 이루어진 강서 세 무덤의 구조와 벽화의 내용, 그 형상수법이 판이하게 다른데는 그에 따르는 원인이 있다. 그 차이를 간단히 개괄하면 무덤의 구조는 무덤길이 있는 외칸무덤으로 되고 벽화는 인물풍속도로부터 사신도로 바뀐것이다.

이러한 변화는 당시 사람들의 의식에서의 변화와 과학기술, 경제력의 발전, 예술적사고방식과 형상능력의 발전 등에 기인된다고 말할수 있다.

무덤의 구조를 보면 후기무덤이 단조로워진 느낌을 주나 돌다루기기술, 건축기술은 훨씬 높은 수준으로 발전되였다는것을 알수 있다. 통돌우에 천수백 년세월이 지나도 변하지 않는 칠감으로 그린 벽화들은 매우 높은 상상력과 예술적일반화의 수준을 보여준다. 특히 청룡그림은 당시 고구려사람들의 높은 회화수준과 예술적상상력을 뚜렷이 보여주고있다. 부릅뜬 두눈, 쩍 벌린 아가리, 길게 뽑아들고 날름거리는 혀, 앞을 향하여 높이 추켜든 대가리, 나는 듯이 달려가는 힘있는 네다리, 대각선으로 뻗어 흔들리는듯 한 꼬리, 률동적 인 경쾌한 몸통은 그 어느것이나 이 그림을 창조하는데 스민 화가의 예술적 재능을 엿볼수 있게 한다.

이처럼 상상적인 동물을 생동하게 그려낼수 있은것은 당시 고구려사람들의 예술적상상능력이 매우 높은 수준에 있었기때문이였다.

고구려후기사람들의 이러한 발전된 예술적사고력은 문학작품창작에서 그대로 발현되였다. 그리하여 설화작품이나 가요의 창작에서도 당대 사람들의 다양한 생활을 진실하고 생동하게 반영할수 있었던것이다. 우화 《토끼와 거부기》에서 토끼와 거부기의 형상이 그 단적인 실례라고 할수 있다.

고구려후기문학에서 특징적인것은 또한 이전에 창작되여 전해오던것을 당시의 환경과 조건에 맞게 수정보충하거나 수집정리한것이다.

고구려후기에 이전에는 없었던 현상으로서 이전시기에 나온 작품들을 정리하는 사업이 진행되였다. 600년에 리문진(李文眞)은 고구려초기에 이루어진 《류기》(留記)를 수정요약하여 《신집》(新集)을 편찬하였으며 대영홍(大英弘)은 고조선시기에 창작된 시가작품인 《신지비사》(神誌秘詞)를 한문으로 번역, 주해하고 그에 서문을 붙이였다. 이러한 사업은 옛날것에 대한 그대로의 복원인것이 아니라 새로운 시대적요구와 사람들의 정서적요구에 맞게 재가공, 재편성하는 과정이였다.

고구려후기의 문학창작은 당시의 복잡한 글말생활속에서 진행되였다.

고구려후기의 글말생활은 사실상 세가지 형태로 진행되였다고 말할수 있다. 고구려후기에도 고대로부터 진행되여오던 우리 민족글자에 의한 글말생활이 일정한 사회생활령역에서 진행되였던것으로 인정된다.

고구려에서 창작되여 고려를 거쳐 조선봉건왕조시기까지 전해진 노래인 《동동》의 가사에 대하여 《고려사》의 편찬자들은 《가사가 속되여 기록하지 않는다》는 립장을 취하였다.*

* 《高麗俗樂 考諸樂諸載之 其動動及西京以下二十四篇 皆用俚語》
《動動之戱 其歌詞多有頌禱之詞…然詞俚不載》(《高麗史》 卷七十一 樂志 《俗樂》)

여기서 《가사가 속되》다고 하는것은 무엇을 의미하는가 하는것이다. 《가사가 속되》다고 하는것은 가사의 주제사상적내용에서의 부족점을 이야기하는것이 아니라 그 표기방식, 문학언어를 《리어》(俚語)라고 하면서 말한것이다.

《고려사》의 편찬자들은 13세기 전반기경에 고려봉건정부에서 벼슬살이하던 선비들의 글재주를 노래한 분절가사 《한림별곡》(翰林別曲)을 소개하면서 가사안에 사이사이 들어있는 우리 말로 된 부분은 기록하지 않고 그것을 《리어》(俚語) 즉 《속된 말》이라고 하면서 《무릇 가사가운데서 속된 말이 있기때문에 기재하지 않는것은 이것을 본받는다.》*라고 하였다.

* 《凡歌詞中 以俚語不載者倣此》(《高麗史》卷七十一 樂志 俗樂 《翰林別曲》)

또한 《속악》을 종합적으로 기록하면서 《고려의 속악은 여러 악보들을 살펴보면 거기에 기록되여있다. 그 〈동동〉 및 〈서경〉이하 24편은 모두 속된 말을 리용하였다.》고 하였다.

이상의 사실을 가지고 생각하여보면 《고려사》의 편찬자들이 말하는 이른바 《가사가 속되》다는것은 그 내용이 아니라 형식 다시말하여 문학언어를 의미한다는것을 알수 있다.

그런데 《고려사》의 편찬자들은 그런 《속된 말》로 기록된 가사들이 여러 악보들에 기재되여있다고 하였다. 그렇다면 그 악보들에 씌여진 언어는 명백히 한문이 아니였다는것을 말해준다.

고구려에서 창작된 우리 민족의 시가유산인 《동동》이 고려시기에 리용되였고 조선봉건왕조시기까지도 전해질수 있었던것은 그것이 다만 구전가요인것이 아니라 악보에 실려있는 가요였기때문이다.

고구려에서 창작되여 후날에 악보들에 전하여오던 가요가 한문이나 향찰로 씌여진것이 아니였다면 그것은 분명 우리 민족글자로 기록되였을것이다. 고구려후기에 창작된 가요인 《동동》만이 아니라 대영홍이 주해를 낸 《신지비사》도 원래 우리 민족글자로 씌여져서 전해오던 작품이라고 생각한다.

이처럼 고구려후기에 일부 문학작품의 창작과 표기에는 우리 민족글자도 리용되였다.

고구려후기 문학작품창작에는 한문도 리용되였다.

중기에 리두적요소를 다분히 반영한 글말을 사용하여오던 고구려에서는 후기에 한자시창작이 활발해졌다.

고구려지배계급속에서는 당시 한문에 대한 교육도 일정하게 진행하였다.

고구려에서는 372년에 지배계급의 자제들을 교육하기 위한 기관으로서 《태학》(太學)을 설치하였다.*

* 《二年…立太學 敎育──弟》(《三國史記》卷十八 高句麗本紀 《小獸林王》)

을지문덕(乙支文德)이 5언고체시를 짓고 정법(定法)이 5언률시를 지은것은 바로 당시의 글말생활현실에 토대한것이였다.

고구려후기에 글말생활에서 한문이 리용되였기때문에 시가창작뿐만아니라 산문창작에도 한문이 쓰이였다. 600년에 태학박사 리문진이 《신집》(新集)을 편찬한것은 그 실례의 하나이다.

이처럼 고구려후기문학은 우리 민족글자와 한문 등의 서사수단에 의하여 여러가지 형태로 다양하게 창작되였다.

고구려후기 문학유산에서 다음으로 중요한 자리를 차지하는것은 고구려의 전 력사를 개괄하였거나 력사의 나날에 있었던 구체적인 사건, 사실을 소재로 한 산문들이다.

《고구려고기》(高句麗古記)는 고구려의 력사적사건, 사실을 보여주는 산문이였고 《신집》은 고구려의 전 력사를 개괄하면서 건국초기에 편찬하였던 《류기》를 수정, 보충한것이였다.

물론 《고구려고기》나 《류기》, 《신집》이 그대로 문학작품이거나 문학작품집은 아니였다. 그러나 이러한 산문들에는 고구려이전 또는 고구려때에 전해지던 설화들이 수록되였을것이며 고구려의 력사발전과정에 있었던 사건, 사실과 인물들에 대한 이야기를 형상적으로 소개한것도 있었을것이다. 12세기에 편찬된 세나라의 력사책인 《삼국사기》에서 고구려의 력사를 기록하면서 문학적인 이야기를 적지 않게 수록하였던 사실은 이러한 추측을 가능하게 한다.

이상의 설화작품들과 가요들, 산문과 시작품들은 당시 우리 민족문학의 발전수준을 보여준다.

Ⅱ. 구전문학유산

1. 설 화

구전문학의 한 형태로서의 설화는 자기의 고유한 특성을 가지고있다.

일반적으로 설화는 사람들이 사회적인 관계를 맺고 살아가기 시작하던 첫시기부터 창작되였다. 다시말하여 사람들이 자연을 정복하고 살아가는데 필요한 물질적수단들을 창조하고 사회를 자기의 요구와 리익에 맞게 개조하여나가기 시작하던 첫시기부터 문학의 한 형태로서 설화가 창작되기 시작하였다.

옛날사람들은 당시의 환경에서 자기들의 자주적요구와 창조적능력이 미치는 한계안에서 현실생활을 예술적으로 가공하기 시작하였다. 설화문학은 그때 사람들의 집체적인 노력에 의해 이루어지게 되였고 력사의 발전과 함께 그것이 구비로 전하여오면서 더욱 다듬어졌다. 따라서 구전문학으로서의 설화는 계급적성격으로 볼 때에는 인민대중의 집체창작물이며 존재방식으로 보면 대채로 구비전승물이다.

물론 지난날 계급사회에서 창작된 일부 구전설화들가운데는 지배계급의 요구와 리익을 반영한것도 없지 않았다. 그러나 민족의 유구한 력사와 더불어 시종일관 생명력을 가지고 발전하여온것은 인민대중이 창작한 설화들이였다.

위대한 령도자 김정일동지께서는 다음과 같이 교시하시였다.

《설화는 우리 인민이 창조한 민족문화유산의 하나입니다.》(《김정일전집》 제3권 313페지)

인민대중의 창조물인 설화는 우리 민족의 귀중한 문화유산의 하나이다.

인민대중의 지향과 념원을 반영한 설화작품들은 세월의 흐름과 더불어 주제령역이 넓어지고 내용이 풍부해지는것으로 발전하였다. 사람들의 사상의식수준과 문화수준이 낮고 생산력이 그리 발전하지 못하였던 시기에 인민대중은 자기들이 파악하고 인식한 정도의 한계안에서 사회와 자연에서 벌어지는 여러가지 현상들을 해설하였다. 사람들의 사상의식수준과 문화수준, 인민대중의 자주적인 요구와 창조적인 능력이 점차 높아지는데 따라 사회와 자연에 대한 인식에서도 변화가 일어났다. 사회의 발전과 함께 세계를 대하고 인식하는 사람들의 능력이 더욱 높아졌으며 현실생활에서 체현하게 되는 자기들의 사상과 감정, 요구와 념원도 점차 새로운 방식으로 표현하게 되였다. 이러한 과정에 구전설화의 종류도 다양해지고 예술적인 형상능력도 높아졌다. 결국 사람들의 자주적인 요구와 창조적인 능력의 발전, 현실세계에 대한 사람들의 인식수준의 발전, 현실생활을 반영하는 방법과 수단의 발전 등 여러가지 요인에 의하여 각이한 시대에 서로 다른 대상을 반영하는 구전설화의 다양한 형태들이 나오게 되였다.

민족문화유산의 하나로서 설화는 신화, 전설, 민화 등의 형태로 창작되였다.

신화는 인류가 창조한 최초의 설화문학형태이다.

신화는 대체로 원시사회에서 창작된 구전문학이다. 원시사회의 사람들은 자연과 사회의 불가사의한 현상들을 원시적인 환상과 신앙심에 의하여 해설하려고 하였다. 이 과정에 당대의 현실생활을 환상적으로 반영한 이야기들이 꾸며지게 되였는데 이렇게 꾸며지고 다듬어진 이야기가 신화이다.

설화문학으로서의 원시신화의 특징은 우선 원시인들의 상상력에 기초하여 이루어진 비현실적인 이야기라는것이다.

신화는 원시인들의 소박한 상상력과 자연현상과 사회생활에 대한 그들의 부족한 인식능력에 기초하여 이루어진 설화이다. 원시인간들은 주위세계에서 일어나는 여러가지 자연현상들에 대하여 과학적으로 리해할수 없었고 사람과 사람이 창조한 재부와 사람들이 맺는 사회적관계에 대하여 옳은 인식을 가질수 없었다. 그리하여 자연과 사회에서 일어나는 여러가지 현상들을 초자연적인 힘, 신의 힘에 의해 생겨나는것으로 생각하였다. 하늘과 땅, 해와 달이 어떻게 생겨났는가, 사람이 어떻게 생겨났는가, 이 세상에 나라는 어떻게 이루어졌으며 임금은 어떠한 존재인가 등 자연과 사회의 제반 현상들에 대하여 원시 또는 고대인들은 자기들의 소박한 상상력에 기초하여 이야기하였다. 이렇게 이루어진 문학적인 이야기가 바로 신화이다. 실례로 《해모수신화》를 들수 있다.

신화의 특징은 다음으로 해당 시대 사람들의 요구와 념원, 그들의 생활을 예술적으로 반영하고있다는것이다.

신화는 흔히 꾸며진 이야기로서 허황한듯 한 느낌을 주지만 거기에는 당시 사람들의 생활과 요구, 념원이 반영되여있다. 아무리 환상적인 이야기라 하더라도 신화에는 산 인간의 생활이 그려지며 그 바탕에는 당대 사회의 력사적현실과 사람들의 요구와 념원이 구현된다.

실례로 《해모수신화》에서는 오룡거를 타고 하늘과 땅, 물속을 자유롭게 오가는 인물을 형상함으로써 자연의 구속에서 벗어나보려는 당대 사람들의 요구와 념원을 일정하게 보여주었다.

이처럼 신화는 그것이 비록 사람들이 꾸며낸 이야기이긴 하지만 거기에는 당시 인간들의 생활이 그려져있으며 그들의 요구와 념원이 반영되여있다.

신화의 특징은 다음으로 등장인물들이 신이거나 신적존재이며 환상적인 이야기, 기적적인 사건이나 사실이 줄거리를 이룬다는것이다.

신화는 그 이름자체가 말해주는것처럼 신비로운 이야기 또는 신에 대한 이야기이다. 그러므로 신화에 등장하는 인물들은 신이거나 신적인 존재로 되지 않을수 없다.

신화에서는 등장인물들의 활동이 신의 계시나 술법에 의하여 이루어지는것으로 이야기가 꾸며진다. 《해모수신화》에서 해모수는 《천제》의 아들로서 오룡거를 타고 아침이면 땅에 내려와 인간세상을 다스리고 저녁이면 하늘에 올라가면서 하늘과 땅을 종횡무진한다.

사람들의 사상의식수준과 문화수준이 높아지고 세계에 대한 인식이 상대적으로 깊어짐에 따라 원시 및 고대인들의 상상력과 신앙심에 기초하여 이루어지던 신화는 점차 사라지고 보다 발전한 설화형태인 전설이 나타나게 되였다.

전설은 신화가 발전하여 생겨난 구전문학, 설화의 한 형태로서 신화의 창작경험과 성과들을 그대로 계승하였으며 내용과 형식, 생활반영의 방법 등에서 새로운 혁신을 가져왔다. 오랜 옛날에 창작된 전설작품들에 신화적인 요소가 적지 않게 나타나고있는것은 이때문이다.

전설은 신화와 마찬가지로 낮은 수준에 있던 옛날사람들의 사회적의식을 보여주고있다. 전설도 신화처럼 꾸며진 이야기인것만은 사실이지만 거기에는 그 시기 사람들의 요구와 념원이 반영되여있다.

전설은 신화다음에 생겨난 설화의 한 형태이고 신화보다 생활반영의 넓이와 깊이가 확대된 구전문학인것만큼 신화와는 구별되는 몇가지 특성이 있다.

전설은 우선 문학작품으로서의 소재가 신화와 구별된다.

전설은 등장인물들의 활동무대가 사람들이 생활하는 현실세계이다. 전설에서는 인간세계의 구체적인 현실을 무대로 하여 활동하는 인간들을 그린다. 그리고 전설에서는 주인공, 등장인물들이 대체로 비범한 인간들이다. 전설은 출중한 인물, 비범한 인간을 이야기의 중심에 등장시키고 그의 활동을 통하여 사람들의 요구와 념원을 반영한다. 전설에서는 간혹 평범한 인물이 이야기의 중심에 놓이는 경우도 없지 않다. 그러나 이런 경우에도 그 인물의 활동이나 인간상은 비범하게 그려지며 따라서 그가 사회앞에 또는 자연과의 관계에서 이루어놓는 업적은 매우 크고 비상하다.

전설에서 그려지는 생활은 어떤 경우를 막론하고 인간세상의 구체적인 생활이다. 전설에서는 등장인물들이 인간세계의 구체적인 환경속에서 살며 움직이도록 이야기를 꾸민다. 전설에도 환상이 있고 많은 경우 신비로운 힘에 의하여 사건이 결속되는것으로 꾸며지기도 한다. 그러나 이것은 어디까지나 등장인물의 비범성을 강조하며 당시의 사회력사적조건에서는 해결될수 없는 념원이나 요구, 지향을 해결하기 위한 수법으로 리용되였을뿐이다.

전설은 인간을 등장시키고 현실세계를 무대로 하는것만큼 이야기되는 내용이 매우 다양하고 풍부하다. 《전설》(傳說)이라는 말은 원래 《전해지는 이야기》라는 뜻이다. 지난날에 《전설》이라는 개념을 흔히 인민창작의 구전설화를 가리켜 이르는것으로 리해하려고 하였던 경향도 실은 전설이 인간사회의 현실생활을 다양한 측면에서 비교적 자유롭게 이야기하는 설화문학이라는 사정과 관련되여있다.

전설은 다음으로 내용에 있어서도 신화와 구별된다.

위대한 령도자 김정일동지께서는 다음과 같이 교시하시였다.

《전설은 흔히 구체적인 력사적사건이나 인물, 지명과 결부된 이야기로 전해집니다.》(《김정일전집》 제3권 311페지)

전설은 력사적으로 실재한 구체적인 사건이나 인물들, 지명과 결부된 이야기로 전해지는 설화이다. 그러므로 전설은 그것이 반영하는 내용에 따라 몇가지 류형으로 나눌수 있다.

전설들가운데서 대표적인것은 력사적인 사건, 사실을 반영한것이다.

나라를 새로 세우는 과정이나 나라와 겨레의 존망을 판가름하던 사건, 사실 등을 설화적으로 꾸민 이야기가 이 부류에 속한다.

나라를 새로 세우는 과정을 이야기한 건국전설들과 외래침략자들을 물리치고 나라와 민족의 존엄을 지켜내거나 엄혹한 국난을 막아낸 력사적인 사변, 사실들에 대한 이야기들에는 당대의 구체적인 력사적사실이 그려지며 그에 대한 인민대중의 견해와 립장, 태도가 반영된다. 고구려의 건국과정을 이야기하거나 고구려의 국력을 강화하는 과정에 있었던 력사적인 사건, 사실을 설화적으로 꾸민 이야기들이 여기에 속한다.

전설들가운데는 어떤 인물의 비범한 이야기를 내용으로 한것도 있다.

인물전설은 민족사에 이름을 떨치였거나 나라와 민족 또는 사람들에게 있어서 절실하고 긴절한 문제를 해결하는데 기여한 인물들의 위훈담을 설화적으로 꾸며놓은 이야기들이다.

인물전설은 력사적으로 널리 알려진 인물, 나라와 겨레앞에 커다란 공적을 이루어놓은 사람의 비범성과 특이한 기질, 업적 등이 인민대중속에 전해지는 과정에 창조된것이다. 그러므로 인물전설은 많은 경우 력사적인 사건, 사실과 결부되며 해당 사건, 사실의 진행과정에 그 인물이 논 역할을 강조하는 방향에서 엮어진다. 간혹 어떤 인물전설은 사화와 구별하기 어려운것도 있는데 이것은 력사적으로 실재한 인물이 구체적인 사건이나 사실과 결부되여 이야기되는 사정과 관련된다.

그러나 사화는 력사실화로서 비과학적인 환상이나 사실과 맞지 않는 허구가 허용되지 않는다면 전설은 인민대중이 오랜 기간에 구비전승한 이야기로서 아무리 력사적인 진실성을 가지는것이라 하더라도 비현실적인 허구나 환상 또는 가정이 들어갈수 있다. 다시말하여 인물과 사건이 비록 실재한것이라 하더라도 전설자체는 인민들이 만들어낸 이야기로서 비현실적인 환상이나 신비로운 색채가 부여되기마련이다.

나라와 민족의 존엄과 영예를 떨치는데 기여한 인물에 대한 이야기는 력사적인 사변, 사실을 설화화한 이야기와 많은 경우 련결되여있다. 단적인 실례로 수나라침략자들을 물리친 고구려인민들의 투쟁사실을 이야기한 《살수대첩이야기》는 그 싸움을 승리에로 이끄는데 기여한 을지문덕의 비범한 활동을 이야기한 전설 《을지문덕이야기》와 내용상 일맥상통하다. 이러한 경우에는 그 전설의 류형을 구별하기 어렵기도 하다.

전설들가운데는 지형, 지물의 생김새, 이름 또는 거기에 깃든 이야기를 내용으로 한것도 있다.

지명전설은 대체로 고장이름, 산, 바위, 강, 섬 등 지물의 유래를 밝히거나 그 연원을 이야기하는것으로 꾸며진다. 이러한 이야기들은 마치도 실재한 사실이였던것처럼 이루어지며 거기에 강한 향토적색채가 부여된다. 지명이나 지물과 관련한 전설에서는 그것이 자연의 힘에 의해 이루어진것이지만 인간세상에서 사람들의 기쁨과 슬픔, 행복과 불행과 관계되며 아름다운 산천과 풍요한 자원이 인간의 희노애락과 직접적으로 관련되여있는것처럼 이야기된다. 그러면서 그것이 결코 허황한 거짓말이 아니라 진실이라는것을 강조하기 위하여 해당한 고장의 력사와 결부시켜 설명하기도 한다. 이러한 과정에 강한 향토성이 부여된다. 그러므로 지명, 지물에 대한 전설적인 이야기를 흔히

《향토전설》이라고 부르기도 한다.

올지문덕의 뛰여난 무술과 지략을 이야기하면서도 그것을 자기 고장의 력사와 결부시켜놓은 《석다산전설》이나 고구려에서의 평양천도를 긍정하면서 자기 고장의 자랑스러운 풍치와 련결시켜 이야기한 《홍부동전설》등은 전형적인 지명, 지물에 관한 전설들이다.

전설들가운데는 민족적인 풍습이나 습관과 관련한 이야기도 있다.

풍습, 습관을 내용으로 한 전설은 우리 민족의 우수한 미풍량속, 아름다운 도덕륜리를 긍지높이 이야기하는 과정에 이루어진 설화작품이다. 이러한 류형의 설화도 구체적인 생활속에서 민속적인 이야기를 전개하며 그것이 사람들의 생활에 미치는 궁부정적영향을 인민대중의 지향과 요구에 따라 강조한다.

전설은 그 어떤 류형의 작품이든 언제, 어디서, 누가, 무엇을, 어떻게 등의 물음에 대답을 준다. 전설에서는 반드시 어떤 사건이 벌어지게 되는 원인이 주어지며 그것이 일정한 생활적, 론리적타당성을 가지고 전개되면서 해당한 결과를 가져온다.

이로 하여 전설은 사람들에게 깊은 공감을 주며 해당 시대의 력사를 리해하는데 참고로 된다.

전설은 비록 꾸며진 이야기이기는 하지만 어떤 력사적인 사건이나 사실, 인물, 지명과 지물, 풍습과 습관 등의 연원을 밝히고 력사적진실성을 애써 부여하므로 그 내용에는 구체적인 민족생활이 반영되게 된다.

전설은 오랜 력사적기간을 거치면서 전하여오는 과정에 여러 계급과 계층의 요구와 리해관계에 따라 다듬어지고 재가공되기도 하였다. 전설은 어느 계급, 계층의 리해관계를 반영하였는가 하는데 따라 내용이 좋아질수도 있고 나빠질수도 있다. 지난날 인민대중이 창조한 전설은 대체로 내용이 긍정적이다. 그러나 지배계급의 리익을 반영하여 이루어진 전설은 내용에서 부정적인것도 있다.

전설은 또한 그것을 정리하는 사람에 의하여 가공되기도 한다.

전설은 구전설화로서 사람들이 집체적으로 만들어낸 이야기이지만 후세에 이르러 글말로 정리되여 고착된다. 그런데 전설을 정리할 때에 어떤 관점과 립장에서 대하며 무슨 목적으로 정리하는가 하는데 따라 전설의 내용이 일부 외곡될수도 있으며 지어는 변형될수도 있다. 실례로 고조선의 건국설화인 단군설화를 13세기초에 활동한 승려인 일연(一然)이 소개하면서 그것을 불교적으로 가공하였던것을 들수 있다.(《〈삼국유사〉에 반영된 불교관계자료연구》1985년 교육도서출판사 63페지)

고구려의 문학유산에서 중요한 자리를 차지하는것은 설화작품들이다.

고구려의 설화는 고구려의 전기간에 걸쳐 이루어진 문학형태로서 소재가 다양하고 내용이 풍부하다. 그것은 고구려의 천년력사에 우여곡절이 많은 사변들과 사실들이 적지 않았고 각이한 계층의 사람들이 나라와 겨레를 위한 일에 헌신적으로 떨쳐나서서 오랜 세월에도 사람들의 기억속에 사라지지 않는 큰 위훈을 세웠기때문이다.

고구려의 설화들은 어떤 경우에는 전설과 민화 등 형태를 갈라보기 어려운것도 있으며 내용에서도 력사적인 이야기와 인물전설, 지명, 지물에 대한것을 구분하기 어려운것도 있다. 그러므로 설화유산을 창작된 시기에 따라 구분하고 그 사상예술적특성을 해설하는데 기본을 두면서 류형도 이야기하려고 한다.

1) 고구려전기의 설화

고구려전기에 창작된 설화들은 대체로 고구려의 건국과정과 강대한 국력을 마련하는 과정을 보여준 이야기들이다.

《동명왕전설》

고구려의 건국설화는 흔히 《동명왕전설》 또는 《주몽전설》로 알려져있다.

《동명왕전설》은 우리 민족의 첫 봉건국가였던 고구려의 건국과정을 설화적으로 보여준 이야기이다.

위대한 령도자 김정일동지께서는 다음과 같이 교시하시였다.

《동명왕전설은 고구려건국력사를 담고있는것입니다. 주몽이 부여왕의 박해를 피하여 탈출한 이야기는 고구려를 세운 건국시조가 부여에서 갈라져 나온 동명왕이라는것을 말하여주며 그가 재간경기에서 비류국의 송양왕을 타승한 이야기는 고구려가 주변소국들을 병합한 사실을 표현한것입니다.》 (《김정일전집》 제2권 290페지)

이미 세상에 널리 알려진것처럼 고구려는 B.C. 3세기초에 부여(扶餘)에서 갈라져나온 고주몽을 중심으로 한 집단이 구려(句麗)지역에서 새로운 사회경제적관계를 이루고 세운 봉건국가였다.

고구려사람들은 넓은 령토와 많은 주민을 가지고 강대한 국력을 떨치였으며 발전된 문화를 창조한 민족으로서의 긍지감과 자존심을 간직하고있었다.

고구려사람들은 이러한 민족적감정을 가지고 나라의 건국과정을 이야기하였는데 그것은 특히 고구려국가를 창건한 고주몽에 대한 전설적인 이야기로 종합되였다.

고구려전기의 인민창작구전설화인 《동명왕전설》은 그후 여러 문헌들에 고착되여 오늘까지 전해오고있다. 《동명왕전설》을 전하여주는 자료는 문헌의 형태와 내용의 전개방식에 따라 크게 세가지로 나누어볼수 있다.

－구《삼국사》

《동명왕전설》을 가장 자세하게 그리고 원래의 모습대로 전해주는 문헌은 구《삼국사》의 《동명왕본기》이다.

구《삼국사》에 올라있던 동명왕전설을 지금까지 전하여주는것은 고려때의 문인인 리규보(1168-1241)가 1193년에 구《삼국사》의 《동명왕본기》(東明王本紀)에 기초하여 창작한 장편서사시 《동명왕편》에 들어있는 인용문이다.

리규보는 《동명왕편》의 서문에서 다음과 같이 썼다.

《세상에서는 흔히 동명왕의 신비롭고 기이한 사적을 이야기하여 비록 어리석은 사나이나 하찮은 아낙네라 하더라도 자못 그 사실을 말할수 있다. 나는 일찌기 그 이야기를 듣고 웃으면서 〈옛 스승 중니는 괴이한 힘이나 어지러운 신에 대하여 이야기하지 않았으니 이것은 실로 허황하고 괴이한 일이기에 우리들이 말할것이 아니라고 해서였다.〉고 하였었다. 그런데 〈위서〉와 〈통전〉을 읽으니 거기에도 이 사실이 올라있었다. 그러나 간략하고 자세하지 않았으니 어찌 국내의 일은 자세하게 기록하고 밖의 사실은 간략하게 쓰려는 의도가 아니였겠는가. 지난 계축년 4월에 구 〈삼국사〉를 얻어 〈동명왕본기〉를 보니 그 신비롭고 기이한 자취가 세상에서 이야기하는것보다 더 많았다. 그렇지만 역시 처음에는 믿으려고 하지 않았고 괴이하고 허황한것으로만 여기였다. 하지만 두세번 읽어보면서 점차 그 근원을 찾아보니 그것은 허황한것이 아니라 신비로운것이고 괴이한것이 아니라 거룩한것이였다. 하물며 나라의 력사란 정직하게 쓰는 글이니 어찌 망녕된것을 전할수 있겠는가.》*

* 《世多說東明王神異之事 雖愚夫騃婦 亦頗能說其事 僕嘗聞之 笑曰先師仲尼不語怪力亂神 此實荒唐奇詭之事 非吾曹所說 及讀魏書通典 亦載其事 然略而未詳 豈詳內略外之意耶 越癸丑四月 得舊三國史 見東明王本紀 其神異之迹 踰世之所說者 然亦初不能信之 意以爲鬼幻 及三復耽味 漸涉其源 非幻也乃聖也 非鬼也乃神也 況國史直筆之書 豈妄傳之哉》(《東國李相國集》卷三 古律詩 《東明王篇》)

리규보는 당시 항간에 널리 전해지던 동명왕에 대한 이야기보다 내용이 풍부하고 신비로운 구《삼국사》의 《동명왕본기》를 읽고 끓어오르는 민족적긍지와 자부심을 억제할수 없어 긴 형식의 서사시인 《동명왕편》을 창작하였으며 자기 작품의 내용을 과학적으로 담보할 의도에서 《동명왕본기》의 기록을 주해로 인용해놓았던것이다.

구《삼국사》는 대체로 993년 거란의 1차침입을 물리치고난 뒤에 평양지방에서 편찬하였던 력사책으로 인정된다.(《구〈삼국사〉에 대한 연구》 1994년, 김일성종합대학출판사 19페지)

동명왕에 대한 신비롭고 신성한 이야기는 10세기말 고려에서 새롭게 정리되여 후세에 전해지게 되였다. 그런데 1145년에 《삼국사기》를 편찬하면서 김부식(1075－1151)은 구《삼국사》의 《동명왕본기》내용을 대폭 축소하여놓았다.

구《삼국사》의 《동명왕본기》에 수록된 동명왕이야기는 전설적인 내용으로서 그후 《삼국사기》와 《세종실록》의 《지리지》에서 평안도 평양부 《령이》(靈異)조항에 실려 전해지게 되였다.

－광개토왕릉비

414년에 세운 광개토왕릉비에는 고구려의 시조인 주몽 즉 동명왕의 이야기가 기록되여있다.

비문은 금석문으로서의 문체적특성에 따라 매우 간략하게 집약적으로 서술하였으나 당시 고구려사람들속에서 전하여지던 동명왕에 대한 전설적인 이야기를 충분히 리해할수 있게 한다.

광개토왕릉비에서는 고구려의 시조인 동명왕이 북부여에서 갈라져나와 나라를 세웠으며 그는 《천제》 즉 《하늘임금》의 아들이고 하백의 외손자라는 것을 강조하고있다.*① 이러한 이야기는 광개토왕과 거의 같은 시대에 산 사람으로 인정되는 고구려의 대사자 모두루(牟頭婁)의 묘지에도 실려있는데 무덤의 앞칸 정면에 검은색으로 쓴 묘지에는 동명왕을 《하백의 손자이며 해와 달의 아들》이라고 기록하였으며 고구려는 북부여로부터 갈라져나온 나라라는 것을 여러곳에서 명백히 기록하였다.*②

    *① 《惟昔始祖鄒牟王之創基也 出自北夫餘 天帝之子 母河伯女郞》(《廣開土
       王陵碑》)

    *② 《河伯之孫 日月之子 鄒牟聖王 元出北夫餘 天下四方知此鄕最聖》
       (《牟頭婁墓誌》)

고구려의 시조인 동명왕이 북부여출신이라는것과 그가 《하늘임금의 아들》 또는 《해와 달의 아들》이며 어머니는 《하백의 딸》이였다고 생각하는것은 5세기경 고구려인민들속에 확고하게 자리잡고있던 견해였다.

— 《북사》

《동명왕전설》은 7세기 중엽 당나라사람인 리연수가 편찬한 《북사》(北史)에도 수록되여있다.

한족들이 편찬한 력사책에 동명왕전설을 처음으로 수록한것은 위수(?—570)의 《위서》(魏書)였다. 《위서》는 북조(北朝)에 속하던 나라인 북위(北魏, 386—534)의 력사를 기록한 책으로서 554년에 편찬되였다.

북위는 동방에서 강대한 국력을 가지고 선조들이 차지하고 살던 옛땅을 수복하기 위하여 본격적인 투쟁을 벌리던 고구려와 직접적으로 관계를 맺고있었으므로 고구려의 력사에 대하여 어느 정도 알수 있었다. 그리하여 북위의 력사를 서술한 력사책에 고구려에 대한 《전》(傳)을 만들고 고구려의 건국시조인 동명왕에 대한 이야기를 수록하였던것이다.

《위서》에서 동명왕에 의한 고구려의 건국과정을 수록한데 이어 《주서》(周書)와 《량서》(梁書), 《수서》(隋書) 등에서도 동명왕에 대한 전설적인 이야기를 올리였으나 그것들은 《북사》처럼 내용이 풍부하지 못하다.

《북사》에 수록된 《고구려전》에서는 《동명왕전설》을 《삼국사기》 못지 않게 자세히 기록하였을뿐아니라 동명왕의 뒤를 이어 즉위한 임금들도 여러대를 기록해놓았다. 그리고 한나라의 무제가 B.C. 108년 고조선을 침략하기 이전에 이미 고구려국가가 존재하였던 사실을 명백하게 밝혔다. 《북사》의 이러한 기록은 그후 한족의 문인들속에서 정설로 인정되여 송나라때에 락사(樂史)가 편찬한 《태평환우기》에도 그대로 인용되였다. (《태평환우기》 권173 《고구려국》)

《북사》의 내용을 소개하면 다음과 같다.

《고구려는 그 선조가 부여에서 나왔다. 왕이 일찌기 하백의 딸을 얻어서 방안에 가두어두었더니 해빛이 비치는것이였다. 몸을 이끌어 그것을 피하였으나 해그림자는 또 따라왔다. 그리하여 임신하게 되였고 하나의 알을 낳았는데 크기가 닷되들이만 하였다. 부여왕이 그것을 버려서 개에게 주었더니 개가 먹지 않았다. 돼지에게 주었더니 돼지도 먹지 않아 길가에 버렸더니 말과 소가 그것을 피하는것이였다. 그래서 들판에 버렸더니 뭇새들이 깃으로 덮어주었다. 왕이 그것을 깨버리려 하였으나 깰수도 없어 하는수없이 그의 어머니에게 돌려주었다. 어머니가 물건으로 감싸서 따뜻한 곳에 놓아두었더니 한 사내아이가 껍질을 깨고 나왔다. 자라나자 이름을 〈주몽〉이라 하였다. 그 고장 풍속에 〈주몽〉이란것은 활을 잘 쏘는 사람이였다. 부여사람들이 주몽은 인간의 소생이 아니기때문에 없애버리자고 요청하였더니 왕이 듣지 않고 그더러 말을 기르도록 하였다. 주몽은 몸소 시험하여 좋은것과 나쁜것을 알게 되였다. 준마는 먹이를 적게 주어 여위도록 하고 노둔한것은 잘 먹이여서 살이 찌게 하였더니 부여왕이 살찐것은 자기가 타고 여윈것은 주몽에게 주었다. 후에 사냥을 하게 되였는데 주몽은 활을 잘 쏘기때문에 한개의 화살을 주었다. 주몽은 비록 한개의 화살일지라도 잡은 짐승이 몹시 많았다. 부여의 신하들은 또다시 그를 죽이려고 꾀하였다. 어머니가 주몽에게 알려주어 곧 언위(焉違) 등 두 사람과 함께 동남쪽으로 달아났다. 중도에 큰 강 하나를 만났는데 건느려고 하니 다리가 없었다. 부여사람들이 몹시 다급히 따라오는지라 주몽이 강물에 이르기를 〈나는 해의 아들이고 하백의 외손자이다. 지금 뒤따르는 군사들이 가까이 미쳤는데 어떻게 하면 건늘수 있겠는가.〉라고 하였더니 이내 물고기와 자라들이 그를 위하여 다리를 이루어서 건늘수 있었으나 물고기와 자라들이 곧 헤쳐져서 뒤따르던 말탄 군사들은 건느지 못하였다. 주몽은 드디어 보술수에 이르렀고 세 사람을 만나게 되였는데 한 사람은 베옷을 입었고 한 사람은 누비옷을 입었으며 한 사람은 마름옷을 입었다. 주몽과 함께 흘승골성에 이르러 거기에 거처하면서 이름을 〈고구려〉라 하고 그대로 〈고〉로써 성씨를 삼았다. 부여에 남아있던 안해는 임신을 하여 주몽이 도망한 다음에 아들 〈시려예〉(始閭諧)를 낳았다. 그는 자라자 주몽이 국왕으로 된것을 알고 즉시 어머니와 함께 그리로 돌아왔는데 이름을 〈려달〉(閭達)이라고 하고 그에게 나라일을 맡기였다. 주몽이 죽자 아들 여률이 즉위하였고 여률이 죽자 아들 막래가 즉위하였는데 부여를 병합하였다.》*

* 《高句麗其先出夫餘 王嘗得河伯女 因閉於室內 爲日所照 引身避之 日影又逐 旣而有孕 生一卵 大如五升 夫餘王棄之與犬 犬不食 與豕豕不食棄於路 牛馬避之 棄於野 衆鳥以毛茹之 王剖之 不能破 遂還其母母以物裹置暖處 有一男 破而出 及長字之曰朱蒙 其俗言朱蒙者 善射也夫餘人以朱蒙非人所生 請除之 王不聽 命之養馬 朱蒙私試 知有善惡 駿者減食令瘦駑者善養令肥 夫餘王以肥者自乘 以瘦者給朱蒙 後行于田 以朱蒙善射 給之一矢 朱蒙雖一矢 殪獸甚多 夫餘之臣又謀殺之 其母以告朱蒙 朱蒙乃與

焉違等二人詣 東南走 中道遇一大水 欲濟無梁 夫餘人追之甚急 朱蒙告水
曰 我是日子 河伯外孫 今追兵垂及 如何得濟 於是魚鼈爲之成橋 朱蒙得
渡 魚鼈乃解 追騎不渡 朱蒙遂至普述水 遇見三人 一著麻衣 一著衲衣 一
著水藻衣 與朱蒙至紇升骨城 遂居焉 號曰高句麗 因以高爲氏 其在夫餘
妻懷孕 朱蒙逃後生子始閭諧 及長知朱蒙爲國王 卽與母亡歸之 名曰閭達
委之國事 朱蒙死 子如栗立 如栗死 子莫來立 乃竝夫餘》(《北史》卷九十四
列傳 第八十二 《高句麗》)

이상의 《북사》의 내용을 《태평환우기》에서는 다음과 같이 요약하여 소
개하였다.

《(고구려)본래 부여에서 나왔다. 그의 선조는 주몽이다. 주몽의 어머
니는 하백의 딸인데 방안에 갇혀있었다. 해빛이 비쳐들어 쪼이는지라 몸
을 움직이여 그것을 피하였더니 해그림자가 또다시 따라왔다. 이로 하여
아이를 배여 알을 낳았는데 크기가 닷되만 하였다. 부여에서는 그것을 버
리여 개에게 주었더니 개가 먹지 않으므로 돼지에게 주었더니 돼지도 먹
지 않았다. 그래서 길에 버렸더니 소와 말이 그것을 피하였고 들판에 버
렸더니 뭇새들이 그것을 깃으로 덮어주었다. 왕이 그것을 깨뜨리려 하였
으나 깰수가 없어서 그 어머니에게 돌려주었다. 어머니는 물건으로 감싸
서 따뜻한 곳에 두었는데 한 사내아이가 껍질을 깨고 나왔다. 자라자 이
름을 〈주몽〉이라고 하였다. 그곳 풍속에 〈주몽〉이라고 하는것은 활쏘
기를 잘하는것이였다. 나라사람들이 사람의 소생이 아니라고 해서 그를
죽이려 하였다. 주몽이 동쪽으로 달아나다가 보술수를 건너 흘승골성에
이르렀다. 드디여 거기에 거처를 정하고 이름을 〈고구려국〉이라고 하였
고 따라서 〈고〉로써 성씨를 삼았다.》*

* 《(高句麗)本出於夫餘 先祖朱蒙 朱蒙母河伯女 閉於室內 爲日所照 引身
避之 日影又逐 因有孕生卵 大如五升 夫餘棄之與犬 犬不食 與豕 豕不食
棄於路 牛馬避之 棄於野 衆鳥以毛茹之 王剖之不破 以還其母 母以物裹
置煖處 有一男破殼而生 及長名曰朱蒙 其俗言朱蒙者善射也 國人以非人
所生 欲殺之 朱蒙東走 濟普述水 至紇升骨城 遂居之 號曰高句驪國 因以
高爲氏》(《太平寰宇記》第一百七十三 《高句驪國》)

《태평환우기》의 내용은 기본적으로 《북사》와 같다. 다만 《태평환우기》
는 《북사》의 기록을 요약하였을뿐이다. 그리고 고조선의 후기력사와 이른바

《한4군》의 하나인 《현도》를 《원도》로 고친것 등에서 차이가 있을뿐이다. 이것은 10세기사람들이 그사이 얻어들은 고구려의 력사와 락사의 문헌편찬의 도에 따라 수정한것이라고 보아야 할것이다.

《태평환우기》는 해당 지역의 력사를 정확하고 풍부하게 서술하는데 목적을 두고 서술한것이 아니라 10세기 후반기 송나라 태종때에 남쪽과 북방에서 벌린 정벌전쟁을 지역별로 개괄하면서 겸하여 송나라 주변지역의 력사를 대략적으로 개괄한것이다. 그러므로 고구려의 력사에 대한것도 당시 고려를 통하여 얻어들은것이거나 이미 한족들속에서 전해지던것을 력사기록이라는 특성에 맞게 추려서 서술한것이다.

《북사》나 《태평환우기》에서는 고구려의 건국시조인 동명왕을 하백의 딸의 몸에 비친 해빛의 소생으로 인정하였고 동명왕자신도 자기를 《해의 아들》이라고 한다고 하였다. 이것은 동명왕을 해모수의 아들이라고 한 구《삼국사》나 《삼국사기》의 기록과는 차이나며 《해와 달의 아들》 또는 일반적으로 《하늘임금의 아들》, 《하늘의 아들》이라고 한 모두루무덤의 묘지나 광개토왕릉비의 내용과 일치한다. 이러한 사실은 《북사》의 편찬자들이 5세기 이후 다시말하여 고구려후기에 사람들속에서 전해지던 동명왕의 전설을 자료로 리용하였다는것을 말하여준다.

고구려건국전설로서의 《동명왕전설》은 구《삼국사》에 수록된것을 원본으로 인정하지 않을수 없다.

구《삼국사》에 실린 《동명왕전설》은 우선 구성에서 매우 포괄적이다.

이 전설에서는 동명왕을 중심에 놓고 그의 부모인 해모수와 류화, 후계자인 유류의 이야기가 통일적인 관계속에서 전개되였다. 다시말하여 여기서는 동명왕을 중심에 놓고 고구려의 건국과정을 그 이전의 사실과 건국이후의 사실로써 폭넓고 깊이있게 보여주었다. 이것은 사실상 붕괴몰락되여가던 노예소유자국가인 부여와 신흥봉건국가인 고구려와의 관계 그리고 고구려의 초기 발전과정을 예술적으로 재현한것이라고 말할수 있다.

구《삼국사》에 실린 《동명왕전설》은 다음으로 당대의 인간생활을 비교적 생동하게 보여주었다.

이 전설에서는 동명왕의 아버지인 해모수를 인간세상에 실재한 인물로, 비범한 재능을 가진 현실적인 사람으로 내세웠으며 그의 뛰여난 재능과 활동이 구체적인 생활속에서 생동하게 그려졌다.

물론 그것이 전설인것으로 하여 신비로운 재주와 주술적인 힘이 안받침되기도 하였지만 총체적으로 동명왕과 해모수의 활동은 생활적인 타당성을 가지고있다. 이것은 이 전설이 오랜 기간 사람들의 집체적인 지혜와 재능에 의해 창조되고 다듬어졌다는것을 말해준다.

구《삼국사》에 실린 《동명왕전설》은 또한 당대의 사회력사적현실을 비교적 정확하게 반영하였다.

《동명왕전설》은 고구려의 건국과정을 설화적으로 펼쳐보인 이야기이다. 전설에서는 고구려국가를 세운 동명왕 고주몽의 일생에 대한 이야기가 봉건국가로서의 고구려의 건립과정과 결부되여있다. 그러므로 전설에서는 개별적인 인간으로서의 고주몽의 생활이 노예사회로부터 봉건사회에로의 이행기의 우리 나라 력사와 밀착되여있다. 즉 고구려를 세운 시조왕인 동명왕이 부여왕실의 박해를 받았다는것, 그는 출중한 무예와 지략을 가진 건국자로서 여러가지로 겹쳐지는 난관을 극복하고 나라를 세웠으며 린접소국들을 병합하고 마침내 나라의 위용을 떨칠수 있었다는것 등을 력사적현실속에서 보여주고있다.

전설이 흔히 력사연구의 귀중한 자료로 리용되는것은 거기에 해당 시대의 력사적인 사건, 사실이 반영되여있기때문이다. 전설은 구체적인 력사적사건, 사실의 발생과 결말 그리고 그 진행과정을 비교적 진실하게 그려보이고있다. 《동명왕전설》은 고구려의 건국과정을 당대의 력사적환경속에서 정확히 보여주고있는것으로 하여 고구려력사연구의 귀중한 자료로 된다.

고구려의 전국설화인 《동명왕전설》은 다음과 같다.

부여의 왕인 해부루에게는 늙도록 자식이 없었다. 그래서 산천에 제사를 지내여 대를 이을 자식을 구하려고 하였다. 어느날 그가 탄 말이 곤연(鯤淵)에 이르자 큰 돌을 보면서 눈물을 흘리는것이였다. 왕이 그것을 이상하게 여기여 사람들을 시켜서 그 돌을 굴려보게 하였더니 금빛개구리 모양의 어린 아이가 있었다. 그것을 본 왕은 《이것은 하늘이 나에게 대를 이을 자식을 준것이로다.》라고 하고는 그를 거두어 기르면서 이름을 《금와》(금빛개구리)라고 하고 태자로 삼았다.

그의 상(相)인 아란불이 말하기를 《저번에 하늘이 나에게 이르기를 〈장차 나의 자손으로 하여금 여기에 나라를 세우려고 하니 너희는 피하거라. 동쪽 바다기슭에 가섭원(迦葉原)이라고 부르는 고장이 있느니라. 땅이 오곡을 심어가꾸는데 알맞춤하니 도읍을 정할만 하다.〉고 하였습니다.》라고 하면서 왕에게 권고하여 도읍을 옮기고 이름을 《동부여》라고 하였다. 옛 도읍에는 하늘임금의 아들이라고 하는 해모수가 와서 도읍으로 삼았다.

하늘의 임금은 태자를 부여왕의 옛 도읍에 내려보내였는데 이름을 《해모수》라고 하였다. 그가 하늘에서 내려올 때에 오룡거를 탔는데 뒤따르는 사람 백여명은 모두 흰 따오기를 탔다. 우에는 오색구름이 감돌고 구름속에서는 음악이 울리였는데 웅심산(熊心山)에 이르러 십여일을 지내다가 비로소 내려왔다. 머리에는 검은 것으로 장식한 관을 쓰고 허리에는 룡을 아로새긴 검을 찼다. 아침에는 일을 보고 저녁이면 하늘로 올라가니 세상에서는 그를 일러 《천왕랑》(天王郞)이라고 하였다.

성의 북쪽에 청하(靑河)라고 하는 강이 있었는데 그 강을 맡아보는 하백(河伯)에게는 아릿다운 세 딸이 있었다. 류화(버들꽃), 훤화(원추리꽃), 위화(갈꽃)이라고 부르는 세 딸은 압록수 푸른 물을 헤치고나와 웅심연 기슭에서 놀군 하였는데 사냥을 나온 해모수가 그들을 보게 되였다. 해모수는 그들을 마음속에 그려보며 가까이 지내는 신하들에게 《저 녀인을 맞이하여 안해로 삼는다면 뒤를 이을 아들을 보게 되리로다.》라고 하였다. 그런데 녀인들은 해모수를 보면 즉시에 물속으로 들어가버렸다. 신하들이 말하기를 《대왕님은 어째서 궁전을 만들어놓고 녀인들이 그안으로 들어가기를 기다렸다가 문을 막고 그들의 길을 끊지 않으십니까.》고 하였다. 해모수는 그럴듯 하게 여기여서 말채찍으로 땅우에 금을 그었다. 그랬더니 잠간사이에 구리로 된 화려한 궁전이 생겨났다. 방안에는 세개의 자리를 만들고 술동이를 내놓았다. 세 녀인은 또다시 나타나 방안으로 들어가더니 각기 자리를 차지하고 앉아 서로 권하며 술을 마시고 즐기였는데 몹시 취하게 되였다. 해모수왕은 세 녀인이 몹시 취하기를 기다렸다가 갑자기 나타나 길을 막았다. 녀인들이 놀라서 달아났지만 맏딸 류화는 왕에게 붙들리게 되였다. 이러한 소식을 전해들은 하백은 몹시 성을 내면서 사신을 보내여 이르기를 《너는 어떤 사람이기에 나의 딸을 붙들었느냐?》라고 하였다. 해모수왕은 《나는 하늘임금의 아들입니다. 이제 당신의 딸과 혼인을 맺으려고 합니다.》라고 하였다. 하백이 다시 사신을 보내여 이르기를 《그대가 만약 하늘의 아들로서 나에게 혼인을 요구할것 같으면 마땅히 매파를 시켜서 이룰것이어늘 지금 문득 내 딸을 붙들어놓으니 어찌 그리 례절이 없는고.》라고 하였다. 해모수왕은 그 말에 부끄러운 생각이 들어 장차 하백을 찾아가보려 하였지만 그의 궁전으로 들어갈 수가 없어서 딸을 보내려고 하였다. 딸은 이미 왕에게 정이 들었는지라 떨어지려 하지 않았다. 그래서 해모수왕에게 권하기를 《오룡거만 있으

— 40 —

면 하백의 나라에 이를수 있습니다.》라고 하였다. 그 말을 들은 해모수
왕이 하늘을 가리키며 그것을 아뢰였더니 문득 오룡거가 하늘에서 내려왔
다. 해모수왕은 녀인과 함께 수레에 올랐다. 바람이 불고 구름이 일더니
수레는 곧 하백의 궁전에 다달았다. 하백은 례의를 갖추고 그를 맞이하였
다. 자리를 잡고 앉자 하백이 말하기를 《혼인을 맺는 법도는 이 세상의
공통된 규례인데 어째서 실례를 하여 우리 가문을 욕보이는고. 왕이 정녕
하늘임금의 아들이라면 어떤 신기한 재주를 가지고있는고?》라고 하였다.
해모수왕은 《시험해보시면 알것입니다.》라고 하였다. 그러자 하백이 뜰
앞의 못속에 들어가 잉어로 변하여 물결을 따라 헤염쳤다. 해모수왕은 즉
시 수달로 되여 그를 잡으려고 하였다. 하백이 다시 사슴으로 변하여 달
아나니 해모수왕은 또 승냥이로 되여 그의 뒤를 따랐다. 그러자 하백은
꿩으로 변하였다. 해모수왕은 매로 되여 그를 덮쳤다. 하백은 참말로 하
늘임금의 아들이라고 인정하여 례절을 차려 혼례를 이루었다. 하백은 혹
시 해모수왕이 딸을 데려갈 마음이 없어지지 않겠는가를 걱정하여 풍류를
베풀고 술상을 차려 해모수왕이 흠뻑 취하도록 하였다. 그리고나서 딸과
함께 자그마한 가죽주머니안에 넣은 다음 오룡거에 실어서 하늘로 올라
가게 하려고 하였다. 그런데 그 수레가 물에서 채 나오기 전에 해모수왕
이 술에서 깨여났다. 그는 녀인의 황금비녀를 가지고 가죽주머니를 찔러
구멍을 내고는 그 구멍으로 혼자 빠져나와 하늘로 올라가버렸다. 하백은
딸의 소행에 크게 노하여 《네가 내 말을 듣지 않다가 끝내 우리 집안을
욕보이는구나.》라고 하고는 좌우의 신하들로 하여금 딸의 입을 잡아매여
당기게 하였다. 그랬더니 딸의 입술이 석자나 되게 길게 늘어났다. 하백
은 딸에게 노비 두명을 딸려가지고 우발수가에 귀양을 보내였다.

어느날 부여의 어부 강력부추가 아뢰이기를 《근래에 통발안의 물고기
를 훔쳐가는 놈이 있는데 어떤 짐승인지 알수 없습니다.》라고 하였다. 금
와왕은 곧 어부들로 하여금 그물로 그것을 잡아들이게 하였는데 그물이
산산이 째지는것이였다. 다시 쇠그물을 만들어 그것을 끌어내였더니 한
녀인이 돌우에 앉아 나왔는데 그의 입술이 너무 길어서 말을 하지 못하였
다. 그리하여 그 입술을 세번이나 잘라내였더니 비로소 말을 하였다. 금
와왕은 그가 하늘임금아들의 안해라는것을 알고 딴방에 거처하게 하였다.
그 녀인은 품에 해빛을 받고서 임신하게 되였는데 계해년 여름인 4월에
왼쪽겨드랑이로 크기가 닷되쯤되는 알을 낳았다. 금와왕은 그것을 피이
하게 여기여 《사람이 새알을 낳았으니 상서롭지 못할가보다.》라고 하며

사람들로 하여금 그것을 마구간에 내다버리게 하였더니 말들이 밟지 않았다. 그래서 깊은 산속에 버렸더니 온갖 짐승들이 그것을 돌보았다. 구름이 덮인 날에도 알우에는 언제나 해빛이 비치군 하였다. 금와왕이 하는수없이 그 알을 어머니에게 돌려주어 거두게 하였더니 알은 마침내 열려지고 그속에서 한명의 사내아이가 나타났다. 울음소리가 아주 우렁차고 기골이 영특해보이였는데 태여나서 한달이 되기도 전에 어른스럽게 말을 하였다. 어느날 아이는 어머니에게 말하기를 《파리들이 눈을 짓물어서 잠들수 없어요. 어머니, 나에게 활과 화살을 만들어주세요.》라고 하는것이였다. 어머니가 갈대로 활과 화살을 만들어주었더니 아이는 저 혼자 물레우에 앉은 파리를 쏘았는데 화살을 날리면 날리는대로 맞혔다. 부여에서는 활을 잘 쏘는 사람을 가리켜 《주몽》이라 하였는데 그래서 아이의 이름을 《주몽》이라고 불렀다. 나이들어 점점 자라자 재주와 슬기가 다 갖추어졌다.

금와왕에게는 일곱명의 아들이 있었는데 늘 주몽과 함께 놀기도 하고 사냥도 하였다. 어느날 사냥놀이에서 왕자들과 그들을 따라나선 사람들은 겨우 사슴 한마리를 잡았는데 주몽은 쏘아맞힌 사슴이 많았다. 왕자들은 그것을 질투하여 주몽을 붙들어 나무에 매놓은 다음 사슴들을 빼앗아가지고 갔다. 주몽은 매놓은 나무를 뽑아가지고 돌아왔다. 태자인 대소가 금와왕에게 이르기를 《주몽이란 놈은 신비로운 용맹을 가진 사내로서 눈길이 언제나 범상치 않으니 만일 일찌기 없애버리지 않는다면 뒤날에 반드시 걱정거리로 될듯 합니다.》라고 하였다. 금와왕은 주몽더러 말을 기르라고 하면서 속마음을 알아보려고 하였다. 주몽은 마음속으로 한스러운 생각이 들어 어머니에게 말하였다. 《나는 하늘임금의 손자인데 남을 위해 말을 기르게 되였으니 사는것이 죽는것만 못합니다. 남쪽땅으로 가서 나라를 세웠으면 하지만 어머님이 계시니 제 혼자 결심할수가 없습니다.》 어머니가 말하기를 《이것이 내가 늘 걱정하는 일이로다. 내 듣건대 먼길을 가려는 사람은 모름지기 좋은 말이 있어야 한다더라. 내가 준마를 골라주겠다.》고 하고는 목장으로 가서 긴 채찍으로 말들을 후려쳤다. 뭇말들이 놀라서 달아나는데 붉은 빛갈의 말 한마리가 두길이나 되는 담장을 뛰여넘는것이였다. 주몽은 그 말이 준마라는것을 알고 남몰래 그 말의 허밑에 바늘을 꽂아놓았다. 말은 혀가 아파서 물과 풀을 제대로 먹지 못하여 몹시 파리해졌다. 금와왕은 목장을 돌아보고 모든 말들이 다 살찐것을 무척 기뻐하면서 여윈 그 말을 주몽에게 주었다. 주몽은 그 말을 차지하자 바늘을 뽑고 여물을 잘 먹이였다.

주몽은 오이, 마리, 협보 등 세 사람을 벗으로 삼고 남쪽으로 길을 떠났다. 일행이 엄호수에 이르렀을 때였다. 뒤따르는 군사들이 다가오는데 강을 건느려니 배가 없었다. 주몽은 곧 채찍으로 하늘을 가리키며 강개한 목소리로 탄식하여 말하기를 《나는 하늘임금의 손자이고 하백의 외손자이다. 지금 난을 피하여 여기에 이르렀다. 하늘과 땅은 이 외로운 자식을 어여삐 여기여 빨리 배나 다리를 가져다달라.》고 하였다. 말을 마친 주몽은 활로 물을 쳤다. 그러자 물고기와 자라들이 떠올라 다리를 이루었다. 그리하여 주몽은 강을 건늘수 있었다. 조금 있다가 뒤따르는 군사들이 강가에 이르렀으나 물고기와 자라로 이루어진 다리는 인차 없어져서 다리우에 올라섰던 군사들은 모두 물에 빠져죽었다.

주몽은 어머니와 헤여질 때에 차마 어머니곁을 떠나기 힘들어하였다. 그러자 어머니가 말하기를 《너는 이 한 어미때문에 걱정하지 말아라.》라고 하면서 오곡의 종자를 싸서 주었다. 그런데 주몽은 생리별하는 애달픈 마음을 걷잡지 못하여 그 곡식종자들을 잊고 길을 떠났었다. 주몽이 큰 나무밑에서 쉬는데 한쌍의 비둘기가 날아오는것이였다. 그것을 본 주몽이 《아마도 거룩하신 어머님이 보리종자를 보내주시는게로구나.》라고 하더니 곧 활을 당겨 비둘기들을 쏘았는데 한개의 화살에 두마리가 다 맞았다. 주몽은 비둘기의 부리를 열고 보리종자를 꺼낸 다음 비둘기들의 몸에 물을 뿌렸다. 그랬더니 비둘기들은 다시 살아나서 날아갔다. 주몽의 일행은 모둔곡(毛屯谷)에 이르러 다시 세 사람을 만났다. 한 사람은 삼으로 만든 옷을 입었고 한 사람은 누비옷을 입었으며 또 한사람은 마름으로 지은 옷을 입고있었다. 주몽이 《그대들은 어떤 사람들이요? 이름은 무엇이라고 하오?》라고 물었더니 삼으로 만든 옷을 입은 사람은 이름이 《재사》라고 하고 누비옷을 입은 사람은 《무골》이라고 하였으며 마름으로 지은 옷을 입은 사람은 《묵거》라고 하였는데 성씨들은 말하지 않았다. 주몽이 재사에게는 《극》이라는 성씨를 주고 무골에게는 《중실》이라는 성씨를 주었으며 묵거에게는 《소실》이라는 성씨를 주었다. 그러고나서 주몽은 뭇사람들에게 이르기를 《나는 지금 바야흐로 하늘의 명을 받고 나라를 세우려고 하는데 마침 이처럼 세명의 어진분들을 만나게 되였으니 이것이 어찌 하늘이 도와준 일이 아니겠소.》라고 하고는 그들의 재능에 따라 각각 일거리를 맡기고 함께 졸본천에 이르러 그 고장의 땅이 기름지고 산과 강이 험준한것을 보고 거기에 도읍을 정하려고 하였다.

그러나 미처 궁궐을 지을 경황이 없어서 비류수기슭에 초막을 세우고 거기에 거처하면서 나라이름을 《고구려》라고 하였고 《고》로써 성씨를 삼았다. 그때 주몽의 나이는 스물두살이였다. 사방에서 그 소식을 듣고 찾아와 소속되는것이 많았다.

그 지역이 말갈의 마을들과 잇닿아있어서 혹시 그들의 침해를 당하게 될가 걱정되여 그들을 쳐서 쫓아버렸더니 말갈이 두려운 생각이 들어 감히 범접하지 못하였다.

주몽왕은 비류수 강물속에 남새잎이 떠내려오는것을 보고 강의 웃쪽에 사람들이 살고있다는것을 알고는 사냥을 하면서 가서 찾아보리라 생각하고 비류국에 이르게 되였다. 그 나라의 왕인 송양이 마침 사냥을 나왔다가 왕의 생김새가 범상하지 않은것을 보고는 맞이하여 자리를 같이하고나서 말하기를 《궁벽한 바다구석에 있다나니 아직까지 의젓한 사람을 만나보지 못했소. 오늘 만나보게 되였으니 어쩌면 그런 행운이 차례졌겠소. 그대는 어떤 사람이며 어디에서 왔소?》라고 하였다. 주몽왕이 말하기를 《나는 하늘임금의 손자로서 서쪽나라의 임금이요. 묻건대 임금은 누구의 뒤를 이으시였소?》라고 하니 송양이 말하기를 《나는 선인(仙人)의 후손으로 여러대를 임금으로 있었소. 지금 고장이 너무 좁아서 나뉘여 두 임금으로 지낼수가 없으니 그대는 나라를 세운지 오래지 않은지라 나에게 소속되는것이 옳을가 하오.》라고 하였다. 주몽왕이 말하기를 《나는 하늘의 뒤를 이었소. 지금 그대는 선인의 후예가 아니면서 억지로 이름달아 임금이라고 하니 만약에 나에게 귀속되지 않는다면 하늘이 반드시 그대에게 벌을 내릴것이요.》라고 하였다. 송양은 주몽왕이 자주 하늘의 손자라고 하는데 대하여 속으로 의심을 품으면서 그의 재주를 시험하려고 다시 이르기를 《임금님과 함께 활쏘기를 겨루어보았으면 합니다.》라고 하고는 사슴을 그려서 백보안에 놓고 그것을 쏘았는데 그의 화살은 사슴의 배꼽에 들어가지 못하고 손을 드리운듯이 되였다. 주몽왕은 사람을 시켜서 옥가락지를 백보밖에 걸어놓게 하고 그것을 쏘았는데 기와장이 깨지는것처럼 깨여졌다. 송양이 깜짝 놀라 다시는 겨루려 하지 않았다.

주몽왕이 말하기를 《나라를 새로 세웠기때문에 북과 나팔같은 기물이 없어서 비류국사신이 오고갈 때에 우리가 국왕의 위용으로 맞이하고 보내지 못하니 우리를 업신여기는것은 이때문이다.》라고 하였더니 가까이 따르는 신하인 부분노가 나서서 아뢰이기를 《신이 대왕님을 위하여 비류국의 북을 가져오겠습니다.》라고 하는것이였다. 주몽왕이 《남의 나라에서 보관한 물건을 그대가 어떻게 가져오겠는고?》라고 하니 부분노가 대답하기를 《이것은 하늘이 주는 물건이니 어찌 가져오지 못하겠습니까. 대왕님이 부여에서 곤욕을 겪으실 때 누가 대왕님에게 오늘이 있을줄을 알았겠습니까. 지금 대왕님이 만번 죽을 위태로움속에서 몸을 떨치시여 이름을 날리시니 이것은 하늘임금이 명령하시여 그렇게 된것입니다. 그러니 무슨 일인들 성공하지 못하겠습니까?》라고 하였다. 이리하여 부분노 등 세 사람이 비류국으로 가서 북을 빼앗아가지고 돌아왔다.

비류왕이 사신을 보내여 알렸다. 주몽왕이 그들이 와서 북과 나팔을 불가봐 두려워서 색갈을 어둡게 만들어 마치 오래된 물건처럼 보이게 하였으므로 송양의 사신은 따지지 못하고 돌아갔다. 송양이 누가 먼저 도읍을 세웠는가 하는것을 가지고 소속되게 하자고 하므로 왕은 썩은 나무로 기둥을 만들어 천년이나 묵은것처럼 궁전을 지었더니 송양이 와서 보고 마침내 누가 먼저 도읍을 세웠는가 하는것을 따지지 못하고 돌아갔다. 주몽왕이 서쪽지방으로 사냥을 나가 흰 사슴을 잡았다. 그것을 해원(蟹原)에 거꾸로 매달아놓고 저주하기를 《하늘이 만약 비를 내려 비류왕의 도읍을 떠내려보내지 않을것 같으면 내 정녕 너를 놓아주지 않을테다. 이 재난을 면하려거든 너는 하늘에 하소하여라.》라고 하였다. 사슴이 슬피 우니 그 소리가 하늘에 사무쳤고 장마비가 오래동안 내리여 송양의 도읍을 잠그어버렸다. 주몽왕은 갈대로 줄을 만들어 강에 가로 매여놓고 오리말을 타고다니였는데 백성들은 모두 그 줄을 잡고 살아났다. 주몽왕이 채찍으로 물을 그으니 물은 곧 줄어들었다. 6월에 송양은 나라를 바치고 항복하였다.

7월에 검은 구름이 골령(鶻嶺)에서 피여올라 사람들은 그 산을 보지 못하였는데 수천명이 토목공사를 하는 소리만이 들려올뿐이였다. 주몽왕이 말하기를 《하늘이 나를 위하여 성을 쌓는구나.》라고 하더니 이레만에 구름과 안개는 저절로 걷히고 성곽과 궁궐이 이루어졌다. 주몽왕은 하늘에 절을 하고 거기에 거처하였다. 임금으로 있은지 열아홉해되는 해의 9월에 주몽왕은 하늘로 올라가서 내려오지 않았는데 그때 나이는 마흔살이였다. 태자는 그가 남긴 구슬채찍을 룡산에 장사지내였다.

구《삼국사》와 《삼국사기》 그리고 《세종실록》의 《지리지》에 인용된 기록을 종합하여보면 《동명왕전설》의 내용은 대체로 이상과 같다.

이 전설은 사실상 고구려의 건국자인 주몽이라는 한 인간에 대한 인물전설이라기보다 강대한 봉건국가였던 고구려의 전국과정을 보여주는 력사설화라고 하는편이 좋을것이다.

고구려사람들은 자기의 전국시조를 보통인간으로, 그저 활쏘기재주가 뛰여난 인간으로만 보지 않았다. 전국시조의 이름이 무예를 숭상하던 고구려인민들의 기호에 따라 《활을 잘 쏘는 사람》이라는 의미를 가진 《주몽》이라는 세속적인 말로 명명되였지만 임금으로서, 전국시조로서의 그는 명백히 《동명성왕》(東明聖王)이였다.

《삼국사기》에서는 이에 대하여 다음과 같이 기록하였다.

《가을 9월에 왕이 죽으니 이때에 나이가 마흔살이였다. 룡산에 장사지내고 이름을 동명성왕이라고 하였다.》*

* 《秋九月 王升遐 時年四十歲 葬龍山 號東明聖王》(《三國史記》卷十三 高句麗本紀 《東明聖王》十九年)

여기서 《성왕》(聖王)이란 《거룩한 임금》이라는 의미이며 《동명》(東明)은 고구려에서 매해 10월에 나라사람들이 크게 모임을 가지고 하늘에 제사를 지내던 의식의 이름이다. 서진(西晉, 265－316)때 사람인 진수가 편찬한 《삼국지》(三國志)의 《위서》(魏書)에 올라있는 《고구려전》*①과 남조(南朝)의 송나라(420－479)사람인 범엽이 편찬한 《후한서》(後漢書)의 《고구려전》*②에서는 《동명》이 하늘에 지내는 제사를 이름지은것이라고 기록하였다.

*① 《以十月祭天 國中大會 名曰東盟》(《三國志》卷三十 魏書 《高句麗》)

*② 《好祀鬼神社稷零星 以十月祭天 大會 名曰東盟》(《後漢書》 卷八十五 列傳 第七十五 《高句驪》)

《동명》(東明)과 《동맹》(東盟)은 같은 말에 대한 서로 다른 표기이다. 고대나 중세초기에 우리 말에서 《明》과 《盟》은 같은 소리로 읽히였다. 그리고 한자자체로도 이른바 고문(古文)에서는 《明》과 《盟》을 같이 썼다. 그러므로 《東明》과 《東盟》은 사실상 같은 말이다. 결국 고구려사람들은 자기의 전국시조를 하늘에 제사를 지내는 의식과 결부하여 이름지었던것이다.

지난날 일부 연구자들은 《동명왕》이라는 이름을 고구려의 전국시조인 주몽왕의 시호로 리해하려고 하였다. 그러나 《동명》은 시호가 아니다.

《동명왕》이라는 이름이 죽은 다음에 불리운 이름이라는 의미에서는 일종의 시호라고 볼수도 있을것이다. 그러나 엄밀한 의미에서 시호란 어떤 사람이 죽은 다음에 그의 생전의 행적을 평가하고 특징지어 불러주는 이름으로서 일반적으로 봉건국가에서 그의 이른바 《덕망》과 《공적》을 평가하여 붙여주는 칭호이다. 따라서 시호는 왕이 죽은 다음에 붙여주는 평범한 이름이 아니라 그의 일생행적을 평가하여 명명해주는 칭호이다. 우리 나라에서 고려시기나 조선봉건왕조시기에 봉건군주나 관료들에게 준 시호는 모두 유교적관점에서 그의 행적을 특징지어 명명해준 이름들이었다.

세나라시기의 경우에는 봉건국가가 개별적인 귀족이나 관료에게 시호를 제정하여준 실례를 찾아보기 어렵다.

《삼국사기》의 기록에 의하면 백제에서는 동성왕(東城王, 479-501)때에 처음으로 죽은 왕에게 시호를 붙이였고 신라에서는 지증왕(智證王, 500-514)때부터 시호법을 적용하였다.*

* 《二十三年…十一月…至是使人刺王 十二月乃薨 諡曰東城王》(《三國史記》卷二十六 百濟本紀 《東城王》)

《十五年…秋七月…王薨 諡曰智證 新羅諡法始於此》(우와 같은 책, 卷四 新羅本紀 《智證麻立干》)

그러나 고구려에서는 국왕에게 시호를 적용하였다는 기록을 찾아볼수 없다. 고구려에서는 국왕이 죽으면 《호》(號) 즉 왕호(王號)를 주었을뿐이다.

왕호는 시호가 아니다. 그러므로 김부식은 《삼국사기》를 편찬하면서 왕호와 시호를 구별하여 기록하였다. 실례로 《삼국사기》의 《신라본기》에서는 전기신라시기에 시호를 사용하였던 경우에는 《諡曰》이라고 기록하고 그것을 제시하였으나*① 시호법을 적용하지 않던 시기에는 다만 어느 왕이 죽었다고만 기록하였을뿐이다.*②

*① 《秋八月 王薨 諡曰眞興》(《三國史記》卷四 新羅本紀 《眞興王》)

《秋七月 十七日 王薨 諡曰眞智 葬于永敬寺北》(우와 같은 책)

*② 《秋八月 王薨 葬城北壤井丘》(우와 같은 책, 卷一 《脫解尼師今》)

《二十一年 春二月 王薨》(우와 같은 책, 《逸聖尼師今》)

백제의 경우에도 마찬가지였다. 시호를 사용한 국왕인 경우에는 그것을 명백히 밝혀주었다.*

* 《二十三年…夏五月 王薨 諡曰武寧》(《三國史記》卷二十六 百濟本紀 《武寧王》)

《三十二年 秋七月…爲亂兵所害薨 諡曰聖》(우와 같은 책, 《聖王》)

《四年…九月 王出獵 宿於外 解仇使盜害之 遂薨》(우와 같은 책, 《文周王》)

《三年…冬十一月 王薨》(우와 같은 책, 《三斤王》)

백제와 신라의 경우에도 초기에는 왕호가 있었을뿐이고 시호는 사용하지 않았다. 백제와 신라에서 왕호는 기본적으로 그 이름이 그대로 되였다. 그러나 고구려에서는 시호를 사용하지 않고 왕호를 불렀는데 왕호를 짓는 방법은 몇가지로 제정되여있었다.

고구려의 왕호는 우선 이루어놓은 업적을 평가하거나 일생에서의 특징적인것을 내세우는 방법으로 지었다. 그 실례가 《대무신》(大武神), 《태조》(太祖) 또는 《국조》(國祖), 《신대왕》(新大王), 《차대왕》(次大王), 《광개토왕》(廣開土王)과 《장수왕》(長壽王), 《문자왕》(文咨王) 등이다. 《대무신》이란 뛰여난 무예를 평가하여 지은 이름이고 《태조》 또는 《국조》는 《나라의 조상으로 되는 임금》, 《가장 으뜸으로 되는 임금》의 의미로서 그의 평생업적을 칭송하여 부른 이름이며 《신대왕》은 《새로 즉위한 대왕》이라는 뜻이고 《차대왕》은 《다음의 대왕》이라는 의미이며 《광개토왕》은 우에서도 말한것처럼 《광개토경》 혹은 《광개토지》의 준말로서 나라의 령역을 크게 넓힌 그의 공적을 내세워 불러준 이름이고 《장수왕》이란 오래동안 생존한 임금이라는 뜻이며 《문자왕》이란 문장이 뛰여난 임금이라는 의미이다. 《삼국사기》에는 신대왕이 즉위한 뒤에 이른바 《정사를 잘 베풀었다》고 하여 나라사람들이 기뻐한 사실을 전하면서 당시 사람들이 《크도다, 새 대왕님의 덕택이여.》*라고 하였다고 썼다.

* 《二年春正月 下令曰 …國人旣聞赦令 無不歡呼慶忭 曰大哉新大王之德澤也》(《三國史記》卷十六 高句麗本紀 《新大王》)

여기서 《새 대왕님》 즉 《신대왕》(新大王)이란 그가 죽은 다음에 불리운 이름이 아니라 즉위해있는 동안에 불리운 이름이라는것을 말해준다.

이처럼 고구려사람들은 국왕의 이름 즉 왕호를 그의 평생활동과 특징적인 사실 등을 가지고 지어불렀다.

고구려의 왕호는 다음으로 국왕의 무덤이 있는 고장의 이름을 그대로 리용하여 지었다.

고구려의 왕호에서 가장 많은 비중을 차지하는것은 무덤이 있는 고장의 이름을 리용한것이다. 고구려의 아홉번째 왕인 민중왕(閔中王)으로부터 모본(慕本), 고국천(故國川), 봉상(烽上), 소수림(小獸林) 등은 다 국왕의 무덤이 있는 고장의 이름들이다. 현재의 기록으로서는 명백치 않은 안장(安藏), 안원(安原), 양원(陽原), 평원(平原) 등도 대체로는 그가 묻혔던 고장의 이름이라고 생각된다. 실례로 고구려의 소수림왕에 대하여 《삼국사기》에서는 다음과 같이 기록하였다.

《14년 겨울 11월에 왕이 죽었다. 소수림에 장사지내고 이름을 소수림왕이라고 하였다.》*

* 《十四年 冬十一月 王薨 葬於小獸林 號爲小獸林王》(《三國史記》 卷十八
　高句麗本紀 《小獸林王》)

이처럼 고구려에서는 왕호를 많은 경우 왕의 무덤이 있는 산, 언덕, 골짜기 등의 이름으로 지어서 불렀다.

고구려의 왕호는 다음으로 국왕의 이름을 그대로 불러준 경우가 있었다.

고구려의 두번째 왕 유류왕(孺留王)으로부터 일곱번째 왕인 류리왕(琉璃王)대에 이르기까지는 왕의 이름을 그대로 왕호로 삼았다. 이러한 사실은 백제나 신라의 초기에도 마찬가지였다.

고구려의 왕호는 이상과 같이 자기대로 부르는 방법이 정해져있었다. 그러므로 《삼국사기》에서는 고구려의 왕호를 명백히 시호와 구별하여 《호왈》(號曰), 《호위》(號爲)라는 표식을 하고 밝혀주었다.*

* 《二十三年 冬十月 王薨 葬於中川之原 號曰中川王》(《三國史記》 卷十七
　高句麗本紀)
　《二十三年 王薨 葬於西川之原 號曰西川王》(우와 같은 책)
　《六年 冬十一月 杜魯弑君…遂葬於慕本原 號爲慕本王》(우와 같은 책)
　《十五年…冬十二月 王薨 葬於故國谷 爲新大王》(우와 같은 책, 卷十六)

고구려에서 왕호를 이렇게 부른것은 고구려사람들에게만 있던 독특한 방법으로서 유교사상이 고구려의 사회생활전반에 크게 작용하지 못하고 사대주의적경향이 없었던 당대의 고구려의 현실을 말해준다. 고구려는 이처럼 임금의 이름을 지어부르는데서도 우리 민족고유의 방법을 리용하였고 그것을 내외에 널리 과시하였다.

고구려는 강한 국력에 토대하여 높은 민족적자존심을 가지고있었으며 중세초기 우리 민족의 존엄을 온 세상에 당당하게 떨치였다. 고구려사람들이 리용한 왕호에는 이러한 존엄이 안받침되여있었다.

고구려사람들은 건국시조의 왕호만은 이름을 부르지도 않았고 무덤이 있는 고장이름으로 부르지도 않았다. 건국시조는 나라적인 행사로 오랜 세월 계속되여온 제천의식의 명칭을 리용하였으며 그것만으로도 부족하여 《거룩하다》는 의미를 덧붙여서 《동명성왕》(東明聖王)이라고 불렀던것이다. 이것은 고구려사람들의 하늘숭배관념과 건국시조를 높이 내세우려는 지향으로부터 부른 이름이라는것을 말하여준다.

《동명왕전설》은 이처럼 고구려건국시조인 주몽을 사람들이 가장 숭배한 하늘, 하늘신과 결부시켜 내세워 숭엄한 감정으로 창조한 건국설화이다.

고구려의 건국설화인 《동명왕전설》은 내용이 크게 세개의 단락으로 이루어져있다.

전설의 첫째 단락은 동명왕의 아버지인 해모수와 어머니인 류화가 서로 만나 인연을 맺는 과정에 있었던 여러가지 일들을 이야기한 부분이고 둘째 단락은 신기한 궁술을 가진 《거룩한 임금》인 주몽이 태여나 부여의 궁중에서 자라다가 마침내 새롭게 나라를 세울 큰뜻을 품고 남쪽으로 간 사실을 당시의 자연적 및 사회적 제 관계속에서 펼쳐보인 부분이며 셋째 단락은 갓 일떠세운 고구려를 위엄있는 나라로 만들기 위해 노력한 주몽의 활동내용을 소개한 부분이다.

《동명왕전설》은 비교적 오랜 기간에 벌어진 다양한 생활을 당대의 환경과 조건에서 그리고 건국시조를 몹시 숭배한 고구려사람들의 사상감정에서 진지하고 생동하게 펼쳐보이고있다.

동명왕의 아버지인 해모수는 오늘의 압록강중류이북지역에서 일정한 세력을 행사한 소국의 왕이거나 그와 대등한 인물이며 어머니인 류화도 그러한 계층의 딸이였다. 그러나 전설에서는 해모수를 《하늘임금의 아들》로, 류화를 물을 맡은 신의 딸로 그려놓았다. 그들의 결혼은 강제적인것은 아니였으나 여러가지 곡절을 겪지 않으면 안되였다. 해모수와 류화의 곡절많은 결혼은 주몽의 생활에 심각한 영향을 미치였다. 주몽은 비록 부여왕궁에서 태여나서 자랐으나 항상 멸시를 받아야 하였으며 나중에는 목숨까지 위태롭게 되였다. 하지만 뛰여난 무술과 영특한 지혜를 가진 주몽은 만난을 극복하고 끝내 새로운 나라를 세우게 되였다.

이러한 이야기를 예술적흥미를 가지도록 만든 《동명왕전설》은 구성과 등장인물들의 형상에서 당시로서는 매우 높은 경지에 이르렀다.

《동명왕전설》에서 중요한 자리를 차지하는것은 전설의 주인공이라고 할수 있는 주몽의 형상이다.

한마디로 말해서 《동명왕전설》에서 고주몽의 형상은 고구려사람들이 적극 내세우고 지지하였으며 우러러마지 않던 건국시조의 모습이다.

주몽은 후에 봉건국가의 창건자, 통치자로 되였지만 전설에서는 그를 억압과 멸시속에서 나서자란 인간이며 근로정신이 강하고 사람들의 지지를 받았으며 뛰여난 무술과 강의한 의지, 높은 실천능력을 가진 인간으로 그리였다. 다시말하여 전설속의 동명왕은 고구려인민들의 적극적인 지지속에서 그리고 《하늘의 도움》을 받으면서 나라를 세운 영웅적인 존재이다.

전설의 여러 이본에 따라 약간의 차이는 있으나 주몽은 태여난 초기에 부여왕실의 학대와 멸시를 받은것으로 되여있다. 그것을 강조하기 위하여 전설에서는 주몽의 어머니를 귀양생활을 하던 녀인으로(《구 〈삼국사〉의 《동명왕본기》) 또 부여왕궁에 유폐되여있던 녀인으로(《북사》의 《고구려》) 그리였으며 주몽을 개, 돼지들에게나 길가에 마구 버려졌던 존재로 형상하였다.

후에도 이야기하겠지만 부여건국전설과 고구려의 건국전설이 서로 유착되여있는 조건에서 전설에 등장하는 《동명》과 《주몽》은 동일한 인물에 대한 서로 다른 형상이라고 볼수 있다.

《동명왕전설》에서 주몽을 천대받는 인간으로 형상한것은 그가 당대 현실에 융합되고 용인되는 인물이 아니라 현실을 부정하고 반항하는 인물로 그리기 위해서였다고 볼수 있다.

비록 어려운 환경에서 태여났고 천대와 멸시속에서 성장하였으나 고주몽은 고구려를 창건한 뛰여난 인물이였다.

전설에서는 또한 고주몽을 로동속에서 자라난 인물로 형상하였다.

주몽은 부여왕실의 천대를 받던 나머지 《하늘임금의 손자인데 남을 위해 말을 기르게 되였》다. 주몽은 목장에서 말을 기르면서 준마를 알아보았고 의도적으로 말을 살찌게 하거나 여위게 할줄도 알았다. 그는 오곡의 종자를 아끼였고 이르는 곳마다에서 농사를 짓는데 알맞춤한 땅을 찾는데 심혈을 기울이였다.

주몽은 이처럼 자신이 직접 말을 키우고 로동을 하였기때문에 그런 일을 하는 사람들의 사정을 깊이 리해하였고 또 그로 하여 사람들의 존경과 지지를 받았다.

《동명왕전설》에서 주몽의 근로정신은 어머니 류화의 방조속에서 형성된것으로 그려져있다. 주몽에게 좋은 말을 선택하도록 가르쳐주고 오곡의 종자를 준것은 어머니 류화였다. 다시말하여 주몽은 어머니의 적극적인 영향밑에서 말을 기르고 곡식을 가꾸는 근면한 로동생활을 익혀나갈수 있었다.

이런 의미에서 전설에서 주몽과 류화의 형상에는 당대 인민들의 지향이 반영되여있다고 말할수 있다.

전설에서는 고주몽을 뛰여난 재주를 가진 인물로 내세웠다.

《주몽》이란 부여사람들의 말로 《활을 잘 쏘는 사람》을 가리키였다. 고주몽은 태여나자마자 누운 자리에서 어머니가 만들어준 활로 물레우에 앉은 파리를 쏘아맞혔는데 그의 활솜씨는 백발백중이였다. 주몽은 한대의 화살로도 많은 사슴을 잡을수 있었으며 한번의 활재주로 두마리의 비둘기를 땅에 떨어뜨릴수 있었다. 그는 또한 백보밖에 걸어놓은 옥가락지를 명중하여 산산쪼각이 나도록 만들수도 있었다.

주몽에게 있어서 활은 자연과 사회에서 제기되는 온갖 애로와 난관을 이겨나갈수 있는 강력한 무기, 수단이였다. 그는 앞길을 가로막는 큰 강도 활로 물을 치고서 건늘수 있었고 비류국 송양왕의 위협도 활재주로 극복할수 있었다.

원래 고구려, 부여계통의 사람들은 좋은 활을 만들었고 활재주가 뛰여난 것으로 내외에 널리 알려져있었다. 고구려, 부여사람들이 자랑스럽게 여기는 이러한 활솜씨, 활재주를 고주몽이 완전무결하게 체현하였던것이다. 고주몽이 당시 사람들의 높은 존경과 사랑을 받을수 있었던것은 기본 이런 신기한 활재주에 있었다고도 말할수 있다.

이것은 일찍부터 고구려사람들속에서 발양된 상무기풍을 반영한것이라고 볼수 있다. 고구려사람들에게 있어서 뛰여난 무술이야말로 사람들을 평가하고 내세우는 중요한 기준이였다.

전설에서 주몽은 생김새도 뛰여나고 슬기와 인품도 남다른것으로 그려져 있다.

주몽은 금와왕의 여러 아들들의 멸시와 모욕을 남다른 활재주와 완력 그리고 완강한 투지로 이겨나갔다.

주몽은 사람들에 대한 포용력이 강하였다. 그러했기때문에 오이, 마리, 협보와 재사, 무골, 묵거를 비롯한 많은 사람들을 포섭하여 건국위업을 실현할수 있었던것이다.

전설에서 형상된 주몽의 이러한 성격적특질은 당시 고구려사람들이 가장 존경하고 리상하던 인간의 모습이라고 할수 있다.

전설에서는 주몽이 체현한 재주와 슬기, 능력과 수완이 평범한것이 아님을 강조하기 위하여 그를 《하늘임금의 아들》 또는 《해의 아들》이라고 하였고 그에 의해 이루어지는 모든 성과를 하늘이 도와준것으로 그리였다.

전설에서는 동명왕이 나라를 세우는 과정을 낡은것과의 투쟁과정으로 그리였다.

노예사회를 극복하고 봉건사회를 세우는 과정은 심각한 사회정치적, 경제적변혁을 거쳐야 하였다. 이것은 한마디로 말하여 낡은 사회경제적관계를 청산하고 새로운 제 관계를 창조하는 과정이였다.

《동명왕전설》은 이러한 심각한 사회정치적문제들을 반영하고있다.

전설에서는 고주몽의 고구려건국과정을 낡은것을 반대하여 투쟁하는 과정으로 그리였다. 노예소유자국가였던 부여의 왕실에서 박해를 받으며 살던 주몽은 일정한 세력의 지지속에 남쪽으로 옮겨간다. 거기서 주몽의 세력은 군사적힘과 능란한 외교로 비류국을 제압하고 끝내는 그것을 통합한다. 주몽과 송양왕의 재주겨루기, 비류국에서 북과 나팔을 가져오고 거기에 일부러 보미를 올리거나 천년묵은 썩은 나무로 기둥을 세워 궁궐을 건설하는것 등은 신흥고구려가 주변의 낡은 세력을 군사적으로, 외교적으로 제압하고 통합하는 과정을 설화적으로 보여준것이다.

새로운 사회질서를 세우고 낡은 세력을 제압한 주몽의 집단은 인민들의 지지속에 점차 강력한 국가의 체모를 이루어나간다.

《동명왕전설》에서는 이처럼 고주몽을 억압과 멸시속에서 성장하고 뛰여난 슬기와 재능, 근면한 로동으로 사람들의 신뢰와 지지를 받는 인간으로, 마침내는 동방의 천년강국인 고구려를 일떠세우는 시조왕으로 리상화하여 그리였다.

《동명왕전설》에서 주몽의 어머니 류화의 형상도 중요한 자리를 차지한다.

전설에서는 주몽의 혈통을 신성화, 신비화하기 위하여 류화를 물을 다스리는 신인 하백의 딸이라고 하였다. 그러나 전설에 등장하는 류화는 결코 환상적인 존재가 아니라 인간생활에 구체적으로 존재하는 아름답고 슬기롭고 강의하고 인자한 어머니의 형상이다.

류화는 당시에 가정적으로나 사회적으로 천대와 멸시를 받았으나 그것으로 해서 자신을 무시하지 않았으며 오히려 떳떳하게 살기 위하여 애썼다. 그것은 류화에게 강의한 의지와 뛰여난 슬기가 있었기때문이였다.

전설에서는 류화를 슬기로운 녀성으로, 인자한 어머니로 그리였다.

류화는 어려운 처지에서도 아들을 떳떳하게 키우기 위해 애쓴다. 어린 아들에게 활과 화살을 만들어주어 그가 《주몽》 즉 《활을 잘 쏘는 사람》이 되게 하였고 부여왕실이 주몽을 해치려 할 때에는 그것을 인차 간파하고 아들에게 큰뜻을 지니고 떠날것을 권고하였다. 어머니로 하여 근심하는 주몽에게 류화는 《너는 이 한 어머니때문에 걱정하지 말아라.》라고 하면서 강경히 떠나보냈으며 그의 앞날을 위해 오곡종자를 마련해주었다. 류화는 특히 먼길을 떠나야 할 아들에게 좋은 말을 주기 위하여 준마를 골라준다.

전설에서 주몽은 사실 어머니의 이와 같은 세심한 가르침과 보살핌이 있었기때문에 뛰여난 무예와 남다른 기질을 지닌 인간으로, 새 나라의 창건자로 될수 있었다.

류화의 형상은 지난날 우리 인민들이 내세운 훌륭한 녀인, 현숙한 어머니의 모습이다. 《온달이야기》에서는 공주가 준마를 알아보도록 온달에게 가르쳐주는 내용이 나오며 중세후기에 창작된 고전소설 《박씨부인전》에도 박씨부인이 좋을 말을 가리여 필요한 때에 요긴하게 쓰도록 하는 이야기가 있다. 이것은 《동명왕전설》의 직접적인 영향이였다고 말할수 있다.

전설에서 류화의 형상이 사람들의 지지와 공감을 불러일으키는것은 그가 근면한 로동생활속에서 터득한 당대 인민들의 체험을 그대로 가지고있기때문이다.

류화는 비록 하백의 딸이라 하더라도 하백의 가문에서 쫓겨난 처지였다. 그는 당대의 평범한 근로녀성들처럼 물레질을 하여 천을 짰고 오곡을 가꾸었으며 말을 길렀다. 류화가 지닌 지혜와 슬기는 이러한 인민적인 로동생활과정에 자라난것이였다. 전설에서는 이것을 강조하고있다.

결국 《동명왕전설》에서 류화의 형상은 당대 근로녀성들의 생활에서 아름다운 측면들을 집대성한것이라고 말할수 있다.

《동명왕전설》을 창조하고 전하여온 고구려인민들은 자기들의 지향과 념원에 맞게 류화를 인물이 아름답고 성품이 강의하며 근면한 로동속에서 슬기로운 지혜를 터득한 녀인으로 내세웠다. 그러므로 《동명왕전설》에서 류화는 사람들에게 무한한 동정심을 불러일으키며 그것으로 해서 주몽이 아울러 더 돋보이고 하는 일이 모두 정당하다는 느낌을 가지게 하는것이다.

《동명왕전설》에는 이밖에도 해모수, 오이, 마리, 협보 그리고 충직한 신하로서 부분노가 등장한다.

주몽의 아버지인 해모수는 《하늘임금의 아들》이며 신비로운 재주를 가진 존재로 그려지고있다. 이것은 고구려의 건국시조 주몽을 《비상한 가문》의 출신으로 내세우려는 지향과 결부되여있다.

전설에서 해모수의 형상은 많은 경우 부여건국전설인 《해모수신화》의 흔적을 가지고있다. 해모수는 《천왕랑》(天王郞)으로서 인간세상뿐아니라 하늘세계에서도 활동하고 오룡거를 리용하여 하늘우와 바다속을 마음대로 오고가면서 채찍으로 구리궁전을 일떠세우는 신비로운 재주를 가지고있다. 이것은 고구려건국전설에 남아있는 신화적인 요소이며 따라서 이 전설이 매우 오랜 옛날에 이루어진 설화라는것을 말하여준다.

《동명왕전설》에는 이상과 같은 긍정적인 인물들이 등장함과 동시에 일련의 부정인물들도 등장한다.

《동명왕전설》에 등장하는 부정인물로서는 우선 대소를 들수 있다.

동부여의 왕 금와의 맏아들인 대소는 재주는 없고 시기심과 질투가 강한 인물로 그려져있다. 그는 왕자로서의 지위를 리용하여 아무런 재주도 없으면서 군림하려고 하며 언제나 자신의 지위가 위태로와질가보아 전전긍긍한다. 그는 자신의 재주가 주몽만 못한것을 두려워하면서 주몽을 시기, 질투하며 나중에는 그의 생명까지도 앗으려고 하는 포악한 인간이다.

전설에서 대소의 형상은 한마디로 말하여 새것을 지향하는 세력을 억제하는 낡은 세력의 대변자의 형상이다. 전설에서는 이러한 대소를 주몽과의 대립속에서 보여주면서 낡은 세력은 아무리 필사적으로 발악하여도 결국은 새것에 의하여 패하지 않을수 없다는것을 강조하였다.

《동명왕전설》에서 비류국의 왕인 송양도 낡은 세력, 보수적인것의 대변자이다.

송양은 일정한 지역을 차지하고 세력을 확장한 통치자로서 자신을 《선인의 후예》로 자처한다. 그러나 그에게는 아무런 재주도 없으며 부닥치는 현실적인 문제들을 오직 통치자라는 명목으로 해결하려 한다. 전설에서는 송양을 고주몽과의 활재주경쟁에서 지며 물란리에 처한 나라를 건져낼 아무런 재주도 없어 결국은 고구려에 귀속되지 않을수 없었던 존재로 형상하였다.

이것은 《동명왕전설》이 고구려를 낡은 세력의 압제와 무능하고 부패한 낡은 통치집단을 굴복시키고 생겨난 나라로 인정한 당시 인민대중의 리해에 기초하여 창조되였다는것을 말해준다.

전설에서 송양이 무예경쟁에서 지고 북과 나팔을 앗기우며 큰물때문에 나라가 망하는데도 속수무책인것으로 형상된것은 낡은 세력, 낡은 통치배들의 무능성을 보여주면서 궁극적으로는 긍정인물로서의 주몽의 성격을 부각시키는데 이바지하고있다.

《동명왕전설》에는 당시의 경제생활을 반영한 자료들도 들어있다.

말과 목장, 오곡종자 그리고 물고기잡이, 사냥 등에 대한 이야기는 당시 사람들의 농경생활과 사냥활동의 일단을 보여주는것이며 하늘과 땅을 자유롭게 오고가는 오룡거는 자연의 온갖 구속에서 벗어나려는 사람들의 리상과 념원을 반영한것이다.

《동명왕전설》은 건국전설로서 고구려를 세운 과정을 설화화하면서도 그것을 당시의 구체적인 생활속에서 진실하고 생동하게 보여주려고 노력하여 이처럼 다양하고 풍부한 자료들을 반영하였던것이다. 이것은 전설창조과정에 깃든 고구려인민들의 지혜와 재능, 현실생활에 대한 예술적감수능력을 보여주는것이기도 하다.

고구려의 건국전설인 《동명왕전설》은 이렇듯 당대 인민들의 지향과 념원, 요구를 정당하게 반영하였기때문에 커다란 생명력을 가지고 오랜 기간 인민들속에 깊이 그리고 폭넓게 침투될수 있었다.

12～13세기의 이름난 문인이였던 리규보가 장편서사시 《동명왕편》을 창작하게 되였던것은 《동명왕전설》의 깊은 감화력때문이였다.

리규보는 《동명왕편》을 창작하면서 이 전설을 가리켜 《거룩한것》이며 《신비로운것》이라고 하였고* 그 이야기를 매우 소략하게 전한 김부식을 비판하면서 《나라를 창건한 신비로운 자취》를 후세에 전하고 사람들에게 《우리 나라는 본래 성인의 나라》라는것을 알려주기 위하여 시를 짓는다고 하였다.

* 《東明之事 非以變化神異 眩惑衆目 乃實創國之神迹 則此而不述 後將何觀 是用作詩以記之 欲使夫天下 知我國本聖人之都耳》(《東國李相國集》卷三 古律詩 《東明王篇幷序》)

한편 15세기에 《세종실록》을 편찬하면서 《지리지》에도 이 전설을 그대로 수록하였다.(《세종실록》 권154 지리지, 평안도 평양부 《령이》) 이것은 《동명왕전설》이 15세기까지도 인민들속에 널리 전해지고있었다는것을 말해준다.

《동명왕편》의 서문에서 리규보가 《비록 어리석은 사나이나 하찮은 아낙네라도 자못 그 사실을 말할수 있다》고 한것과 관련시켜보면 《동명왕전설》이 우리 나라 중세 전기간 인민들속에 깊이 침투되여있었다는것을 알수 있다.

《동명왕전설》이 이처럼 오래동안 사회적의식령역에 깊이 침투되여있었기때문에 중세 문학창작에서도 널리 리용될수 있었다.

《동명왕전설》은 사람들의 심금을 울리는 이채로운 이야기인것으로 하여 다른 나라, 다른 민족들에게도 널리 알려져있었다. 그 단적인 실례가 《위서》나 《북사》의 기록이다.

《동명왕전설》은 고구려의 건국초기에 창조되였던것으로 인정된다.

고구려사람들은 뛰여난 지략과 무술을 소유하였던 시조왕인 동명성왕의 일생행적과 건국사실을 자랑스럽게 이야기하는 과정에 이 전설을 창조하였다. 전설은 그후 오랜 세월 많은 사람들을 통하여 전해오는 과정에 다듬어지기도 하고 보충되기도 하였다.

초기의 전설에서는 주몽이 《하늘임금의 아들인 해모수의 아들》로 형상되였다. 그러므로 전설에서는 주몽이 스스로 《나는 하늘임금의 손자》라고 한다. 그런데 5세기경에 전해지던 전설에서는 주몽을 《하늘임금의 아들》(광개토왕릉비)이라고 하거나 《해와 달의 아들》(모두루의 묘지)이라고 하였다. 12세기에 편찬된 력사책인 《삼국사기》에서도 주몽을 《하늘임금의 아들이며 하백의 외손》이라고 하였다.

《동명왕전설》이 창작전승되여오는 과정에 크게 고쳐질수 있었던 계기는 5세기 전반기 국내성에서 평양에로의 천도였다고 생각된다.

고구려인민들은 국토통일을 민족사적과제로 제기하고 그것을 실현하기 위한 과감한 투쟁을 벌리면서 평양에로 수도를 옮기였다. 평양에 도읍을 꾸린 고구려인민들은 이 고장을 삼국통일을 위한 정치경제적, 문화적중심지로 꾸리면서 시조인 동명왕의 무덤까지도 평양으로 옮겨왔다. 그후부터 사람들속에서는 평양에 대한 인식이 달라지게 되였다. 고구려사람들은 고조선의 수도로서 발전된 문화를 창조하였던 평양지방의 력사를 고구려의 건국시조와 련관시켜 생각하게 되였다. 그 과정에 《주몽은 단군의 아들》*① 이라는 견해도 제기되였고 나아가서는 평양이 동명왕의 본래의 도읍터라는 이야기까지 생겨났으며 모란봉과 대동강에 동명왕의 유적이 많다고 인정하게 되였다. 모란봉의 기린굴이야기와 대동강의 조천석이야기는*② 이러한 견해들에 토대하여 꾸며진 이야기들이였다.

*① 《第一東明王 甲申立 理十八 姓高名朱蒙 一作鄒蒙 壇君之子》(《三國遺事》卷一 王曆 第一)

*② 《麒麟窟(…東明王養麒麟馬于此 後人立石誌之 世傳王乘麒麟馬 入此窟 從地中 出朝天石升天 其馬跡至今在石上)》(《新增東國輿地勝覽》卷五十一 平壤 《古跡》)

《세종실록》의 《지리지》에 의하면 모란봉의 대동강기슭에 자리잡은 영명사(永明寺)는 동명왕의 궁궐터이고 그안에는 굴이 있는데 그 굴은 동명왕이

타고 하늘에 오르던 기린마를 기르던 곳이며 그 남쪽 대동강의 여울목인 백
은탄에는 조천석(朝天石)이라는 바위가 있는데 그 바위는 동명왕이 기린마를
타고 하늘에 올라가던 곳이라고 하였다.

이러한 이야기에 기초하여 고구려건국초기의 제반 력사적사실들이 해석되
면서 성천이 비류국이라느니*① 룡강이 황룡국이라느니*② 하는 사실과 맞지
않는 이야기들이 나오게 되였다.

* ① 《(成川都護府)本沸流王松讓故都 高句麗始祖東明王 自北夫餘來都卒本
川 松讓以其國降 遂置多勿都》(《新增東國輿地勝覽》卷五十四)

* ② 《(龍岡縣)古黃龍國 爲高句麗所幷》(우와 같은 책, 卷五十二)

이러한 이야기들은 물론 퍽 후세에 꾸며진것들이였다.

《동명왕전설》은 원래 부여건국전설에 토대하여 이루어진 설화이다.

고구려의 건국전설이 부여의 건국전설에 토대하여 이루어지게 된것은 고구
려가 부여와 같은 계통의 주민들이 세운 나라이며 부여에서 출발하여 이루어
진 나라였던 사정과 중요하게 관련된다.

고구려가 부여에서 갈라져나온 세력에 의하여 세워진 나라라는것은 전설자
체가 말해주고있다.

지난날 일부 력사가들은 부여와 고구려를 혼동하기까지 하였다. 《후한서》
에서 고구려의 건국전설을 《부여국》항목에 수록하였던것은 그 대표적인 실
례이다.

지금까지도 왕충의 《론형》에 올라있는 《길험편》의 이야기가 부여의 건국
설화인가 고구려의 건국설화인가를 가려보기 어려울 정도이다.

다른 나라의 기록으로서 《동명》에 대한 이야기를 처음 전한것은 A.D.
1세기경 후한(後漢)시대의 사람 왕충이 쓴 《론형》이다. 여기서 참고적으로
《론형》의 내용을 소개하면 다음과 같다.

《북이(北夷) 탁리국(橐離國)왕의 시비가 아이를 배였다. 왕이 그를 죽이
려고 하니 시비가 말하기를 〈닭알만 한 크기의 기운이 하늘로부터 내려왔는
데 나는 그때문에 임신하게 되였다.〉고 하였다. 후에 아들을 낳았다. 아이를
돼지우리안에 버렸더니 돼지가 입김으로 불어서 죽지 않았다. 다시 마구간에
넣어서 말이 그를 깔아죽이게 하려고 하였더니 말이 또한 입김으로 그를 불
어주어 죽지 않았다. 왕은 하늘의 아들인가 여기여서 그의 어머니더러 거두

- 58 -

어 기르라고 하고 이름을 《동명》이라 하였으며 소와 말을 기르도록 하였다. 동명은 활을 잘 쏘았다. 왕은 나라를 빼앗을가봐 두려워서 그를 죽이려고 하였다. 동명이 남쪽으로 달아나다가 엄호수(掩滹水)에 이르러 활로 물을 쳤더니 물고기와 자라가 떠올라 다리를 이루었다. 동명은 건늘수 있었으나 물고기와 자라가 헤쳐져서 따라오던 군사들은 건늘수 없었다. 그리하여 도읍을 정하고 부여에서 왕으로 되었다.

동명의 어머니가 처음 임신하였을 때에 하늘에서 내려온 기운을 보았다. 태여나자 그를 버렸지만 돼지와 말이 입김으로 불어서 그를 살려주었으며 자라서는 왕이 그를 죽이려 하였으나 활로 물을 쳐서 물고기와 자라가 다리를 이루었다. 하늘의 명이 죽지 않게 하였기때문에 돼지와 말의 구원을 받았고 부여에서 도읍을 정하고 왕으로 되도록 하였기때문에 물고기와 자라가 다리를 이루어주는 도움을 주었던것이다.》*

* 《北夷橐離國王侍婢有娠 王欲殺之 婢對曰有氣大如鶏子 從天而下我 故有娠 後産子 捐於溷中 猪以口氣噓之不死 復徙置馬欄中 欲使馬藉殺之馬復以口氣噓之不死 王以爲天子 令其母收取以畜之 名東明 令牧牛馬 東明善射 王恐奪其國也 欲殺之 東明走 南至掩滹水 以弓擊水 魚鼈浮爲橋 東明得渡 魚鼈解散 追兵不得渡 因都王夫餘 故北夷有夫餘國焉 東明之母初娠時 見氣從天下 及生棄之 猪馬以氣噓之而生 長大王欲殺之 以弓擊水 魚鼈爲橋 天命不當死 故有猪馬之救命 當都王夫餘 故有魚鼈爲橋之助也》

(《諸子集成》七 《論衡》吉驗篇)

《론형》에 소개된 《동명》에 대한 이야기는 이상과 같다.

여기서 이야기된 《탁리국》에 대하여 지난날에도 여러가지 설명이 있었다. 《후한서》에서는 《북이 색리국》(北夷索離國)이라고 하였는데 당나라때 그것을 주해하면서 《색》(索)은 간혹 《탁》(橐)으로 쓴다고 하였으며 《삼국지》에서는 같은 내용을 기록하면서 《북방》(北方)의 《고리국》(高離國)이라고 하였다.

《삼국지》에 인용된 어환의 《위략》(魏略)은 사실상 《론형》과 같은 내용을 기록하였다. 《위략》의 내용은 다음과 같다.

《옛날에 북방에는 고리라는 나라가 있었는데 그 나라의 왕으로 된 사람의 시비가 임신을 하였다. 왕이 그를 죽이려고 하니 시비가 말하기를 〈닭알같은 기운이 있어 나에게로 내려왔기때문에 임신을 하였다.〉고 하였다. 후에 아들을 낳았는데 왕이 그것을 거름속에 버렸더니 돼지가 주둥이로 그것을 불어주었다. 그래서 마구간에 옮겨놓았더니 말이 입김으로 그것을 불어주었다. 그래서 어머니더러 거두어 기르게 하고는 이름을 《동명》이라고 하고 늘 말을 기르게 하였다. 동명은 활을 잘 쏘았다. 왕이 그가 나라를 빼앗을가봐 걱정되여 죽이려고 하니 동명이 달아났다. 남쪽으로 시엄수(施掩水)에 이르러 활로 물을 쳤더니 물고기와 자라가 떠올라 다리를 이루었다. 동명은 건늘수 있었으나 물고기와 자라가 흩어져서 뒤따르던 군사들은 건늘수 없었다. 동명은 그리하여 부여의 땅에 도읍을 정하고 왕으로 되였다.》*

* 《昔北方有高離之國者 其王者侍婢有身 王欲殺之 婢云有氣如鷄子 來下我 故有身 後生子 王捐之於溷中 猪以喙噓之 徙置馬閑 馬以氣噓之不死 王疑 以爲天子也 乃令其母收畜之 名曰東明 常令牧馬 東明善射 王恐奪其國也 欲殺之 東明走 南至施掩水 以弓擊水 魚鼈浮爲橋 東明得渡 魚鼈乃解散 追 兵不得渡 東明因都王夫餘之地》(《三國志》卷三十 《魏書》注)

《삼국지》에서는 이 설화적인 이야기가 부여와 관련되는 이야기이므로 《부여전》뒤에 주해로 첨부하여놓았을따름이다.

《론형》에서의 《탁리국》은 명백히 《고리국》에 대한 오기라고 인정된다. 왕충은 당시에 실제적인 력사적사실을 전하기 위하여 이 전설을 옮겨놓은것이 아니라 이른바 《천명》(天命)에 순응하는 인간의 운명을 례증하기 위해 《동명》의 이야기를 인용하였던것이다. 따라서 《론형》에서는 나라이름이 문제로 된것이 아니라 사실이 기본이였다. 이로부터 《동명왕전설》의 구체적인 세부 내용은 생략해버리고 기본줄거리만을 인용하였던것이다. 왕충의 《론형》에서 인용한 《동명왕전설》은 동명왕의 출생과 성장, 건국과정이 이른바 《천명》에 부합되는것이였고 따라서 동명의 일생에 있었던 기적적인 사건, 사실들은 《천명》에 의한것이였다는것을 강조한데 불과하다.

《론형》의 기록은 그후 력대중국의 력사책들에 그대로 인용되면서 그것이 부여와 관련된 이야기로 인정되였다.

현재까지 전해지는 이상의 자료들을 종합하여보면 《고리》, 《부여》는 다 《북방》의 나라들이며 서로 별개의것인데 《고리》가 《부여》보다 앞선 나라라는것이다. 그리고 설화에서는 《란생》이 아니라 《하늘의 기운》이 강조되였다. 이것은 왕충이 《론형》의 집필목적에 맞게 그 이야기를 옮겨놓았기때문이다.

《론형》과 《삼국지》에 인용된 《위략》에서는 《고리국》에서 《부여국》이 생겨났다고 하였고 《북사》와 《태평환우기》에서는 부여에서 고구려가 나왔다고 하였다.

우리가 오늘 문헌기록상에서 부여건국설화와 고구려건국전설을 가르려 한다면 보다 전개된것, 구체화된것이 후세에 이루어진 고구려건국전설이라고 하여야 할것이다. 고구려건국전설은 부여건국설화에 토대하여 이루어지면서 후세에 더욱 풍부화된것으로 인정된다. 고구려건국전설에 나오는 《동부여》(東夫餘)에 대하여 어떤 연구자들은 《대략 6세기경에 쓰이기 시작한 새로운 명칭》이라고 하였다.(《조선단대사》 고구려사 1, 77페지)

이러한 견해를 따른다면 고구려건국전설은 고구려말기까지 계속 보충되였던것으로 된다.

이처럼 《동명왕전설》은 그 창작 및 전승과정이 매우 복잡하다. 하지만 명백한것은 《동명왕전설》이 고구려인민들이 창조한 전설이며 그 변화발전과정에는 당대 고구려인민들의 지향과 념원이 반영되여있다는것이다.

《동명왕전설》은 고구려건국초기에 창조되여 사람들속에서 전하여오면서 설화적으로 완성되였고 그것이 후세에 각이한 계층에 의하여 더욱 가공윤색되였지만 가공되고 윤색된것은 어디까지나 지엽적이고 사말사적인것이였으며 고주몽에 의한 고구려의 건국내용은 변함없이 그대로 전승되여왔고 새것, 정의로운것의 승리를 긍정하는 고구려인민들의 지향을 반영하는데서는 조금도 달라진것이 없었다. 이것은 《동명왕전설》이 천년강국 고구려에 대한 우리 인민의 긍지와 자부심, 고구려의 력사를 더욱 빛내가려는 민족의 열렬한 지향속에 오랜 세월 창조전승되여왔다는것을 보여준다.

《유류이야기》

고구려전기의 력사설화에는 고구려의 건국과정을 보여주는 전설들과 함께 고구려의 강성과 관련한 이야기를 담은 전설들도 있다.

전설 《유류이야기》는 초기 고구려의 혈통이 어떻게 이어졌는가 하는것을 보여준 설화이다.

리규보의 장편서사시인 《동명왕편》에서는 동명왕에 대한 이야기와 함께 그의 아들인 유류에 대한 전설적인 이야기도 소개하였다. 리규보는 동명왕의 신비롭고 거룩한 이야기속에 유류의 이야기를 포함시켜넣었다.

그러나 《동명왕전설》을 고구려의 건국설화로 인정하는 조건에서 동명왕이 죽은 다음 그의 후대에게 있었던 사실을 구태여 건국전설에 포함시킬 필요는 없다고 본다. 그러므로 《유류이야기》를 력사전설로서 고구려의 강성과정을 보여주는 설화로 서술하려고 한다.

《유류이야기》는 구《삼국사》와 《삼국사기》 등에 실려서 후세에 전해 진다.

《동명왕전설》을 전하는데서도 구《삼국사》와 《삼국사기》가 서로 차이가 있었지만 《유류이야기》를 수록한데서도 두 문헌은 일정한 차이를 보이고있다. 그 차이란 한마디로 말하여 구《삼국사》가 보다 풍부한 설화적이야기를 싣고있다면 《삼국사기》는 그것을 대폭 생략하여 실은것이다. 그것은 이른바 《나라의 력사란 세상을 바로잡는 글》로서 《크게 이상야릇한 사실》을 기록 할수 없다는 리유에서 출발한 생략이였다.

《삼국사기》에서는 전설적인 요소가 대부분 제거되고 《이 아이는 아버지 가 없기때문에 이처럼 완악하다.》*는 식으로 한문문장의 수사(修辭)방식에 따라 내용을 간략화하여놓았다.

* 《幼年出遊陌上 彈雀誤破汲水婦人瓦器 婦人罵曰此兒無父 故頑如此》
 (《三國史記》卷十三 高句麗本紀 《琉璃明王》)

《삼국사기》의 기록을 구《삼국사》와 대비하여보면 대체로 전반내용이 생략되고 구체적인 사건, 사실이 삭제되였으며 일부 구성이 달라지고 문장의 형식적인 수사방법이 강화되였다. 그러므로 설화로서의 《유류이야기》는 《삼국사기》보다 구《삼국사》에 실린것이 원형에 가깝다.

구 《삼국사》에 수록된 전설 《유류이야기》를 소개하면 다음과 같다.

유류는 어릴 때부터 남다른 기개가 있었다. 유류는 어려서 화살로 참새를 쏘아잡는것을 즐겨하였다. 어느날 유류는 참새를 쏘다가 그만 잘못하여 녀인이 이고가는 물동이를 쏘아맞혔다. 그 녀인은 성이 나서 유류를 꾸짖기를 《아바없는 아이녀석이 내 물동이를 쏘아 못쓰게 만들었다.》고 하였다. 그 말을 들은 유류는 몹시 부끄럽게 여겨져서 진흙을 동그랗게 만들어가지고 쏘아 물동이에 난 구멍을 원래대로 만들어놓았다. 집으로 돌아온 유류는 어머니에게 물었다. 《우리 아버지는 누구입니까?》 어머니는 유류가 아직 나이가 어리므로 롱담삼아 대답하였다. 《너에게는 정해놓은 아버지가 없다.》 그러자 유류는 흐느껴울면서 《사람으로서 정해놓은 아버지가 없다면 장차 무슨 면목으로 사람들을 대하겠습니까.》라고 하더니 스스로 목숨을 끊으려 하는것이였다. 어머니는 깜짝 놀라 그것을 말리며 말하기를 《이자 한 말은 롱말이로다. 너의 아버지는 하늘임금의 손자이고 하백의 외손이다. 부여의 신하로 된것을 원망하여 남쪽으로 가시여 새로 나라를 세웠단다. 네가 찾아가보려느냐?》하니 유류가 대답하기를 《아버님은 임금님으로 되시였으나 자식은 남의 신하노릇을 하게 된다면 제 비록 재주는 없으나 어찌 부끄러운 일이 아니겠습니까.》라고 하였다. 어머니가 말하기를 《너의 아버님은 떠나실 때 이런 말씀을 남기시였다. 내가 간수한 물건이 일곱고개, 일곱골짜기의 돌우에 있는 소나무에 있소. 그것을 찾을수 있는 사람은 정녕 내 아들이요라고 하시였단다.》라고 하니 유류는 산과 골짜기를 다니면서 그것을 찾기 시작하였다. 하지만 찾아내지 못하고 피로해져서 돌아왔다. 그러던 어느날 유류가 집기둥에서 서글픈 소리가 나는것을 듣고 가서 보니 그 기둥이 돌우에 세운 소나무였는데 나무로 만든 기둥이 일곱모로 되여있었다. 그것을 본 유류가 《〈일곱고개, 일곱골짜기〉라고 하는것은 일곱모를 가리키는것이요, 돌우의 소나무란 기둥을 말하는것이로구나.》라고 생각하고 일어나 기둥을 살펴보니 기둥우에 구멍이 있었는데 거기에는 부러진 칼 한토막이 있었다. 유류는 무척 기뻐하며 여름철인 4월에 고구려로 달려가 칼 한토막을 임금에게 바쳤다. 임금이 가지고있던 칼 한토막을 내여 합쳐보았더니 거기에서 피가 흐르면서 이어져 온전한 칼 한자루가 되였다. 임금이 유류에게 말하기를 《너는 실로 나의 아들이로다. 그런데 어떤 신비로운 재주를 가지고있느냐?》라고 하니 유류는 임금의 말을 듣고 몸을 솟구어 공중으로 향하였는데 바라지를 타고 해를 향하여 날아서 자기의 신비로운 재주를 보여드렸다. 임금은 무척 기뻐하면서 태자로 삼았다.

전설 《유류이야기》는 한마디로 말하여 고구려의 건국시조 동명왕의 뒤를 이은 유류가 아버지못지 않게 뛰여난 무술과 완강한 의지 그리고 강한 실천력을 가진 비범한 인물이였다는것을 강조한 설화라고 말할수 있다.

《유류이야기》는 《동명왕전설》처럼 구성이 복잡하지도 않고 사건이나 사실이 다양하게 펼쳐지지도 않았다. 전설은 유류의 사람됨과 그가 고구려의 임금으로서 동명왕의 뒤를 잇게 된 사실을 생활적으로 펼쳐보이고있다.

《유류이야기》에서 기본으로 되는것은 젊은 유류의 형상이다.

전설에서는 고구려사람들이 누구나 다 그러하였던것처럼 유류도 무술에 비범한 재주가 있었으며 아버지가 남겨두고 떠나간 물건을 찾기 위해 슬기와 지혜를 다하였다는것을 강조하였다.

위대한 수령 김일성동지께서는 다음과 같이 교시하시였다.

《고구려사람들은 평상시에도 말을 타고 달리면서 활쏘기를 아주 좋아하였습니다.》(《김일성전집》 제66권 149페지)

고구려사람들은 무술을 매우 중시하였다. 고구려때에 무술훈련은 사람들의 몸을 단련하고 인격을 키우며 사회생활에 떳떳하게 나설수 있는 능력을 키우는것으로 간주되였다.

고구려의 시조왕 고주몽은 그 이름자체가 뛰여난 무술을 상징적으로 말해주는것이였다.

전설 《유류이야기》에서도 유류는 우선 뛰여난 궁술, 무술의 소유자로 형상되였다.

전설에 의하면 유류는 활쏘기를 즐기였으며 훌륭한 궁술을 가지고있었다. 물동이에 난 구멍을 화살끝에 묻힌 진흙으로 메꾸어놓을수 있을 정도로 그의 활재주는 몹시 뛰여났다.

《동명왕전설》에서 주몽은 어렸을 때 벌써 물레우에 앉은 파리를 활로 쏘아맞혔고 백보밖에 매달아놓은 옥가락지를 산산이 깨뜨려버릴수 있는 궁술의 소유자였다면 유류는 동이에 뚫린 구멍을 순식간에 메꾸어놓을수 있는 활재주의 소유자였다.

전설에서 유류의 이러한 형상은 그의 비범한 무술을 말해주는 동시에 동명왕의 뒤를 이을 아들로서의 그의 자질을 보여준다.

《유류이야기》에서 유류는 다음으로 강한 결단성과 실천력을 가진 인간으로 그려져있다.

유류는 아버지없이 막 자란 아이라는 동네녀인의 꾸중을 듣고 아버지에 대하여 캐여물으며 정해놓은 아버지가 없다는 어머니의 롱말에 스스로 목숨을 끊겠다고 한다. 생명을 내댄 이러한 결단성에 어머니 례씨는 그가 이제는 다 자랐다는것을 알게 되고 마침내 아버지가 떠나면서 남겨두고 간 유물에 대한 이야기를 들려준다. 유류는 아버지가 남겨두고 간 물건을 찾기 위해 맥이 진할 때까지 산과 골짜기를 누비며 그것을 찾자 곧 아버지에게로 떠난다.

전설의 이러한 꾸밈은 인간의 성격발전과정을 일정한 생활론리에 따라 펼쳐보인것으로서 이야기의 진실성을 담보한다.

전설에서는 유류를 또한 뛰여난 슬기를 지닌 인간으로 형상하였다.

전설에서는 유류의 슬기를 예술적으로 강조하기 위하여 일정한 설화적세부를 주었다. 그것이 곧 주추돌과 모난 기둥에 대한 이야기이다.

전설에서 《일곱고개, 일곱골짜기의 돌우에 있는 소나무》는 사실상 일정하게 예술적으로 가공된 이야기이며 이것은 유류의 지혜와 재능을 검증하기 위한것이기도 하다. 유류는 마침내 주추돌우에 세운 소나무기둥이 일곱모로 되여있는것을 발견하게 되며 그것이 바로 일곱고개, 일곱골짜기의 돌우에 있는 소나무라는것을 알고 거기서 아버지의 유물인 부러진 칼을 찾아낸다. 이것은 그의 남다른 슬기와 지혜를 보여주는것이다.

고구려사람들속에서 수자 《일곱》은 여럿을 표시하는 동시에 좋은것을 의미하였다. 고구려건국설화인 《동명왕전설》에서는 궁궐을 지을 때에 사방에서 일어난 구름이 《이레동안》 산을 덮고있었다고 하였고*① 전설 《북명사람 피유와 신기한 말 거루이야기》에서는 고구려군사들이 어려운 처지에 놓였을 때 왕이 하늘에 도와줄것을 빌었더니 홀연 일어난 안개가 《이레동안》 덮여있었다고 하였다.*②

*① 《夏四月 雲霧四 人不辨色七日 秋七月 營作城郭宮室》(《三國史記》
    卷十三 高句麗本紀 《東明聖王》)

*② 《王以糧盡士饑 憂懼不知所爲 乃乞靈於天 忽大霧 咫尺不辨人物七日》
    (우와 같은 책, 卷十四 《大武神王》)

신대왕(新大王)은 나라의 이름난 재상인 명림답부가 죽었을 때에 애도의 뜻으로 《이레동안》 조회를 금지하였고*① 동천왕(東川王)때에 태후 우씨는 죽으면서 자기의 무덤앞에 《일곱줄》로 소나무를 심어달라는 유언을 남기였다.*②

- 65 -

*① 《國相答夫卒 年百十三歲 王自臨慟 罷朝七日》(《三國史記》卷十六 高句麗本紀 《新大王》十五年)

*② 《八年…秋九月 太后于氏薨 太后臨終遺言…是用植松七重於陵前》
　　(우와 같은 책, 《東川王》)

광개토왕은 백제를 공격할 때에 그 나라의 서북방요새인 판미성(關彌城)을 치면서 군사를 일곱길로 나누어 진격시켰고 백제의 습격을 미연에 막기 위하여 남쪽변방에 일곱개의 성을 쌓았다.*① 그리고 고구려군사들이 을지문덕장군의 지휘밑에 수나라침략군을 살수에서 격멸할 때에 적들을 유인하기 위하여 《일곱명의 스님》이 먼저 강을 건넜으며*② 덕흥리벽화무덤의 주인공인 진은 죽으면서 자신의 부귀가 《일곱대》에까지 이어지기를 지원하였다.*③

*① 《冬十月 攻陷百濟關彌城 其城四面峭絶 海水環繞 王分軍七道 攻擊二十日乃拔》, 《八月 築國南七城 以備百濟之寇》(《三國史記》卷十八 高句麗本紀 《廣開土王》卽位年, 三年)

*② 《隋兵陣于江上 欲渡濟無舟 忽有七僧到江邊》(《新增東國輿地勝覽》卷五十二 安州牧 《佛宇》)

*③ 《富及七世 子孫番昌》(《덕흥리고구려벽화무덤》 과학백과사전출판사 1981년)

이처럼 고구려사람들이 《일곱》을 즐겨쓴것은 그들의 관념과 관련된다고 생각하게 된다.

전설 《유류이야기》에서 남쪽으로 떠나갈 때 아버지가 남기고간 《내가 간수한 물건이 일곱고개, 일곱골짜기의 돌우에 있는 소나무에 있》다는 말은 당시 사람들의 관념으로서는 매우 어려운 환경과 조건을 예술적으로 형상한것으로서 그것을 찾아낸다는것은 몹시 강의한 의지와 인내력, 뛰여난 슬기와 지혜가 없이는 불가능하다는것을 생활적으로 그려보인것이다. 유류는 결국 의지와 지혜, 슬기를 발동하여 그것을 찾아내였고 아버지에게로 달려갔다.

전설에서는 이처럼 일정하게 예술적으로 가공된 이야기거리들을 리용하여 유류의 인간상과 비범한 재능을 보여줌으로써 설화의 진실감을 북돋아주었다.

유류가 뛰여난 무술과 완강한 의지 그리고 비범한 슬기와 지혜를 가지고있기때문에 그를 만난 동명왕은 《너는 실로 나의 아들이다.》라고 확신을 가지고 신뢰하게 되는것이다.

전설에서 두동강난 칼이 피를 흘리면서 합쳐졌다거나 유류가 바라지를 벗어나 하늘의 해를 향해 날아올랐다는것은 설화를 창조하는 과정에 리용된 예술적허구들이다. 이러한 허구들은 전반적인 이야기의 전설적인 풍격을 돋구며 특히는 유류의 비범성을 강조하기 위하여 리용한것들이다.

전설 《유류이야기》에는 어머니 례씨가 등장하나 그의 형상에는 크게 의의를 부여하지 않았다. 전반적인 전설의 내용을 가지고 론해본다면 례씨는 고구려의 평범한 녀인, 어머니로서 자식을 훌륭하게 키우기 위해 애쓰고 그의 장래를 걱정하는 인물로 형상되였다. 례씨는 자식의 앞날을 크게 기대하면서도 서두르지 않고 다 자라기를 기다리며 이미 다 자랐다는것을 느끼게 되였을 때 아버지의 뒤를 잇도록 가르쳐주고 이끌어준다.

전설은 어디까지나 고구려의 건국시조인 동명왕의 뒤를 이은 아들 유류에 대한 이야기이므로 례씨에 대한 형상도 유류의 형상에 이바지되도록 이야기를 끌고나갔다.

《유류이야기》는 비록 길지 않은 이야기이지만 고구려사람들속에 인상깊게 알려졌던 유류를 구체적인 생활속에서 보여주었다.

전설은 비범한 인간으로서의 동명왕에 대한 이야기와 함께 고구려의 건국과정과 초기발전과정을 감명깊게 보여준것으로 하여 오랜 기간 인민들속에서 널리 전해질수 있었다.

《저절로 끓는 밥가마》, 《북명사람 괴유와 신기한 말 거루이야기》

고구려는 나라가 선 다음 주변의 여러 소국들을 통합하면서 국력을 키워나갔다. 그런데 이것을 제일 못마땅해하면서 방해한것은 부여의 세력이였다.

금와왕의 뒤를 이어 부여의 통치자로 된 대소는 날로 강성해지는 신흥고구려에 위구심을 느끼면서 국력이 더 자라기 전에 고구려를 제압하려고 하였다. 몇차례의 군사적충돌도 있었고 외교적인 거래도 있었으나 력사적으로 불신의 감정을 가지고있는 고구려와 부여의 관계는 쉽게 풀릴수 없었다. 그리하여 마침내 B.C. 220년 겨울에 고구려와 부여사이에는 큰 규모의 싸움을 진행하게 되였다. 이 싸움은 신흥고구려로서는 자기의 국력을 떨칠수 있는 결정적인 계기였고 부여로서는 자기의 존재를 유지하느냐 마느냐 하는 사활적인 사변이였다.

이 싸움에서 고구려는 부여를 이기고 력사적인 승리를 이룩하였으며 부여는 나라의 존재가 어렵게 되였다.

그렇지만 고구려에도 곤난과 우여곡절이 없은것은 아니였다.

력사설화 《저절로 끓는 밥가마》와 《북명사람 괴유와 신기한 말 거루이야기》는 이러한 력사적사실을 배경으로 이루어진 설화들이다.

두 설화가 하나의 력사적사건을 배경으로 창작된것으로 하여 지난날 일부 연구자들은 두 전설을 하나의 설화작품으로 인정하고 《대무신왕의 부여원정 이야기》라고 명명하기도 하였다.

그러나 이러한 명명은 몇가지 측면에서 문제가 있다고 본다.

그것은 우선 이 설화의 창작적배경을 대무신왕시기(재위기간 18-44)로 본 것이다. 이것은 고구려의 력사를 주체적립장에서 과학적으로 보지 못하고 《삼국사기》의 기록을 그대로 따른데 기초하여 제기된 견해이다.

그것은 다음으로 설화가 이루어진 계기와 내용을 깊이 파악하지 못한것 이다.

고구려의 부여정벌은 B.C. 220~B.C. 219년사이에 있었던 력사적사실이며 그때 고구려의 왕은 대주류왕(재위기간 B.C. 223-B.C. 138)이였다. 그리고 설화의 내용을 볼 때 하나는 저절로 끓는 신기한 밥가마에 대한 이야기이며 다른 하나는 괴유의 전공과 고구려왕이 곤난을 타개한 이야기인것이다.

그러므로 설화를 두개의 설화로 인정하고 고구려의 대주류왕과 부여의 대소왕사이에 있었던 일로 리해하는것이 타당하다고 본다.

《삼국사기》에 수록된 설화작품 《저절로 끓는 밥가마》의 줄거리는 대략 다음과 같다.

찬바람이 불어오는 섣달의 어느날 고구려에서는 북쪽을 향하여 군사를 출동시켰다. 부여를 치러 가는 군사들이였다. 군사들은 며칠째 행군하였다. 찬바람과 눈보라때문에 군사들도, 군마들도 모두 지쳤다. 온 강산이 눈에 묻히고 얼어붙어 어디에 가나 물 한모금 얻어마실수 없었고 바람이 너무 기승을 부리여 불을 피우고 몸을 녹이거나 끼니를 끓일수도 없었다. 군사들은 굶주림을 참아가며 며칠째 걸음을 옮기였다. 고구려군사들이 비류수강가에 이르렀을 때였다. 멀리로 눈에 덮인 강줄기가 보이는데 황량한 강가에 어떤 녀인이 서있는것이였다. 녀인은 앞에 큰 가마를 걸어놓고 누구를 기다리는듯 조용히 서있었다. 추위와 굶주림에 시달리던 고구려군사들로서는 녀인보다 그의 앞에 놓인 가마가 더 눈길을 끌었다. 그래서 가마가 있는 곳으로 달려갔더니 녀인은 간데 없고 가마만이 놓여있었다. 군사들은 가마를 얻은것이 천만다행이여서 거기에다 밥을 지으려고

— 68 —

하였다. 급기야 쌀을 일어 가마에 넣었다. 그런데 불을 때기도 전에 가마가 저절로 끓어 쌀이 익었다. 가마안에는 순식간에 밥이 가득찼다. 그리하여 고구려군사들은 손쉽게 밥을 지어 주린 배를 채울수 있었다. 신기한 가마를 한가운데 놓고 밥을 먹는데 어데서 왔는지 건장한 사나이 한 사람이 군사들앞에 나타났다. 그는 가마를 가리키면서 《이 가마는 우리 집의것인데 누이가 잃어버렸었습니다. 임금님이 지금 그것을 얻으시였으니 제가 그것을 지고 따라가겠습니다.》라고 하는것이였다. 왕은 몹시 기뻐하며 그렇게 하라고 이르고 솥을 진다는 뜻으로 《부정》(負鼎)이라는 성씨를 주었다. 고구려군사들은 그때부터 날씨에 관계없이 그 가마로 밥을 지어먹으면서 행군하였다.

한편 설화 《북명사람 괴유와 신기한 말 거루이야기》의 내용은 다음과 같다.

부여를 치기 위해 북쪽으로 진군하는 고구려군사들을 찾아 어느날 몸집이 우람하고 얼굴이 희며 눈에서는 불꽃이 번뜩이는 젊은이 한사람이 왔다. 그는 고구려군사들을 거느린 임금앞에 절을 하고나서 《저는 북명사람 괴유입니다. 임금님이 북쪽으로 부여를 치러 가신다는 소문을 듣고 함께 가려고 왔습니다. 제가 부여왕의 머리를 베겠습니다.》라고 하는것이였다. 왕은 기뻐하며 그렇게 하라고 하였다. 고구려군사들이 얼마를 행군하였는데 또 한 사람이 찾아와서 《저는 적곡사람 마로입니다. 저는 긴 창을 가지고 앞길을 안내하려고 합니다.》라고 하였다. 임금은 이번에도 그렇게 하라고 허락하였다. 고구려군사들은 온 겨울 행군하여 이듬해 봄에 부여의 남쪽에 이르렀다. 그런데 거기는 온통 진펄이여서 숙영할만 한 곳을 찾기 어려웠다. 왕은 어느날 숙영할 땅을 가리여 군사들에게 진을 치고 말안장을 내려놓은 다음 푹 쉬도록 하였다. 그런데 부여왕이 온 나라의 힘을 다 기울여가지고 달려들었다. 그들은 진탕속에 빠져서 오도가도 못하게 되였다. 고구려임금은 이때를 놓치지 않고 괴유더러 부여군사들을 무찌르게 하였다. 괴유는 검을 뽑아들고 소리치며 부여군사들을 헤치고 달려들어가 부여왕을 붙잡아 목을 베였다. 왕을 잃어버린 부여군사들은 기가 꺾이였으나 그대로 물러서지 않고 고구려군사들을 겹겹으로 에워쌌다. 고구려군사들도 지쳤다. 량식이 떨어졌고 기운이 진하였다. 임금은 어찌할바를 몰라 안절부절못하다가 하늘에 도와주기를 빌었다. 그랬더니 문득 지척을 가려볼수 없도록 짙은 안개가 몰려왔다. 안개는 연 이레동안 흩어지지 않았다. 임금은 이 기회를 리용하여 곧 군사들에게 풀을 묶어 사람의 모양을 만들고 거기에 병쟁기들을 들려주어가지고 진영의 안팎에 벌려세우게 하고는 밤을 리용하여 사이길로 군사들을 철수시켰다. 이 싸움에서 비류강가에서 얻었던 큰 가마와 골구천에서 얻었던 신기한 말 거루를 잃었다. 임금은 부여를 치려고 출전하였다가 많은 군사들이 목숨을 잃고 전투기재를 잃은것이 자기의 잘못때문이였노라고 뉘우치면서 군사들과 백성들을 위로하였다. 그것을 본 군사들과 백성들은 모두 감동되여 나라일에 한목숨 바칠것을 다짐하면서 임금을 따라나섰다. 그런데 다음달에는 잃어버렸던 신기한 말 거루가 부여의 말 백마리를 이끌고 고구려의 군사들이 있는 학반령아래에 나타났다.

설화 《저절로 끓는 밥가마》와 《북명사람 괴유와 신기한 말 거루이야기》의 기본줄거리는 대체로 이상과 같다.

두 설화는 다 고구려가 북쪽으로 부여를 정벌하던 력사적시기를 배경으로 하여 창작되였다. 력사적으로 실지 있었던 사실이지만 오랜 세월 인민들속에 전해지면서 설화로 되였다.

《삼국사기》에서는 이상의 설화들을 전하면서 고구려가 부여를 정벌하기에 앞서 있었던 외교적접촉과정을 기록하였다.

B.C. 221년 부여왕 대소는 고구려에로 사신을 보내면서 대가리는 하나이고 몸뚱이는 둘인 붉은 까마귀를 보내여왔다. 그 까마귀를 처음 보았을 때 부여사람들속에서는 이야기가 분분하였었다. 까마귀는 본래 검은 빛갈의 날짐승인데 그것이 변하여 붉게 되였고 대가리는 하나인데 몸뚱이는 둘이니 이것은 부여가 고구려를 병합할 조짐이라는것이였다. 그래서 나이많은 부여왕 대소는 그것을 정말로 여기고 고구려를 사전에 놀래우고 위압할 목적에서 그것을 고구려에 보내였던것이다.

고구려의 대주류왕은 부여의 사신이 가져온 그 까마귀를 신하들에게 보여주었다. 그러자 어떤 사람이 말하기를 《검은것은 북방색인데 지금 변하여 남방의 색인 붉은 빛갈로 되였습니다. 그리고 붉은 까마귀는 상서로운 새입니다. 부여임금이 그것을 얻었으나 차지하지는 못하고 우리에게로 보내여왔으니 두 나라사이에 누가 이기고 누가 지는가 하는것은 두고보아야 할 일입니다.》라고 하였다.

부여의 사신이 이 말을 듣고 돌아가 부여왕 대소에게 전하였다. 대소는 그 말을 듣고 붉은 까마귀를 고구려에 보낸것을 몹시 후회하였다.

고구려에서는 이런 사건이 벌어진 다음 부여에 대한 경계심을 높이고 싸움준비를 다그쳤다. 마침내 그 이듬해 12월에 고구려에서는 주동적으로 부여에로의 진군을 단행하였던것이다.

지난 시기 일부 연구자들은 우의 이야기를 설화로 인정하고 《어리석은 대소》라고 명명하였다.

이 이야기에 설화적인 요소가 없는것은 아니지만 그보다 10년전인 B.C. 231년에 있었던 일 즉 모천(矛川)기슭에서의 붉은 개구리와 검은 개구리의 싸움이야기와 결부시켜보면 력사기록자들이 부여의 멸망을 예언하는 조짐으로 써넣었던것으로 인정된다. 이것은 마치도 660년 백제의 멸망직전에 있은 일들에 대하여 기록해놓았던것과 비슷하다. 《삼국사기》의 기록에 의하면 백제가 멸망하던 해인 660년에 백제도읍의 우물물이 피빛으로 변하고 서해기슭에 잔고기들이 나타나 죽었는데 그것이 너무 많아서 다 먹을수가 없었다고 한다. 또 백제의 도읍을 지나 흐르는 사비수의 물이 피빛으로 변하였고 머구리 수만마리가 나무우에 모여들었다. 이것은 다 백제의 멸망을 예언하는 《피변》들이라 하여 기록해놓은것이었다.

고구려에서의 부여정벌을 앞두고 있었던 개구리이야기와 까마귀이야기는 이러한 《피변》에 대하여 기록한것이다.

이 이야기들은 고구려사람들속에서 방위를 빛갈로 표시하는 견해가 매우 이른 시기에 류행되였다는것을 보여준다.

고구려의 벽화무덤들을 살펴본다면 사신도는 명백히 고구려후기에 나타난 벽화이다. 5~6세기에 이루어진것으로 추정되는 호남리사신무덤에서 시작된 사신도는 그후 강서큰무덤에서 완성되였는데 동, 서, 남, 북이 청룡, 백호, 주작, 현무로서 빛갈과 동물의 종류가 뚜렷해졌다.

고구려의 기본주민은 다섯개의 부(部)로 구성되고 매 부마다 자기 고유의 이름을 가지고있었는데 후세에 이르러 그것을 방향 또는 위치에 따라 《북부》, 《후부》 등으로 불렀다. 이때 중심지역이던 계루부(桂婁部)를 《내부》(內部) 또는 《황부》(黃部)로 불렀다는 자료가 《후한서》(後漢書)를 주해한 당나라사람 리현의 글에 보인다.*

* 《案今高驪五部 一曰内部 一名黄部 即桂婁部也 二曰北部 一名後部 即絶奴部也 三曰東部 一名左部 即順奴也 四曰南部 一名前部 即灌奴部也 五曰西部 一名右部 即消奴部也》(《後漢書》卷八十五 列傳 七十五 《高句驪》)

여기에는 비록 《황부》(黃部) 하나만이 나타나고있지만 이것은 방위를 색갈로 표시하는것이 당시 고구려사람들의 일반적인 현상이였다는것을 말해준다.

고구려에서 방위를 색갈과 련관시키는 견해는 사실 이미 이른 시기부터 류행되고있었다. 고구려의 시조인 동명성왕은 서쪽에서 사냥하다가 흰 사슴을 잡았고*① B.C. 258년에 유류왕은 서쪽에서 사냥하다가 흰 노루를 잡았다고 한다.*②

*① 《西狩獲白鹿 倒懸於蟹原》(《東國李相國集》 卷三 古律詩 《東明王篇》)

*② 《九月 西狩獲白獐》(《三國史記》 卷十三 高句麗本紀)

이러한 기록들은 서쪽방향과 흰 빛갈을 련관시켜본 견해를 반영한것이라고 할수 있다.

고구려의 대주류왕이 부여를 정벌할 때에 고구려나 부여에서 나타난 붉은 빛과 검은 빛에 대한 이야기는 이러한 방위색에 대한 견해에 기초하여 꾸며놓은 이른바 《괴변》에 대한 기록이다.

설화 《저절로 끓는 밥가마》와 《북명사람 괴유와 신기한 말 거루이야기》는 당시의 력사적사실에 기초하여 만들어낸 이야기로서 형상이 생동하여 고구려전기 설화문학의 발전수준을 잘 보여준다.

설화에서는 우선 고구려의 부여정벌은 당연하며 승리는 필연적이라는 사상을 강조하고있다.

당시의 환경에서는 새로운 세력인 고구려에 비해 낡은 세력인 부여가 강하였다. 하지만 고구려로서는 부여애 대한 정벌을 단행하지 않을수 없었다.

설화는 아직은 미약한 세력이였던 고구려가 어떻게 부여를 격파하고 복종시킬수 있었는가 하는것을 보여주기 위한 방향으로 이야기를 꾸미였다. 고구려군사들이 굶주림과 추위에 떨 때에는 저절로 밥이 익는 신기한 가마가 나타나고 고구려군사들을 위해 복무하기를 자원하는 용사들이 찾아온다. 설화에 등장하는 북명사람 괴유와 적곡사람 마로 그리고 신기한 말 거루는 고구려군의 부여정벌을 도와준 사람들이거나 혹은 집단의 대변자들이다. 고구려군사들은 이런 사람들의 적극적인 방조와 희생적인 노력에 의하여 마침내 부여왕을 제거하고 부여국의 멸망을 가져올수 있었다. 이러한 인물들, 사건들은 모두 고구려애 의한 부여정벌의 타당성과 그 승리의 필연성을 보여주기 위해 선택되고 리용된것들이다.

고구려사람들은 고구려군의 승리를 바랐고 그것을 이룩하기 위하여 용감하게 싸웠다. 고구려의 승리는 고구려사람들의 희망이고 념원이였으며 정당한 요구이기도 하였다. 설화에서는 이것을 강조하고있다.

설화에서 피유의 형상은 이런 측면에서 중요한 의의를 가진다.

고구려의 임금을 스스로 찾아온 피유는 《저는 북명사람인 피유입니다. 임금님이 북쪽으로 부여를 치러 가신다는 소문을 듣고 함께 가려고 왔습니다.》라고 말한다.

《삼국사기》에 의하면 북명(北溟)은 고구려의 남쪽에 있던 고장이며 예족이 모여살던 지역이다. 《삼국사기》에는 다음과 같은 기록이 있다.

《봄 2월 북명사람이 밭을 갈다가 예왕의 도장을 얻어서 바쳤다.》*

* 《春二月 北溟人耕田 得濊王印 獻之》(《三國史記》卷一 新羅本紀 《南解次次雄》十六年)

이 자료에 의하면 북명은 남쪽으로 신라와 이웃한 지역이였으며 예왕이 거처하던 곳이였다.

그런데 북명사람인 피유가 스스로 찾아와 북쪽으로 부여를 치러 가는 고구려군사들을 따라나섰고 부여왕을 죽이겠다고 다짐한것이다. 이 이야기는 당시 고구려에서 진행한 부여와의 싸움에서 논 예족사람들의 역할을 보여준것이라고 말할수 있다. 예족사람들이 새로 선 고구려를 적극 위해나섰고 싸움에서 부여왕을 죽이는 커다란 역할을 놀았다는것이 이 설화의 알맹이다.

예족사람들은 그후에도 력사적으로 고구려를 도와 외적을 물리치는 싸움에 참가하였다. 《삼국사기》의 기록에 의하면 118년 고구려에서 후한의 현도군을 칠 때에 예맥사람들이 도와나섰다고 한다.* 그때의 싸움은 여러해동안 계속되였는데 예맥의 《거수》(渠帥) 즉 우두머리는 희생적으로 싸웠다.

* 《六十六年…夏六月 王與穢貊襲漢玄菟 攻華麗城》, 《六十九年春 漢幽州刺史馮煥 玄菟太守姚光 遼東太守蔡諷等 將兵來侵 擊殺穢貊渠帥盡獲兵馬財物 王乃遣弟遂成 領兵二千餘人 逆煥光等…遂成據險 以遮大軍 潛遣三千人 攻玄菟遼東二郡 焚其城郭 殺獲二千餘人》(《三國史記》卷十五 高句麗本紀 《太祖大王》)

고구려에 대한 예족의 지원은 이처럼 력사적으로 오랜 세월 계속되여왔는데 피유는 그 시초였다고 말할수 있다.

설화 《저절로 끓는 밥가마》에서 신기한 가마를 제공한 비류수가의 오랍누이는 고구려군사를 적극 도운 고구려사람들의 형상이라면 《북명사람 피유와 신기한 말 거루이야기》에서의 피유는 고구려의 위업을 민족사적과제로 인정하고 따라나섰던 고구려주변사람들의 형상이라고 해야 할것이다. 그리고 거루는 당시 고구려의 위업에는 지어 말까지도 도와나섰다는것을 보여주기 위한 소재이다.

설화에서는 부여를 이긴 고구려의 승리는 이처럼 고구려사람들과 그 이웃의 주민들의 한결같은 도움에 의하여 이루어진것임을 강조하고있다.

설화에서는 다음으로 고구려왕의 이른바 《덕망》과 《의리》를 여러 측면에서 보여주고있다.

절대적인 군주제가 지배하던 봉건사회에서 통치자인 국왕의 역할은 나라의 존망과 관련되는 중대한것이였다.

설화들에 나오는 고구려국왕은 강대한 국력을 어서 빨리 키우려는 당시 인민들의 리상과 념원을 일정하게 대변한 인물이라고 볼수 있다. 그는 당시의 형편에서 고구려와 부여의 관계를 예리하게 간파하고 부여에 대한 정벌을 주동적으로 결심하였으며 그에 따라 준비를 다그쳤다. 국왕의 이러한 결심과 실천이 당시 고구려사람들의 요구와 념원에 부합되였기때문에 신기한 가마를 가진 오누이가 나타나 그를 도와주었고 북명사람과 적곡사람이 따라나섰던것이다.

고구려의 국왕은 또한 피로한 군사들을 돌보며 위해주려고 노력한다. 그리고 군사들이 위기에 처하였을 때에는 솔선 《하늘에 도와주기를 빌》었고 유리한 조건이 마련되자 가짜군사들을 만들어 진지안팎에 세우고는 군사들을 무사히 빠져나갈수 있게 한다. 그러면서도 자기의 처사에 무엇인가 잘못이 있다고 스스로 자책하고 후회하면서 군사들과 백성들을 위로한다. 국왕의 이러한 태도와 립장은 고구려군사들과 인민들을 감동시켜 그들로 하여금 나라를 위한 싸움에 몸바치도록 한다.

설화에서는 국왕의 형상에 특별히 힘을 넣었으며 고구려가 부여를 이긴것은 그의 《덕망》과 《의리》때문이였다는것을 강조하였다. 국왕에 대한 이러한 형상은 설화의 창조자들이 봉건적인 충군사상을 가지고있었기때문이기도 하지만 한편으로는 봉건군주에 대한 그들의 기대와 념원의 반영이기도 하였다. 그들은 봉건군주가 《의리》있고 《덕망》도 있는 《어진 임금》이 되기를 바랐던것이다.

고구려전기에 창작된 설화들에서는 대체로 국왕을 내세우고 찬양하였다. 이것이 고구려중기에 창작된 설화들과 구별되는 특징이기도 하다. 고구려의 건국전설인 《동명왕전설》에서 동명왕과 《유류이야기》에서의 유류는 다 용맹

하고 지혜로우며 헌신적인 인물로 그려져있다. 설화 《저절로 끓는 밥가마》
와 《북명사람 괴유와 신기한 말 거루이야기》에서도 국왕, 구체적으로는 대
주류왕을 나라를 위한 중대한 결심을 내리고 그것을 완강하게 실천하며 헌신
적으로 싸움을 이끌고 어려운 조건에서도 군사들과 백성들을 돌볼줄 아는 국
왕으로 리상화하여 그리였다.

이상과 같은 설화들은 고구려가 령토를 넓히고 국력을 키우던 고구려초기
의 사회력사적현실을 바탕으로 하여 창작된 작품으로서 고구려전기 설화문학
의 발전면모를 훌륭하게 보여주고있다.

2) 고구려중기의 설화

고구려는 280년간 졸본에 도읍을 정하고있으면서 주변의 소국들을 정복,
통합하여 령역을 넓히고 많은 주민들을 귀속시키면서 봉건국가로서의 정치경
제적, 군사적힘을 키워놓았다. 이 과정은 한편으로는 서쪽에서 집요하게 달
려드는 연(燕), 진(秦), 한(漢)나라의 침략을 물리치고 민족의 존엄과 나라
의 위용을 떨치는 나날이기도 하였다.

국력이 일정하게 강화된 조건에서 고구려로서는 나라의 힘을 더욱 튼튼히
다지면서 우리 조상들이 차지하고 살던 옛땅을 모두 수복하고 겨레를 하나로
통일해야 할 과제가 제기되였다.

위대한 령도자 김정일동지께서는 다음과 같이 교시하시였다.

**《고구려는 오래전부터 삼국의 통일을 중요한 정책으로 내세웠으며 삼국통
일을 실현하기 위한 투쟁을 주변나라들의 침략을 반대하는 투쟁과 밀접히 결
합하여 힘있게 밀고나갔다.》**(《김정일선집》 증보판 제1권 34페지)

고구려는 삼국통일정책을 실현하기 위하여 무엇보다도 나라의 도읍지를 일
신하는것이 필요하였다. 그리하여 A.D. 3년 류리명왕은 졸본성에서 국내성
(國內城)에로의 천도를 단행하였다.

《삼국사기》에서는 국내성에로의 천도의 경위를 다음과 같이 전하고있다.

류리명왕 21년 봄철인 3월 어느날 하늘에 지내는 제사에 쓰려던 돼지가 없
어졌다. 왕은 그 돼지를 맡아기르던 설지(薛支)더러 찾아오라고 하였다. 왕
명을 받은 설지는 놓쳐버린 돼지의 종적을 찾던중 국내 위나암(尉那巖)에 이
르러 돼지를 찾아내였다. 설지는 그곳의 어떤 집에 돼지를 맡겨 기르도록 부
탁하고 졸본으로 돌아와 임금을 만나서 이런 말을 하였다.

《신이 돼지를 뒤쫓아 국내 위나암에 이르렀습니다. 그 고장은 산이 험하

고 물이 깊으며 땅은 오곡을 심어가꾸기에 알맞춤한데 또 고라니, 사슴, 물고기와 자라가 많았습니다. 임금님이 만약 그곳으로 도읍을 옮기신다면 백성들에게 끝없는 리득이 될뿐아니라 나라가 전란으로 받게 되는 근심거리도 없어지게 될것입니다.》

설지의 이야기를 들은 류리명왕은 그해 가을에 국내성에로 가서 그 고장의 지세를 직접 살펴보았다. 류리명왕이 돌아오던 길에 사물(沙勿)이라는 못에 이르렀는데 어떤 사나이가 못가의 바위우에 앉아있다가 임금을 보자 《임금님의 신하가 되고싶습니다.》라고 하는것이였다. 류리명왕은 패히 승낙하고 그에게 《위》(位)라는 성씨와 《사물》이라는 이름을 주었다. 그러고나서 이듬해 10월에 국내에로 도읍을 옮기고 위나암성을 쌓았다.

전설적으로 가공된 이 이야기에는 당대의 현실과 사람들의 념원이 일정하게 반영되여있다.

당시 고구려에서 도읍을 옮기는 일은 단순히 어떤 개인의 의사가 아니라 대중의 의사, 하늘의 《계시》에 의한 일이였다는것이다.

고구려에서는 제천의식이 매우 중시되였고 제사에 쓰일 짐승을 몹시 성의있게 대하였다. 설지가 돼지를 찾으러 가기 두해전에도 제사에 쓸 돼지가 없어져서 왕이 탁리(託利)와 사비(斯卑)에게 찾아오라고 하였는데 그들이 돼지를 찾아내여서는 다시 달아나지 못하게 하려고 칼로 돼지다리의 힘줄을 끊어놓았다. 이 사실을 알게 된 왕은 《하늘에 제사지내는데 쓰일 물건을 어째서 상하게 하였느냐.》고 엄하게 책망하고 그들 두 사람을 죽여버렸다고 한다.*

* 《十九年 秋八月 郊豕逸 王使託利斯卑追之 至長屋澤中得之 以刀斷其脚筋 王聞之 怒曰祭天之牲 豈可傷也 遂投二人坑中殺之》(《三國史記》卷十三 高句麗本紀 《琉璃明王》)

한편 산상왕(山上王)은 뒤를 이을 아들이 없어서 걱정하였는데 하늘에 제사를 지내는데 쓸 돼지를 잃어버리고 그것을 찾다가 새 왕비를 맞이하고 왕자를 보게 되였다고 한다.*

* 《十二年 冬十一月 郊豕逸 掌者追之 至酒桶村 躑躅不能捉 有一女子 二十許 色美而艶 笑而前執之 然後追者得之 王聞而異之 欲見其女 微行夜至其家 使侍人說之 其家知王來 不敢拒 王入室 召其女 欲御之 女告曰大王之命不敢避 若幸而有子 願不見遺 王諾之》(《三國史記》卷十六 高句麗本紀 《山上王》)

이것은 제사에 쓰일 돼지를 성의있게 대하고 그것이 달아난 곳을 범상하게 여기지 않던 당시 사람들의 생활관념을 보여준것이다.

고구려에서 국내 위나암으로 도읍을 옮기는 일은 이처럼 《신성한 제물》에 의해 마련되였다.

고구려에서 도읍지를 옮기는 일은 또한 당시 많은 사람들의 의사에 따라 진행된 일이였다.

사물못에서의 위사물의 출현은 이러한 사실을 보여준것이다. 《대장부》인 사물은 왕을 만나자 스스로 《신하가 되고싶습니다.》라고 하였고 왕은 그것을 기꺼이 허락하면서 《위》라는 성씨를 주고 고장이름으로 이름을 삼도록 하였다.

사물의 성을 《위》라고 한데는 깊은 뜻이 담겨있다. 《위》란 고구려말로 《같다》는 의미이다. 고구려의 열다섯번째 왕인 산상왕은 생김새와 행동거지가 고구려력사발전에서 중요한 역할을 한 태조대왕(太祖大王)과 비슷하기때문에 이름을 태조대왕의 이름인 《궁》(宮)에 《위》자를 붙여 《위궁》(位宮)이라고 하였다. 여기서 《위》는 비슷하다는 의미이다.*

* 《朱蒙裔孫宮 生而開目能視 是爲太祖 今王是太祖曾孫 亦生而視人 似曾祖宮 高句麗呼相似爲位 故名位宮云》(《三國史記》 卷十六 高句麗本紀 《山上王》)

결국 위사물의 성씨인 《위》도 이러한 의미를 담고있다고 보지 않을수 없다.

그러면 사물의 행동이 누구와 같다는 의미인가?

《삼국사기》의 기록에 의하면 류리명왕을 따라서 스스로 신하로 되기를 요청한 그의 행동은 고구려의 건국시조인 동명성왕때의 오이, 마리, 협보와 재사, 무골, 묵거와 비슷하였고 유류왕때의 옥지, 구추, 도조와 같았다. 류리명왕에게 있어서 사물은 이전 왕대에 임금을 도와주었던 그들과 비슷하였다는것이다. 다시말하여 류리명왕대에 국내 위나암으로 도읍을 옮길 때에도 이전의 동명성왕이나 유류왕대에서처럼 스스로 따라나서서 도와준 사람이 있었다는것이다.

이처럼 고구려에서 국내성에로의 천도는 당대의 력사발전의 필연적인 요구였다.

《호동과 락랑공주》

고구려의 오랜 설화의 하나인 《호동과 락랑공주》는 고구려가 선조들이 차지하고있던 옛땅을 수복하고 강대한 나라를 일떠세우던 사회력사적환경을 배경으로 하여 이루어진 설화이다.

위대한 수령 김일성동지께서는 다음과 같이 교시하시였다.

《우리 나라 력사에 락랑국이 있었습니다. 락랑국에 대한 이야기는 전설에도 나옵니다. 옛날 우리 나라가 하나로 통일되기 전에는 소국이 많았습니다.》(《김일성전집》 제66권 148폐지)

고구려에서 국내성에로 도읍을 옮긴 다음 인차 제기된 일은 오늘의 평양지방을 차지하고있던 낡은 세력의 소국인 락랑국을 통합하는것이였다.

《호동과 락랑공주》는 고구려가 도읍을 옮긴 이후에 락랑국을 통합하던 과정을 설화적으로 보여준 이야기이다.

《삼국사기》에 수록된 설화 《호동과 락랑공주》의 기본줄거리는 대채로 다음과 같다.

어느해 초여름인 4월의 어느날 고구려의 왕자 호동(好童)은 옥저(沃沮)에로 유람길을 떠났다가 거기에서 락랑왕 최리의 행차를 만나게 되였다. 호동을 여겨보던 최리는 《그대의 얼굴을 보니 보통사람같지 않도다. 혹시 북쪽나라의 신성한 임금님의 아들이 아닌고?》라고 물었다. 그렇다는 호동의 대답을 들은 최리는 그를 데리고 자기 나라로 갔다. 최리에게는 시집갈 나이가 된 딸이 있었는데 비범한 호동을 만나게 되자 딸을 그에게 시집보내려고 하였다. 후에 호동은 고구려에로 돌아와 남몰래 최리의 딸에게 사람을 보내여 이렇게 알려주었다. 《당신이 만일 나라창고에 들어가 북과 나팔을 못쓰게 만들어버린다면 내 례의를 갖추어 맞아들이려니와 그렇지 않으면 데려올수 없소.》 락랑국에는 오래전부터 전하여오는 신기한 북과 나팔이 있었다. 북과 나팔은 적국의 군사가 변경에 다가오면 저절로 소리를 내였다. 그러므로 호동은 그것을 못쓰게 만들려고 하였던 것이다. 최리의 딸은 날카로운 칼을 가지고 몰래 창고에 들어가 북의 두 면을 찢어놓고 나팔의 주둥이를 못쓰게 만든 다음 이 사실을 호동에게 알렸다. 그 소식을 들은 호동은 곧 임금에게 락랑국을 칠것을 요청하였다. 락랑국의 왕 최리는 북과 나팔소리가 들려오지 않기때문에 방비를 하지 않고있다가 고구려군사들이 성밑에 다가온 다음에야 북과 나팔이 못쓰게 된 사실을 알고 딸을 죽여버린 다음 고구려에 항복하였다.

이상과 같이 설화 《호동과 락랑공주》는 고구려에서 락랑국을 통합한 력사적사실을 바탕으로 하고있다. 《삼국사기》에서는 당시의 력사적사실을 《왕이 락랑을 쳐서 멸망시켰다.》*고 하였다.

* 《王襲樂浪 滅之》(《三國史記》卷十四 高句麗本紀 《大武神王》二十年)

설화는 호동과 공주, 최리 등의 인물들이 등장하여 심각한 극적갈등속에서 사건을 전개해나간다. 그것은 고구려와 락랑국, 락랑공주와 그의 아버지 최리 등 각이한 세력과 계층, 인간들사이에 존재하였던 사회적관계, 인간관계에서의 대립이였다.

설화에서 기본을 이루는것은 어디까지나 고구려의 왕자인 호동과 락랑국 공주의 형상이다.

설화에서 호동은 강대한 고구려를 일떠세우려는 지향을 가진 지혜롭고 실천력이 있는 젊은이로 형상되였다.

당시의 력사에서 고구려에 의한 락랑국의 통합은 응당한것이며 필연적인것이였다. 호동은 고구려왕자로서 이 력사적과제를 직접 맡아가지고 수행하였다. 그 과정에 그의 비범한 지혜와 완강한 실천력이 발휘되였다.

설화에서 호동은 인물이 뛰여나고 재주가 비범한 인간으로 형상되였다. 그의 이름처럼 호동(好童)은 인물이 뛰여나 임금의 총애를 받았다. 그렇지만 그는 서자이며 왕비의 구박과 멸시를 받는 처지였다. 호동은 고구려에 부속된 부여출신인 갈사왕의 손녀 대무신왕의 후처가 낳은 아들이였다. 그러므로 호동은 인물이 출중하고 지혜롭고 용맹하여 임금의 사랑을 받았으나 왕비의 구박을 받지 않으면 안되였고 끝내는 그의 모해를 받아 목숨까지 잃게 되였다.

설화의 창조자들은 이러한 인간으로서의 호동의 활동을 긍정하였고 나라와 겨레를 위한 그의 공적을 찬양하였던것이다.

지난날 일부 기록들에서는 호동의 활동을 락랑국을 멸망시키기 위한 정략적결혼으로 인정하려 하였다. 《삼국사기》에 인용된 《혹자의 말》이 그 대표적인 실례이다.

《삼국사기》에는 다음과 같이 기록되여있다.

《혹자는 말하기를 락랑을 멸망시키려고 청혼을 하고 그 딸을 데려다가 아

들의 안해로 삼고서 뒤에 본국으로 돌아가 병쟁기들을 파괴하게 하였다.》*

이 《혹자의 말》이란 락랑국을 병합하는데서 논 대무신왕의 활동을 주선으로 하고 호동과 공주의 관계를 부정시하여 이야기한것이다.

* 《或云欲滅樂浪 遂請婚 娶其女 爲子妻 後使歸本國 壞其兵物》(《三國史記》卷十四 高句麗本紀 《大武神王》)

이를테면 고구려의 대무신왕이 락랑국을 치기 위하여 호동의 결혼을 꾸미였고 며느리로 된 공주를 통하여 락랑국을 멸망시켰다고 해설하였던것이다. 이러한 해설은 락랑국정벌에서 수행한 대무신왕의 역할을 내세우고 호동의 활동을 왜소화하며 공주의 활동을 수동적인것으로, 단순히 애정때문에 저지른 행위로 인정하려는 견해에 기초한것이였다.

그러나 설화 《호동과 락랑공주》의 기본내용은 고구려의 국토통합에 기울여진 새로운 세대들의 애국적활동이다.

설화에서 공주의 형상도 중요한 자리를 차지한다. 한마디로 말하여 설화에서 공주의 형상은 시대의 발전추이를 민감하게 포착하고 활동한 새 세대의 대변자이다.

고구려에 의한 국토통합은 당시의 시대적추이였고 고구려사람들의 한결같은 지향이였다. 여기서 호동이 고구려측의 대변자라면 공주는 락랑국측, 소국측의 신진세력의 대변자였다고 말할수 있다.

락랑공주가 나라의 창고에 보관된 《신기한 병쟁기》들인 북과 나팔을 스스로 파괴한것은 단순히 호동에 대한 애정때문이였다고 말할수 없다. 다시말하여 공주의 행동을 애정을 위해 나라와 부왕을 배반한것으로 해석할수는 없는것이다. 공주의 행동은 호동을 통하여 알게 된 고구려인민들의 지향과 고구려의 위력 그리고 락랑국의 처지에 대한 자신의 정당한 인식에 토대하여 단행한 당당하고 의로운 행동이였다. 그는 당시의 시대적흐름을 현실속에서 간파할수 있었고 새것과 낡은것, 민족의 발전을 추동하는 신진세력인 고구려의 왕자와 자기 한몸의 부귀영화를 위하여 시대의 발전에 역행하는 낡은 세력인 부왕과의 관계에서 제 한몸의 리익을 추구한것이 아니라 온 민족의 발전을 도모하는 길을 택하였던것이다. 사람들은 설화 《호동과 락랑공주》에서 호동왕자의 의로운 행동, 나라와 겨레를 위한 그의 노력을 긍지높이 찬양하는 동시에 새것을 위하고 낡은것을 반대한 공주, 죽음으로 고구려의 국토통일위업에 헌신한 공주를 긍정하고 찬양하였다. 설화에는 공주의 성격이 그려지지 못하였으며 그의 행동이 매우 피동적이고 뚜렷하지 않게 형상되여있으나 이것은 설화가 전하여오는 과정에 또는 그 설화를 기록하는 사람들에 의하여 그렇게 된것이라고 보아야 할것이다.

설화에서 락랑국의 왕 최리의 형상은 당시 국토통합을 반대하던 부정인물의 전형이다.

최리는 결코 우매한 인물은 아니다. 그는 호동을 만나자 대번에 《북쪽나라의 신성한 임금의 아들》임을 알아본다. 하지만 그는 왕으로서의 자신의 지위를 유지하고 부귀를 누리는것만을 추구하다나니 시대의 변천이나 민족의 발전에 대하여서는 알려고도 하지 않으며 자기의 목적실현을 위해 외동딸을 리용하려고까지 한다. 따라서 최리의 형상은 당시의 현실에서 낡은 세력, 반드시 멸망하고야마는 진부한 세력에 대한 일종의 경고이기도 하다.

설화에서는 이러한 사상주제적내용을 예술적으로 강조하기 위하여 신기한 북과 나팔을 제시하고있다.

설화 《호동과 락랑공주》에서 락랑국의 북과 나팔에 대한 이야기는 민족적인 정취가 짙은 소재이다.

옛날에 우리 인민들은 북과 나팔을 신성한 기물로, 나라의 상징으로 인정하여왔다. 진국에서는 하늘에 제사지내는 의식을 벌릴 때에 반드시 북과 방울을 리용하였으며*① 백제는 238년에 하늘과 땅에 제사를 지낼 때 북과 나팔을 리용하는것을 국가적인 시책으로 제정하였다.*②

*① 《立大木 縣鈴鼓 事鬼神》(《三國志》 魏書 卷三十 《韓傳》)

*② 《祭天地 用鼓吹》(《三國史記》 卷二十四 百濟本紀 《古爾王》)

고구려는 건국초기에 비류국의 북과 나팔을 빼앗아오기 위하여 부분노를 비롯한 군사들을 보내기까지 하였었다.*

* 《王曰以國業新造 未有鼓角威儀 沸流使者往來 我不能以王禮迎送 所以輕我也 … 於是扶芬奴等三人 往沸流 取鼓角而來》(《東國李相國集》 卷三 古律詩 《東明王篇》)

이것은 당시 북과 나팔이 신성한 물건으로, 나라의 상징으로 인정되였다는 것을 말해준다.

설화 《호동과 락랑공주》에서는 이처럼 우리 민족생활에 깊이 침투된 북과 나팔을 락랑국의 존망을 결정하는 신비로운 물건으로 설정하였던것이다. 이렇게 함으로써 설화는 생활적으로 진실감을 느끼게 하고 민족성을 북돋아주었다.

설화 《호동과 락랑공주》는 구성과 형상에서 이전시기에 창작된 설화작품들에 비하여 현저한 발전을 보여주고있다.

설화에서는 구체적인 사건의 진행과정에 따라 구성을 비교적 치밀하게 하였다. 그러므로 이 설화에서는 인위적인 느낌을 주는것이 없고 모두가 현실 그대로의것으로 자연스럽게 안겨온다. 또한 등장인물들을 강한 극적대립속에서 활동하게 하였다.

설화에서는 인물들의 성격도 일정하게 그려지고있다. 아직은 중세초기의 구전설화작품인것만큼 등장인물들의 성격이 명백하고 생동하게 형상되지는 못하였으나 일정하게 부각시킨 경향은 찾아볼수 있다. 그리하여 긍정인물로서의 호동과 공주, 부정인물로서의 최리가 명백한 대조를 이루면서 진보적인 세력과 보수적인 세력사이의 첨예한 갈등과 대립을 보여주고있다. 설화에서 이러한 인물형상은 문학으로서의 설화의 발전과정에 이루어진것이였다.

설화 《호동과 락랑공주》는 그 사상주제적내용과 예술적형식에 있어서 당대 고구려설화문학을 대표할수 있는 작품이며 그후 설화를 비롯한 문학작품 창작령역에 적지 않은 긍정적영향을 주었다.

《을두지의 기지》

설화 《을두지의 기지》는 고구려중기 고구려인민들이 벌린 반침략투쟁과정에 위훈을 떨친 을두지의 슬기와 재능, 애국정신을 보여주는 설화이다.

설화는 후한(後漢)의 침략자들을 징벌한 력사적사실을 보여주고있다.

28년 다시 정국을 수습한 후한의 통치배들은 전반적인 나라의 안정을 이룩하기도 전에 고구려에 대한 침략을 감행하였다. 그리하여 고구려에서는 한나라침략세력을 물리치기 위한 싸움을 벌리게 되였다.

고구려에서는 싸움에 앞서 적들의 침공에 대처하기 위한 면밀한 대책을 세웠다.

한나라군사들이 쳐들어온다는 소식이 전해지자 고구려의 대무신왕은 신하들을 불러 적들을 징벌할 대책을 물었다. 왕의 신중한 물음을 받은 우보 송옥구는 이렇게 대답하였다.

《제가 들으니 덕을 믿는 사람은 번창하고 힘을 믿는자는 패망한다고 합니다. 지금 한나라는 피페하여 도적들이 벌떼처럼 일어나고있으니 군사를 출동할 명목이 없습니다. 이것은 임금과 신하들이 책정한 일이 아니라 변방의 장수가 리속을 노리고 제멋대로 우리 나라를 침범하였는가봅니다. 이처럼 하늘의 뜻을 어기고 사람의 마음을 거슬린다면 군사들은 공을 세울수 없습니

다. 그러니 험준한데 의거하여 기이한 계책을 쓴다면 반드시 격파할수 있을 것입니다.》

그러자 좌보 울두지가 의견을 내놓았다.

《작은 힘을 가지고 너무 강한척 하면 반드시 힘이 센자에게 먹히우기마련입니다. 제가 헤아려보면 대왕님의 군사는 한나라처럼 많지 못합니다. 그러니 계책으로 싸워야지 힘으로는 이길수 없습니다.》

그 말에 왕이 《계책으로 이기려면 어떻게 해야 할고?》라고 하니 울두지는 다음과 같이 말하였다.

《지금 한나라군사들은 멀리서 달려오면서 싸웠으니 그 기세를 당해낼수 없습니다. 대왕님은 성문을 굳게 닫고 든든히 지키면서 그들이 피로해지기를 기다렸다가 출동하여 쳐야 할것입니다.》

그리하여 고구려군사들은 울두지의 의견에 따라 위나암성에 들어가 성을 지키게 되였다.

설화는 이러한 력사적전제밑에서 이야기를 전개하고있다.

《삼국사기》에 실린 설화의 줄거리는 대체로 다음과 같다.

한나라군사들이 위나암성을 포위한지 수십일이 지나갔다. 그동안에 가을이 지나고 겨울철이 다가왔다. 고구려의 군사들도 기운이 진하였다. 하지만 한나라쪽에서는 좀처럼 포위를 풀려고 하지 않았다. 어느날 임금이 울두지에게 물었다. 《형세가 지켜내기 어려울듯 하니 어찌하면 좋을고?》 그러자 울두지가 자신있게 대답하는것이였다. 《한나라군사들은 우리가 바위로 된 고장에 있으니 물이 나오는 샘이 없을것이라 하여 오래도록 에워싸고있으면서 우리 사람들이 피로해지기를 기다리고있습니다. 그러니 우리는 마땅히 못에서 잉어를 잡아 그것을 물풀로 싸서 보내면서 겸하여 얼마간의 맛좋은 술을 보내주었으면 합니다.》 임금은 곧 울두지의 말대로 하였다. 그것을 받아본 한나라장수는 깜짝 놀랐다. 성안에는 물이 있으니 쉽게 함락할수 없다는것을 알게 되였던것이다. 그리하여 한나라군사들은 곧 물러가기 시작하였다.

력사기록에는 그이상 더 쓰지 않았으나 쫓겨가는 한나라군사들에 대한 고구려의 추격전이 반드시 있었을것이고 거기에서 고구려군사들은 침략군을 격멸하고 빛나는 승리를 이룩하였을것이다.

설화 《울두지의 기지》는 이처럼 한나라침략군을 물리치는 싸움에서 발휘한 을두지의 뛰여난 지혜에 대하여 이야기하고있다.

을두지는 전쟁초기에 이미 한나라침략군의 처지와 전술적의도를 환히 간파하고있었다. 그가 벌써 싸움이 벌어지기 전에 적을 알고 자기를 알았기때문에 이 싸움에서의 승리는 이미 확정적인것이였다.

을두지는 적의 전술적의도를 잘 알고있었기에 그에 대처할 계책도 매우 능란하게 빈틈없이 세울수 있었다. 잉어와 물풀 그리고 얼마간의 음식과 편지, 이 모든것은 적을 기만하고 적의 전투의욕을 떨구기 위한 계책으로서 을두지의 뛰여난 지혜의 산물이였다. 고구려왕이 보낸 편지도 점잖은 방법으로 적들을 은근히 조소하고 위압한 일종의 야유로서 술기와 기지가 반영된것이였다.

이처럼 설화 《을두지의 기지》는 고구려인민들이 반침략애국투쟁에서 발휘한 슬기와 기상을 을두지를 통하여 생활적으로 진실하게 보여주고있다.

《을불이야기》

고구려중기에 창작된 설화 《을불이야기》는 고구려왕실안에서 벌어진 권력싸움을 사회력사적배경으로 하여 당대의 현실을 보여준 작품이다.

고국천왕(재위기간 179-197)의 뒤를 이어 국왕이 된 산상왕(재위기간 197-227)은 왕위를 차지하기 위한 형제간의 피어린 살륙전끝에 즉위하였고 봉상왕(재위기간 292-300)은 폭군으로서 의심이 많아 왕실의 일가친척들을 모조리 죽여버렸다.

고구려왕실안에서 벌어졌던 이러한 피비린 살륙은 나라를 안정시키고 국력을 키워 민족의 존엄을 크게 떨칠것을 바라는 인민들의 념원에 심히 배치되는것이였다.

폭군인 봉상왕은 자기의 왕위를 누가 탐내지 않는가 우려하면서 삼촌벌되는 안국군 달가를 죽여버렸다. 그것은 그가 외래침략세력을 물리치고 이웃의 여러 종족들을 부속시키는데서 공을 세운 달가를 시기하였기때문이였다. 그 이듬해에는 또 자기의 친동생인 돌고가 딴마음을 품고있다고 트집잡아 죽이였다. 나라안의 모든 사람들은 돌고에게 죄가 없다는것을 알고있었으나 폭군의 무자비한 보복이 두려워 감히 말을 못하고있었다.

돌고가 피살되자 그의 아들인 을불은 자취를 감추어버리고말았다. 큰아버지인 폭군 봉상왕의 마수를 피하기 위해서였다.

계속되는 외적의 침입을 막기 위한 전쟁과 국왕의 부화방탕한 생활을 위해 궁궐을 꾸리는 무거운 부역에 시달리던 인민대중은 마침내 폭군을 몰아내는 의로운 투쟁에 떨쳐나섰다. 당시 국상이였던 창조리는 인민들의 기세에 편승하여 폭군을 몰아내고 국정을 새롭게 하기 위하여 새 임금으로 돌고의 아들인 을불을 내세웠다.

《을불이야기》는 이러한 력사적사실을 배경으로 하여 당시 인민들이 창조한 설화이다. 설화의 기본내용은 재앙을 피해 자취를 감추었던 을불이 체험한 생활로 이루어져있다.

설화의 기본줄거리는 다음과 같다.

아버지가 죽음을 당하자 을불은 도망을 쳤다. 그는 처음 수실촌(水室村)사람인 음모의 집으로 가서 품팔이를 하였다. 그가 어떤 사람인지 알지 못하는 음모는 일을 몹시 힘겹게 시켰다. 음모의 집옆에는 풀이 무성한 늪이 있었는데 여름이면 개구리들이 요란스럽게 울었다. 음모는 을불에게 밤마다 늪에 돌이나 기와장을 던져서 개구리들이 울지 못하게 하라고 하였고 낮에는 또 땔나무를 해오라고 독촉하며 잠시도 쉴틈을 주지 않았다. 그 힘겨운 고생을 이겨낼수가 없어 을불은 한해가 지나서 음모의 집에서 나와 동촌사람인 재모와 함께 소금장사를 시작하였다. 그들은 배를 타고 압록에 이르러 소금을 구해가지고 돌아오던 길에 강동(江東) 사수촌(思收村)에 들려 하루밤을 묵게 되였다. 그집에는 늙은 로파가 있었는데 소금을 달라고 하였다. 을불이 한말가량 주었더니 더 달라고 하는 것이였다. 그 청을 들어주지 않으니 로파는 거기에 한을 품고 몰래 을불의 소금짐속에 신발 한짝을 숨겨놓았다. 그것을 알리 없는 을불은 소금을 지고 다시 길에 나섰는데 로파가 따라와서 신발을 찾으면서 돌아치더니 숨겨놓았던 신발 한짝을 찾아들고 을불더러 도적놈이라고 하면서 압록의 원에게 고발하였다. 압록원은 신발을 보더니 소금을 모두 빼앗아 로파에게 주고나서 을불에게 매까지 안기고 쫓아버렸다. 이리하여 을불은 얼굴이 강마르고 옷차림이 허술하여 그가 존귀한 임금의 집안사람이라는것을 알아볼 사람이 없게 되였다.

이때 국상 창조리가 장차 폭군을 몰아내고 을불을 임금으로 내세우기 위해 먼저 북부의 조불과 동부의 소우를 시켜 을불을 찾아보게 하였다. 그들은 시골을 두루 돌아다니면서 을불의 종적을 찾다가 비류하강변에 이르러 배우에 앉아있는 한 장부를 보게 되였다. 얼굴은 비록 초췌하였지만 움직임이 범상하지 않았다. 소우네는 그가 을불이 아닌가 해서 앞으로

다가가 절을 하고나서 말하였다. 《지금의 임금은 무도하여 국상과 여러 신하들이 의논하고 내쫓으려고 합니다. 이전임금의 자손은 행실이 겸박하고 마음이 인자하여 백성들을 사랑하시니 조상의 업을 이어나가실수 있을 것입니다. 그래서 저희들을 보내여 모셔오라 하였습니다.》 이야기를 듣고난 을불은 의아한 기색을 숨기지 못하며 입을 열었다. 《나는 한갖 들에서 일하는 사람이고 임금의 자손은 아닙니다. 다시 찾아보시오이다.》 《지금 우에서는 민심을 잃은지 오랩니다. 그러니 나라님으로 될수 없습니다. 여러 신하들이 임금님의 손자분을 우러르는지 오래오니 의심하지 마시오이다.》 소우는 이렇게 말하며 굳이 을불을 이끌고 돌아왔다. 창조리는 몹시 기뻐하면서 을불을 우선 조맥(鳥陌)의 남쪽집에서 묵게 하고는 사람들이 그 사실을 알지 못하도록 하고나서 9월에 임금이 후산의 북쪽으로 사냥을 나갈 때 따라갔다. 창조리는 사냥터에 이르자 뭇사람들을 둘러보며 말하였다. 《나와 마음을 같이할 사람은 나를 따르라.》 창조리는 이렇게 말하고는 갈잎을 뜯어서 모자우에 꽂았다. 모든 사람들이 다 그렇게 하였다. 창조리는 사람들의 마음이 모두 자기를 따른다는것을 알고 드디여 임금을 폐위시켜 딴집에 가둔 다음 군사들로 지키도록 하고 을불을 맞이하여다가 새 임금으로 내세웠다. 그가 바로 미천왕이다.

설화의 기본줄거리는 대체로 이상과 같다.

설화는 크게 두부분으로 나뉘여진다. 앞부분에서는 몸을 피하여 항간에 숨어서 살아가는 을불의 생활을 설화적으로 펼쳐보이였으며 뒤부분에서는 폭군인 봉상왕의 악정을 반대하는 사람들의 감정에 편승하여 국상 창조리가 왕을 내쫓고 을불을 새 임금으로 내세우는 과정을 이야기하였다.

설화는 봉건왕실내부의 알륵과 권력싸움을 배경으로 하여 당대의 현실을 비교적 진실하고 생동하게 보여주고있다.

설화에서는 무엇보다먼저 당시 봉건사회에서의 심각한 사회계급적관계, 다시말하여 인민대중에 대한 봉건지배계급의 착취상을 보여주고있다.

설화에는 수실촌의 부호인 음모와 압록원이 등장한다. 설화에서는 이들의 형상을 통하여 당대의 사회계급적관계와 착취상을 보여주고있다. 음모는 품팔이군을 고용하는 착취자의 형상이다. 그는 자기의 안일한 생활을 위해 품팔이군에게 밤이면 늪을 지키면서 개구리들이 울지 못하도록 하라고 요구하며 낮에는 또 낮대로 가혹하게 일을 시킨다. 음모의 이러한 행위는 을불로 하여금 더는 견딜수가 없어 뛰쳐나가지 않으면 안되게 한다.

한편 압록원은 사리에 어둡고 오직 지배계급의 리익을 비호하는데만 급급하는 지방통치배의 대변자이다. 그는 로파의 탐욕적인 음모를 정확히 가려볼 능력이 없었으며 따라서 로파의 요구대로 가난한 소금장사군인 을불에게서 소금을 빼앗아준다. 전설에 반영된 이러한 생활은 고구려중기의 사회현실이다.

고구려의 전기와 중기에 여러가지 다양한 주제의 설화작품들이 창작되였지만 계급적대립관계를 이처럼 생활적으로 드러내보인 설화는 없었다. 이것은 설화창작에서 주제령역과 그 예술적형상수준이 그만큼 발전하였다는것을 말해준다.

설화에서는 다음으로 당시의 사회생활, 경제생활을 보여주고있다.

부호에게 고용되여 고된 일을 강요당하는 품팔이군, 소금을 팔아서 생계를 유지하는 장사군이 당시에 존재하였고 고을원이 개인의 청원에 따라 소송을 처리하였다는 이야기는 고구려중기 사회생활, 경제생활의 일단을 보여준다.

설화에서는 또한 고구려왕실내부의 추악한 권력다툼과 그로 하여 빚어지는 통치배들의 악정, 그것을 반대한 인민대중의 투쟁을 일정하게 보여주고 있다.

설화에는 폭군의 피해가 두려워 은둔생활을 하는 을불과 자신을 애써 숨기는 그의 면모를 그려보이고있다. 이것은 고구려중기에 존재한 왕실안의 생활 그대로이다.

고구려중기에는 왕실내부의 권력다툼이 특별히 우심하였다. 대무신왕(재위기간 18-44)때에 호동의 죽음, 차대왕(재위기간 146-165)의 야심에 의한 즉위 그리고 산상왕(재위기간 197-227)형제의 권력싸움, 산상왕때에 왕후와 후녀사이의 대립, 중천왕(재위기간 248-270)때에 관나부인과 왕후 연씨의 알륵이 그 실례였다.

왕실안에서 벌어지는 이러한 싸움은 나라의 정국을 문란하게 만들고 국력을 좀먹었다. 나라의 정국이 어지러워지자 통치배들, 지배계급은 인민대중에 대한 착취와 략탈을 더욱 악랄하게 감행하였으며 이것은 궁극에는 국력을 약화시켰다. 국력이 약해지니 외부세력의 침입이 빈번해졌다.

그리하여 인민대중은 외적을 물리치는 반침략투쟁과 통치배들의 가혹한 착취를 반대하는 투쟁을 다같이 벌려야 하였다.

설화 《산상왕과 후녀》, 《장발미인이야기》나 《을불이야기》는 통치배들의 저주로운 권력싸움을 폭로하여 이루어진 설화이다.

설화에서는 을불의 처지를 보여주면서 당시 왕실안에서의 싸움을 폭로하는 한편 조불과 소우의 형상을 통하여 봉건적학정을 반대하는 인민들의 립장을 보여주고있다.

소우는 배우에 앉아있는 을불을 만나자 이렇게 말한다.

《지금 우에서는 민심을 잃은지 오랩니다. 그러니 나라님으로 될수 없습니다.》

이것은 폭군에 대한 인민대중의 저주의 감정을 그대로 반영하여 말한것이였다.

설화에서는 비록 소극적이기는 하지만 봉건군주와 그의 학정에 대한 근로인민대중의 반항정신을 보여주고있다.

설화 《을불이야기》에서 을불의 형상은 당시 봉건통치배들에 대한 인민대중의 립장을 똑똑히 보여주고있다.

설화에서 을불의 형상은 두 측면에서 강조되였다.

설화에서는 우선 을불의 형상에 당대 인민들의 구체적인 생활을 체현시켰다.

봉상왕의 박해를 피하여 항간에 몸을 숨긴 을불은 품팔이군, 소금장사군으로 일하면서 갖은 천대와 멸시를 다 받는다. 낮에는 땔나무를 하고 밤에는 개구리가 우는 늪에 지켜서서 돌과 기와쪼각을 던지였으며 배를 타고 소금을 구하러 다니고 등짐으로 소금을 지고다니다가 늙은 로파에게서 멸시를 당하며 나중에는 무지하고 무능한 압록원에 의해 그것을 다 빼앗기고만다. 그리하여 그는 《얼굴이 강마르고 옷차림이 허술》해진다.

설화에서 을불이 체험하는 이러한 생활은 당시 근로인민대중이 겪는 생활 그대로였다. 설화에서는 이처럼 을불에게 비참한 근로인민의 실상을 구체적으로 체현시킴으로써 당시 착취계급과 피착취계급간의 알록과 모순을 그대로 드러내보였다.

설화에서는 다음으로 을불의 형상에 당대 인민들의 요구와 념원을 반영하였다.

폭군을 몰아내고 새 임금을 맞이하기를 결심한 사람들은 을불이 바로 자기들이 바라는 그러한 임금이 되여주기를 바랐다. 당대의 사회력사적조건에서 사람들이 봉건제도자체를 부정하거나 왕권통치를 반대할수는 없었다. 그러나 인민대중은 학정이 아니라 《백성을 사랑하는 정치》를 원하였고 폭군이 아니라 《인자한 임금》을 요구하였다.

소우는 을불을 만나자 《지금의 임금은 무도》하다고 하면서 을불에 대한 사람들의 기대는 《행실이 검박하고 마음이 인자하여 백성들을 사랑》하는것이라고 한다. 이것은 사실상 봉건군주에 대한 당시 사람들의 념원이고 요구였다.

이처럼 설화 《울불이야기》는 심각한 사회정치적문제를 제기하고 그것을 인민대중의 요구에 맞게 해결하였다.

고구려중기의 설화작품에서 사회정치적문제를 제기하고 거기에 인민대중의 요구와 념원을 반영하였던것은 당시 설화문학의 주제가 다양해지고 형상의 폭이 넓어졌으며 설화문학에 대한 사람들의 요구와 기대가 높아졌다는것을 말해준다. 이것은 우리 나라에서의 중세설화문학의 발전면모를 보여주는 것이기도 하다.

《흥부동전설》

지명전설인 《흥부동전설》은 고구려에서의 평양천도시기를 시대적배경으로 하여 창작된 설화문학으로서 고구려인민들의 아름답고 소박한 인정세계와 평양일대의 아름다운 자연을 보여준다.

위대한 수령 김일성동지께서는 다음과 같이 교시하시였다.

《평양은 유구한 력사를 가진 유서깊은 도시이며 여기에는 우리 선조들이 남긴 귀중한 문화유적과 유물들이 많습니다.》(《김일성전집》 제4권 182페지)

평양은 우리 민족의 발상지이고 고조선의 도읍지였으며 고구려의 수도였다. 《흥부동전설》은 고구려에서 평양을 나라의 정치, 경제, 군사적인 중심지로 꾸리기 위하여 노력하던 과정을 설화적으로 보여준다.

《흥부동전설》의 기본내용은 흥부동이라는 고장이름의 유래를 밝힌것이다.

전설의 시대적배경은 지금까지 전하여오는 이야기에 의하면 고구려의 장수왕(재위기간 413-491)시기라고 한다. 그런데 오늘의 모란봉북쪽, 대동강기슭에 있는 흥부동의 이름이 427년 장수왕이 평양으로 천도할 때에 불리워지기 시작하였다고 하는데는 몇가지 문제점이 있다.

전설의 내용에 의하면 장수왕이 평양에로의 천도를 위하여 도읍을 정할만한 고장을 가리기 위해 신하를 파견하였고 그 신하가 처음 다달은 곳이 오늘의 흥부동지역이였으며 거기서 어떤 로인의 권고에 의해 도읍을 정할만 한 곳을 선택하였다고 한다. 그런데 장수왕때에 도읍으로 정한 곳은 안학궁터와 대성산성일대였다. 그러니 오늘의 흥부동에서 안학궁터를 알아보았던것으로 되는데 이것은 믿기 어려운 일이다.

전설이 비록 일정하게 환상적인 이야기로 꾸며질수 있다고 하더라도 지금의 흥부동에서 《향기로운 술》을 마시고 선정한 도읍터가 안학궁터라고 하기에는 너무도 사리에 어긋나는것이다.

따라서 《흥부동전설》이 고구려에서 평양으로 도읍을 옮기던 사실을 가지고 만든 이야기라고 볼 때 장수왕시기의 도읍터인 안학궁, 대성산과 결부시켜 볼것이 아니라 다른 시기를 고려하여 볼 필요가 있다고 인정하게 된다.

《삼국사기》의 기록에 의하면 고구려에서 평양으로 도읍을 옮기고 성을 쌓은것은 다섯번이였다.

고구려에서 처음으로 평양에 성을 쌓고 주민들을 이주시킨것은 247년 위나라의 침략을 당한 다음이였다. 고구려의 도읍이였던 환도성(丸都城)에 갑자기 달려든 위나라침략자들은 성을 파피하고 궁궐을 불살랐다. 이리하여 당시의 국왕이였던 동천왕은 고조선의 오랜 도읍지였던 평양성에로 림시 도읍을 옮길것을 결심하고 평양성을 쌓고 백성들을 이주시켰으며 봉건국가의 상징인 종묘사직을 옮겨왔다. 《삼국사기》에서는 이때의 사실을 전하면서 《평양이란 본래 신선인 왕검의 거처였다. 혹은 임금의 도읍이였던 왕험이라고 한다.》*고 하였다.

* 《王以丸都城經亂 不可復都 築平壤城 移民及廟社 平壤者本仙人王儉之宅也 或云王之都王險》(《三國史記》 卷十七 高句麗本紀 《東川王》 二十一年 春二月)

이것은 고구려에서 처음으로 평양을 도읍으로 꾸리기 위하여 성을 쌓으면서 당시에 사람들속에 알려졌던 평양에 대한 리해를 소개한것이다.

고구려에서 두번째로 평양성을 증축한것은 334년인 고국원왕 4년 8월이였다.*

* 《四年 秋八月 增築平壤城》(《三國史記》 卷十八 高句麗本紀 《故國原王》)

이때에 고구려에서 평양성의 성벽을 보강하여 더 쌓게 된것은 한때 강성을 보이던 백제의 세력을 견제하기 위해서였다. 《삼국사기》에는 당시에 해당하는 구체적인 기록이 없으나 그후의 기록들을 살펴보면 369년에 고구려의 고국원왕은 군사를 거느리고 백제의 치양성(雉壤城)을 쳤고 몇해가 지난 371년에는 백제가 고구려의 평양성을 공격하였는데 그 싸움에서 고국원왕이 전사하였다. 여기서 말하는 평양성은 고구려의 남쪽부수도로서 오늘의 황해남도 신원지방에 해당한다.

이러한 관계를 고려하여보면 고구려에서 두번째로 평양의 성을 증축한것은 백제의 세력을 방비할 타산밑에 이전시기에 쌓았던 성을 보수, 완비하였던것으로 인정된다.

고구려에서 다음으로 평양에로 도읍을 옮긴것은 343년에 연나라 모용황의 침입으로 심각한 란리를 겪었기때문이였다.

《삼국사기》를 편찬하면서 김부식은 《평양 동황성》의 위치를 《성은 지금의 서경동쪽 목멱산가운데에 있다.》고 밝히였다.

평양의 목멱산이 어데인가 하는것을 력대의 학자들이 밝혀보려고 노력하였으나 확정적인 견해가 제기된것은 없다. 목멱산이라는것을 《남쪽의 산》이라는 말로 인정하고 어떤 사람은 오늘의 안학궁터 동쪽 혹은 남쪽에서 그 위치를 찾아보려고 하였고 또 어떤 학자는 오늘의 평양시 중심부에 있는 옛 고구려의 성을 기준으로 그 남쪽 즉 대동강건너편에서 찾아보려고 하였다.

고구려에서 다음으로 평양에 도읍을 정한것은 427년 장수왕때였다.*① 장수왕때에 평양으로 도읍을 옮긴것은 이미 광개토왕시기에 평양성을 정치, 문화적중심지로 꾸리려는 결심밑에 392년에 아홉개의 절간을 세운데*② 토대한것이였고 그때의 도읍터가 오늘의 대성산일대와 안학궁이였다는것은 이미 학계의 공인된 사실로 되여있다.

*① 《十五年 移都平壤》(《三國史記》卷十八 高句麗本紀 《長壽王》)

*② 《二年 秋八月…創九寺於平壤》(우와 같은 책, 《廣開土王》)

고구려에서 다음으로 도읍을 옮긴것은 586년 평원왕(재위기간 559-590)시기인데* 이때의 고구려도읍지로서의 평양성, 일명 장안성(長安城)이라고 부르던 성은 오늘의 모란봉, 만수대, 남산, 창광산과 동쪽으로는 대동강에 림한 곳 즉 중구역의 일부 지역에 있었다.

* 《二十八年 移都長安城》(우와 같은 책, 《平原王》)

이상의 다섯번에 걸치는 고구려에서의 평양성건설 또는 천도를 놓고 《홍부동전설》이 안고있는 시대적배경을 생각할 때 지금처럼 장수왕시기라고 인정하기는 어렵다.

우에서도 간단히 말하였지만 장수왕때인 5세기 전반기는 이미 평양성이 널리 알려진 시기였고 이미 두번이나 도읍으로 정하였던 곳이니 도읍지를 평양으로 옮기려고 하면서 새삼스럽게 《평양은 산천이 아름답고 땅이 비옥하여 사람들이 살기 좋은 곳이라고들 한다.》고 하면서 가보고 오라고 신하들을 떠나보낼 필요가 없었다. 광개토왕때인 392년에 세운 아홉개의 절간이란 대성산의 광법사(廣法寺)를 비롯하여 모란봉의 영명사(永明寺), 오늘의 인홍동일 대에 있던 중홍사(重興寺) 등이였다. 그러니 구태여 평양의 산천이나 지세를 다시 확인하고 탐지하여야 할 필요가 없었으며 어떤 늙은 농부의 이야기를 따라야 할 형편도 아니였다. 장수왕때의 평양천도는 사실상 오랜 기간에 걸쳐 이루어진 평양에 대한 깊은 인식과 당시의 시대적요구에 따라 평지성으로서의 안학궁과 산성으로서의 대성산성을 쌓은 뒤에 단행한 거사였다.

따라서 필자는 지명전설인 《홍부동전설》이 고구려 동천왕때의 평양천도를 력사적배경으로 하여 창작된 설화라고 인정한다.

그렇게 인정하는 리유는 우선 전설의 내용이 고구려에서 평양에로의 천도를 처음으로 시도하면서 생겨난 이야기라는데 있다.

전설에서는 신하의 이야기를 듣고나서 왕이 《평양이야말로 도읍으로 될만한 곳이로다.》라고 경탄하면서 평양에로의 천도를 결심하는것으로 되여있다. 《홍부동전설》이 장수왕때를 시대적배경으로 하여 이루어진 전설이라면 이러한 경탄이 무의미하다.

그 리유는 다음으로 도읍터로 정하고 성을 쌓은 장소가 홍부동에서 그리 멀지 않은 곳이였다는 사실이다.

설화에서는 늙은 로인이 고구려의 신하에게 여기서 멀지 않은 곳에 성을 쌓으라고 일러주었다고 한다. 이 이야기는 고구려에서 수도를 옮기는 일도 실은 인민대중의 의사와 요구를 반영한것이였음을 말해주는것이다. 그런데 대성산과 안학궁터일대를 오늘의 모란봉북쪽 골짜기에서 늙은이가 자리잡아준 곳이라고 하기에는 너무나 타당성이 부족하다. 늙은이는 자기가 살고있는 가까운 지역에서 좋은 고장을 찾아보았을것이다. 그래야 그가 떠준 《물》맛과도 내용상 잘 어울린다.

그 리유는 다음으로 동천왕이 평양으로 도읍을 옮기던 당시 평양에 대한 일정한 리해를 가지고있었고 그것을 확인한 사실을 들수 있다.

란리를 겪고난 뒤에 동천왕은 림시로 도읍을 옮길것을 결심하였는데 그때 자리잡은 곳은 력사가 오래고 문화도 발전한 《선인왕검》(仙人王儉)이 자리잡았던 곳이며 《임금의 도읍터》였다.

《선인왕검》이란 고구려인민들속에서 신적존재로 떠받들리우던 단군 또는 단군조선의 임금들을 가리키며 《임금의 도읍터》란 고구려이전시대에 나라의 중심지였다는것을 의미한다.

동천왕이 평양에 깃든 이러한 력사와 문화에 대하여 이미 잘 알고있었기때문에 전쟁을 겪고난 뒤에 급기야 도읍을 옮기면서 평양을 생각하게 되였고 전하여오는 이야기가 사실인가를 확인하기 위하여 신하를 현지에 파견하였던것으로 추측할수 있는것이다.

그 리유는 끝으로 최근 력사학계가 이룩한 고고학적연구성과가 그 사실을 립증하여주기때문이다.

위대한 수령님께서는 일찌기 대성구역 청암동일대의 토성은 우리 민족의 오랜 력사와 발전된 문화를 보여주는 귀중한 문화유산이라고 하시면서 잘 보존관리할데 대하여 교시하시였고 위대한 장군님께서도 청암동토성의 력사문화적가치를 잘 연구, 소개하고 보존관리할데 대하여 간곡하게 일깨워주시였다. 위대한 장군님께서는 청암동토성을 원상대로 복구하여 그 인식교양적가치를 높이도록 현명하게 이끌어주시였다.

청암동토성을 원상복구하면서 성벽의 축조과정을 연구분석해보니 고조선과 고구려시기에 쌓은것이였다. 고구려때에 쌓은것은 모두 세차례였는데 맨 처음에 쌓은것이 3세기경 즉 동천왕때의 성벽이라는것이 확증되였다.

결국 고구려의 동천왕은 오랜 옛성인 고조선시기의 성을 증축하고 림시로 거처하였던것이다.

청암동토성이 동천왕때에 림시로 도읍을 정하였던 곳이라면 《흥부동전설》에서 늙은이가 가르쳐주었다는 위치와도 대체로 일치한다.

이상과 같은 몇가지 리유로 《흥부동전설》은 247년 고구려 동천왕이 평양으로 림시 도읍을 옮기던 때를 시대적배경으로 하여 이루어진 설화라고 인정한다.

《흥부동전설》의 기본내용은 대체로 다음과 같다.

어느날 임금이 한 신하를 불러서 이런 지시를 주었다. 《우리는 도읍을 남쪽으로 옮겨야 하겠다. 그런데 들리는 말에 의하면 평양이 산천이 아름답고 땅이 비옥하여 사람들이 살기 좋은 고장이라고들 한다. 그러니 평양에 가서 도읍으로 될만 한 지세를 갖추었는가 보고 오너라.》 신하는 어명을 받고 행장을 갖춘 다음 길을 떠났다. 남쪽을 향하여 길을 가던중 신하는 보기 드문 곳에서 걸음을 멈추게 되였다. 넓은 강이 흐르는데 북쪽은 산발들로 둘러막혔고 그앞으로는 탁 트인 넓은 벌판이 펼쳐져있었다. 이곳이 평양이 아니겠는가 하고 생각한 신하는 한 농가에 들려 주인을 찾아 지방의 이름을 물었다. 주인늙은이는 이 고장이 먼 옛날부터 일러오는 평양이라고 하였다. 이에 대단히 기뻐하며 신하는 늙은이

에게 물 한그릇을 청하였다. 주인늙은이가 샘터에서 물을 떠서 신하에게
주었는데 마셔보니 그것은 물이 아니라 향기로운 술이였다. 술은 향기로
울뿐아니라 온몸에 상쾌한 기분을 가져왔으며 피로를 가시여주고 새힘이
부쩍 솟게 하였다.

신하는 임금에게로 돌아가 이 사실을 모두 아뢰였다. 임금은 매우 경
탄하면서 《평양이야말로 도읍으로 될만 한 고장이로다.》라고 하고나서
도읍을 곧 평양으로 옮기였다. 평양으로 도읍을 옮긴 다음 늙은이가 샘
물을 떠다준 곳을 흥배(興杯)라고 이름지었다. 그것이 후날 전하여오는
과정에 《흥부》(興富, 재부가 흥한다는 뜻)로 고쳐불리워지게 되였다.
(전설집 《을밀대의 소나무》 문예출판사 1990년)

이것이 《흥부동전설》의 대략적인 내용이다.

전설은 고구려의 수도였던 평양의 아름다운 산천경개와 이 고장 인민들의
고상한 례의도덕풍모 등을 보여주는 소박한 설화작품이다.

전설에서는 고구려에서의 평양천도의 정당성을 생활적으로 강조하고있으
며 평양이야말로 당시 고구려의 천도에 가장 알맞춤한 고장이였다는것을 보
여주고있다.

이상과 같이 《흥부동전설》은 고구려의 력사발전과정을 놓고볼 때 장수왕
시기라기보다 3세기 고구려에서 처음으로 평양에 도읍을 옮길 때를 시대적배
경으로 한 이야기라고 보아야 타당하다. 그때 림시 도읍으로 삼았던 평양성
이 오늘의 대성구역 청암동일대의 토성이였다면 모란봉북쪽기슭, 대동강가에
자리잡은 흥부동과 력사적으로, 지리적으로 잘 어울린다.

《산상왕과 후녀》

설화 《산상왕과 후녀》는 산상왕 연우의 뒤를 이을 자식을 두고 벌어진 왕실내부의 싸움을 소재로 하여 이루어진 이야기이다. 설화의 내용은 다음과 같다.

산상왕에게는 늙도록 자식이 없었다. 그래서 뒤를 이을 아들을 낳게 하여달라고 늘 산천에 빌었다. 그랬더니 삼월 보름날밤의 꿈에 하늘에서 《내가 너의 젊은 안해로 하여금 아들을 낳도록 해줄터이니 걱정하지 말아라.》라고 하는것이였다. 꿈에서 깨여난 산상왕은 신하들에게 이런 말을 하였다. 《꿈에 하늘에서 젊은 안해로 하여금 아들을 낳도록 해주겠다고 하였는데 젊은 안해가 없으니 어찌할고?》 그러자 국상인 을파소가 《하늘의 령은 헤아릴수 없는것이니 기다려보사이다.》라고 하였다.

그로부터 몇해가 지난 겨울 어느날에 하늘에 제사를 지낼 때 쓰려던 돼지를 잃어버렸다. 그것을 맡아기르던 사람이 돼지의 종적을 따라 주통촌(酒桶村)에 이르러 돼지를 찾았으나 그놈이 헤덤비는바람에 잡을수가 없었다. 그때 어떤 녀인이 나타나 돼지를 붙들어주었는데 나이는 스무살쯤 되여보이고 얼굴이 아름다우며 웃음을 머금은채 돼지를 붙들고있었다. 그는 주통촌에 사는 려염집처녀 후녀였다. 돼지를 맡아기르던 사람은 그 사실을 임금에게 말하였다. 산상왕은 이상하게 여기면서 그 녀인을 만나보리라 마음먹고 옷을 갈아입은 다음 그의 집으로 갔다. 산상왕이 시종을 시켜서 주인에게 말을 걸게 하였더니 주인은 임금이 온줄을 알아보고 방으로 안내하였다. 산상왕은 그 녀인부터 찾았다. 임금앞에 나타난 후녀는 이런 말을 하는것이였다. 《대왕님의 명령이니 피할수는 없습니다만 만일 다행히 아들이 생기면 버리지 말아주십시오.》 산상왕은 그러마 하고 녀인을 만나본 다음 한밤중에 일어나 궁궐로 돌아왔다.

이 사실은 곧 왕후에게 알려졌다. 왕후는 임금을 맞이하였던 후녀를 질투하여 몰래 군사들을 보내서 그를 죽여버리려 하였다. 후녀는 그것을 알고 남자옷을 바꾸어입고 도망쳤지만 군사들에게 잡히고말았다. 군사들이 죽이려고 덤벼드니 후녀는 자세를 바로하고 말하였다. 《너희들이 지금 나를 죽이려고 하는데 이것이 임금님의 명령이냐, 왕후의 명령이냐? 지금 내 몸에는 임금님이 남겨놓은 자식이 있다. 나를 죽이는것은 그렇다 하더라도 임금님의 아들까지 죽일수 있단말이냐?》 후녀의 말에 군사들은 감히 손을 대지 못하고 그대로 돌아와 왕후에게 후녀의 말을 옮겼다. 왕후는 성이 나서 다시 후녀를 죽이려고 하였으나 그럴 틈을 얻지 못하였다. 이 사실이 산상왕에게도 알려졌다. 어느날 산상왕이 다시 후녀의 집으로 와서 후녀에게 물었다. 《네가 지금 몸에 아이를 배였다고 하는데 그것은 누구의 자식이냐?》 그러자 후녀는 《저는 지금까지 형제들하고도 한자리에 앉은적이 없습니다. 그런데 하물며 외간남자를 가까이 하였겠습니까. 지금 저의 배안에 있는것은 임금님의 자식입니다.》라고 하였다. 산상왕은 그 말에 무척 기뻐하면서 후녀를 잘 위로해주고 쓰고 지낼 물건들까지 넉넉히 주도록 하고는 궁궐로 돌아왔다. 그리고는 왕후에게 후녀를 해치지 못하도록 엄명하였다.

후녀는 열달만에 과연 아들을 낳았다. 그 소식을 들은 산상왕은 《이 아이는 하늘이 내 뒤를 잇도록 내려준 자식이로다.》라고 하면서 하늘에 제사를 지낼 때 쓰려던 돼지로 해서 녀인을 만났고 아들을 보았다고 하여 아이의 이름을 《교체》(郊彘)라고 하였다.

설화의 줄거리는 대체로 이상과 같다.

설화에서는 주통촌녀인인 후녀(后女)의 형상이 중심에 놓이고 왕후와 산상왕이 등장한다.

설화는 봉건사회에서 국왕의 뒤를 이을 아들을 놓고 암투와 살륙이 암암리에 벌어지던 왕실내부의 비행을 폭로하고있다.

당시 고구려사람들은 왕실내부의 권력싸움과 무지한 폭군의 집권, 그로 하여 빚어지는 가혹한 착취와 사회적무질서를 목격하면서 이른바 《어진 임금》의 출현과 나라의 안정을 바랐다.

설화는 인민대중의 이러한 념원과 요구를 일정하게 반영하면서 왕실내부의 추악한 생활을 폭로하는데로 사상주제적내용을 지향시키고있다.

설화에서 후녀는 생김새가 아름답고 힘도 있으며 지혜와 담력을 가진 근로인민출신의 녀인이다. 후녀는 남자들도 잡지 못하는 돼지를 웃으면서 붙들수 있을만큼 힘이 센 려염집처녀이다. 설화의 창조자들은 이처럼 귀족가문이 아니라 일반백성의 집에서 나서자란 후녀의 형상에 힘을 넣었다.

후녀는 지혜롭고 담대하다. 그는 국왕에게 무작정 굴종하는것이 아니라 자기의 생각을 꺼리낌없이 터놓으며 그에 대한 긍정적인 대답을 들은 다음에야 순응한다. 그는 왕후의 질투와 자기를 죽이려고 꾸민 왕후의 흉계를 즉시에 간파하고 몸을 피하며 군사들에게 붙들려서는 당당하게 그들을 추궁한다.

《너희들이 나를 죽이려고 하는데 이것이 임금의 명령이냐, 왕후의 명령이냐?》

후녀의 정정당당하고 사리밝은 추궁에 군사들은 물러나고만다.

설화에서 후녀는 힘과 지혜가 뛰여날뿐아니라 례의도덕도 밝은 녀인이다. 그는 스무살이 되도록 《형제들하고도 한자리에 앉은적이 없》었으며 외간남자들과의 접촉은 더우기 없었다.

후녀의 이러한 형상은 설화를 창조한 사람들의 미학정서적요구를 반영한것이라고 말할수 있다.

설화 《산상왕과 후녀》에서 왕후는 봉건사회에서 흔히 찾아볼수 있는 간악하고 음흉한 왕비의 형상이다.

왕후 우씨는 이전 임금인 고국천왕의 안해이다. 그런데 왕후로서의 부귀와 영화를 유지하기 위해 왕의 동생들의 권력싸움에 끼여들며 음모적인 방법으로 산상왕을 즉위시키고는 또 그의 안해로 행세한다. 그리고는 후녀가 그의 뒤를 이을 아들을 낳을가봐 시기질투하여 마침내 그를 죽이려고 꾀한다. 설화에 등장하는 왕후는 이처럼 교활하고 간악하다.

《삼국사기》에는 이런 기록이 있다.

《태후 우씨는 림종에 유언하기를 〈나는 실행을 하였으니 무슨 면목으로 지하에서 국양을 만나볼고. 만약 여러 신하들이 나를 차마 구렁텅이에 내버리지 않는다면 산상왕의 무덤곁에 묻어주오.〉라고 하여 그의 말대로 장사를 지내였다.》*

* 《太后臨終遺言 曰妾失行 將何面目見國壤於地下 若群臣不忍擠於溝壑 則請葬我山上王陵之側 遂葬之如其言》(《三國史記》 卷十七 高句麗本紀 《東川王》 八年 秋九月)

이런 왕후였기에 설화에서는 그를 간악한 녀인으로 그리였던것이다.

설화에서 왕은 려염집처녀를 왕의 권한으로 무작정 가까이 하려 하고 그후에는 자기 자식을 몸에 밴 그에 대해 관심도 돌리지 않는 무지한 인간으로 형상하였다. 설화는 산상왕의 파렴치한 녀성유린행위를 하늘의 《계시》인듯이 설명한것과 같은 일련의 제한성을 가지고있지만 봉건지배계급내부의 생활을 일정하게 폭로하고 후세의 문학창작에 영향을 준것으로 하여 의의가 있는 작품이다.

《장발미인이야기》

설화 《장발미인이야기》는 《산상왕과 후녀》와 마찬가지로 고구려중기 왕실안에서 벌어진 추악한 질투, 살륙행위를 폭로한 작품이다.

지난 시기 일부 연구자들은 이 설화를 《관나부인의 말로》라는 제목으로 소개하였다. 설화에 등장하는 인물이 관나부인이며 이야기가 그의 죽음을 놓고 꾸며졌으므로 그렇게 명명하였다고 본다.

그러나 작품의 설화적성격을 강조하고 그의 교훈적의의를 부각시키는 의미에서 설화의 제목을 《장발미인이야기》로 고쳐서 소개하려고 한다.

설화 《장발미인이야기》는 3세기 중엽 고구려 중천왕(中川王)시기에 왕궁안에서 벌어진 일을 설화로 꾸민 이야기이다.

《삼국사기》에 실린 설화의 줄거리는 다음과 같다.

관나부인은 얼굴이 몹시 아름다웠다. 그는 특히 머리가 길었는데 그 길이가 무려 아홉자나 되였다. 임금은 그를 무척 사랑하였고 장차 작은 왕후로 삼아 궁궐안으로 불러들일가 생각하고있었다. 이 사실을 알게 된 왕후 연씨는 그가 임금의 사랑을 독차지하게 되지 않을가 걱정되여 어느날 임금에게 이런 말을 하였다. 《제가 들으니 서쪽의 위나라에서 장발미인을 요구하는데 천금을 아끼지 않고 사들이려 한다고 합니다. 옛날에 이전 임금님이 그 나라에 례절을 차리지 못해서 마침내 군사들의 침공을 받고 궁궐을 떠나게 되여 자못 나라를 잃을번 하였습니다. 지금 임금님이 그들의 요구에 응하시여 한 심부름군을 시켜 장발미인을 그 나라에 주어버린다면 그 나라는 반드시 기꺼이 받아들일것이고 다시는 쳐들어오는 일도 없게 될것입니다.》임금은 왕후가 무엇을 말하는것인지 아는지라 잠자코 대답하지 않았다. 관나부인은 그 말을 전해듣게 되자 자기에게 해가 미칠가봐 두려워났다. 그래서 임금에게 왕후 연씨를 참소하였다. 《왕후는 늘 저를 꾸짖기를 〈시골뜨기계집이 어찌 이럴수가 있느냐. 만일 스스로 돌아가지 않는다면 반드시 후회가 있을줄 알아라.〉라고 합니다. 왕후가 대왕님이 안 계실 때에 저를 해치면 어쩌하리까.》임금은 그 말도 못 들은척 하였다.

그후 어느날 임금이 기구(箕丘)로 사냥을 나갔다가 돌아오니 관나부인이 가죽주머니를 가지고 나타나 울면서 말하기를 《왕후가 여기에 저를

- 98 -

넣어 바다에 던지려고 하였습니다. 대왕님이 저의 하찮은 목숨을 보전하여 집으로 돌아갈수 있도록 하여주시면 다행이겠습니다. 어찌 감히 대왕님의 시중을 들기를 바라겠습니까.》라고 하는것이였다. 임금은 그것이 거짓말이라는것을 알고 성이 나서 부인에게 말하기를 《네가 바다에 들어가고싶으냐?》라고 하고는 사람들을 시켜서 그를 그 가죽주머니에 넣어 서쪽바다에 던져버리게 하였다.

설화의 줄거리는 이상과 같다.

설화 《장발미인이야기》는 왕궁안에서 왕의 처첩사이의 알륵과 시비를 가지고 꾸민 이야기라는 측면에서는 설화 《산상왕과 후녀》와 비슷하다고 말할수 있다. 그러나 등장인물들의 성격은 완전히 다르다.

설화 《산상왕과 후녀》에서는 왕의 아들을 낳은 후녀가 지혜롭고 의로운 인물로 그려졌다면 설화 《장발미인이야기》에서는 왕의 첩인 판나부인이 요염하고 간악한 녀인으로 형상되였다. 물론 두 설화에서 왕후들은 다 질투군, 음모군들이다.

설화에서 장발미인은 부정인물이다. 그는 자기의 요염한 자태로 왕의 사랑을 독차지하려고 하며 자기를 질투하는 왕비를 아예 제거해버리려고 없는 사실을 꾸민다. 그러나 그의 계책은 《남잡이가 제잡이》격으로 되고만다. 설화에서는 바로 여기에 형상의 초점을 모으고있다.

이 설화가 봉건사회에서 국왕의 처첩사이의 알륵과 질투, 싸움을 보여주는 속에 강한 인상을 주는것은 남을 해치려고 꾀하는자는 도리여 그 꾀에 자기가 해를 당한다는 교훈이 있기때문이다. 여기에 이 설화의 인식교양적의의가 있다.

이 설화에서 국왕을 결단성있는 인물로 형상한것도 《산상왕과 후녀》와는 차이나는 측면이다.

국왕은 두 녀인의 참소를 다 들으면서 아무 편도 들지 않는다. 그러나 남의 목숨을 노리면서까지 거짓말을 하는데는 참을수 없었다. 그래서 그는 비록 사랑하는 녀인이기는 하지만 단호하게 장발미인을 가죽주머니에 넣어서 바다에 처넣도록 한다.

국왕에 대한 이러한 형상은 봉건군주를 일정하게 긍정하고 내세우는 경향의 표현이다.

설화는 구성도 비교적 째여있다. 전반적인 이야기의 전개과정이 사상주제적과제를 해결하는 과정으로 되도록 대를 세우고 등장인물들의 대화를 주었으며 작품의 시공간적인 맞물림도 형상론리에 맞게 잘 조직하였다. 그리하여 길지 않은 이야기가 실생활에서 체험되는 사실처럼 느껴지며 등장인물의 성격이 생동하게 살아난다.

설화는 등장인물들의 대화도 다듬어져있다. 설화에서는 등장인물들의 말을 성격에 맞게 그리고 사건이 이루어지는 정황에 따라서 자연스럽게 제시하고있다. 이러한 대사는 이전시기의 설화에서는 찾아보기 어려운것이었다.

이상과 같이 설화 《장발미인이야기》는 왕실안에서의 녀인들의 시기와 질투를 폭로하면서도 사람들에게 인식교양적의의가 있는 문제를 제기하고 그것을 사건의 론리, 생활의 론리에 맞게 풀어나간것으로 하여 이 시기 설화문학의 발전면모를 보여주는 설화유산으로 된다.

《견우와 직녀》

고구려중기 설화문학유산에서 이채를 띠는것은 전설 《견우와 직녀》이다. 견우와 직녀에 대한 이야기는 우리 인민들속에서 매우 오래전부터 널리 전하여오는 전설이다.

위대한 수령 김일성동지께서는 다음과 같이 교시하시였다.

《덕흥리벽화무덤에 있는 벽화는 우리 나라에 5세기전부터 견우와 직녀에 대한 전설이 있었다는것을 보여주고있습니다.》(《김일성전집》 제66권 150페지)

견우와 직녀에 대한 전설은 5세기이전부터 이미 고구려사람들속에 잘 알려져있었다. 전설이 오랜 세월 광범한 사람들속에서 널리 전하여왔기때문에 중세문인들은 견우와 직녀에 대한 시도 많이 지었다.

여기에 16세기에 활동한 서민시인 홍유손(1451-1529)의 시 한편을 소개하면 다음과 같다.

가을철 하늘우에 은하수 아득한데
강기슭 까막까치 스스로 모여드네
견우는 그 며칠을 그리움에 속태웠나
직녀는 베를 짜도 원한만은 서렸으리

가슴아픈 오랜 리별 하늘도 느꼈는지
떨어지는 비방울 눈물에 합쳐주네
만나면 기쁨넘쳐 속마음을 말하건만
날 밝을 때 알릴가봐 새벽닭이 두렵구나
（《소대풍요》 권6 《칠석》）

秋盡瑤虛雲漢遙　河邊烏鵲自相招
牽牛幾日思如結　織布多時恨未消
天感最憐離別久　雨零應和涕洟飄
爭歡邂逅論心事　怕却金鷄促報朝

(《昭代風謠》 卷六 《七夕》)

이처럼 음력 7월 7일과 전설 《견우와 직녀》는 오랜 세월 우리 인민들의 마음속에 새겨져 리별의 대명사처럼 되여왔다.

408년에 이루어진 고구려벽화무덤인 덕흥리무덤에는 견우와 직녀가 그려져 있다. 벽화에는 사품치는 강물을 사이두고 소를 끄는 견우와 강아지를 뒤딸린 직녀가 마주서서 바라보는 장면이 그려져있고 그옆에 《견우지상》(牽牛之像), 《직녀지상》(織女之像)이라는 글이 새겨져있다. (지금은 《직녀》라는 글이 잘 알리지 않는다.)

5세기초에 이루어진 무덤벽화에 견우와 직녀가 그려져있다는것은 이 이야기가 당시에 사회적으로 널리 퍼져있었다는것을 말해준다.

덕흥리무덤벽화에 그려진 견우와 직녀는 환상적인 하늘세계의 인간들이라기보다 지상세계에 현실적으로 존재한 소먹이는 사나이와 베를 짜는 녀인이다.

이 이야기가 5세기초에 그림으로 형상되였다면 그것이 처음으로 창작된것은 그보다 퍽 앞선 시기일것이다. 그러므로 대체로 고구려중기에 창작된것으로 인정하고 여기에 소개하려고 한다.

전설 《견우와 직녀》의 기본줄거리는 다음과 같다.

하늘나라에 소를 먹이는 총각인 견우와 천을 짜는 처녀인 직녀가 살고 있었다. 그들은 서로 사랑하는 사이였다. 그들은 사랑이 깊어지자 어떤 때는 자기가 하던 일을 잊고 그리워하였고 만나면 헤여질줄을 몰랐다. 이러한 사실을 알게 된 하늘나라의 임금은 그들을 서로 갈라놓아야 예전처럼 부지런히 일할수 있으리라고 생각하고 견우와 직녀를 은하수를 사이에 두고 떨어져 지내다가 한해에 한번씩 그것도 칠월 칠석날에만 만나도록 하였다. 그리하여 견우와 직녀는 리별하게 되였고 먼곳에서 서로 마주보며 만날 날이 되기를 간절히 기다리였다. 그런데 만나는 날이 왔어도 깊고도 넓은 은하수에 배도 없고 다리도 없어 만날수가 없었다. 견우와 직녀는 서로 마주 바라보며 애타게 눈물만 흘릴뿐이였다. 그들이 흘리는 눈물은 이 세상에 떨어져 장마비로 되였다. 철늦은 장마가 견우와 직녀의 애절한 눈물이라는것을 알게 된 세상사람들은 까막까치를 보내여 그들을 돕게 하였다. 하늘로 날아오른 까막까치들은 서로 날개를 잇닿아 다리를 만들었다. 그리하여 견우와 직녀는 그 다리, 오작교(烏鵲橋)를 건너 감격적인 상봉을 할수 있었다.

전설 《견우와 직녀》는 오랜 세월 전하여오는 과정에 여러가지 변형된 이야기들을 만들어냈다.

어떤 전설에서는 무대를 별나라로 설정하고 직녀를 선녀로 형상하였다.

옛날 별나라에는 인물이 아름답고 천을 잘 짜는 직녀라는 선녀가 있었다. 직녀는 이웃별나라의 근면한 목동과 사랑하는 사이였으며 이어 부부로 되였다. 견우와 직녀는 혼인후 사랑에 취하여 천올 짜는것도, 소를 먹이는것도 잊고 서로 곁을 떠나지 않은채 늘 함께 있었다. 별나라의 임금은 자기의 직분을 잊고 사랑에만 빠져 일하지 않는 그들을 용서하지 않았다. 임금은 그들이 은하수를 사이두고 살면서 한해에 한번씩 칠월 칠석날에만 만나도록 허용하였다. 그런데 기다리던 칠석날이 돌아왔지만 은하수를 건늘수가 없어서 견우와 직녀는 강기슭을 오르내리면서 서로 부르며 애끓는 눈물만 흘리였다. 견우와 직녀가 흘리는 눈물은 지상세계에 비로 되여 내렸다. 때는 한창 곡식들이 여무는 계절이라 지상에서는 큰물로 하여 하늘을 원망하였다. 천기를 보는 관리가 왕에게 장마비는 견우와 직녀가 흘리는 눈물이라고 일러주었다. 왕은 그 사연을 알아보고 하늘로 날아오를수 있는 까막까치들을 불러 은하수에 다리를 놓아주도록 하였다.

한편 어떤 《견우와 직녀》전설에서는 견우와 직녀를 왕자와 공주로 선정하기도 하였다.

덕흥리무덤벽화에 그려놓은 견우와 직녀의 옷차림은 평범한 농사군의것이 아니라 몹시 화려하다. 이것은 무덤에 그려진 견우와 직녀가 왕자와 공주이거나 혹은 그와 대등한 계층의 인물이라는것을 말해준다. 덕흥리무덤벽화에 견우와 직녀가 이렇게 형상된것은 당시 사람들속에 인식된 《견우와 직녀》전설을 의미하거나 벽화를 그린 사람들의 미학정서적요구에 따른것이라고 보아야 할것이다.

전설들에서 이야기되는 사실의 진실감을 부여하기 위하여 후세사람들은 몇가지 자료를 덧붙이였다. 음력 칠월 칠일에 마을에서 까마귀와 까치를 찾아볼수 없는것은 그것들이 견우와 직녀를 위해 다리를 놓아주려고 하늘로 올라갔기때문이며 그날 아침에 내리는 비는 견우와 직녀가 마주 바라보면서도 만나지 못하여 애타서 흘리는 눈물이라는것이다. 또 낮에 내리는 비는 그들이 상봉의 기쁨으로 흘리는 눈물이고 밤에 내리는 비는 다시 헤여지면서 서러워서 흘리는 눈물이라고 한다.

전설 《견우와 직녀》는 고구려사람들이 천문, 기상 등 자연현상에 대한 지식에 토대하여 인간생활을 보여주면서 그속에 자기들의 념원과 요구를 반영한 설화작품이다.

전설은 천문현상에 대한 구체적인 관찰에 기초하여 창조되였다.

하늘의 은하수를 가운데 놓고 량쪽에서 빛을 뿌리는 별을 관찰하고 계절에 따라 변하는 그 별의 위치를 인식한데 기초하여 이 전설을 만들었다. 은하수를 가운데 놓고 빛을 내는 별을 지금도 《견우성》, 《직녀성》이라고 한다. 고구려사람들은 이 별들이 초가을이면 유난히 반짝인다는것을 간파하고 그것을 소재로 하여 이야기를 꾸미였던것이다.

고구려에서는 일찍부터 천문학이 발전하였다. 오랜 옛날부터 농업생산을 발전시켜온 고구려사람들은 천문학과 기상학을 발전시켰다. 《삼국사기》의 기록에 의하면 고구려에서는 매우 이른 시기부터 천문학적현상들과 기상학적 징후들을 관찰하였다. 고구려의 벽화무덤들에는 별자리를 그려놓은것이 적지 않다. 실례로 덕화리무덤벽화에는 무려 열아홉개의 별자리들을 그려놓고 거기에 이름까지 기록하였다. 고구려의 높은 천문관측수준을 집중적으로 보여주는것은 이미 세상에 널리 알려진 석각천문도이다.

이처럼 발전된 천문관측기술을 고구려사람들은 설화문학창작에 리용하였던것이다.

전설에는 우리 나라 기후가 음력 칠월 칠일경이면 비가 내리며 까마귀와 까치와 같이 인가근처에서 흔히 볼수 있는 날짐승들이 이즈음에는 드물어진다는것과 같은 여러가지 자연과학지식이 안받침되여있다.

전설 《견우와 직녀》는 당시 사람들의 소박한 념원을 환상적으로 보여준 설화작품이다.

전설에 등장하는 견우와 직녀는 당대의 평범한 인민의 형상이다. 견우와 직녀는 자기의 직분에 따라 소를 먹이고 천을 짰다. 하지만 그들에게도 아름답고 열렬한 사랑이 있었다. 그러한 사랑을 누리면서 부지런히 일하는것은 당시 인민들이 그리던 리상이였다.

전설 《견우와 직녀》는 천상을 무대로 하여 남녀간의 사랑을 펼쳐보여주면서 사랑에서도 자유롭지 못하고 고통과 박해를 당하며 불행을 겪지 않으면 안되게 만드는 봉건사회의 불합리한 현실에 대하여 비판하고있으며 동시에 인민들의 행복한 생활에 대한 지향과 념원을 환상적수법으로 보여주고있다.

전설에서는 견우와 직녀의 리별에 대하여 이야기하면서 그것을 도우려는 사람들의 동정심을 여러모로 보여주고있다.

그것이 바로 까막까치를 보내여 오작교를 이루어주어 견우와 직녀가 만나도록 해주는것이다. 전설에서의 이러한 형상은 남의 불행을 가슴아파하고 불행한 사람을 도와주기 위하여 모든것을 다하는 우리 민족의 깊은 의리심, 동정심을 설화적으로 보여준것이라고 말할수 있다.

전설은 당대 인민들의 념원과 지향을 반영한것으로 하여 오랜 세월 인민들의 사랑을 받으면서 전해올수 있었다.

전설 《견우와 직녀》는 특히 중세 부녀자들의 깊은 동경속에 전하여왔다.

중세 우리 나라 녀성들은 청춘남녀의 리별에 동정을 표시하면서 그들의 상봉을 마련해준 까막까치를 위해주려는 마음에서 칠석날 아침에 흰쌀밥과 설기떡을 만들어 지붕이나 담장우에 올려놓았고 또 견우의 사랑을 받은 직녀를 부러워하면서 그것이 직녀의 뛰여난 길쌈솜씨때문이라고 생각하여 그러한 재주를 자기도 터득할수 있도록 해달라고 칠석날 저녁 하늘을 우러러 남몰래 빌기도 하였다.

그러나 전설 《견우와 직녀》에서는 사랑과 행복을 지켜내기 위한 주인공들의 노력은 전혀 없고 오직 임금의 조치에 의해서만 사랑도, 행복도 이루어질수 있는것처럼 꾸며놓았다. 그리고 견우와 직녀를 왕자와 공주로 인정한 경우에는 그들도 인민대중처럼 근로하는 계층인듯이 형상하였다. 이것은 전설창조자들의 세계관상제한성인 동시에 당대의 시대적제한성이라고 말할수 있다.

이상에서 본것처럼 고구려중기의 설화문학들은 형태가 다양해지고 형상수준이 높아졌으며 이야기의 줄거리가 일정하게 다듬어져 이전시기의 설화작품들보다 발전된 면모를 보여주었다.

3) 고구려후기의 설화

고구려후기의 설화문학유산에서 많은 비중을 차지하는것은 반침략애국주의 주제의 설화들이다.

고구려가 국토통일을 민족사적과제로 제기하고 그것을 실현하기 위하여 과감한 투쟁을 벌리던 력사적시기에 대륙에서 오랜 기간의 내전을 수습하고난 수나라, 당나라는 고구려에 대한 침략을 개시하였다. 그리하여 고구려인민들의 국토통일을 위한 투쟁은 반침략투쟁과 동반하여 진행되게 되였다.

위대한 령도자 김정일동지께서는 다음과 같이 교시하시였다.

《고구려인민들은 70년동안이나 수나라와 당나라의 대규모적이고 집요한 침략을 격퇴하고 나라의 존엄과 독립을 지켜냈다.》(《김정일선집》 증보판 제1권 34페지)

고구려인민들은 무려 70년동안이나 수, 당의 침략을 물리치는 투쟁을 벌려왔다.

고구려인민들의 반침략투쟁은 당시 우리 민족의 력사발전에서 중요한 의의를 가지였다. 고구려인민들이 용감한 투쟁으로 외래침략세력들을 몰아냄으로써 나라의 자주권과 민족의 존엄은 굳건히 지켜지게 되였으며 고구려의 강대성이 온 세상에 과시되게 되였다.

오래전부터 고구려에 침략의 마수를 뻗치고 빈번히 전쟁의 불집을 일으키던 수나라통치배들은 네차례에 걸쳐 무모한 전쟁에 매달렸다가 참패를 당하고 나라까지 망하는 지경에 이르렀다. 수나라의 뒤를 이어 세워진 당나라의 통치배들은 이에 대한 앙갚음으로 고구려에 대한 침략에 집요하게 달라붙었다.

그러나 고구려인민들은 당나라침략자들도 여러차례나 영용하게 물리치고 나라의 자주권과 민족의 존엄을 크게 떨치였다.

이처럼 계속되는 반침략투쟁에서 무비의 희생성을 발휘하여 싸운것은 인민대중이였다. 고구려인민들은 침략자들을 물리치는 싸움에서 용맹을 떨친 애국적인물들과 력사에 뚜렷한 자취를 남긴 사변, 사실들을 자랑스럽게 내세우면서 널리 소개하는 과정에 수많은 설화작품들을 창조하였다.

고구려후기사람들이 창작한 설화작품들가운데는 반침략애국적인것도 있고 풍물적인것도 있으며 지명전설 등도 있어 그 사상주제적내용과 류형이 매우 다양하고 풍부하다.

《을지문덕이야기》

설화 《을지문덕이야기》는 612년 수나라의 제2차침공을 물리친 고구려인민들과 을지문덕장군의 자랑찬 승리를 내용으로 하여 창작된 력사설화이다.

위대한 령도자 김정일동지께서는 다음과 같이 교시하시였다.

《고구려의 군대와 인민들은 을지문덕장군의 지휘밑에 300만에 달하는 수나라침략군을 격멸소탕하였으며 연개소문의 지휘밑에 당나라의 침략과 압력을 짓부셔버렸다.》(《김정일선집》 증보판 제1권 34페지)

고구려인민들이 력사적으로 벌려온 반침략애국투쟁에서 수나라의 수십만대군을 격퇴한 살수대첩과 그것을 지휘한 을지문덕장군의 활동은 가장 빛나는 자리를 차지한다. 그리하여 고구려인민들은 살수싸움과 을지문덕장군에 대한 여러가지 이야기들을 만들어내게 되였다. 이러한 이야기들은 하나의 설화군을 이루면서 오랜 세월을 거쳐 전하여오는 과정에 보충되기도 하고 윤색, 가공되기도 하였다. 그리고 인민대중의 구비전설과 아울러 력사기록을 비롯한 여러 문헌들에 올라 서사문학작품으로 전해지기도 하였다.

설화 《을지문덕이야기》는 을지문덕장군과 살수싸움을 내용으로 한 설화군으로서 을지문덕장군의 공적을 기록한 전기작품과 함께 전해지고있다.

《을지문덕이야기》는 을지문덕장군의 어린시절과 그의 성장과정을 보여주는 《석다산전설》, 《신기한 점이 박힌 불곡산석굴》과 그의 애국적활동을 내용으로 하는 《살수대첩이야기》, 《칠불사전설》 등으로 나누어볼수 있다.

《석다산전설》과 《신기한 점이 박힌 불곡산석굴》은 을지문덕장군의 젊은 시절을 보여주는 전설들이다.

《석다산전설》의 내용을 보면 다음과 같다.

석다산(石多山)을 가까이 한 어느 바다가마을에 홀어머니 한분이 살고 있었다. 그는 어느 하루 발김을 매고 돌아오다가 석다산기슭에서 새알 한 알을 주었다. 그런데 그때로부터 태기가 있어 열달만에 아들을 낳았는데 그가 바로 을지문덕이였다. 을지문덕은 집이 몹시 가난하여 어려서부터 늘 바다가에 나가 소금을 구워가지고 그것을 팔아서 살아나갔다. 그래서 마을에서는 그를 가리켜 《소금장사총각》이라고 하였다. 하루는 그가 밤이 깊어서야 집으로 돌아오게 되였는데 산기슭에 웬 송아지 한마리가 나타나 사납게 달려드는것이였다. 을지문덕이 그것을 주먹으로 때려죽이고 보니 그것은 송아지가 아니라 한마리의 커다란 범이였다. 그 소문이 삽시에 온 동네에 좍 퍼졌다. 그때로부터 마을에서는 을지문덕을 《소금장사 총각》이라고 하지 않고 《범장사》라고 하였다.

《석다산전설》은 을지문덕장군의 **출생과정**과 어린시절의 한토막을 전해주는 설화이다.

전설에서는 우선 을지문덕장군을 근로인민출신의 인물로 그리였다.

전설은 을지문덕장군이 가난한 홀어미의 자식이라는것을 강조하면서 그의 출생을 비범한것으로 보여주기 위하여 새알과 결부시키였다. 을지문덕장군의 출생을 새알과 결부시킨것은 고구려인민들속에 널리 알려져있던 동명왕의 출생과 비슷하게 꾸미며 그의 성이 《을지》(乙支)라는데로부터 《새 을》(乙)자의 의미를 강조하려는 의도에서였다고 볼수 있다. 전설의 창조자들은 을지문덕장군을 평범한 근로인민출신의 명장으로 인정하면서도 그에게 무엇인가 남다른것을 체현시키기 위하여 출생과정을 신비화하였던것이다.

전설에서는 다음으로 을지문덕장군을 로동속에서 단련된 억센 인물로 그리였다.

전설에서 을지문덕장군은 집이 하도 가난하여 소금을 구워서 생계를 유지해나간다. 옛날 로동생활에서 가장 고된것의 하나가 소금을 굽는 일이였다. 그런데 을지문덕장군이 바로 그 고된 소금굽는 일을 하였던것이다. 이것은 《을불이야기》에서 을불이 체험하는 생활과 같으면서도 어찌보면 그보다 더 혹독하다고 말할수 있다. 을불은 소금장사군이였다면 을지문덕장군은 소금장사군이면서 또한 소금의 생산자였던것이다. 전설에서는 을지문덕장군이 고된 로동에서 단련되는 과정에 남달리 억센 힘과 큰 담력을 가지게 되였으며 그로 하여 맨손으로 커다란 범도 때려잡는 장수로 성장할수 있었음을 생활적으로 강조하였다.

전설 《신기한 검이 박힌 불곡산석굴》은 《석다산전설》과 마찬가지로 지명전설이지만 여기서는 을지문덕장군이 장수로 자라나던 과정을 그려보이고있다.

전설 《신기한 검이 박힌 불곡산석굴》의 기본줄거리는 대체로 다음과 같다.

을지문덕은 젊은 시절에 불곡산(佛谷山)에서 무술을 익히였다. 을지문덕은 불곡산중턱에 있는 바위굴속에서 글을 읽었고 산마루에 올라가 활쏘기를 익혔으며 산을 오르내리면서 몸을 단련하고 칼쓰기를 숙련하였다.

어느날 을지문덕은 산에 올라가 칼쓰기와 활쏘기를 익히고 밤이 늦어서 석굴로 돌아왔다. 그는 하루종일 무술을 익히느라 뛰여다닌 뒤여서 피곤함을 어찌할수 없었다. 그래서 돌책상옆에서 돌베개를 베고 누웠는데 어느새 깊이 잠들어버렸다. 한동안 자다가 이상한 느낌이 들어 눈을 떠보니 대가리가 셋인 큰 뱀 한마리가 굴속으로 들어와서는 책상우로 기여오르는 것이였다. 을지문덕은 몽롱한 잠결에 곧 옆에 놓았던 검을 들고 뱀을 힘껏 내리쳤다. 그랬더니 뱀은 아무런 용도 쓰지 못하고 그 자리에서 두동강이 나 죽었다. 그바람에 돌책상의 한쪽 모서리가 떨어져나갔다. 을지문덕은 잠결인지라 뱀이 죽은것을 확인하자 다시 눈을 감고 잠이 들었다. 이튿날 아침에 일어나 간밤에 있었던 일을 생각하며 둘러보았더니 죽여버렸던 뱀은 간데없고 돌책상밑에 칼날이 조금 남아있는 검자루 하나가 이상한 광채를 내면서 번쩍이고있었다. 을지문덕이 그 검자루를 들어보았더니 그것은 이 세상에서는 볼수 없는 신기한 검이였다. 《간밤에 뱀이라고 내려친것이 바로 이 검이였구나.》 을지문덕은 이렇게 생각하면서 검이 두동강난것을 몹시 아깝게 여기였다. 그리하여 부러진 검 한토막을 다시 찾아보았다. 아무리 찾아도 부러진 검은 보이지 않았다. 《이상한 일이로다. 동강난 검 한토막은 여기에 있는데 나머지 한토막은 어데 갔을고?》 을지문덕은 이렇게 생각하며 사방을 샅샅이 살펴보았다. 그랬더니 돌책상 근처의 바닥에 여태까지 보이지 않던 구멍이 하나 뚫려있는것이 보였다. 을지문덕이 그 구멍을 자세히 살펴보니 그것은 검이 들어박힌 자국이였다. 을지문덕은 그제야 간밤에 자기가 그 신기한 검을 뱀으로 잘못 알고 검으로 치는바람에 그 검이 부러졌고 한토막은 튀여나가 바위속깊이 구멍을 뚫고 들어가 박혔다는것을 알게 되였다. 을지문덕은 그 한토막을 뽑으려고 애를 썼으나 워낙 너무 깊이 들어박히여 검은 보이지도 않고 뽑아낼 수도 없었다. 을지문덕은 한동안 구멍안을 들여다보면서 신고하다가 《참으로 아까운 일이로다. 하늘에서 내려준 신기한 검을 내 손으로 두동강을 내다니. 이것은 아직 나의 무술이 미흡하기때문이야.》라고 하고는 그날부터 더욱 열심히 무술을 닦았다. (《향토전설집》 국립출판사 1957년)

전설의 내용은 이상과 같다.

전설은 오랜 세월 전하여오는 과정에 그 진실성을 담보할 목적에서 여러가지 이야기가 덧붙여졌다. 산이 나무가 없는 민둥산으로 된것은 을지문덕장군이 무술을 닦느라고 부지런히 산을 오르내리여 땅이 굳어지다나니 나무도 풀도 자라지 못하게 되였기때문이라고 하였고 굴안의 바닥을 발로 구르면 찌렁찌렁 소리가 울리는것은 그속에 신기한 검 한토막이 아직도 남아있기때문이라고 하였다.

전설 《신기한 검이 박힌 불곡산석굴》은 을지문덕장군이 무술을 익혀 애국명장으로 된 사실을 설화로 엮은 이야기이다.

전설에서는 을지문덕장군이 무술을 익히기 위하여 피타는 노력을 기울인데 대하여 전하면서 한편 하늘의 《도움》에 대해서도 언급하고있다. 이른바 《신기한 검》에 대한 내용은 사람들이 환상적으로 만들어낸 이야기이지만 거기에는 비범한 지략과 무술을 지닌 을지문덕장군은 하늘이 인정하고 도와주는 신비한 인물이며 따라서 그의 승리는 필연적이라는것을 강조하기 위한 당대 인민들의 지향이 깃들어있다고 볼수 있다. 그리하여 을지문덕장군의 력사적인 공적을 사람들이 무조건 긍정할수 있도록 하려고 한것이다.

전설 《을지문덕이야기》에서 중요한 부분을 이루는것은 《칠불사전설》과 《살수대첩이야기》이다.

《칠불사전설》과 《살수대첩이야기》는 을지문덕장군이 지휘하는 고구려군사들과 인민들이 수나라침략자들을 물리치는데서 결정적계기로 되였던 살수에서의 싸움에 대하여 이야기하고있다.

《칠불사전설》은 살수싸움을 도와나선 각계층인민들의 애국적투쟁을 기본내용으로 한다면 《살수대첩이야기》는 살수에서의 수나라침략군의 대참패를 전하고있다.

《신증동국여지승람》(新增東國輿地勝覽)에 수록되여있는 《칠불사전설》은 다음과 같다.

수나라군사들이 강변에 진을 친 다음 강을 건느려고 하였으나 배가 없었다. 이때에 문득 일곱명의 스님들이 강변에 나타났다. 그중 여섯명은 옷을 걷어올리더니 강물을 건느기 시작하였다. 그것을 바라보고있던 수나라장수들은 물이 얕다고 생각하고 군사들을 다우쳐서 강을 건느게 하였다. 그러나 강물은 얕은것이 아니라 매우 깊었다. 수나라군사들은 모두 강물에 빠져 죽었는데 어찌나 많이 죽었는지 강물이 막혀서 흐르지 못하였다.

《칠불사전설》은 절간의 건립유래와 결부되여 전해진다. 전설에서는 살수싸움에서 고구려군사들을 돕기 위해 중들이 적군을 유인하였다고 하였다.

당시 수나라침략군을 물리치는 싸움은 고구려 전체 인민이 떨쳐나서 진행한 싸움이였던것만큼 살수전투에 혹 승려들도 참가하였을수 있다. 어쨌든 《칠불사전설》은 살수에서의 대승리가 군사들만이 아닌 고구려인민들의 거족적인 투쟁에 의하여 이룩된것임을 보여주고있다.

지난날 사대주의에 물젖은 봉건사가들은 우리 나라의 력사를 그릇되게 서술한 다른 나라의 서적들을 맹목적으로 그대로 인정하면서 을지문덕장군이 수나라의 수십만대군을 격멸한 살수싸움에 대하여서도 잘못 기록해놓았었다. 그리하여 《칠불사전설》이 안주성밖에 있는 칠불사(七佛寺)와 관련된 이야기로 인정되였다.

그러나 우리 민족의 력사를 주체적립장에서 깊이 연구하는 과정에 고구려-수나라전쟁당시의 평양성은 고구려의 북쪽부수도였던 봉성이였으며 따라서 살수전투는 그 서쪽에서 벌어진것으로서 오늘의 료동반도의 대양하상류인 소자하계선에서 진행되였다는것이 과학적으로 밝혀지게 되였다. 결국 살수싸움과 관련된 《칠불사전설》은 오늘의 소자하에서 벌어진 싸움을 배경으로 하여 이루어진 설화인것이다.

이처럼 《칠불사전설》은 수나라침략군을 격멸소탕하기 위한 투쟁에는 고구려의 군사들과 인민들, 지어는 승려들까지도 떨쳐나섰다는것을 이야기한 전설이다.

전설 《살수대첩이야기》의 기본내용은 《삼국사기》에 소개되여있다.

제 아비를 죽이고 임금이 된 수나라 양제는 무한한 사치와 향락을 꿈꾸면서 수많은 토목공사를 벌리였고 제 몸값을 올리려는 심산에서 고구려에 대한 무모한 침략을 꾀하였다. 해를 두고 준비를 다그친 수양제는 612년 드디여 고구려에 대한 침공을 감행하였다.

전설 《살수대첩이야기》는 이러한 시대적배경속에서 고구려인민들이 수나라의 침략을 어떻게 물리쳤는가 하는것을 보여주면서 특히 중세전쟁사에 특기할 사실의 하나인 612년 7월 살수전투의 진행과정과 수나라침략군의 대참패상을 전하고있다.

《삼국사기》에 실린 《살수대첩이야기》는 대체로 다음과 같다.

수나라임금인 양제는 고구려를 침략하기 위한 구실을 만들고 민심을 고구려를 반대하는데로 이끌기 위하여 황당한 《조서》를 내려보냈다. 양제가 꾸며낸 구실이란 고구려가 수나라에 대하여 《공손》하지 못하며 만리장성이북인 발해, 갈석지역을 차지하였다는것과 나라안에 법령이 가혹하고 부역이 과중하며 강포한 족속들이 국권을 쥐고 당파를 이루는것이 이미 버릇으로 되였고 뢰물질이 성행하여 마치도 장마당을 방불하게 한다는 것 그리고 거듭되는 흉년으로 백성들은 굶주림이 극심한데 전쟁이 그치지 않고 부역이 계속되여 온 나라가 도탄에 들어 늙은이, 어린이 할것없이 학정을 통탄하면서 누구나 다 이 고통에서 벗어나기를 바라고있기때문에 자기가 출정하지 않을수 없다는것이였다. 수양제는 온 나라에서 거두어모은 113만 3천 8백여명의 군사를 2백만이라고 표방하면서 그것을 24개의 부대로 나누어 출동시키고 《평양에서 모이자》고 하였다. 그때 군량과 장비를 나르는 인원은 그보다 곱절이나 많았는데 고구려를 치기 위하여 탕진한 자금과 동원된 인원수가 이전력사에서는 찾아볼수 없는 정도였다.

수나라군사들은 1월에 출발하여 2월에 들어서서야 고구려와의 경계인 료수에 이르렀다. 그런데 료수의 동쪽대안을 철통같이 지키고있는 고구려군사들때문에 강을 건늘수가 없었다. 수양제는 군사들을 시켜 세곳에 림시다리를 만들고 강을 건느도록 하였으나 대안에 오르지 못하고 모두 물에 빠져죽었다. 수나라군사들은 5월초에 이르러서야 가까스로 료수를 건너설수 있었다. 그때 고구려군사들의 반격에 질겁한 양제는 군사들에게 《진격하거나 후퇴하는것을 알려서 반드시 승인을 받은 다음에 움직일것이다.》라는 명령을 내렸다. 고구려군사들과 인민들은 수나라의 침입에 대처하여 료수동쪽대안의 료동성, 안시성을 중심으로 하여 북쪽의 신성으로부터 서남쪽의 건안성에 이르기까지 강력한 방어진을 이루고있다가 수나라군사들을 호되게 족치였다. 그리하여 수나라군사들은 비록 간신히 료수를 건느기는 하였으나 고구려의 성새들을 어느 하나도 건드릴수 없었다.

6월에 이르러 료동성서쪽에 나타난 양제는 기세등등해서 고구려의 료동성을 바라보면서 휘하장수들을 몹시 책망하였다. 《그대들은 벼슬이 높고 문벌이 좋은것을 믿고서 나를 암매하고 나약하게 보는가. 떠나올 때에 그대들이 내가 따라오는것을 바라지 않더니 이렇게 패하는 꼴을 보이게 될가봐 그랬던게로구나. 내 지금 여기로 와서 그대들이 하는짓을 다 보았다. 그대들을 모두 죽여버리겠다. 그대들이 지금 목숨이 아까와서 싸우기를 주저하며 힘을 들이지 않으니 내가 그래 그대들을 죽이지 못할줄 아는가.》양제는 장수들더러 료동성을 치라고 강박하였으나 고구려의 성을 하나도 점령할수 없었다. 이럴즈음에 수군을 거느린 수나라장수 래호아가 바다를 건너오다가 고구려군사들의 유인매복전술에 걸려 대참패를 당하였다. 수나라 양제는 할수없이 장수들가운데서 그중 용맹하다는 우문술과 우중문을 선발하여 30만 5천명의 군사를 주면서 고구려의 성새들을 에돌아 고구려의 북쪽부수도인 평양성을 공격하고 거기에 나와있는 고구려의 임금을 사로잡으라고 하였다. 우문술과 우중문은 매 군사들에게 백날동안 먹을 식량과 무기, 장구류들을 가지고 행군하게 하였는데 사람마다 세섬이상의 무게를 걸머지게 되였다. 수나라군사들은 그것을 견디여낼수가 없어서 장수들 모르게 땅을 파고 낟알을 묻어버리는 지경이였다. 그리하여 수나라군사들은 중도에서 인차 군량이 떨어져 굶주림에 시달리게 되였다. 이러한 사실을 알아차린 고구려의 영양왕은 울지문덕을 적진으로 보내여 항복하겠노라고 거짓말을 하면서 그들의 실정을 구체적으로 알아보게 하였다. 울지문덕은 적진에 들어가 적정을 자세히 알아본 다음 청야유인전술로 적들을 국내에 깊숙이 끌어들이였다.

황제의 독촉과 긴박한 형편으로 하여 안절부절못하고있던 우문술과 우중문은 고구려의 계책에 걸려들어 고구려의 임금이 자리잡고있는 평양성 가까이에까지 이르렀으나 평양성이 견고하고 험준하여 감히 공격할수 없다는것을 알고 군사들을 돌려세웠다. 이때 고구려의 군사들과 인민들은 수나라군사들의 퇴로인 살수를 지키면서 총공세를 준비하고있었다. 7월에 수나라군사들이 드디여 살수에 이르렀다. 그들은 살수를 건느려다가 고구려군민의 총공격에 섬멸적타격을 받고 처음에 떠났던 30만 5천명가운데서 겨우 2천 7백여명만이 살아남고 모두가 몰살을 당하였다. 참패를 당하고 돌아온 우문술과 우중문을 마주하자 양제는 성이 나서 우문술을 쇠바줄로 결박지우고나서 더는 싸울 생각을 못하고 총퇴각명령을 내리였다.

이상이 전설 《살수대첩이야기》의 기본내용이다.

이 설화적인 이야기는 전하여오는 과정에 여러 기록자들에 의하여 많이 고쳐진 흔적이 있다.

우에서 본것처럼 전설 《살수대첩이야기》는 612년 수나라임금인 양제의 고구려침공과정과 살수에서 고구려의 대승리를 기본줄거리로 하고있다. 전설은 교만방자한 수나라 양제의 허장성세하는 면모와 그의 무지무능을 구체적인 전쟁환경속에서 진실하고 생동하게 그려보이고있다. 그러면서 종당에는 고구려인민들의 영용한 투쟁에 의해 참패를 당하고 자기의 심복장수를 쇠바줄로 얽어매여가지고 그에게 패배의 죄책을 넘겨씌우면서 도망치는것으로 이야기를 마치고있다.

전설은 비교적 넓은 시공간속에서 복잡다단한 전투행정을 집약적으로 함축하여 보여주면서도 이야기의 중심은 살수싸움에서 수나라침략군에게 대참패를 안긴 울지문덕과 고구려인민들의 승리를 부각시키는데 두고있다.

612년 고구려-수전쟁은 강대한 국력을 가지고있던 고구려의 위력을 크게 떨치고 수나라의 멸망을 촉진시킨 일대 력사적사변으로서 열렬한 반침략애국주의정신을 지닌 고구려군대와 인민의 대결사항전이였다. 《칠불사전설》에서 말한것처럼 살수싸움에는 살생을 금한다고 하는 승려들까지도 떨쳐나섰던것이다.

수양제의 침략을 물리치는 고구려인민들의 정의로운 싸움을 동족의 나라인 백제도 적극 도와나섰다.

《삼국사기》의 기록에 의하면 수양제가 고구려를 침략할 때 그들이 전쟁을 일으키려는 시기를 탐지하여 고구려에 알려준것이 백제였다고 한다. 백제의 무왕(재위기간 600-641)은 비밀리에 고구려와 약속을 한 다음 수나라가 군사를 출동하려고 할 때 국지모(國知牟)를 수나라에 사신으로 보내여 수나라를 돕겠노라고 하였다. 양제는 그것을 곧이 듣고 무척 기뻐하면서 국지모를 매우 륭숭하게 환대하여 돌려보내고 고구려로 출동할 림박에 백제에 사람을 보내여 출동하는 날자를 알려주었다. 백제는 그것을 즉시에 고구려에 알려주어 고구려가 만단의 방비를 할수 있게 하였다. 수나라군사들이 료수를 건너서자 백제는 고구려와의 경계지대에 군사를 배치하여놓고 겉으로는 수나라를 돕는것처럼 하였으나 실은 그 어떤 군사행동도 하지 않았다.*

* 《初百濟王璋 遣使請討高句麗 帝使之覘我動靜 璋內與我潛通 隋軍將出璋 使其臣國知牟 入隋請師期 帝大悅 厚加賞賜 遣尙書起部郎席律 詣百濟 告 以期會 及隋渡遼 百濟嚴兵境上 聲言助隋 實持兩端》(《三國史記》 卷二十 高句麗本紀 《嬰陽王》 二十三年)

백제는 동족의 나라인 고구려를 도와 수나라를 격멸하기 위하여 외교적인 전술을 썼던것이다.

수나라 양제는 전쟁을 일으키면서 113만여명의 전투병력과 그 곱절이나 되는 보장인원을 동원하였다. 이것은 당시의 수나라 형편으로서는 온 나라의 력량을 모두 동원한셈이였다. 그만큼 고구려를 타고앉을 수양제의 야심은 하늘에 닿았던것이다. 그러나 전쟁에서의 참패는 수나라내부의 계급적모순을 한층 더 격화시켰으며 전국각지에서 대규모적인 농민폭동들이 꼬리를 물고 일어나게 만들어 결국은 나라의 멸망을 촉진시키였다.

이에 대하여 근대의 애국적인 력사가인 신채호(1880-1936)는 다음과 같이 썼다.

《…양광(楊廣)이 이 전역(戰役)을 거친 이후로 백성들은 곤궁해지고 군사들은 피페해졌으며 안에서는 원망하고 밖에서는 반역하여 그자신은 원쑤의 손에 피살되고 나라를 드디여 잃었으니 이 살수의 싸움이 아니였다면 왕세충, 두건덕이 비록 용감하나 수나라의 부유함을 기울어뜨리지 못하였을것이며 리연, 리세민이 비록 기세차나 수나라의 강대함을 취할수 없었을것이다. 그러므로 을지문덕이 갈아놓은 밭에서 리세민이 수확을 거두었고 을지문덕이 기울인 노력으로 리세민이 그 복을 누리였다고 함이 옳을것이다. 아, 한번의 싸움의 힘으로 만승(萬乘)의 나라를 전복하여 해외 여러 나라들이 우리 나라의 강대함을 두려워하면서 복종하게 만들었으니 비록 자기의 회포를 다 펴지는 못하였으나 우리 나라 남아의 가치는 이미 드러내보이였다.》(《을지문덕》1908년, 제12장 《성공후의 을지문덕》)

살수싸움에 대한 신채호의 이 평가는 당시의 력사를 전면적으로 분석한데 기초하여 수양제가 살수싸움에서 대참패를 당한것은 명백히 자신의 파멸과 수나라의 멸망에서 결정적인 계기로 되였으며 당나라를 세운 리연(李淵)이나 그의 뒤를 이은 리세민(李世民)은 결국 수나라침략군을 몰살시킨 고구려의 덕을 보았다는것을 명백히 강조한것으로 된다.

전설 《살수대첩이야기》에서는 수나라침략군의 우두머리인 양제의 형상에도 일정한 의의를 부여하였다.

전설에서는 한마디로 수양제를 교만방자하고 무지무능한 폭군으로 형상하였다.

전설에서는 우선 수양제를 몹시 교만방자한 인간으로 그리였다.

수나라 양제는 친아버지를 무참히 죽이고 왕위에 오른 포악무도하고 잔악한 인간이다.

중국의 력사에서 4세기이후 6세기까지는 흉노, 선비 등 이민족의 침략과 분할통치로 하여 일대 동란의 시기였다. 이 시기에 중원대륙에는 통일적인 나라가 없었고 주요통치세력은 한족이 아니라 흉노(匈奴), 선비(鮮卑), 저(氐), 강(羌), 대(代) 등 이민족이였다. [《이십오사보편》 제3책 《진오호표》(晉五胡表)]

혼란속에 있던 당대의 정국에서 우연히 권력을 차지한 양견(楊堅)은 일정한 세력이 이루어지자 북쪽에서 후주(後周)를 멸망시키고 《수》라는 나라를 세운 다음 계속하여 589년에 이르러 남쪽으로 진(陳)나라를 멸망시켰다. 한때의 득세로 교만해진 수나라 고조(高祖) 양견은 동북쪽에 있는 고구려의 위력에 겁을 먹으면서도 겉으로는 매우 방자한 태도를 취하였다. 그래서 고구려에로 《국서》를 보내면서 《료수의 넓이가 장강과 어떠하며 고구려사람의 수효가 진(陳)나라와 어떠한고. 내가 만약 전날의 〈잘못〉을 책망하려고 한다면 한명의 장수를 보내면 충분할것이니 무엇때문에 많은 힘을 기울일고.》*라고 뇌까렸다.

* 《王謂遼水之廣 何如長江 高句麗之人 多少陳國 朕若不存含育 責王前愆 命一將軍 何待多力》(《三國史記》卷十九 高句麗本紀 《平原王》三十二年)

이것은 사실상 겁을 먹은자의 허장성세였다. 고구려는 이에 격분을 느끼었고 군민들은 모두 떨쳐일어났다. 고구려인민들이 598년에 수나라의 1차침략을 손쉽게 격파한것도 이때문이였다.

아비를 제손으로 죽이고 권좌를 차지한 수양제 양광은 제 아비와 꼭같은 심산으로 고구려를 대하면서도 겉으로는 매우 교만방자한 태도를 취하였다. 그리하여 양제는 침략전쟁을 일으키면서 고구려를 가리켜 감히 《작고 추한 무리》라고 모독하였고 고구려에는 《망할 징조가 나타났다》고 떠들었다. 그러면서 온 나라의 힘을 기울여 3백만의 대군을 동원하였는데 전투병력은 113만여명을 출동시키면서 2백만이라고 과장하여 공포하였다.

전설에서는 수양제의 허장성세를 유치하고 가소로운것으로 그려보이고있다. 수양제에 대한 이러한 형상은 당시 고구려인민들속에 알려져있던 수나라 침략군 우두머리의 몰골인 동시에 고구려인민들에게는 필승의 신심이 차넘쳤다는것을 보여주는것이다.

전설에서는 다음으로 수양제를 무지무능한 존재로 형상하였다.

수양제는 3백만의 군사를 거느린 총대장으로 군림해있었으나 실은 부하들속에서 인정받지 못하였고 또 부하들에 대하여 알지도 못하였다. 고구려군사들의 완강한 방어로 하여 몇달동안 공격을 하면서도 함락하지 못한 료동성을 바라보면서 부하들을 꾸짖는 그의 말은 실은 자신의 무능함을 드러내보이는것이였다. 《나를 암매하고 나약하게 보는가.》, 《내가 따라오는것을 바라지 않더니》등 그의 말은 사실 당시 싸움에 동원된 수나라군사들은 황제를 암매하고 나약한 존재로 인정하고있었으며 이 전쟁을 일으킨 그를 달가와하지 않았다는것을 보여준다.

실지 당시의 수나라형편으로서는 강대한 고구려를 침략할 경황이 없었다. 이미 고구려에 대한 1차침략에서 대참패를 당하여 출동하였던 군사의 80~90%를 잃어버린것으로 하여 수나라의 신하들까지도 고구려를 치는것을 반대하였다. 그럼에도 불구하고 또다시 고구려를 침략하는 전쟁을 일으킨것은 순수 수양제의 무모한 야심때문이였다. 전설에서는 무지하고 우직스러운 수양제의 면모를 전쟁당시의 구체적인 현실속에서 집약적으로 보여주었다.

전설에서는 수양제를 무지할뿐아니라 무능한 인물로 형상하였다.

료수에 다리를 놓게 하고 료동성을 공격하도록 강박한것도 양제였다. 양제는 자기로서는 따로 타산이 있어 부대에 대한 지휘를 우문술에게 맡기고도 우중문을 더 신임하여 모든 군사행동을 그가 알아서 처리하도록 권한을 주었다. 그러므로 양제의 명령에 따라 평양성에로 출동하면서도 《이러한 행동이 아무런 성과도 없을것》이라는것을 우문술 등 수나라장수들은 당초에 알고있었다. 전설에서는 살수에서 수나라가 당한 대참패는 물론 고구려인민들과 군사들, 을지문덕장군과 같은 애국적명장들이 영용하게 싸운 결과이지만 한편으로는 양제의 무능과도 관계된다는것을 보여주고있다.

이처럼 전설 《살수대첩이야기》는 침략군의 우두머리인 수양제의 교만방자하고 무지무능한 행위를 구체적으로 보여줌으로써 살수싸움에서 고구려인민들의 대승리의 당위성을 웅변적으로 강조하고있다.

전설 《살수대첩이야기》에서는 살수싸움과정과 고구려인민들의 애국적인 투쟁사실이 간략화되였다. 이렇게 된것은 수나라침략자들을 반대하는 싸움에 떨쳐나선 고구려인민들의 애국심과 투쟁업적을 보여주는 설화작품들이 따로 있었고 또 그것을 력사기록으로 수록하면서 간략화해놓았기때문이라고 볼 수 있다. 고구려의 애국명장이며 살수싸움의 총지휘자인 을지문덕장군의 가계도, 싸움후의 사실도 전해지는것이 없는것은 당시의 고구려의 현실을 구체적으로 반영한 자료가 많지 못하였다는것을 말해준다.

이러한 사정으로 하여 전설 《살수대첩이야기》에서는 살수싸움에서 발휘된 고구려인민들의 투쟁사실이 비교적 적게 언급되였다고 보게 된다.

그러나 전설은 고구려후기 인민들의 애국적위훈을 긍지높이 자랑하려는 인민들에 의하여 널리 창조전승되였던것이다.

이상에서 본것처럼 전설 《을지문덕이야기》는 고구려인민들의 반침략애국투쟁을 반영한 비교적 규모가 큰 설화군으로서 고구려후기 설화문학의 발전면모를 보여주는 대표적인 설화문학유산이다.

《수양제의 말로》

전설 《수양제의 말로》는 614년 수나라침략군의 제4차침입을 물리친 고구려인민들의 투쟁사실에 기초하여 창작되였다. 전설은 수나라침략자들의 무모한 침략책동을 폭로단죄하고 고구려인민들의 승리를 자랑스러운 민족적장거로 내세운 이야기이다.

전설 《수양제의 말로》의 기본줄거리는 다음과 같다.

고구려의 영양왕이 즉위한지 스물다섯번째 되는 해의 봄철인 2월에 수나라 양제가 30만의 군사로 또다시 고구려에 쳐들어왔다. 영양왕은 급기야 침략군을 맞이하게 되자 통분한 마음과 함께 난감한 생각을 가지게 되였다. 영양왕은 침략군과 싸우다가 설사 패하는 한이 있더라도 다시한번 싸움을 해보리라 결심하고 우선 쳐들어오는 군사들을 멈춰세우기 위해 거짓으로 항복하겠다는 글을 가지고 적진에 사신을 보내기로 마음먹었다. 그런데 이때 의기있고 담대한 군사 하나가 의분을 참지 못하여 남몰래 자그마한 활을 몸에 감추고 사신을 따라 수양제가 타고있는 배우에 올랐다. 고구려사신이 글을 내보이자 수양제는 의기양양해서 그것을 받아 읽으며 좋아하였다. 바로 이때 배우에 올랐던 군사가 품고있던 활을 꺼내여 양제의 가슴을 쏘았다. 글을 읽고있던 양제가 화살에 맞아 쓰러지자 배안에서는 삽시에 태풍이 들이닥친듯 소동이 일어났다. 수나라군사들은 더는 싸울 생각도 고구려를 칠 경황도 없게 되였다. 다만 황제를 데리고 돌아갈 생각에 급급하였다. 그들은 고구려가 항복하겠노라고 사신을 보낸것은 황제를 암살하기 위한 계교라고 생각하였다. 그리하여 수나라장수들은 고구려를 함부로 업신여기면서 쳐들어갔다가는 또 어떤 환난이 차례질지 모르겠다는 생각을 가지게 되였다. 수나라군사들속에서는 황제를 잘 보호하지 못해서 화살에 맞게 하였다는 책임론의가 분분하였으며 결국 싸움을 그만두고 돌아가지 않을수 없었다. 30만의 대군을 거느리고 고구려를 침범하였으나 싸움도 한번 변변히 해보지 못하고 화살에 맞아다 죽게 된 황제를 앞세우고 되돌아가게 된 수나라 대신들과 장수들의 체면은 이루 말할수 없이 납작해졌다. 수양제는 통분하기 짝이 없었다. 그는 화살에 맞았으나 불행중 다행으로 큰 상처를 남겼을뿐 목숨은 부지할수 있었다. 수양제는 몇달을 신고하고난 끝에 겨우 일어나앉았다. 수양제는 부끄러운 생각을 금할수 없었다. 그래서 만조백관들의 조회를 받던 어느날 이렇게 말하였다. 《내가 큰 나라의 황제로서 고구려를 치러 갔다가 불미한 거동을 보이고 돌아왔으니 만대를 두고 웃음거리가 되였도다. 이것을 어떻게 해야 할것인고?》 그러나 신하들은 누구 하나 대답하는 사람이 없었다. 수양제는 다시한번 말하였다. 그래도 신하들은 입을 다물고있었다. 신하들은 이미 몇차례의 싸움을 치르고난 뒤여서 고구려가 결코 약한 나라가 아니며 함부로 건드릴수 없다는것을 잘 알고있었던것이다. 기실 수나라는 나라를 세우자부터 고구려에 대하여 여러가지로 말들을 해왔었다. 경박한 무신들은 군사를 거느리고 출동해서 수나라에 굽어들게 징벌해야 한다고 떠들었고 산전수전을 다 겪은 나이든 문신들은 고구려를 서뿔리 건드려서는 안된다고 하였다. 지금까지는 문신들의 주장에 끌려서 그럭저럭 지내왔으나 고구려를 징벌하자는 론의가 다시 나오자 지략이 부족한 양제는 그것을 따랐던것이다. 그래서 대군을 이끌고 출전하였으나 싸움이 벌어지기도 전에 자기는 다 죽은 목숨이 되여버렸다. 한낱 이름없는 군졸이 수만군사가 담을 이루고 호위하는 황제 가까이에 나타나 화살을 날려 황제를 죽이려 하였으니 고구려의 수만군사들과 장수들을 어떻게 당해낸단말인가. 이것이 반렬을 이루고 선 수나라신하들의 한결같은 생각이였다. 수양제는 입을 다물고 서있는 뭇신하들을 보느라니 저절로 부아가 났다. 그는 다시 세번째로 신하들에게 강박하듯이 물었다. 《고구려를 어떻게 하면 좋을고?》 그러자 반렬의 앞자리를 차지하고있던 우승상 양명(羊皿)이 한걸음 나서서 허리를 꺾으며 여쭈었다. 《신이 죽어서 고구려의 대신으로 되여 그 나라를 망하게 만들어 페하의 원한을 풀어드리겠습니다.》 수양제는 양명의 대답에 노기를 띠고 웨쳤다. 《그대는 어째서 살아서 고구려를 칠 생각을 못하고 죽어서 그 나라의 대신이 되겠다고 하는고?》 《황송하오나 살아서는 고구려를 어찌할수 없는줄로 아옵니다.》 《그러면 그대는 나를 가볍게 여기고 함부로 그런 말을 하는건가?》 황제는 노기충천하여 부르짖었다. 이때에 양명의 권세를 질투하던 수나라조정의 벼슬아치들이 그를 공격하였다. 《아뢰옵기 황송하오나 우승상 양명은 무엄하게도 페하를 업신여기면서 자기의 권세를 자랑하느라고 교만한 말을 내는가싶습니다. 살아서 고구려를 징벌할 생각을 못하는 양명이 죽어서 어떻게 페하의 원한을 풀어드릴수 있겠습니까.》 그 말에 수양제는 즉시 양명의 벼슬을 떼고 옥에 가두었다가 죽여버렸다. 양제는 고구려를 다시 칠 야심을 버리지 못하고 전전긍긍하다가 끝내 그자신이 먼저 죽고말았다.

전설의 기본줄거리가 보여주는바와 같이 《수양제의 말로》는 수나라침략군의 취약성과 수나라조정의 알륵관계 그리고 수양제의 멸망을 설화적으로 보여주고있다.

전설 《수양제의 말로》에서는 무엇보다먼저 고구려의 강대성을 보여주고있다.

고구려는 수나라와 이미 몇차례의 싸움을 치르었다. 특히 수양제의 첫번째 침략은 전쟁의 규모로 보나 간고성으로 보나 류례를 찾아볼수 없는것이였다. 그러나 애국심이 강하고 용맹한 고구려인민들과 군사들에 의하여 수나라의 3백만 침략군은 대참패를 당하였다. 특히 올지문덕장군의 지휘밑에 고구려의 군민이 힘을 합쳐 싸운 살수싸움은 수나라로 하여금 헤여날수 없는 궁지에 빠져들게 하였다. 수나라 양제는 여기서 교훈을 찾을 대신 다시 방대한 무력을 끌고 침략의 길에 나섰던것인데 이번에는 자신의 목숨마저 경각에 놓이는 처지에 이르고말았다. 이것은 전적으로 고구려인민들의 불타는 애국심, 용감무쌍한 투지와 령활한 전투행동이 가져온 결실이였다.

전설에서는 이러한 사실을 침략군의 우두머리인 양제의 입을 빌어 《고구려를 치러 갔다가 … 만대를 두고 웃음거리가 되였도다.》라고 형상하였다. 또한 고구려의 강대성을 수나라 재상인 양명의 입을 통하여 《살아서는 고구려를 어찌할수 없는줄로 아옵니다.》라는 말로 강조하였다.

이것은 고구려는 수나라로서는 결코 건드릴수 없는 강대한 국력을 가진 나라라는것을 적들의 입을 빌어 반증한것이다. 또한 이것은 여러차례에 걸쳐 수나라침략군을 격멸한 고구려인민들 누구나가 그렇게 생각하며 자부한 엄연한 현실이였다.

전설 《수양제의 말로》에서는 다음으로 수나라침략군을 물리치는 싸움에서 발휘한 고구려인민들의 높은 애국적기개를 보여주고있다.

고구려의 거짓 《항복》전술에 걸려든 침략군의 우두머리 수양제는 허장성세하다가 고구려의 평범한 군인이 쏜 화살에 맞아 죽을 고비에 이르게 된다. 전설은 수양제를 쏜 고구려의 군사를 의기있고 대담한 인간으로, 의분이 끓어넘치는 애국적인물로 형상하였다. 이러한 형상은 반침략투쟁에 용약 떨쳐나섰던 고구려인민들과 군사들의 열렬한 애국심과 용감성, 적들에 대한 불타는 적개심을 예술적으로 일반화하여 보여준것이라고 말할수 있다. 스스로 침략군의 우두머리를 처단할 결심을 품고 적들의 삼엄한 경계진을 뚫고들어가 수양제를 쏘아맞혀 치명상을 입힌 고구려군사의 형상은 곧 고구려인민들의 술기와 용맹 그리고 뛰여난 무술을 보여주는 동시에 고구려인민들이 지닌 높은 애국적기개를 보여준것이다.

전설 《수양제의 말로》에서는 한편 수나라침략세력내부의 심각한 알륵관계에 대하여서도 구체적으로 보여주고있다.

《삼국사기》의 기록에 의하면 612년 고구려와의 싸움에서 패한 다음 수나라에서는 양현감(楊玄感)의 반란이 일어났고 곡사정(斛斯政)이 고구려에로 귀화하였다. 이러한 실정에서도 수양제가 다시 고구려를 치려고 하자 신하들은 반대해나섰다. 전설에서 수양제가 자기의 수치를 씻기 위해 이제 어떻게 하면 좋겠는가고 거듭 물었을 때 신하들이 잠자코 있는것이라든가 양명이 《살아서는 고구려를 어찌할수 없》다고 한것은 바로 이러한 현실을 반영한것이라고 할수 있다. 또 양명을 시기질투하여 그의 말을 언질잡아 《무엄하게도 폐하를 업신여》긴다고 하면서 왕을 꼬드기는 조정벼슬아치들의 형상은 수나라 통치집단안에 존재하였던 알륵과 모순을 폭로한것이다.

전설에서는 이와 같은 형상을 통하여 무지하고 무능한 수양제가 이끄는 수나라침략자들은 결코 전체 인민이 한마음한뜻으로 떨쳐일어나 나라와 민족의 존엄을 위해 싸우는 고구려를 당해낼수 없다는것을 뚜렷이 강조하였다.

이와 같이 전설 《수양제의 말로》는 구체적인 력사적사실에 토대하여 고구려의 강대성과 고구려인민들의 승리의 필연성을 강조하고 침략자들의 말로가 어떻게 되는가 하는것을 형상적으로 보여주고있다. 이런 의미에서 설화 《수양제의 말로》는 《살수대첩이야기》, 《록족부인이야기》 등 반침략애국주의주제의 설화작품들과 함께 고구려후기 설화문학의 대표작이라고 말할수 있다.

《갓쉰동전》

연개소문(?-666)은 나라의 힘을 키우고 침략자들을 물리치는데서 커다란 공적을 세운 고구려의 애국명장이다.

위대한 령도자 김정일동지께서는 다음과 같이 교시하시였다.

《고구려는 연개소문때에 강대한 나라로 더욱 소문이 났습니다.》
(《김정일전집》 제2권 526페지)

연개소문은 사대주의적경향으로 기울어지던 투항분자들을 단호히 제거하고 나라의 방위력을 더욱 강화하였으며 외세의 거듭되는 외교적, 군사적위협과 무력침공을 물리치고 고구려의 강대한 국력을 높이 떨치였다. 그러므로 연개소문의 활동과 공적은 세상에 널리 알려져있었으며 그에 대한 전설적인 이야기들도 많이 창작되게 되였다.

연개소문의 활동은 고구려의 리익, 겨레의 지향과 념원에 부합되는것이였으나 반대로 부패무능한 통치배들, 일부 집권세력들에게는 미움을 받는것이였다. 《삼국사기》의 편찬자들이 연개소문을 《반역자》로 규정하고 그의 전기를 《반역》의 부류에 넣은것만 보아도 그러한 사실을 잘 알수 있다.

그러나 연개소문은 나라의 방위력강화에서 이룩한 커다란 공적으로 하여 고구려인민의 열렬한 지지와 공감을 받았으며 그로 하여 그에 대한 전설은 넓은 지역에서 각이한 계층에 의하여 매우 다양하게 창조되고 오랜 세월 사람들속에 널리 전해지게 되였다.

연개소문에 대한 이야기는 출생담부터 전설적이다. 《삼국사기》에는 연개소문의 출생이 신비화되여 《물속에서 나왔다》*① 고 기록되여있다. 그리고 연개소문이 아버지의 뒤를 이어 권력을 차지하게 된 과정도 전설처럼 꾸며져있다. *②

*① 《蓋蘇文姓泉氏 自云生水中 以惑衆》(《三國史記》卷四十九 列傳 第九)

*② 《其父東部大人大對盧死 蓋蘇文當立 而國人以性忍惡之 不得立 蘇文頓首謝衆 請攝職 如有不可 雖廢無悔 衆哀之 遂許嗣位》(우와 같은 책)

연개소문에 대한 전설적인 이야기들은 주로 그가 부패한 통치배들을 청산하고 나라의 힘을 키운 내용과 침략자들을 통쾌하게 무찌르고 나라와 민족의 존엄을 크게 떨친 활동을 보여주는것들이다. 그러나 연개소문에 대한 이야기들이 문헌에 고착되여 소개된것은 많지 못하다.

연개소문은 당나라사람들이 몹시 두려워하던 고구려의 명장이였다.

이에 대하여 후날 송나라의 왕안석(1021-1086)은 명백하게 밝히였다. 왕안석은 《태종이 고구려를 치다가 어째서 이기지 못하였는가?》라는 신종(神宗)의 물음에 《개소문은 범상치 않은 사람이였습니다.》*라고 대답하였다.

* 《宋神宗與王介甫論事 曰太宗伐高句麗 何以不克 介甫曰蓋蘇文非常人也》(《三國史記》卷四十九 《蓋蘇文》)

즉 그는 당나라가 고구려를 침범하였다가 참패를 당한것은 연개소문이 있었기때문이라고 하였던것이다. 연개소문은 이처럼 당시에도 그렇고 후세에도 우리 민족은 물론 다른 민족들속에서도 널리 알려진 고구려의 애국명장이였다.

오늘까지 전해지는 연개소문에 대한 전설에서 대표적인것은 《갓쉰동전》이다. 《갓선동전》의 내용은 대체로 다음과 같다.

연국해라고 부르는 한 명판이 있었다. 그는 나이 쉰살이 다 되도록 슬하에 자식이 없어서 하늘에 빌었는데 마침내 옥동자를 낳았다. 갓선에 낳은 아이라고 해서 아들의 이름을 《갓선동》이라고 하였다. 아이가 자라나면서 용모가 비범하고 재주가 출중하여 연국해는 아들을 장중보옥같이 애지중지하였다.

아이가 일곱살이 되던 해였다. 그가 대문밖에서 노는데 지나가던 한 도사가 아이를 보고 《아깝도다, 아깝도다.》라고 하더니 가버렸다. 도사의 말을 들은 연국해가 이상한 생각이 들어 도사를 따라가 그 까닭을 물었더니 도사는 《이 아이가 자라면 부귀와 공명이 그지없으련만 타고난 목숨이 짧아서 그때를 기다리지 못하리다.》라고 하는것이였다. 연국해가 어떻게 하면 그 흉액을 피할수 있느냐고 물었더니 도사는 《열다섯해동안 멀리 내버리고 부모와 만나지 못하게 하면 액운을 피할수 있소이다.》라고 하였다. 그래서 연국해내외는 아이의 등에 먹실로 이름을 새겨놓은 다음 차마 못할짓이지만 앞날을 위해 아이를 내다버리였다. 아이는 원주라는 먼 고장에 홀로 남게 되였다. 원주에는 류씨성을 가진 부자가 살고있었다. 그는 어느날 밤 앞내에서 황룡이 하늘로 올라가는 꿈을 꾸고나서 이상한 생각이 들어 아침에 내가로 나가보았다. 그랬더니 거기에는 준수하게 생긴 아이가 하나 있었다. 류씨는 그 아이를 데려다 길렀다. 그러면서 등에 새겨진대로 아이를 갓선동이라고 불렀다. 갓선동은 자랄수록 용모가 청수하고 재주가 뛰여나 사랑스러웠다. 그러나 류씨는 그가 어떤 아이인지 알수 없어 종으로 부리였다. 갓선동이 어느날 나무하러 산에 올라갔는데 문득 청아한 통소소리가 들려오는것이였다. 그래서 지게를 벗어놓고 소리가 나는쪽으로 갔더니 웬 로인이 홀로 앉아 통소를 불고있었다. 로인은 갓선동을 보자 반기면서 《네가 갓선동이냐?》하고 묻더니 지금 배우지 않으면 앞으로 큰 공을 세울수 없다며 이야기를 들려주었다. 갓선동이 날이 저물어 집으로 돌아가려고 하니 지게에는 나무 한짐이 저절로 지워져있었다. 갓선동은 그날부터 날마다 나무하러 가서는 로인에게서 이야기도 듣고 검술과 도술을 배웠고 날이 저물면 누군가가 해서 주는 나무를 지고 돌아왔다.

류씨에게는 딸 셋이 있었다. 맏이는 문히, 둘째는 경히, 셋째는 영히라고 불렀다. 모두 아름다웠으나 영히가 더욱 아름다웠다. 갓선동이 열다섯살이 되던 해 화창한 봄날 류씨는 갓선동을 불러서 세 딸을 수레에 태워 꽃구경을 시키라고 하였다. 수레를 가지고 딸들을 데리러 갔는데 맏딸과 둘째딸은 갓선동더러 엎드리라고 하고 그의 등을 밟고서 수레에 올랐다. 그러나 영히는 그렇게 하지 않았다. 갓선동은 이러한 영히가 더욱 아름답게 보이였다. 영히도 갓선동의 사내다운 용모에 마음이 끌렸다. 두 사람은 드디어 가까와졌고 서로 정분이 두터워졌다. 어느날 밤 영히는 갓선동을 만나 자기의 속마음을 터놓았다. 《저는 귀인의 안해가 아니라 사내대장부의 안해가 되기를 바랍니다. 만일 그대가 사내대장부가 아니라면 비록 귀인이라도 내 사람이 못될것이요 사내대장부라면 비록 종이라도 저는 그대의 안해로 되겠습니다.》영히는 이렇게 말하면서 갓선동에게 포부가 무엇인가고 물었다. 《달딸이 늘 우리 나라를 침범하는데 달딸에 쳐들어가 화근을 영영 뽑아버리지 못하는것이 한스럽소.》갓선동의 대답에 영히는 무척 기뻐하면서 《달딸을 치자면 그 나라의 허실을 잘 알아야 합니다. 그대가 그 나라에 들어가서 잘 살펴서 후날 싸워이길수 있는 터전을 닦아놓고 돌아오시면 저는 그대의 안해는 못될지라도 그대의 종이라도 되여 끝까지 모시겠습니다.》라고 하였다. 갓선동은 영히와 굳게 약속하고 그 집에서 도망쳤다. 그때 영히는 금가락지와 은수저를 로비로 주었다.

달딸에 들어간 갓선동은 이름을 돌쇠라고 고치고 달딸왕의 종으로 되였다. 갓선동은 사람됨이 준수하고 재주도 있어 달딸왕의 신임을 받았다. 그는 그 나라의 말과 풍습도 익히고 형편도 자세히 살폈다. 이때 달딸왕의 둘째아들이 돌쇠는 비범한 인물인데 달딸사람이 아니니 죽여서 후환을 없애야 한다고 하였다. 그리하여 돌쇠는 쇠울타리를 둘러친 집에 갇히여 굶어죽게 되였다. 갓선동은 자기가 위험한 지경에 빠진것을 깨닫고 벗어날 계책을 생각하였다. 그가 갇힌 집에는 궁중에서 길들이는 매들을 넣은 초롱이 있었다. 갓선동은 매초롱을 짓부시고 매들을 모두 날려보내였다. 그 매들은 공주가 돌보는것이였다. 돌쇠가 매들을 놓아준 사실을 알게 된 공주는 성이 나서 꾸짖었다. 《왜 매들을 놔주었느냐? 너는 우리 아버지와 오라버니에게 죽을 죄를 지었다.》그러자 돌쇠는 《내가 갇힌것이 답답한데 갇혀있는 매를 보니 답답해할것 같아 그랬다. 나를 놔주지 않는 사람을 원망하면서도 내곁에 있는 갇힌 매를 놔주지 않는다면 매가 나를 얼마나 원망하겠느냐? 나는 매를 위해 죽을지언정 매의 원망은 받고싶지 않아서 그랬다.》라고 말하였다. 공주는 그 말에 가엾은 생각이 들었으나 짐짓 엄하게 꾸짖었다. 《우리 오라버니가 그러시는데 너는 우리 나라를 망하게 하려고 생긴 사람이라고 하더라. 네가 어찌 그럴수 있느냐?》공주의 말에 돌쇠는 결연히 대답하였다. 《하늘이 달딸을 망하게 하려고 나를 낳았다면 그대 오라버니가 나를 죽이려고 해도 죽이지 못할것이고 또 죽인대도 나같은 사람이 또 태여날것이다. 그대 오라버니한테 잡힌 몸이 어떻게 달딸을 망하게 한단말이냐. 그대가 나를 봐주면 저 매들처럼 하늘을 훨훨 날아다니며 그대를 위해달라고 나무아미타불을 외우고저 할뿐 다른 마음은 없다.》공주는 그 말에 더욱 가엾은 생각이 들어 열쇠를 가져다 열고 돌쇠를 봐주었다. 돌쇠는 문을 나서며 공주의 손목을 다정히 잡고 《네가 나를 잊을지언정 내가 어찌 너를 잊겠느냐.》라고 말하였다. 죽음의 구렁텅이를 벗어난 갓쉰동은 험산준령을 넘어 풀뿌리를 캐여먹으면서 고향으로 돌아왔다. 그가 도망친것을 알게 된 달딸왕의 둘째아들은 군사들을 내몰아 갓쉰동을 추격하였으나 허사였다. 갓쉰동은 결국 집을 나선지 열다섯해만에 고향집에 돌아왔다.

이처럼 전설 《갓쉰동전》은 연개소문이 태여나 이름난 장수로 성장하기까지의 생활을 보여주었다.

물론 전설에는 등장인물들로부터 갓쉰동의 성장과정에 대한 이야기 등에 허구가 많다. 그리고 우리 나라 중세문학작품들에서 흔히 보게 되는 《고진감래》(苦盡甘來)의 구성방식에 따라 이야기가 전개되여있고 신비적인 내용도 일부 들어있다. 그러나 명백한것은 갓쉰동이 연씨이며 출중한 재주를 지닌 비상한 인물이라는것이다. 전설에서는 철저히 갓쉰동의 형상을 부각시키는데 중심을 두었다. 전설에서는 연개소문이 어렸을 때부터 나라를 사랑하는 정신과 높은 뜻을 지니고 남다른 무술과 지략을 가졌으며 용감하고 대담한 남아였다는것을 강조하고있다. 세월의 흐름속에서 재가공되고 윤색된 흔적이 뚜렷하지만 이 전설은 고구려의 애국명장 연개소문에 대한 이야기라는것만은 명백하게 안겨온다.

전설 《갓쉰동전》에서 갓쉰동의 형상은 중요한 의의를 가진다.

갓쉰동은 우선 고구려사람들이 일반적으로 그러하였던것처럼 나라를 사랑하고 적들을 증오하며 상무의 기풍을 체현한 인물이다.

그는 영희의 물음에 대답하기를 《달딸에 처들어가 화근을 영영 뽑아버리지 못하는것이 한스럽》다고 한다. 갓쉰동은 우리 나라에 늘 침범하여 재난을 끼치는 침략자들을 짓부시는것을 필생의 사명으로 여긴 고구려의 장수인 것이다.

갓쉰동은 15년간이나 집을 떠나 무술을 익히고 학문을 닦는다. 이것은 고구려사람들의 상무기풍을 체현한것으로서 그가 무술을 닦는 목적은 외래침략자들을 물리치고 나라에 끼치는 화근을 영영 뽑아버리기 위해서였다.

갓쉰동은 다음으로 지혜롭고 용감하며 결단성이 있는 인물이다.

그는 적국을 치기 위해 스스로 적들속에 들어가며 거기서 적들의 실정을 구체적으로 료해장악한다. 놈들에게 붙잡혀 감금되였을 때에는 매초롱을 부시고 공주를 감동시켜 적들의 마수에서 벗어난다. 전설에서는 갓쉰동이 지닌 재주와 용맹의 비범성을 그의 준수한 용모와 등장인물들과의 대화, 달딸왕의 아들의 시기를 통해서도 실감있게 보여주고있다.

갓쉰동은 또한 자신의 결심에 대하여 항상 자신심을 가지는 의지가 강하고 실천력이 있는 인간이다.

전설에서는 어려서 집을 떠난 갓쉰동이 부자집에 매여 종살이를 하면서도 무술을 익히는것을 깊은 감흥속에 보여준다. 그리고 그가 나라에 끼치는 재난의 근원을 없애버릴 결심을 확고하게 지닌 의지가 강한 인간이라는것을 공주와의 대화를 통해 보여주고있다. 적국의 공주가 《너는 우리 나라를 망하게 하려고 생겨난 사람》이라고 하면서 꾸중하자 갓쉰동은 그것을 구태여 부정하려 하지 않으면서 《하늘이 달딸을 망하게 하려고 나를 낳았다면 그대 오라버니가 나를 죽이려 해도 죽이지 못할것이고 또 죽인대도 나같은 사람이 또 태여날것이다.》라고 준절하게 웨친다. 이것은 자기가 하는 일의 정당성을 깊이 인식한데 기초하여 생겨난 자신심, 필승의 신념을 피력한것이다. 갓쉰동이 고초를 겪으면서 무술을 익히는것도 또 스스로 적국에 들어가 죽음의 고비를 넘기면서 앞으로 싸워이길수 있는 터전을 닦는것도 다 자신의 행동에 대한 자신심과 반드시 성공할수 있다는 신념에 따른것이였다.

전설 《갓쉰동전》은 고구려인민들속에서 창조되여 오랜 세월 전하여오면서 일정하게 가공, 윤색되였지만 고구려의 애국명장 연개소문에 대하여 소개한 귀중한 문학유산이다.

《을밀장군과 을밀대》

고구려후기에 이루어진 반침략애국주의주제의 설화이면서 구체적인 고장이름과 관련되여있는 전설로 《을밀장군과 을밀대》가 있다.

지난 시기 일부 연구자들은 평양의 을밀대와 관련한 전설인 《을밀장군과 을밀대》를 고구려에서 427년에 평양에로 수도를 옮기기 이전에 나온 이야기라고 하거나(전설집 《을밀대의 소나무》 문예출판사 1990년) 6세기 중엽 을밀대를 세운 다음에 창작된 전설이라고 하기도 하였다. 고구려의 구체적인 력사발전과정을 통하여 볼 때 이 전설은 6세기 중엽이후에 이루어진것으로 보는 것이 타당하다고 인정된다.

고구려에서 5세기 전반기이전에 오늘의 평양에서 반침략투쟁을 벌린 사실은 없다. 따라서 전설 《을밀장군과 을밀대》가 고구려인민들이 외래침략자들의 침입을 물리친 싸움을 보여준 설화문학이라고 인정하려면 6세기이후 더 구체적으로는 7세기 중엽 고구려의 반침략투쟁을 배경으로 한것으로 설명하여야 할것이다.

그리고 전설에 청년들이 무예를 닦는 이야기가 나오는데 이러한 이야기는 을지문덕장군의 젊은 시절을 보여주는 전설인 《신기한 점이 박힌 불곡산석굴》에서도 보인다. 력사기록에 의하면 고구려에서는 항간에 경당이라는것이 있어 장가들기 전 젊은이들이 여기에 모여 글을 읽고 활쏘기 등 무술을 련마했다는 이야기가 있지만* 우리 나라 설화문학에 경당이 그려진 작품은 없다. 따라서 전설 《을밀장군과 을밀대》는 중세 우리 나라에서 경당 또는 무술익히기를 집단적으로 한 사실을 보여주는것으로서도 의의가 있는것이다.

* 《俗愛書籍 至於衡門廝養之家 各於街衢 造大屋 謂之扃堂 子弟未婚之前
晝夜於此讀書射習》(《舊唐書》 卷一九九 上 列傳 《高麗》)

전설 《을밀장군과 을밀대》는 또한 등장인물의 이름이 주어져있는것으로 하여 이채롭다.

고구려전기설화는 물론 고구려중기의 설화들도 작품의 등장인물이자 곧 작품의 제목으로 된것이 일반적인 현상이였다. 그리고 주인공의 이름이 밝혀져 있지 않는 경우에는 《칠불사전설》에서처럼 일반적으로 스님들이 등장인물이거나 《홍부동전설》처럼 늙은이가 등장인물이였다.

그런데 전설 《울밀장군과 울밀대》에는 기본인물로 《울밀장군》이 있고 그
와 함께 아들 《나래》와 마을처녀 《고비》가 등장한다. 이것은 설화가 문학
적으로 다듬어진 표현이라고 보지 않을수 없다. 따라서 전설 《울밀장군과 울
밀대》는 고구려후기의 설화작품으로 보는것이 여러모로 합당하다고 본다.

전설 《울밀장군과 울밀대》의 기본내용은 다음과 같다.

울밀장군은 땅이 기름지고 경치가 아름다운 평양을 호시탐탐 노리면서
달려들군 하는 외래침략자들을 반대하는 싸움에서 커다란 군공을 세워 평
양사람들의 사랑과 존경을 받았다. 울밀장군은 나라를 더 잘 지키기 위해
아들인 나래를 비롯한 젊은이들을 삼년석달을 기한으로 멀리 산중에 있는
장수에게로 가서 무술을 익히도록 하였다. 나래는 아버지의 곁을 떠나면
서 사랑하는 처녀인 고비에게 아버지를 잘 돌봐줄것을 부탁하였다. 그런
데 젊은이들이 평양성을 떠난지 두해가 지난 어느날 외적들이 평양에 쳐
들어왔다. 싸움은 몹시 힘겹게 진행되었다. 이때 고비를 비롯한 평양사
람들은 울밀장군에게 무술을 익히러 간 젊은이들을 데려오자고 하였다.
울밀장군은 한동안 깊이 생각하고나서 《우리가 한때의 위기를 모면하자
고 크게 다진 뜻을 버려서야 되겠는가. 자기의 한목숨보다 나라와 겨레
의 안녕과 장래를 귀중히 여기는것이 우리 고구려사람들의 마음이다. 나
라와 후손들의 안녕을 바라는 사람들은 나를 따라나서라.》고 하면서 비
록 늙은 몸이지만 장검을 뽑아들고 달려나가 외적들을 쓸어눕혔다. 그러
다가 화살에 맞아 중상을 입게 된 울밀장군은 적들이 또다시 평양성으로
달려든다는 소식을 듣고 담가에 실려 모란봉에 있는 지휘처로 올라가 사
람들이 결사전을 벌리도록 하였다. 며칠동안 계속되는 싸움중에 울밀장
군은 지휘처근방에 몰래 기여들던 적군에 의해 다시 치명상을 입고 쓰러
졌다. 이러한 위급한 정황에서 고비는 무술터로 달려가 나래와 젊은이들
에게 평양소식을 전하였다. 무술을 익히고있던 젊은이들은 곧 평양성으
로 달려와 적들을 쳐물리치고 모란봉지휘처로 올라가 울밀장군을 찾았다.
그런데 그는 이미 숨이 진 상태였다. 울밀장군은 숨이 진 몸이였지만 적
군이 물러갈 때까지 놈들을 위압하기 위해 지휘처에 그대로 서있었다.
평양성사람들은 이 사실을 후세에 길이 전하기 위하여 그가 지휘처로 정
하였던 곳에 정자를 세우고 이름을 《울밀대》라고 하였다. (《평양전설》
사회과학출판사 1990년)

전설의 내용은 대체로 이러하다.

전설 《을밀장군과 을밀대》는 평양의 모란봉에 있는 명승지이며 옛날의 군사지휘처였던 을밀대와 관련하여 이루어진 이야기이다.

전설에서는 고구려시기 평양성사람들의 높은 애국정신과 상무기풍, 반침략투쟁에서 발휘한 희생성을 보여주었다.

전설은 지명전설로서 평양 모란봉의 자연지리적조건, 지형지물과 관련되여 있다. 을밀대는 모란봉, 금수산의 꼭대기로서 고구려때에는 평양성북쪽의 군사지휘처였다. 《을밀대》라는 이름은 원래 《웃미르덕》과 관련되여있다.

《신증동국여지승람》에 의하면 관풍전(觀風殿)의 북쪽을 항간에서 《웃미르덕》(上密德)이라고 부른다고 하였다.*

* 《春陽臺〈在觀風殿北　俗稱上密德〉》(《新增東國輿地勝覽》　卷五十一　平壤《古跡》)

《웃미르덕》은 《아래미르덕》(下密德)과 관련하여 이름지은것이다. 《미르덕》이란 이름에서 《미르》는 《龍》에 해당하는 우리 말이며 《덕》(德)은 언덕을 의미한다. 1527년에 편찬한 《훈몽자회》(訓蒙字會)에서는 《龍》을 《미르》라고 하였고 홍량호(1724-1802)는 《북새기략》(北塞記略)에서 《높은 언덕》이 《德》이라고 하였으며 김정호(?-1864)는 《대동지지》(大東地誌)의 《방언해》(方言解)에서 우리 말 《언덕》이 《德》이라고 하였다.

결국 《웃미르덕》이란 《웃미르언덕》이며 이것은 곧 《웃쪽룡의 언덕》이라는 말이다. 《웃미르덕》을 한자의 음과 뜻을 빌어 기록한것이 《상밀덕》(上密德)인데 《상밀덕》을 《을밀대》라고 부른것은 《상》의 뜻을 우리 말로 읽고 《밀》을 음그대로 읽으며 《덕》을 《대》(臺)로 바꾸어놓은 결과이다.

고구려의 고장이름에 우리 말을 한자의 뜻과 음으로 기록한 실례는 얼마든지 있다. 우리 말을 한자의 뜻과 음으로 표기한것이 곧 리두이다.

그런데 전설에서는 《을밀》 즉 《웃미르》를 사람의 이름으로 인정하고 이야기를 꾸미였던것이다.

을밀대와 관련한 전설에서는 이야기의 신빙성을 높이기 위하여 《을밀》을 올지문덕장군의 아들이라고 하기도 하고 이른바 신선의 이름이라고 하기도 하였으며 또 장수의 아들이라고 하기도 하였다.

신광수는 《관서악부》에서 을밀대를 노래하면서 이렇게 썼다.

긴 성벽 동북쪽의 가장 높은 루대
을밀선인은 다시 돌아오지 않았네

長城東北最高臺 乙密仙人不復廻
(《石北先生集》卷十 《關西樂府》其 六十六)

한편 《평양대지》(平壤大誌)에서는 을밀대에 대하여 이렇게 썼다.
《세상에 전하기를 을밀선인이 여기에 이르렀다고 하여 그렇게 이름지었다고도 하고 또 전하기를 을지문덕의 아들이 일찌기 여기를 지켰다고 하여 그렇게 이름지은것이라고도 한다.》*

* 《世傳乙密仙人達於此 故名之 又傳乙支文德之子乙密 嘗守此 故名焉》
(《平壤大誌》名勝古跡)

여기서 고구려때 평양성의 《아래미르덕》의 위치에 대하여서도 언급할 필요가 있다고 본다.

1530년에 편찬한 《신증동국여지승람》에서는 《아래미르덕》이 조선봉건왕조때의 정양문(正陽門) 서쪽에 있다고 하였다. 조선봉건왕조때 정양문이 있던 곳의 서쪽이라면 오늘의 평양시 중구역 외성동과 중성동의 어름인 창광산 서남쪽기슭에 해당한다. 그런데 여기가 《아래미르덕》이라는것은 믿기 어렵다.

고구려에서의 평양성건설과정을 력사적으로 살펴보면 우에서도 말하였지만 오늘의 청암동토성에서 안학궁으로, 거기서 다시 오늘의 평양시 중심부인 중구역일대에로 옮겨왔다. 따라서 오늘의 을밀대를 《웃미르덕》이라고 한다면 《아래미르덕》은 그 동북쪽에서 찾아보아야 타당하다. 그리고 오늘의 창광산 서남쪽지역에는 《미르》로 이름지을만 한 고장이 없다.

《웃미르덕》에 대응되는 《아래미르덕》은 고려때의 《룡언궁》(龍堰宮), 고구려때의 《룡언성》(龍堰城)이였던 청암동토성이 있은 곳이라고 생각된다. 《룡언》(龍堰)은 《미르둑》, 《미르덕》에 대한 한자뜻옮김이다. 《堰》의 우리 말 뜻이 《둑》이며 《둑》은 《덕》과 소리가 매우 류사한것이다. 《신증동국여지승람》에서는 고려때의 룡언궁자리를 《부의 북쪽 4리에 있다.》*①고 하였고 《평양대지》(平壤大誌)에서는 《룡언궁의 옛터가 청암리에 있다.》*②고 찍어서 말하였다.

*① 《舊址在北四里》(《新增東國輿地勝覽》卷五十一 平壤 古跡 《龍堰宮》)

- 129 -

*② 《龍堰宮舊址在淸巖里》(《平壤大誌》 名勝古跡)

《미르덕》은 고구려인민들이 나라의 룡성을 바라는 마음에서 성을 쌓았거나 침략자들을 물리치는 싸움에서 승리를 가져온 지휘처를 설치하였던 곳이다. 《아래미르덕》은 연개소문이 나라의 안전을 위해 성을 쌓았던 곳이고 《웃미르덕》은 고구려 장안성의 북쪽장대로서 외래침략자들을 물리치고 성을 지킨 군사지휘처였다.

전설 《을밀장군과 을밀대》는 바로 이러한 사실에 기초하여 을밀대에 대해 꾸민 이야기이다. 따라서 전설은 고구려의 후기, 7세기 중엽 당나라침략군을 물리치기 위한 고구려인민들의 투쟁 특히는 평양지방인민들의 투쟁을 력사적 배경으로 하고있다고 말할수 있다.

전설은 평양성사람들을 비롯한 고구려인민들의 상무기풍과 반침략애국정신을 찬양하고있다.

고구려인민들은 일상생활에서 상무적기풍이 강하여 무예와 용맹을 키웠으며 나라와 겨레를 사랑하는 마음이 컸다. 전설에서는 고구려인민들이 지니였던 이러한 우수한 특성을 집약적으로 보여주고있다.

전설에서는 우선 상무기풍을 존중하여온 평양지방인민들이 평소에 무술을 련마하기 위하여 노력하는 과정을 보여준다.

평양성안의 젊은이들은 나라를 지키기 위하여서는 무술을 련마하여야 한다는 굳은 각오밑에 3년석달을 기한으로 멀리 떨어진 산속에 들어가 무예를 익히고 힘을 키운다. 외적의 침입으로 평양성방어가 위태롭게 되였을 때에도 을밀장군은 젊은이들이 끝까지 무술을 련마하도록 하기 위하여 그들을 불러오지 않고 자신이 앞장서 침략자들을 물리친다.

전설에 그려진 이러한 생활은 고구려사람들의 강한 애국심과 상무의 기풍을 그대로 보여주고있다.

전설에서는 또한 고구려사람들이 침략자들을 물리치는 싸움에 남녀로소 할 것없이 모두 떨쳐나선데 대해 보여주고있다.

오랜 싸움속에서 늙어온 을밀장군은 말할것도 없고 나래를 비롯한 마을의 젊은이들, 처녀인 고비까지도 멸적의 기세로 침략자들을 물리치는 싸움에 떨쳐나선다. 전설에서는 《자기의 한목숨보다 나라와 겨레의 안녕과 장래를 귀중히 여기는것이 우리 고구려사람들의 마음이다. 나라와 후손들의 안녕을 바라는 사람들은 나를 따라나서라.》고 웨치는 을밀장군의 호소에 호응하여 떨쳐나서는 평양성사람들의 열띤 모습을 생동하게 그려보이고있다. 고구려인

— 130 —

민들이 지니였던 이러한 애국심과 헌신성이 고구려의 강대한 국력을 담보하였던것이다.

전설에서 을밀장군의 형상은 중요한 자리를 차지한다.

전설속의 을밀장군은 반침략애국투쟁속에서 의지와 담력을 키운 장수이다. 그는 언제나 나라와 겨레를 생각하고 오늘뿐아니라 래일을 걱정하는 웅심깊고 애국심이 높은 사람이다. 을밀장군은 평양성의 래일을 위해 젊은이들을 훌륭한 무사로 키우려고 애쓰며 오늘의 어려움을 비록 자기 한몸으로 막는 한이 있더라도 후날의 어려움을 막아낼수 있는 장수들을 키워내기 위하여 자기 한몸을 기꺼이 내댄다. 그는 부상을 당하고도 지휘처를 뜨지 않고 굴함없이 싸움을 지휘하며 또다시 치명상을 입고 숨이 지는 마지막순간까지도 꿋꿋이 지휘처에 버티고서서 침략자들에게 위압감을 안겨준다.

을밀장군의 이러한 형상은 반침략애국투쟁에서 희생적으로 싸운 고구려인민들, 평양성사람들의 고결한 애국심과 헌신성을 집중적으로 보여준것이라고 할수 있다.

전설 《을밀장군과 을밀대》는 구성이 비교적 치밀하고 등장인물들의 형상이 개성적이다. 전설에서는 사건의 발전과정을 지속적으로 흥미있게 전개하고 등장인물들의 각이한 성격을 구체적인 생활속에서 그리고있다.

전설 《을밀장군과 을밀대》에서 인간생활에 대한 진지한 탐구, 예술적형상에서의 구체성과 진실성보장 그리고 인간생활을 일면적으로가 아니라 다면적으로 그린것 등은 고구려후기의 구전문학이 새로운 발전단계에 들어섰다는것을 뚜렷이 보여준다.

그러나 전설은 시대적배경이 뚜렷하지 못한 결함도 있다. 고구려 마지막시기의 도읍이였던 평양성에서 외래침략자들을 물리치는 싸움을 벌린것은 고구려말기 당나라와의 싸움때였다. 그런데 전설에서는 평양성에서 침략자들을 물리치는 싸움이 오래전부터 계속되여온것처럼 이야기하고있다.

그렇지만 전설 《을밀장군과 을밀대》는 고구려후기에 창작된 반침략애국주의주제의 전설로서 당시 설화문학의 발전수준을 보여주는 귀중한 유산의 하나이다.

《록족부인전설》

고구려후기에 창작된 설화문학에서 다양한 변종을 가장 많이 가지고있는 전설은 《록족부인전설》이다. 이것은 한마디로 말해서 전설이 인민대중속에 깊이 침투되여 오랜 세월 전하여오는 작품이라는것을 말해준다. 인민대중은 자기들의 지향과 요구, 념원을 반영한 각이한 형태의 설화작품들을 창조하였을뿐아니라 그것을 깊은 관심을 가지고 전해오는 과정에 부단히 내용을 풍부히 하면서 발전시켜왔다.

《록족부인전설》은 고구려후기 반침략투쟁이 활발하게 벌어지던 시기를 배경으로 하여 창조된 전설이다. 그런데 이것이 전하여오면서 지명전설로 또는 세태설화로 다양하게 발전되는 과정에 각이한 변종들이 생겨나게 되였다. 《록족부인전설》 그자체는 세태생활을 보여주는 전설같지만 《열두삼천벌전설》, 《록족우물전설》과 대성산의 《룡지암전설》 등은 지명전설들이다.

전설들마다 이야기하는 대상이 다를뿐아니라 그 기본인물인 록족부인에 대하여서도 서로 다르게 이야기하고있다. 《열두삼천벌전설》에서는 록족부인이 고구려의 왕비였다고 하였고 장수산 도마동(刀馬洞)의 유래를 전하는 전설에서는 록족부인이 농부의 안해라고 하였으며 《록족부인과 두 아들》이라는 평양지방의 전설에서는 록족부인이 석다산에 있는 병법이 능하고 학식이 높은 우경선생의 안해라고 하였다.(전설집 《평양의 금란화》 금성청년출판사 1985년)

그리고 록족부인의 아들이 어떤데서는 둘이라고 하였으나 리시항(1672－1736)의 《화은집》(和隱集)과 대성산의 광법사사적비(廣法寺事蹟碑)에서는 아홉이라고 하였고 《록족우물전설》과 《열두삼천벌전설》, 《록족부인전설》에서는 열두명이라고 하였다.

또한 록족부인이 생활한 시대적배경도 《록족우물전설》에서는 단군때라고 하였고 [《장수산의 력사와 문화》 사회과학출판사 주체90(2001)년] 《록족부인전설》과 《록족부인과 두 아들》에서는 을지문덕장군이 수나라침략군을 물리치던 때라고 하였으며 《열두삼천벌전설》에서는 당나라와 싸울 때라고 하였다.

이처럼 등장인물, 시대적배경 등이 다른것만큼 전설들의 줄거리와 이야기의 구성도 얼마간 차이난다.

오늘에 이르러 다양한 전설을 종합하면서 어느것이 가장 오래되고 정확한것이며 어느것이 후세의것이고 외곡되였거나 윤색된것인가를 밝히기는 어렵다. 부언하건대 《록족부인전설》이 그만큼 다종다양하며 또 그만큼 오랜 세월 인민대중속에 널리, 깊이 침투되여 전하여오는 고구려의 전설이라는것이다.

여기서 《록족부인전설》의 대표적인 몇가지를 소개하면 다음과 같다.

옛날에 록족부인이 한번에 아홉아들을 낳았다. 그것이 상서롭지 못하다 하여 함에 넣어 바다에 띄워버렸더니 중국에 이르렀다. 거기에서 거두어 길렀는데 자라서 도리여 우리 나라를 침범하게 되였다. 마침내 그것이 부모의 나라라는것을 알게 되자 투구를 벗어버리고 이 산(대성산을 가리킴. 인용자)에 들어와 룡지암을 차지하고 살았다. 도를 닦아 부처로 되였는데 지금의 록수암과 두타사가 곧 아홉부처들이 살던 고장이다.*

* 《古有鹿足夫人 一產九子 不商祥而函于海 則流而中國 見收而鞠 及長反犯本國 卒覺其爲父母邦 釋兜歸還此山 奪龍池菴而居之 修道成佛 今之鹿水菴及頭陀寺 乃九佛始終地也》(《和隱集》卷八 碑碣表)

고구려때 왕비 록족부인이 한번에 열두아들을 낳았다. 그것이 상서롭지 못하다고 해서 함에 넣어 바다에 던졌다. 그후 당나라장수 열두명이 각각 삼천명씩 군사를 거느리고 바다를 건너 우리 나라에 침입하여왔다. 록족부인이 그 소식을 듣고 들에 나가 맞이하였다. 다락을 세운 다음 그우에 앉아 열두사람을 불러세우고 다락아래에서 먼저 열두 젖꼭지로 시험해보았더니 젖이 모두 입에 맞았다. 다시 열두켤레의 버선을 주었는데 버선이 다 발에 맞았다. 이렇게 되자 열두명의 장수들은 깜짝 놀라서 절을 하고 꿇어앉더니 《우리를 낳은것도 어머님이고 우리를 키운것도 어머님이며 우리들에게 버선을 만들어 신긴것도 어머님이십니다. 부모님이 계시는 나라를 어찌 침범할수 있겠습니까.》라고 하고는 곧 투항하였다. 그리고나서 옛날의 행성을 쌓고 거기에 살았는데 그 고장을 일러 열두삼천벌이라고 하였다.*

* 《諺傳高句麗時 王妃鹿足夫人一產十二子 以爲不祥 盛于函中 棄之海上 厥後唐將十二人 各率三千兵 渡海來犯界 鹿足夫人聞而出迎于野 結樓坐其上 招立十二人 其檣樓下 先以十二乳試之 乳皆入口 又以十二襪賜之 襪皆適足 於是十二將皆驚 列拜而跪 曰生我者母 乳我者母 襪我者母 父母之邦其可犯之乎 遂降 乃築古行城居之 其地謂之十二三千》(《全鮮名勝古蹟》84)

증산땅 석다산에 사는 병법에 능하고 학식이 높은 우경선생에게는 록족부인이라고 불리우는 안해가 있었다. 록족부인에게는 두 아들이 있었다. 아버지가 죽은 다음 록족부인이 두 아들에게 무술을 가르치면서 키우고있었는데 하루는 아들들이 실수를 하여 동네아이를 죽이였다. 그때문에 록족부인은 두 아들을 데리고 바다기슭에 피신하여 살았다. 어느날 아들들은 우연히 배에 올랐다가 풍랑을 만나 바다우에 표류하게 되였다. 어머니는 두 아들을 잃고 평양의 대성산에 옮겨와 사슴을 기르면서 살았다.

어언 20여년 세월이 흘렀다. 수나라군사들이 쳐들어오자 을지문덕장군이 그것을 막아나섰다. 을지문덕장군은 우경선생의 제자였다. 록족부인은 남복을 하고 싸움터로 달려가 을지문덕장군의 휘하군졸이 되였다. 록족부인은 을지문덕장군이 적들과 담판을 하고 돌아올 때에 배로 강을 건느도록 도와주었다. 그때 고구려에서 의병들이 일어나 적을 쳤는데 의병장들을 《록족장군》이라고 하였다. 그 소식을 들은 록족부인은 의병장들을 찾아가 만나보고 자기의 아들들임을 확인한 다음 그들의 의로운 기상을 칭찬하였다. 두 록족장군은 을지문덕장군과 합세하여 수나라군사들을 족쳤다.(전설집 《평양의 금란화》 금성청년출판사 1985년)

옛날에 한 부인이 살고있었는데 그의 발이 사슴의 발쪽과 같아서 사람들은 그를 《록족부인》이라고 불렀다. 그에게는 아들 열두명이 있었는데 그들도 어머니의 발을 닮아서 발이 사슴의 발쪽과 같았다. 어머니는 항상 아이들이 버선을 신고 다니도록 단속하였다. 그런데 어린 아들이 어머니의 말을 잊고 놀다가 사슴발이 드러나 동네아이들에게서 놀림을 받게 되였다. 이에 부아가 난 형제는 놀려준 부자집아이를 때렸는데 그만 지나쳐서 그 아이가 죽었다. 록족부인은 화를 면하기 위하여 아들들을 데리고 마을을 떠나 바다가에 가서 살게 되였다. 그러던 어느날 록족부인이 먹을것을 마련하려고 이웃에 간 사이에 폭풍이 바다가를 쓸어 아이들을 모두 잃었다.

세월이 흘러 수나라군사들이 쳐들어오자 록족부인은 을지문덕장군을 도와 싸움에 나섰다. 그러던 어느날 록족부인은 적후에 들어가 적정을 알아보고 돌아오는 을지문덕장군을 배에 태워 강을 건네워줌으로써 적군의 추격으로부터 구원하였다. 을지문덕장군이 수나라침략자들을 물리치기 위한 총공격을 준비하고있을 때 록족부인은 적들속에 발이 사슴발처럼 생겨서 《록족장군》으로 불리우는 여러명의 장수들이 있다는 말을 듣고 어딘가 마음속에 짚이는데가 있어 그들을 찾아 적진으로 들어갔다. 록족부인은 고생끝에 록족형제를 찾았으나 세월이 오래 지났으므로 어머니와 아들들이 서로 알아보지 못하였다. 그들은 결국 각기 발을 벗고 사슴발을 내보였는데 그때에야 아들들은 어머니를 알아보고 품에 안기였다. 그후 록족형제는 고구려군사들과 합세하여 싸워 수나라침략자들을 몰아낸 다음 어머니를 모시고 행복하게 잘 살았다.

이밖에 《록족우물전설》에서는 록족부인이 록족우물의 물을 마시고 열두명의 장사를 낳았는데 그들이 열두삼천벌을 개간하였다고 하였고 또 사슴샘물을 마신 어떤 농부의 안해가 사슴발을 가진 열두아들을 낳았는데 그들이 재령강에 뚝을 쌓아 물길을 정리하고 거기에 논밭을 일구었다고도 하였다.

[《장수산의 력사와 문화》 사회과학출판사 주체90(2001)년]

우에서 든 여러 변종의 《록족부인전설》들을 보면 한결같이 전설이 외래침략자들을 반대하는 인민들의 투쟁과 련관되여있거나 숙천의 열두삼천벌과 재령의 나무리벌 등 벌판을 개간한 사실과 결부되여있다.

전설들은 대상에 따라 이러저러하게 가공된 흔적을 엿볼수 있다. 그리고 보다 생활적으로 진실한 느낌을 주려고 생활론리에 맞게 이야기를 꾸민 사실도 찾아볼수 있다. 그것은 보다 후세에 전하여진 설화일수록 더 뚜렷하다. 실례로 아들들이 다른 나라로 가게 된 동기에 대한 꾸밈을 들수 있다.

비교적 오래전에 정리된 전설들에서는 《임금의 명령》 또는 《상서롭지 못》하다 하여 어머니가 어쩔수 없이 아이들을 버린것으로 이야기를 꾸미였으나 어떤 전설에서는 자연의 재해 즉 풍랑에 의해 표류된것으로 만들었다. 그리고 록족부인이 동네를 떠나게 된 리유도 부자집아이를 죽이였기때문이라고 하였다. 이러한 각이한 꾸밈은 전설의 전달자 또는 정리자들이 자기들의 지향과 의도에 맞게 전설을 다듬었거나 일정한 론리를 따르도록 전설을 재가공한 결과라고 볼수 있다.

전설 《록족부인전설》은 반침략투쟁에 떨쳐나선 고구려인민들의 애국정신, 투쟁기풍을 자랑스럽게 보여주고있다.

수나라, 당나라 등 외적들의 침입을 격퇴하는 싸움은 항상 고구려의 승리로 끝났다. 이러한 승리는 결코 어떤 개인의 용감성, 비범성에 의해 이루어진것이 아니라 록족부인과 같은 평범한 사람들, 인민대중이 무한한 애국심을 지니고 멸적의 기세로 떨쳐일어나 헌신적으로 싸웠기때문이다. 전설은 이러한 력사적사실을 소박하게 보여주고있다.

전설에 그려진 록족부인의 형상은 이런 측면에서 매우 인상적이다.

《록족부인전설》이 사람들의 사랑을 받으면서 전해지게 되자 봉건적절대군주제를 리상적으로 여긴 어떤 사람에 의해 록족부인에게 《왕비》라는 허울이

씌워졌지만 전설전반에 흘러넘치는 생활감정은 왕비가 아니라 소박하고 근면하며 애국심이 강하고 헌신성이 높은 우리 나라의 군로녀성인것이다. 《록족부인전설》이 그토록 커다란 생명력을 가지고 여러가지 변종을 낳으면서 오랜 세월 인민들속에 전해질수 있었던것은 바로 전설에 그려진 생활, 사상감정이 인민대중의 요구와 념원에 부합되기때문이였다.

바로 그러하였기때문에 새땅을 개간하여 농사를 지은 농민들 다시말하여 자연을 정복하는 투쟁속에서 생활하여온 사람들은 그것을 자기들의 생활과 련결시키려고 하였고 침략자를 물리치는 싸움에 떨쳐나선 인민들은 록족부인과 그의 아들들을 자기들의 립장에서 이야기하려 하였으며 지어 승려들까지도 그들의 생활에 공감하면서 자기들과 어떤 관계가 있는것처럼 표방하려고 하였다.

전설에 형상된 록족부인은 근면하면서도 순박한 중세의 근로녀성이다. 그는 어려운 생활환경속에서도 자식들의 장래를 늘 걱정한다. 록족부인은 원쑤들이 쳐들어오자 나라를 위한 일념으로 가슴불태우며 적장들속에 《록족》이라는 이름을 가진 사람들이 있다는것을 알고는 한몸의 위험을 무릅쓰고 적진으로 들어가 자식들을 찾아내여 애국애족애로 이끈다. 록족부인의 이러한 적극적인 활동은 고구려군의 승리에 크게 이바지한다.

전설에서는 록족부인을 봉건사회에서 천대받고 멸시당하던 한낱 평범한 녀인으로만 형상하지 않았다. 그는 근면하고 순박하면서도 사리에 밝고 애국심이 강하며 외적을 물리치는 싸움에서 자기가 할수 있는 일을 능동적으로 찾아내여 그것을 스스로 실천한다. 전설에 그려진 록족부인의 이러한 형상은 전설의 강한 생명력을 담보하였다.

작품에 그려진 록족부인의 헌신성은 16세기에 왜적을 물리치는 싸움에 한몸바친 계월향과 론개의 활동을 련상하게 한다.

《록족부인전설》은 우리 나라 중세설화문학에서 처음으로 녀성을 긍정적중심인물로 설정하고 형상한 전설이라는 측면에서도 자못 의의가 크다.

우리 나라 중세문학창작에서 녀성주인공문제는 퍽 뒤늦게야 제기되였다. 특히 세나라시기에는 설화문학에 녀성을 긍정적중심인물로 내세운 경우가 매우 적었다. 설화 《호동과 락랑공주》에서 공주도 어떤 의미에서는 중심인물이라고 말하기 어렵다.

그런데 《록족부인전설》은 반침략애국주의주제의 설화문학으로서 녀성을 주인공으로 설정하고 그의 활동을 나라와 겨레를 위한 투쟁속에서 보여주었다. 이것은 고구려후기 문학발전에서 새로운 경향이다. 이런 의미에서 《록족부인전설》은 중세초기 우리 나라 구전문학의 발전정형을 보여주는 대표적인 작품이라고 볼수 있다.

그러나 전설에서는 부족점도 찾아보게 된다.

그것은 우선 형태가 뚜렷하지 못하고 구성이 산만한데서 볼수 있다.

《록족부인전설》은 인물전설같기도 하고 지명전설같기도 하다. 이 전설이 만약에 인물전설이라면 인물형상에 중심이 놓이고 지명전설이라면 지명의 유래를 밝히거나 그 고장에 깃든 이야기를 생활론리에 맞게 전개하는것으로 줄거리가 이루어져야 할것이다. 그러나 《록족부인전설》은 총적으로는 지명의 유래를 밝히는 전설이지만 이야기의 기본줄거리는 록족부인의 활동을 보여주는것으로 되여있다.

그리고 을지문덕장군을 도와준 이야기는 론리상 잘 맞지 않는다. 을지문덕장군은 당시 국왕과 함께 적들이 노리는 고구려의 국가적인물이였고 그가 적들과 담판을 하러 간것은 나라의 중대한 조치에 의한것이였다. 그런데 바다가에 살거나 대성산에서 사슴을 기르던 록족부인이 어떤 계기를 통해 강을 건느는 을지문덕장군을 도와줄수 있었는지 전설에서는 이야기된것이 없고 그저 선언적으로 그런 사실을 강조하였을뿐이다. 적진속에 들어가 적들의 동정을 살피고 그들을 야유하는 시까지 지어주면서 여유작작하게 돌아온 을지문덕장군이 어떻게 되여 이름없는 평백성녀인에게서 도움을 받아야 하였던지 그것도 해명되지 않았다.

전설이 흔히 꾸며진 이야기이지만 그 주제에 따라 이야기의 째임새는 비교적 치밀한것이 특징이다. 그런데 《록족부인전설》은 이야기조직이 치밀하지 못하다.

부족점은 또한 록족장군들의 면모가 뚜렷하지 못한데서도 볼수 있다.

《록족부인전설》에는 아버지가 등장하지 않는 홀어미의 자식들이 등장하며 그들이 자라서는 적의 장수로 된다. 록족부인의 공적은 적의 장수로 된 열두명의 아들 또는 아홉명, 두명의 아들들이 적군에 복무하기를 그만두고 고국으로 돌아오게 한것인데 작품에서는 그저 돌아왔다는것만 강조되였을뿐 그들의 성장과정과 귀환과정이 매우 소략하게 언급되여있다. 그러므로 전설에 등장하는 인물들의 관계가 뚜렷치 못하고 적장을 귀환시켜 적군들이 퇴각하지 않으면 안되였던 사실이 몹시 애매하다. 그러므로 전설은 전반적으로 시작에 비해 해결부분이 작다는 느낌을 준다.

이것은 원래의 전설이 후세에 전해지면서 록족부인 또는 록족장군의 이야기를 막연하게 반침략투쟁과 결부시킬수 없어서 고구려인민들의 반침략투쟁에서 가장 빛나는 자리를 차지한 울지문덕장군의 살수대첩과 련결시키는 과정에 생겨난 일부 부족점이라고 볼수 있다.

《록족부인전설》과 관련이 있는 전설인 《합장강전설》에서는 록족장군들이 고국으로 돌아와 어머니의 손을 잡고 뜨거운 눈물을 흘리면서 잘못된 지난날을 사과한 곳이 합장강이라고 하였고 지명전설인 《열두삼천벌전설》에서는 록족부인의 열두아들이 각각 3천명씩 군사를 거느리고 진을 쳤던 곳이 열두삼천벌이라고 하였다. 이것은 전설이 전해지는 과정에 보충되거나 재가공되면서 만들어진 이야기들이라고 생각된다.

《온달이야기》

전설 《온달이야기》는 고구려후기에 창작된 인물전설로서 그 주제사상적내용으로 보나 구성과 형상 등에 있어서 고구려설화문학의 높은 발전수준을 보여준다.

전설은 외래침략자들의 침입으로부터 나라와 겨레를 지키고 당시 중요한 사회력사적과제로 제기되였던 삼국통일을 이룩하기 위해 힘차게 떨쳐나섰던 고구려인민들의 투쟁을 내용으로 하여 이루어진 작품이다.

《삼국사기》의 《렬전》에 수록된 《온달》은 세상에 전해지던 전설인 《온달이야기》를 정리해놓은것이라고 말할수 있다. 이것은 당시의 구전문학과 서사문학의 호상관계를 보여주는것이기도 하다.

다 아는바와 같이 《삼국사기》는 세나라시기의 력사를 왕조사체계로 정리해놓은 책이다. 《삼국사기》의 《본기》에 의하면 고구려에서는 29대 양원왕(陽原王), 30대 평원왕(平原王), 31대 영양왕(嬰陽王)의 순서로 왕대가 이어져있다. 그런데 《삼국사기》의 《렬전》에 실린 《온달》에서는 온달을 30대 평원왕의 사위라고 하였고 그가 29대 양원왕때에 죽은것으로 기록하였다.*①이것이 력사적사실과 맞지 않으므로 《신증동국여지승람》에서는 온달을 양강왕(양원왕)의 사위로 그리고 평강왕(평원왕)때에 죽은것으로 고쳐서 기록하였다.*②

*① 《溫達高句麗平岡王時人也 …及陽岡王即位 溫達奏曰…》(《三國史記》
   卷四十五 列傳 《溫達》)

*② 《(溫達)…陽岡王少女 自媒爲達妻…及平岡王即位 達奏曰…》(《新增東
   國輿地勝覽》 卷五十一 平壤府 《人物》)

《삼국사기》에 수록된 온달에 대한 기사를 단순히 편찬자들의 착오로만 볼수 없다. 《삼국사기》의 편찬자들이 리용한 온달에 대한 자료가 이미 그렇게 되여있었던것이다. 이것은 결국 《삼국사기》에 수록된 《온달전》이 력사기록으로서 김부식이 엮은것이 아니라 이전부터 전해지던 이야기를 옮겨놓은 것이라는 사실을 말해준다.

김부식이 리용한 온달에 대한 자료는 력사적인 사실보다도 문학적인 형상을 더 중시한 글이였다. 그것은 곧 설화로서의 온달에 대한 이야기였다.

전설 《온달이야기》의 창조자들은 온달에 대한 이야기를 엮으면서 력사적인 사건, 사실에 집착한것이 아니라 그의 인민적성격을 형상하는데 더 큰 힘을 넣었던것이다.

일반적으로 중세에 창작된 인물설화작품들은 등장인물의 생활과 그를 통하여 제기하는 인민대중의 념원과 요구, 지향이 1차적이고 력사적인 사건이나 사실은 부차적이다.

전설 《온달이야기》에서 후주 무제의 침입이나 계립현 서쪽지역문제는 구체적인 력사적사실을 라렬한것이 아니라 온달의 성격창조에 리용된 사건이다. 이런데로부터 전설에서는 력사적사실로서는 도저히 있을수 없는 왕대를 바꾸어놓는 현상까지 빚어지게 되였던것이다. 따라서 인물설화인 《온달이야기》를 창조하면서 당시 사람들이 중시한 중요한 문제는 온달의 인민적성격을 강조하고 애국명장으로서의 그의 면모를 부각시키며 이야기의 진실성을 생활적으로 담보하는것이였다고 말할수 있다.

그렇다고 하여 실재한 력사적인물인 온달의 애국적업적을 허구적인 사건, 사실을 가지고 보여주려고 한것은 결코 아니다. 후주(後周)의 무제 우문옹은 실재한 인물이며 계립령부근에서의 전투도 허구가 아니다. 《온달이야기》는 전설로서의 문학적형태를 살리면서 력사적으로 실재한 인물과 사건, 사실을 그의 성격창조에 이바지할수 있도록 리용하였던것이다.

한마디로 말하여 전설 《온달이야기》는 력사적인 인물, 력사적인 사실을 문학적으로 보여주는데 중심을 두고 만들어낸 설화이다.

《온달이야기》의 설화적특성은 이야기의 마감에 그려진 그의 희생장면이 또한 잘 보여준다.

당시 고구려인민들앞에 제기된 력사적과제인 삼국통일을 지향하여 싸우던 온달은 불행하게도 적화살에 맞아 목숨을 잃는다. 그런데 그의 령구를 발인할 때 관이 땅에 붙어서 움직이지 않는다. 그때 공주가 《아, 아, 돌아가사이다.》라고 절절하게 웨쳐서야 관이 움직인다. 전설의 이 대목은 이야기를 만들어낸 사람들이 온달의 죽음을 얼마나 아쉽게 여기였는가 하는것을 보여주는 장면으로서 전설이 철저히 인민창작의 구전설화라는것을 말해준다.

이처럼 전설 《온달이야기》는 력사기록이 아니라 문학적인 설화작품이며 《삼국사기》의 편찬자들이 엮어놓은것이 아니라 이미 오래전에 사람들이 구비로 창작한것이다.

《삼국사기》에 올라있는 《온달이야기》는 다음과 같다.

온달은 고구려 평강왕때 사람이다. 생김새는 울퉁불퉁하여 우습강스러웠지만 속마음은 깨끗하였다. 집이 몹시 가난하여 늘 밥을 빌어다가 어머니를 봉양하였는데 해진 적삼과 떨어진 신발로 길거리에 오락가락하니 그때 사람들은 그를 《바보온달》이라고 하며 눈짓을 하였다.

평강왕의 어린 딸은 울기를 잘하였다. 임금이 롱삼아 말하기를 《네가 늘 울어서 내 귀를 시끄럽게 하니 자라서 사대부의 안해로는 못되겠다. 마땅히 바보온달에게 시집보내야겠다.》고 하였다. 임금이 매양 이렇게 말하였는데 딸의 나이가 열여섯살에 이르자 상부 고씨에게 시집보내려고 하였다. 그러자 공주가 말하기를 《대왕님은 늘 말씀하시기를 너는 꼭 온달의 안해로 될것이라고 하시였는데 지금 무슨 까닭에 이전의 말씀을 고치십니까. 하찮은 사나이도 오히려 거짓말은 하려고 하지 않는데 하물며 임금님께서야. 그래서 〈나라님에게는 롱말이 없다.〉고 하였습니다. 지금 대왕님의 분부는 잘못된것입니다. 저는 그것을 따를수 없습니다.》라고 하였다. 임금이 노하여 말하기를 《네가 내 말을 안 듣겠다면 당초에 내 딸이라고 할수 없다. 어떻게 함께 살겠니. 너 가고싶은데로 가거라.》고 하였다.

이리하여 공주는 보배로운 팔목걸이 수십개를 팔뚝에 걸고 대궐을 나와 홀로 걸었다. 길에서 어떤 사람을 만나 온달의 집을 묻고 곧 그 집에 이르렀다. 눈이 먼 어머니를 보고 앞으로 가까이 가서 절을 한 다음 아들이 있는 곳을 물었더니 늙은 어머니가 대답하기를 《내 자식은 가난하고 루추하여 귀한 사람이 가까이 할바가 못되네. 지금 자네의 냄새를 맡으니 향기가 이상하고 자네의 손을 만져보니 부드럽기가 솜같은지라 반드시 이 세상의 귀인일걸세. 누구의 속임수로 해서 여기에 이르렀노. 내 자식은 굶주림을 견딜수가 없어서 산속에서 느릅나무껍질을 벗기는지 오래되였으나 돌아오지 못하였네.》라고 하였다. 공주가 나와서 걷다가 산밑에 이르러 느릅나무껍질을 지고오는 온달을 만났다. 공주가 그에게 회

— 140 —

포를 말하였더니 온달은 발끈 성내면서 말하기를 《이것은 어린 녀자가 범상히 할수 있는 일이 아니니 반드시 사람이 아니라 여우귀신인가보다. 나얘게 다가오지 말라.》고 하고는 돌아보지도 않고 걸어갔다. 공주는 혼자 돌아와 사립문아래에서 자고 이튿날 아침 다시 들어가 모자에게 자세히 말하였다. 온달은 이럴가저럴가 망설이였는데 어머니가 말하기를 《내 자식은 지극히 루추해서 귀한 사람의 배필이 될수 없고 우리 집은 몹시 가난해서 귀한 사람이 거처할데가 못되오.》라고 하니 공주가 대답하기를 《옛날사람들이 말하기를 〈한말의 곡식도 찧어서 요긴하게 먹을수 있고 한자의 천도 꿰매여 요긴하게 쓸데가 있다.〉고 하였습니다. 진실로 마음만 맞는다면야 어찌 반드시 부귀를 누린 다음에라야 함께 살겠습니까.》라고 하였다. 공주는 곧 금팔목걸이를 팔아 밭과 집과 노비와 말, 소, 그릇붙이들을 사들이니 쓰고 살아갈것이 다 갖추어졌다. 처음 말을 살 때에 공주가 온달에게 말하기를 《부디 장사군의 말을 사지 말고 꼭 나라의 말로서 병들고 여위여서 버림받은것을 가리여 사시오이다.》라고 하였다. 온달이 그의 말대로 하였더니 공주가 부지런히 먹이고 길러서 말은 날마다 살찌고 건장해졌다.

고구려에서는 늘 삼월 삼일에 락랑의 언덕에 모여 사냥을 하고 잡아온 메돼지와 사슴으로 하늘과 산천의 신들에게 제를 지내였다. 이날이 오면 임금도 사냥을 나가고 뭇신하들과 5부의 군사들도 모두 따라나섰다. 이리하여 온달도 길러놓은 말을 가지고 따라가게 되였는데 언제나 앞장에서 말을 달리였고 잡은것도 많아서 다른 사람들은 비길수가 없었다. 임금이 불러다가 이름을 묻고는 놀랍고 이상하게 여기였다.

이때에 후주의 무제가 군사를 출동하여 료동을 쳤다. 임금이 군사를 거느리고 배산의 들판에서 막아싸우게 되였는데 온달이 선봉으로 되여 재빨리 싸워서 수십명을 목베였다. 모든 군사들이 이긴 기세를 타서 떨쳐일어나 쳐서 크게 이겼다. 전공을 론할 때에 모두 온달이 제일이라고 하였다. 임금은 그것을 가상히 여기면서 감탄하여 말하기를 《이 사람이 내 사위로다.》라고 하더니 례절을 갖추어 맞아들이고 벼슬을 주어 대형(大兄)으로 삼으니 이로 하여 사랑과 영화는 더욱 두터워지고 위엄과 권세는 날마다 성해졌다.

양강왕이 즉위하게 되자 온달이 아뢰이기를 《신라가 우리의 한강북쪽의 땅을 떼여 군현으로 만드니 그 고장 백성들이 원통하고 한스럽게 여기면서 부모의 나라를 잊지 못해하고있습니다. 바라건대 대왕님이 저를 변변치 못하다고 나무람을 마시고 군사를 주시면 한번 가서 반드시 우리 땅을 찾아오도록 하겠습니다.》라고 하니 임금이 허락하였다. 떠나기에 앞서 맹세하기를 《계립현, 죽령서쪽을 우리에게 귀속시키지 못한다면 돌아오지 않으리라.》고 하였다. 행군하여 아단성아래에서 신라군사와 싸우게 되였는데 날아오는 화살에 맞아 길에서 죽었다. 장사를 지내려고 하니 관이 움직이려 하지 않는지라 공주가 와서 관을 어루만지면서 이르기를 《죽고사는것이 결단났소이다. 아, 아, 돌아가사이다.》라고 하였다. 그런 다음에야 관을 들어 묻을수 있었다. 임금도 그 이야기를 듣고 몹시 슬퍼하였다.(《삼국사기》 권45 렬전 《온달》)

전설 《온달이야기》는 천민출신인 온달이 높은 애국심과 용감성을 가지고 장군으로 성장하는 과정을 설화적으로 잘 엮어 보여주고있다.

위대한 수령 김일성동지께서는 다음과 같이 교시하시였다.

《원래 온달에 대한 이야기에서는 온달을 〈바보온달〉이라고 하였는데 그것은 온달이 진짜 바보여서가 아니라 근로인민을 천시하는 봉건통치배들이 미천한 온달을 멸시하여 부른 별명입니다.》(《김일성전집》 제9권 13페지)

전설 《온달이야기》는 온달의 인민적성격과 애국명장으로서의 그의 위훈을 진실하고 생동하게 보여주는데로 지향시켜 이야기를 전개하였다.

온달은 집이 몹시 가난하여 어려서부터 나무를 해다 팔고 밥을 빌어다가 눈먼 어머니를 봉양한다. 그래서 통치배들은 그를 멸시하여 《바보》라고 하였다. 그러나 온달은 통치배들의 온갖 천대와 멸시속에서 살아왔지만 마음이 어질고 깨끗하였으며 어머니에 대한 효성이 지극하였다.

전설 《온달이야기》에 그려진 온달의 이러한 형상은 고구려후기 천대받고 멸시당하면서 살아온 근로인민대중의 면모이다. 착취계급의 압박과 천대속에서도 우리 민족고유의 정신도덕적품성을 지키고 발전시켜온 인민대중의 면모를 설화의 창조자들은 온달의 형상을 통하여 보여주려고 하였던것이다.

온달은 애국심이 강하고 무술이 능하며 반침략투쟁에서 영용한 위훈을 세운다.

원래 고구려인민들은 용감하고 애국심이 강하였다. 온달은 인민들속에서 성장하면서 애국심을 배웠고 조상전래의 상무기풍을 이어받아 무술과 용감성을 키웠다.

고구려사람들은 어려서부터 무술을 익히고 몸을 단련하였으며 나라와 겨레를 위해 헌신하는것을 커다란 자랑으로 여기였다. 온달은 고구려사람들의 이러한 생활속에서 무술을 배우고 애국심을 키웠으며 전통적인 사냥경기에서

장군으로서의 기질을 보이였고 외래침략자들을 물리치는 싸움에서 용맹을 떨치였다. 온달의 이러한 형상은 비록 전설이지만 구체적인 현실생활을 생동하게 느낄수 있게 한다. 전설에서 온달이 무예를 익히고 사냥경기에서 우승을 하며 후주의 침략을 물리치는 싸움에서 위훈을 떨치도록 이야기를 끌고나간것은 단순한 허구적인 꾸밈이 아니라 실지 현실생활속에서 그의 성격을 부각시킨것이다.

전설에서 온달의 성격은 비천할 때와 장수로 되였을 때의 뚜렷한 대조속에서 그려지고있다.

밥을 빌어다 어머니를 봉양할 때의 온달은 사람들에게 《바보》로 손가락질받는 불쌍하기 그지없는 인간이였지만 락랑언덕에서 다른 사람들보다 비할수 없을 정도로 제일 많은 짐승을 잡고 외래침략자들을 물리치는 싸움에서 선봉이 되여 용감히 싸울 때의 온달은 씩씩하고 의젓한 영웅남아였다.

온달은 가난하고 미천하나 진실하고 솔직하며 근면하다.

전설에서는 온달이 《속마음은 깨끗》하다는것을 강조하였다. 그는 어려운 생활속에서도 효성이 지극하며 근면한 로동으로 생계를 이어나간다. 전설에서 온달에게 부여된 이러한 성격은 작품의 인민성을 높여주는 의의있는것이다. 이것은 바로 우리 민족이 오랜 옛날부터 간직하여온 고유한 성격적특질인것이다.

전설에서는 이처럼 온달의 형상에 많은 생활적인 세부들을 리용하였다.

전설 《온달이야기》에서 어머니의 형상에도 인민성이 강하게 부여되여있다.

전설에서 온달의 어머니는 세파에 늙어 앞을 보지 못하는 늙은이이지만 사려깊고 리해력이 빠르며 리지적인 녀성이다. 그는 비록 눈으로 보지는 못하지만 공주를 알아보며 당시의 형편에서 온달과 공주는 배필로 될수 없는 처지라는것을 잘 알고있다. 그는 아들의 고생을 가슴아프게 생각하면서도 그에게 허영이나 공명이 아니라 자기의 성실한 노력으로 살아갈것을 가르치는 자애롭고 대바른 어머니이다. 또한 그는 오랜 생활의 체험을 가지고 아들의 결심을 굳히여주기도 한다. 공주의 진정어린 이야기를 듣고 인정많은 온달은 어쩔줄 몰라 안절부절못한다. 그때 어머니는 생활체험으로 얻은 자신의 생각을 터놓는다. 처지와 재산이 아들과 공주의 관계를 성사시키기 어렵다는것이다.

이처럼 온달의 어머니는 비록 가난과 고역속에서 늙어온 보잘것 없는 처지의 녀인이지만 리지적이고 사리에 밝은 인간으로 형상되였다. 전설 《온달이야기》에서 어머니의 이러한 형상은 인민대중이 이 작품을 구체적인 생활체험에 기초하여 창작하였다는것을 말해준다.

전설 《온달이야기》에서 공주의 형상도 인상적이다.

공주가 궁궐을 뛰쳐나와 미천한 온달에게로 가게 되는것은 중세봉건사회에서 설화로서만 있을수 있는 일이다. 만약 이것이 사실이였다면 그것은 당시 왕실내부의 심각한 갈등과 분쟁을 보여준것이라고 말할수 있을것이다.

전설에서는 공주를 대바른 녀자로, 정의감이 강하고 의지가 굳은 녀인으로 형상하였다. 자기가 늘 운다고 하여 바보온달에게 시집보내겠다고 입버릇처럼 외우던 아버지가 정작 시집갈 나이가 되자 자기 말을 바꾸어 귀족에게 시집보내려는데 대해 반감을 가진 공주는 대담하게 왕궁을 뛰쳐나가며 자기를 《여우귀신》이라고 하면서 멀리하는 온달모자를 끝내 설득시켜 그 집안사람이 된다. 자기 집이 루추하고 온달이 비천하여 배필을 무을수 없다는 어머니의 말에 《진실로 마음만 맞는다면야 어찌 반드시 부귀를 누린 다음에라야 함께 살겠습니까.》라고 하는 공주의 말은 빈부귀천보다도 사람의 마음씨를 더 중시한 그의 인간적면모를 뚜렷이 보여주고 있다. 귀족부인이 아니라 온달의 안해로 되기를 결심하고 가난하기 그지없는 온달의 집으로 스스로 찾아온 공주의 형상은 근로녀성들의 소박하고 근면한 생활을 지향하는 아름다운 녀성의 형상이다.

전설에서는 공주를 지혜로운 녀성으로 형상하였다.

공주는 왕궁을 떠나올 때 팔목걸이를 비롯한 보석붙이들을 가지고 나오며 그것을 팔아서 살아가는데 필요한 모든것을 구비한다. 공주는 온달을 장군으로 키울것을 결심하고 준마를 사다 기른다. 이때 공주는 장사군의 말이 아니라 나라말가운데서 여위고 병든것을 사오도록 권고한다. 이것은 마치도 동명왕의 어머니가 아들에게 준마를 가리여내는 방법을 대주던것과 류사하다. 동명왕의 어머니와 평강공주의 이러한 형상은 옛날에 군마를 마련하는 일은 대체로 녀인들이 맡아하였다는것을 보여준다고 볼수 있다. 17세기에 창작된 고전소설 《박씨부인전》에서도 명마를 박씨부인이 알아보는것으로 그리고있는것이다.

전설 《온달이야기》에서 공주는 이처럼 우리 나라 녀성들의 아름다운 기질을 체현한 녀인이며 온달을 장수로 떳떳이 내세운 녀인이다.

전설은 이야기의 구성과 형상에서 당시 설화문학의 높은 발전수준을 보여준다. 전설은 구성이 비교적 째여있고 사건이 극적으로 전개되여있다. 전설에서는 사건발전과정이 기본적으로 온달의 성격형상에 집중되여있으며 이야기가 치밀하게 엮어져있다.

전설에서는 묘사도 일정하게 시도하였다. 전설 《온달이야기》는 소설의 맹아적형태를 다분히 가지고있는것으로 하여 후에 소설창작의 전제로 되였다. 고전소설 《온달전》은 바로 전설 《온달이야기》에 기초하여 창작되였던것이다.

《서생과 처녀》

고구려후기에 창작된 설화문학작품들가운데는 반침략애국투쟁을 반영한 력사설화, 지명전설들과 함께 고구려인민들의 고상한 정신도덕적풍모를 보여준 설화들도 있다.

고구려인민들의 고상한 정신도덕적풍모와 아름다운 생활감정을 보여준 설화 《서생과 처녀》는 그에 따르는 노래가 있는것으로 하여 사람들속에서 더욱 감명깊게 전해졌다.

설화는 오랜 세월 전하여오면서 여러가지 이름으로 불리웠다. 지난날 이 설화에 대해 이야기하는 사람들은 제목을 《〈명주곡〉의 유래》, 《양어못전설》이라고 하기도 하고 《고기기르는 녀자》, 《서생과 처녀》라고 하기도 하였다. 설화의 제목을 《〈명주곡〉의 유래》라고 한것은 이 설화를 수록한 문헌인 《고려사》(高麗史)의 악지(樂志)에서 《세나라속악》에 속하는 고구려때의 가요인 《명주》(溟州)가 이 설화를 바탕으로 하여 창작된 노래라고 하였기때문이며 《양어못전설》이라고 한것은 고전문헌 《신증동국여지승람》의 강원도 강릉대도호부의 《고적》항목에 《양어못》(養魚池)이라는 항목이 설정되여있는데 거기에 《고려사》의 《악지》에 실린 설화를 수록하였기때문이다. 그리고 일부 연구자들이 설화의 제목을 《서생과 처녀》 또는 《고기기르는 녀자》라고 한것은 설화의 주제사상적내용을 중시하면서 이 설화가 보여주는 생활적인 이야기를 강조하기 위해서였다.

이 설화를 《양어못전설》이라고 명명하려면 지명전설로 인정하여야 할것이다. 그러나 설화의 내용이 《양어못》과 관련되여있지만 다른 지명전설들처럼 해당 지명의 유래를 밝힌것은 아니다. 그리고 제목을 《〈명주곡〉의 유래》라고 한것도 이 설화를 고구려때의 노래인 《명주》에 너무 집착시켜 부른 느낌을 준다. 설화 《서생과 처녀》를 굳이 《〈명주곡〉의 유래》라고 이름붙여야 할 까닭은 없다. 따라서 여기서는 설화의 주제사상적내용을 중시하여 《서생과 처녀》로 명명하려고 한다.

《고려사》의 《악지》에 수록된 설화의 기본내용은 다음과 같다.

어떤 서생이 공부하러 명주에 갔다가 량민의 딸인 한 처녀를 만났다. 얼굴이 아름답고 지혜로워보이는 처녀였다. 서생은 매양 시를 지어 처녀의 마음을 건드려보군 하였다. 그랬더니 처녀는 말하기를 《처녀가 함부로 외간남자를 따를수는 없습니다. 그대가 급제를 한 다음 부모님들의 말씀이 계시면 일이 뜻대로 될것입니다.》라고 하였다. 서생은 곧 서울로 돌아와 과거글공부에 힘썼다. 처녀의 집에서는 사위를 맞이하려고 하였다. 처녀는 평소에 못에서 물고기를 길렀는데 물고기들은 처녀의 기침소리를 듣고서도 모여와 먹이를 찾아먹군 하였다. 처녀는 물고기들에게 먹이를 주면서 말하였다. 《내가 너희들을 길러온지 오래다. 그러니 내 마음을 알게다.》 이렇게 말하고난 처녀는 흰 비단에 쓴 글을 물속에 던졌다. 그때 어떤 큰 물고기 한마리가 뛰여올라 그 글을 입에 물더니 유유히 사라졌다. 서생은 서울에 있으면서 어느날 부모님들의 식찬을 마련하기 위하여 물고기를 사가지고 왔다. 물고기의 배를 가르니 비단에 쓴 글이 나타났다. 놀랍고도 이상해서 즉시 그 글과 아버지의 편지를 가지고 처녀의 집으로 달려갔다. 그 집에서는 금방 사위가 대문안에 들어서고 있었다. 서생이 비단에 쓴 글과 편지를 처녀의 집안사람들에게 내보이며 노래를 불렀다. 처녀의 부모들은 그것을 신기하게 여기면서 《이것은 정성에 감동되여 이루어진 일이고 사람의 힘으로는 할수 없는 일이다.》라고 하고는 그 사위를 돌려보내고 서생을 사위로 맞아들이였다.(《고려사》권71 악지 삼국속악 《명주》)

설화의 내용은 대체로 이상과 같다.

작품은 청춘남녀들의 사랑을 주제로 하고 그것이 이루어진 과정을 설화적으로 꾸미였다.

설화에서 당시 사람들이 추구한 아름다운 사랑은 믿음과 의리에 기초한 사랑이였다. 우리 민족은 예로부터 정의감이 강하고 진리를 사랑하였으며 의리를 귀중히 여기였다. 설화 《서생과 처녀》에 그려진 처녀총각의 사랑은 의리를 귀중히 여기고 례의도덕에 철저히 부합되는 진실한 사랑이였다. 설화에서는 비록 길게 전개하지는 않았지만 서생은 처녀를 례절있게 대하고 처녀는 서생을 도리있게 맞이하였다. 특히 처녀가 량민의 딸이라고 강조한것은 이 설화의 인민적성격을 부각시켜준다.

총각은 사랑하는 처녀가 바라는대로 큰사람이 되기 위해 열심히 공부하고 처녀는 신의를 지켜 총각을 기다려 끝내 사랑을 꽃피우는 이야기는 고구려사람들의 순결한 마음과 애정륜리세계를 잘 보여주고있다.

설화에서 물고기들이 처녀의 편지를 총각에게 전해주도록 이야기를 꾸민것은 처녀의 의리깊은 마음씨에 대한 긍정이며 그의 행복을 바라는 당대 인민들의 념원을 반영한것이다.

물고기가 사람들의 일을 돕는다는 이야기는 오랜 옛날부터 우리 인민들속에 널리 알려져있었다. 특히 하늘의 기러기와 물속의 잉어가 사람들에게 기쁜 소식을 전해준다는 이야기는 먼 옛날부터 전하여왔다. 고구려의 덕흥리벽화무덤에는 비어(飛魚) 즉 날아다니는 물고기가 그려져있다. 무덤의 천정 동쪽에 밝은 빛을 뿜는 새와 함께 날아다니는 물고기를 그려놓았다. 무덤에 묻힌 사람의 행복한 삶을 바라며 그린 벽화에 그려진 물고기는 그저 일반적인 물고기가 아니라 새로운 소식, 기쁜 소식을 전하여주는 상징적인 존재로 인정된다.

물고기를 기쁜 소식을 전해주는 대상으로 인정하고 쓴 허란설헌(1563-1589)의 시 한편을 적어보면 다음과 같다.

> 멀리서 찾아오신 나그네 한분
> 나에게 잉어 한쌍 전해주었네
> 배속에서 무엇이 나타났던가
> 흰 비단에 정히 쓴 글이 있었네
>
> 우에서는 그리웁다 마음 전하고
> 아래서는 나의 안부 물어보았네
> 글을 보니 그이 마음 알수 있어
> 떨어지는 눈물이 옷깃 적시네
>
> 　　　《허란설헌집》에서 《흥에 겨워》)

> 有客自遠方　遺我雙鯉魚
> 剖之何所見　中有尺素書
> 上言長相思　下問今何如
> 讀書知君意　零淚沾衣裾
>
> 　　　(《許蘭雪軒集》《遺興》)

시는 마치도 설화 《서생과 처녀》에서 처녀의 글을 받아든 서생의 심정을 노래한것처럼 느껴진다.

이처럼 우리 인민들속에서 물고기, 잉어는 기쁜 소식, 사랑하는 님의 소식을 전해주는 대상으로 인식되여왔다. 이러한 인식도 실은 고구려인민들속에서 먼저 생겨나 퍼진것이라고 볼수 있다.

고구려후기의 설화에 《서생과 처녀》와 같은 작품이 있었던것은 당시 고구려설화문학의 주제가 매우 다양하였던 사실을 보여준다.

지난날 설화 《서생과 처녀》의 창작시기와 이야기의 배경을 다르게 해석하는 견해들이 있었다.

《고려사》에서 가요 《명주》가 고구려에서 창작된 노래라고 명백히 기록하고 가요와 관련한 설화도 비교적 자세히 수록하였음에도 불구하고 이것을 후기신라때의 이야기인듯이 그릇되게 주장하는 편향이 있었다. 지난날의 고전문헌들에 이러한 견해를 옮겨놓은것이 있으므로 이에 대하여 구체적으로 따져보지 않을수 없다.

설화 《서생과 처녀》가 후기신라때의 이야기라는 주장을 처음 내놓은 사람은 현재 전해지는 문헌기록에 의하면 신경준(1712-1781)이다. 신경준은 자기의 력사지리저서인 《강계고》에서 다음과 같이 썼다.

《옛 기록에 이르기를 신라임금의 동생인 무월랑이 어릴 때에 동경에서 머물게 되었는데 후에 화랑의 무리를 거느리고 련화봉아래에서 유람하였다. 거기서 아름답기가 뛰여난 빨래하는 녀인을 보고 기뻐하면서 그의 마음을 건드려보았더니 녀인이 말하기를 〈저는 선비집안의 사람이니 례의를 갖추지 않고서는 그렇게 할수 없습니다.〉라고 하는것이였다. 무월랑은 그와 언약하고 얼마 지나지 않아 경주로 돌아왔다. 오래도록 소식이 없으니 처녀의 부모는 딸을 북평사람에게 시집보내려 하였다. 처녀는 남몰래 걱정을 하면서도 말은 내지 못하고있다가 적삼을 찢어 거기에 글을 써가지고 못속에서 기르던 금빛잉어에게 부탁하면서 랑이 급히 이르러 언약을 지키게 하여주기를 청하였더니 잉어는 그것을 삼키고 가버렸다. 무월랑이 알천에서 고기잡이를 하다가 글을 삼킨 잉어를 잡아가지고 왕에게 알렸다. 왕이 놀랍고 이상하게 여기면서 잉어는 궁궐안의 못에 놓아주고 즉시 대신으로 하여금 페백을 마련하여가지고 무월랑과 함께 달려가게 하였는데 처녀가 혼인을 하는 날에 가닿았다. 온 고을이 놀라면서 신기하게 여기며 무월랑을 맞아들이였다. 두 아들을 낳았는데 맏이는 주원이고 다음은 경신이였다. 선덕왕이 죽자 뒤를 이을 사람이 없어서 장차 주원을 왕으로 내세우려고 하였는데 마침 큰비가 내려 알천의 강물이 갑자기 불어났다. 주원은 알천북쪽에 있었는데 사흘동안이나 강을 건늘수 없었다. 그러자 나라사람들은 〈하늘의 뜻이다.〉고 하면서 경신을 왕으로 내세우고 주원은 명주에 봉하였다. 어머니는 이름을 〈련화부인〉이라고 하였는데 주원에게서 봉양을 받았다. 왕(원성왕을 가리킴. 인용자)은 한해에 한번씩 와서 문안을 하군 하였다. …

살펴보건대 고려 〈악지〉에 고구려의 속악으로 〈명주곡〉이 있고 그와 관련한 사적으로 이 사실을 기록하고있으나 주원, 련화의 이름은 없고 랑은 서생으로, 녀인은 량민의 딸로 일컬었다. 여지승람 강릉부 〈고적〉의 〈양어못〉아래에 〈악지〉에 기록한것을 적었으나 명주는 신라때에 설치한것이고 고구려때의 이름이 아니니 〈명주곡〉은 마땅히 신라의 악부에 속해야 할것이다.》*

* 《古記 新羅王弟無月郎 幼時爲東京留 後率花郎徒 遊蓮花峯下 有浣女色
殊 悅而挑之 女曰妾士族也 非六禮不可 郎與之約 未幾郎歸居鷄林 久無
耗 父母將嫁女於北坪人 女竊憂之 亦不敢言 裂衫作書 托池中所養金鯉 請
郎急至踐約 鯉呑書而去 郎漁於閼川 得鯉書告王 王驚異 放鯉宮池 卽命
大臣俱幣 偕郎馳往 當女之婚日及期 一府驚以爲神 遂偕郎 生二男 長周元
公 次敬信 及宣德王薨 無嗣 將立周元 適大雨 閼川猝漲 周元在川北 三
日不得渡 國人曰天也 遂立敬信 封周元於溟州 母號蓮花夫人 養於周元 王
歲一來省…

按高麗樂志 高句麗俗樂有溟州曲 其紀蹟卽此事 而無周元蓮花之名 郎
稱以書生 女稱以良家女 輿覽江陵府古蹟養魚池下 係以樂志所記者 而溟
州卽新羅時置 非句麗時名 則溟州曲當屬於新羅樂府也》(《旅菴全書》 卷六
《疆界考》 三)

신경준은 설화 《서생과 처녀》의 이야기를 신라의 36대왕인 원성왕(元聖王, 재위기간 785-798)과 관련한것으로 보고 《명주》라는 지명이 후기신라시기에 불리워진 이름이므로 《명주곡》을 고구려의 가요가 아니라 신라의 가요로 보아야 할것이라고 주장하였다.

김주원과 그의 동생 김경신은 왕위를 놓고 다투다가 김경신이 즉위하고 김주원은 오늘의 강릉지방으로 쫓겨가 거기서 《명주군왕》(溟州君王)으로 되였었다. 《삼국사기》에 의하면 원성왕의 이름은 김경신인데 김주원의 동생이며 아버지는 효양(孝讓), 어머니는 계오부인(繼烏夫人) 박씨였다.

김정호(?-1864)의 《대동지지》(大東地誌)에 의하면 김주원은 786년에 이른바 《명주군왕》으로 되여 오늘의 강릉지방을 비롯한 일정한 지역을 차지하고 4대를 이어 37년간 《왕》노릇을 하였다.*

* 《元聖王二年 封金周元于州 爲溟州郡王〈割溟州翼嶺三陟蔚珍斤乙於 爲

食邑〉 憲德王十四年 國除〈歷四世 三十七年…〉》(《大東地誌》 卷十六 江陵 《沿革》)

신경준이 인용한 《옛 기록》(古記)이란 어떤 문헌인지 알수 없다. 전개된 내용으로 보아 그것은 대체로 신라시기의 력사적사건과 사실을 기록하였던 이른바 《신라고기》(新羅古記), 《향고기》(鄕古記) 같은 문헌이였을것으로 인정된다.

《삼국유사》에는 《향고기》, 《향기》들이 인용되여있다. 실례로 《삼국유사》에서 라당련합군이 고구려를 침공한 이야기는 《향고기》에서 전하고(《삼국유사》 권2 《문무왕 법민》) 라당련합군이 백제에 침공한 사실은 《향기》에서 인용하였다.(우와 같은 책, 《태종 춘추공》) 우의 두 기록의 내용으로 보아 《향고기》와 《향기》는 같은 문헌으로 인정된다.

《삼국유사》에서는 《신라고기》라는 문헌의 자료도 인용하였다. 실례로 고구려의 멸망과 발해국의 성립과 관련한 자료는 《신라고기》에서 인용하였다. (《삼국유사》 권1 《말갈, 발해》)

따라서 신경준이 인용한 《옛 기록》은 대체로 《향고기》나 《신라고기》일것으로 추측된다. 신경준은 이러한 문헌에 근거하여 《명주군왕》 김주원의 이야기를 적어놓았다.

무월랑에 대한 이야기는 김주원이 이른바 《명주군왕》으로 된 다음에 꾸며낸 이야기라고 생각된다. 김주원이 집권싸움에서 패하고 오늘의 강릉일대로 쫓겨나 스스로 《왕》이라 하면서 자기의 출생을 옛날의 건국시조들처럼 신비화하기 위하여 당시에 이 지방에서 전해지던 전설들에서 이것저것을 절충하여 꾸며놓은것이 무월랑의 이야기인것이다. 여기서 기본은 고구려의 설화 《서생과 처녀》와 후기신라때에 꾸며진 이야기인 《오연사전설》이였다. 결국 신경준이 《강계고》에서 이야기한 《옛 기록》의 내용은 고구려의 설화인 《서생과 처녀》와 신라의 설화인 《오연사전설》을 절충해놓은것이였다.

무월랑이야기는 설화 《서생과 처녀》에 비해 인위적으로 가공한 흔적이 뚜렷하다. 특히 글을 삼킨 고기를 잡아 글을 꺼내본 다음 어떻게 다시 못에 놓아줄수 있었는가 하는것이며 그 글을 보고 왕이 신기하게 여기여 즉시 폐백을 마련하여 처녀의 집에 보냈다는것도 진실하지 못하다.

무월랑이 《련화봉아래에서 유람》하였다고 하였는데 《련화봉》과 《련화부인》에 대한 이야기는 서로 다른 전설에 들어있는 이야기이다.

《려암전서》에서는 련화봉(蓮花峯)과 오연사(鰲淵寺)에 대하여 이렇게 썼다.

《강릉부의 남쪽에 큰 강이 있고 강의 남쪽에 오연사가 있는데 절의 뒤산이 곧 련화봉이다. 절간은 련화부인이 옛날에 살던 곳이다.》*

* 《江陵府南有大川 川南有鼈淵寺 寺之後崗卽蓮花峯 寺則夫人故居也》
(《旅菴全書》卷六 《疆界考》三)

《오연사》라는 이름에서 《오연》은 《자라못》이란 의미이다. 《자라못》에는 따로 전설이 있는데 그 전설이 《서생과 처녀》의 줄거리와 류사하다.

《왕(원성왕을 가리킴. 인용자)이 어느날 황룡사의 중 지해를 대궐안으로 불러들이여 50일동안 〈화엄경〉을 강하게 하였다. 그때 어린 중 묘정이 매번 금광정 우물가에서 바리를 씻군 하였는데 자라 한마리가 우물속에서 떠오르군 하였다. 어린 중은 먹다남은 밥을 먹이면서 장난을 하였다. 어느덧 강이 끝나게 되였을 때에 어린 중이 자라에게 말하였다. 〈내가 너에게 먹을 입힌지 오래다. 무엇으로 그것을 보답하려느냐?〉 그때로부터 며칠이 지나 자라는 자그마한 구슬 하나를 토하였는데 마치도 기념으로 주는듯 하였다. 어린 중은 그것을 받아가지고 허리띠끝에 매달아놓았다. 그후 왕이 어린 중을 만나보고 애지중지하였고 그를 대궐안에 불러들이여 가까이에 있게 하면서 잠시도 떼여놓지 않았다. 그때 한 잡간(신라때 벼슬아치의 품계의 하나. 인용자)이 당나라에 사신으로 가게 되였다. 그도 어린 중을 사랑하여 함께 갈것을 요청하니 왕이 그렇게 하라고 허락하였다. 당나라에 도착하니 당나라 임금도 어린 중을 보자 사랑스럽게 대해주었고 승상들과 좌우의 군신들도 존경하여마지 않았다. 관상쟁이 하나가 있다가 아뢰이기를 〈이 젊은 스님을 살펴보니 하나도 좋은데가 없는데 이렇듯 사람들의 신임과 존경을 받으니 반드시 신기한 물건을 가지고있기때문일것입니다.〉라고 하는것이였다. 그래서 사람들을 시켜 검사해보게 하였더니 허리띠끝에서 자그마한 구슬 하나를 찾아내였다. 임금이 그것을 보고 말하기를 〈나에게 여의주 네개가 있었는데 지난해에 한개를 잃어버렸다. 지금 이 구슬을 보니 내가 잃어버린것이로다.〉라고 하고는 중에게 물었다. 어린 중이 지난 일을 자세히 말하였는데 임금이 구슬을 잃어버린 날자와 어린 중이 구슬을 얻은 날자가 같았다. 임금이 구슬을 남겨두고 돌아가게 하였는데 그후로는 사람들이 이 어린 중을 사랑하고 신임하지 않았다.》*

* 《王一日請皇龍寺釋智海入內 講華嚴經五旬 沙彌妙正每洗鉢於金光井邊有
一黿浮沈井中 沙彌每以殘食餽 而爲戱 席將罷 沙彌謂黿 曰吾德汝日久 何

以報之 隔數日鼈吐一小珠 如欲贈遺 沙彌得其珠 繫於帶端自後大王見沙彌
愛重 邀致內殿 不離左右 時有迎干奉使於唐 亦愛沙彌 請與俱行 王許之
同入於唐 唐帝亦見沙彌 而寵愛 丞相左右莫不尊信 有一相士 奏曰審此沙
彌 無一吉相 得人信敬 必有所持異物 使人檢看 得帶端小珠 帝曰朕有如意
珠四枚 前年失一介 今見此珠 乃吾所失也 帝問沙彌 沙彌具陳其事 帝內失
其珠之日 與沙彌得珠同日 帝留其珠 而遺之 後人無愛信此沙彌者》(《三國
遺事》卷二 《元聖大王》)

《삼국유사》에서는 이 설화를 《자라못전설》이라고는 하지 않았으나 《오
연》 즉 《자라못》이라는 절간의 이름과 이 이야기가 내용적으로 일치하는것
은 이 전설이 절간이 세워지게 된 경위를 이야기한것임을 알수 있게 한다.

《자라못전설》은 불교의 《령험》, 《인과보응》을 강조하고 당나라를 내세
우며 우리 민족생활의 일단을 당나라와 련결시키려는 사대주의적경향이 강한
이야기이다. 하지만 이 이야기의 꾸밈새를 보면 고구려의 설화를 불교가 성
행하던 후기신라시기에 절충해놓았다는것을 알수 있다.

《삼국유사》에서는 이 이야기까지도 원성왕 김경신과 관련되는것으로 소
개하였지만 그러나 이 이야기는 절간에서 전해지던 묘정과 자라못에 대한 이
야기와 항간에서 전해지던 무월랑과 련화부인에 대한 이야기를 절충해놓은
것이였다.

신경준은 《명주》라는 고장이름이 후기신라시기에 불리워진 이름이라고 하
면서 《명주곡》과 관련한 설화를 후기신라시기의것으로 인정하려고 하였다.
그러나 이것도 잘못된 견해이다.

《명주》(溟州)라는 이름은 757년에 전국의 고을이름들을 고쳐지을 때 불
리워진 이름이지만 그 고장은 원래 고구려의 땅이였다. 《삼국사기》의 지리
지에서는 명백히 《명주》는 《본래 고구려의 하서량(한편 하슬라라고 쓰기도
한다.)이며 후에 신라에 소속되였다.》고 하였고 신라에서 그곳을 관할한것은
7세기 중엽인 선덕녀왕(재위기간 632－647)때라고 하였다.*

   * 《溟州本高句麗河西良〈一作何瑟羅〉 後屬新羅…善德王時爲小京…太宗王
   五年…以何瑟羅地連靺鞨 罷京爲州 置軍主以鎭之 景德王十六年 改爲溟
   州》(《三國史記》卷三十五 地理 二)

그러니 오늘의 강릉지방인 《명주》는 고구려때에 《하서량》 또는 《하슬
라》라고 하던 고장으로서 7세기 중엽에야 신라의 령역으로 되였다.

《고려사》 악지에 올라있는 노래이름들이 고장이름으로 되여있는것은 적지 않다. 그런데 그 고장이름이 곧 노래가 창작될 당시의 고장이름은 아니다. 실례로 백제의 노래인 《정읍사》에서 나오는 《정읍》(井邑)은 백제때에는 《정촌》(井村)이라고 하다가 757년에야 《정읍》으로 명명하였고*① 신라가요 에서의 《동경》(東京)도 신라때에 불리워진 고장이름이 아니라 고려 성종때 인 10세기말에야 명명된 이름이다.*②

*① 《井邑縣本百濟井村 景德王改名 今因之》(《三國史記》卷三十六 地理 三)

*② 《(慶州府)本新羅古都…成宗改東京留守》(《新增東國輿地勝覽》 卷二十一 《慶州府》)

그러므로 고구려때에 불리우던 노래에 《명주》라는 이름이 붙었다 하여 그 것을 후기신라시기의 작품으로 인정할 리유는 없는것이다.

한편 류득공(1748-?)도 신경준의 견해에 공감하면서 이렇게 말하였다.

《〈강계지〉에서 이르기를 신라왕의 동생인 무월랑에게 두 아들이 있었는 데 맏이는 주원이라 하고 다음은 경신이라 하였다. 어머니는 명주사람인데 처음 련화봉아래에서 살았으므로 이름을 련화부인이라고 하였다. 주원을 명 주에 봉하자 부인은 주원에게서 부양을 받았다. 〈명주곡〉은 곧 련화부인의 사실이고 서생은 무월랑을 가리킨다. 그리고 〈명주〉는 신라때에 설치한것이 고 고구려때의 이름이 아니니 〈명주곡〉은 응당 신라의 노래에 속해야 할것 이라고 하였다.》*

* 《疆界志 新羅王弟無月郎有二子 長曰周元 次曰敬信 母溟州人 始居 蓮 花峯下 號蓮花夫人 及周元封於溟州 夫人養於周元 溟州曲卽蓮花夫人事 曹生指無月郎也 且溟州乃新羅時置 非高句麗時名 則溟州曲當屬新羅樂》 (《二十一都懷古詩》 溟州)

류득공은 신경준의 견해를 그대로 따라서 《고려사》 악지에 고구려의 가요 로 명백히 기록된 《명주》를 신라의 노래라고 하였던것이다.

《증보문헌비고》의 집필자들은 《명주》를 고려때에 창작된 가요라고 하였다.

《살펴보건대 〈여지고〉의 주해에서 이르기를 명주는 고구려가 멸망한 뒤 에 신라에서 설치한것이니 이 노래는 마땅히 신라의 악부에 소속시켜야 한다 고 하였다. 따져보면 고구려때에는 처음에 과거항목이 없었으니 〈과거에 급 제〉요 〈과거글공부〉요 하는것은 고구려때의 일이 아니다. 이것은 고려의 노 래인가 한다.》*

＊ 《臣謹按 輿地考註云 溟州乃高句麗亡後 新羅時所置 此曲當屬新羅　樂府
云 而謹按高句麗時 初無科目 則擢第擧業等說 恐非高句麗時　事 疑是高
麗樂》(《增補文獻備考》卷一百六 俗樂部 《溟州》)

《증보문헌비고》의 편찬자들은 《고려사》에서 고구려가요라고 명백히 밝혀
놓은 《명주》를 고려때에 창작된것으로 보면서 그 근거로 과거제도가 고려때
에 실시된것을 들었다.

우리 나라 중세봉건사회에서 과거제도가 법적으로 고착된것은 958년이였
다. 그러나 시험을 쳐서 인재를 선발하는 제도는 후기신라시기에도 있었고 또
고구려때에도 있었다고 인정된다. 후기신라시기인 788년에 이른바 《독서삼
품》(讀書三品)제도가 제정되였고 고구려에서도 무술경기 등을 통하여 인재를
선발하는 제도가 있은것이다. 그것을 찍어서 《과거제도》라고 표기하지는 않
았으나 경당에서 글을 읽고 무술을 익힌 젊은이들을 선발하는 경우와 온달이
야기에 실린 3월 3일 무술경기 등은 일종의 과거제도였다고 말할수 있다.

설화 《서생과 처녀》에서 처녀가 서생에게 과거에 급제할것을 바라고 서생
이 과거에 급제하기 위한 일 즉 《과업》(科業)에 힘을 들이는것은 사실상 봉
건국가에서 실시하는 인재선발시험과 그 시험에서 합격하기 위한 준비를 의
미하였다. 고구려후기에 그런 시험을 무엇이라고 명명하였는지는 알수 없으
나 설화가 전해지는 과정에 그것을 《과거》라고 하거나 그것을 위한 준비사
업을 《과업》이라고 표현하였다고 생각하게 된다. 그러므로 설화 《서생과
처녀》에서 《과거급제》, 《과거글공부》라는 표현을 가지고 설화의 창작시기
를 의심하거나 이것을 과거제도가 사회적으로 보편화된 고려시기의 작품이라
고 인정할수는 없다.

설화가 전하여지는 과정에 일부 표현이 당시 사람들의 리해상 편리를 도모
하기 위해 고쳐질수도 있다. 이러한 실례는 얼마든지 있다. 실례로 백제때
에 창작된 가요인 《정읍사》에 《전주》(全州)라는 이름이 들어있는데 사실
《전주》라는 고장이름은 757년에 전국을 아홉개의 주로 나눌 때에 비로소 불
리우기 시작한것이다.＊

＊ 《全州本百濟完山…景德王十六年改名　今因之》(《三國史記》卷三十六 地
理 三)

그러므로 설화에 씌여진 표현에 과거에 대한것이 있다고 하여 그것을 고
려시기에 창작된것으로 인정할수는 없다. 설화 《서생과 처녀》는 고구려시
기에 창작되여 널리 전해지던 이야기로서 가요 《명주》와 관련되여있고 또

《양어못》과도 련계가 있으므로 여러가지 이름으로 명명되였으며 그것이 전하여오는 과정에 일부 표현이 당대 사람들의 리해에 편리하도록 고쳐지기도 하였다고 생각된다.

설화 《서생과 처녀》는 등장인물들의 성격이 일정하게 그려지고 구성이 비교적 째이였다. 설화는 그 인식교양적의의가 큰것으로 하여 오랜 세월 사람들속에서 널리 전하여졌으며 후세의 문학창작에 일정한 영향을 주었다.

《〈자봉와〉이야기》

《〈자봉와〉이야기》는 고구려후기에 창작된 설화로서 고구려인민들의 조국방위에 대한 애국적지향을 반영한 작품이다.

고구려인민들은 일찍부터 뛰여난 슬기와 재능을 지니고 우수한 문화적재부들을 창조하였다. 설화 《〈자봉와〉이야기》는 고구려인민들이 창조한 우수한 문화재에 대한 이야기인 동시에 외래침략자들의 침입으로부터 나라를 지켜 싸우려는 인민대중의 애국적지향을 반영한 설화이다.

《〈자봉와〉이야기》는 순수 풍물 하나만을 보여준것이 아니라 고구려인민들이 지닌 창조적재능과 반침략애국정신을 보여주고있다.

설화 《〈자봉와〉이야기》는 고구려에서 평양으로 수도를 옮기고 성벽을 쌓고 궁궐을 세우던 5세기 중엽의 현실을 시대적배경으로 하고있다.

위대한 령도자 김정일동지께서는 다음과 같이 교시하시였다.

《대성산에는 옛날부터 전하여 내려오는 여러가지 재미있는 전설과 인민들의 뜨거운 애국심을 보여주는 용감한 투쟁이야기들이 많습니다.》
(《김정일선집》 증보판 제2권 38페지)

고구려후기의 수도였던 평양의 대성산에는 인민들의 뜨거운 애국심을 보여주는 전설들이 많다. 그러한 전설들은 오랜 기간 인민대중에 의하여 창조 전승된것으로서 환상적이고 사실이 과장된것도 있으나 거기에는 우리 인민의 슬기와 용맹, 아름다운 생활감정과 소박한 지향이 반영되여있다.

대성산에 있는 장수각의 전축과정을 소재로 한 설화 《〈자봉와〉이야기》도 고구려인민들의 지혜와 재능, 지향과 념원을 반영한 설화이다.

설화 《〈자봉와〉이야기》의 줄거리는 다음과 같다.

새로 도읍을 정하고 성곽을 쌓고 궁궐을 세우고난 고구려에 서해 룡왕이 보물이라고 하면서 기와 한장을 보내여왔다. 크기도 생김새도 빛갈도 여느 기와와 꼭같은데 그것을 룡왕이 보내여왔다고 하자 임금은 그것이 어째서 보물인가를 알아보게 하였다. 여러명의 신하들을 불러들여 기와를 살펴보게 하였으나 그들은 종시 알아내지 못하였다. 그리하여 임금은 궁궐을 지을 때 장인바치로 일한 미이천이라는 사람을 불러 그것을 물어보게 하였다. 체격이 좋고 머리가 반백이 된 미이천은 지금까지 나라에서 성을 쌓고 궁궐을 세우는 일을 도맡아하여온 이름난 장인바치였다. 임금앞에 불리워온 미이천은 한동안 기와를 유심히 살펴보더니 기와를 그러안고 기뻐서 어쩔줄을 몰라하였다. 《그 기와가 어떤 물건인고?》 임금이 묻자 미이천은 《대왕마마, 이 일은 대왕님께서만 알고계셔야 할 중대한 일입니다.》하고 말하는것이였다. 임금은 곧 신하들을 물러가게 하고 미이천과 단둘이 마주앉았다. 미이천은 임금을 향해 기와를 가리켜보이면서 《이 기와는 〈자봉와〉라고 하는 신기한 기와입니다. 다른 나라가 우리 나라에 침범하면 저절로 봉화가 일어 온 나라의 봉화대에 알려주는 세상에 둘도 없는 보물입니다.》라고 하였다. 그 말을 들은 임금은 《그러냐? 그러니 누구에게도 말해서는 안되겠구나.》라고 하고는 《어떻게 간수하면 좋을고?》하고 다시 미이천에게 물었다. 《대성산에 높직한 루각을 세우고 거기에 덮을 기와를 이 기와와 꼭같이 만들어 씌우면서 그속에 〈자봉와〉를 감추어두는것이 좋을가 합니다.》 미이천의 대답에 임금은 만족해하면서 대성산우에 정각을 새로 짓고 이름을 《장수각》이라고 한 다음 그 지붕우에 《자봉와》를 감추라고 하였다. 이 일은 물론 미이천이 맡아하게 되였다. 얼마 지나지 않아 대성산에는 장수각이 높다랗게 일떠섰다.

그런데 그 진귀한 보물이 없어졌다는 소문이 났다. 소문을 전하는 사람들의 말에 의하면 《자봉와》를 미이천이 적국에서 금은보화를 받고 넘겨주었다는것이다. 임금은 펄쩍 뛰였다. 임금은 그 소문을 그대로 믿지 않을수 없었다. 《자봉와》의 비밀을 아는 사람은 자기와 미이천 단 두 사람뿐이니 그 비밀이 적국에로 넘어갔다면 그것은 미이천의 작간이 틀림없다고 생각하였던것이다. 미이천은 즉시 결박된 몸이 되여 임금앞에 나타났다. 미이천을 본 임금은 노기가 등등하여 《어째서 나라의 보물을 적국에 넘겨주었느냐?》하고 따져물었다. 《그런 일이 없사옵니다.》 《그러면 소문이 어떻게 났느냐?》 미이천은 할 말이 없었다. 《자봉와》의 비밀은 자기와 임금만이 알고있었던것이다. 미이천은 잠시 생각해보았다. 이것은 자기자랑을 하기 좋아하는 임금에게서 새여나간것이라고 그는 단정하였다. 임금은 평소에 자기자랑하기를 무척 좋아하였다. 그는 어떤 빛다른 물건이 생겨도 자랑을 하였고 처음 듣는 이야기가 있어도 꼭 근신들과 궁녀들에게 이야기하고야말았다. (틀림없다. 그렇게 되였을것이다.) 미이천이 이렇게 생각을 굳히는데 임금은 《이것을 똑똑히 보아라.》라고 하면서 옆에 놓인 함과 편지를 가리켰다. 함안에는 금은보화가 가득 들어있었다. 임금은 그것이 《자봉와》를 팔아먹은 값이며 편지에는 기회를 보아 적국으로 오라는 내용이 적혀있다고 하였다. 미이천은 가슴이 미여지는듯 안타깝고 한스러웠으나 발명할 길이 없었다. 《이것은 분명 어떤놈이 꾸민 작간입니다. 〈자봉와〉는 그대로 있습니다.》미이천은 이렇게 말하였다. 그러자 임금의 옆에 있던 신하 하나가 앞으로 나서며 《저놈이 대왕님의 물으심에 불손한 말버릇으로 자기 죄를 숨기려 합니다. 엄하게 다스려야 하겠습니다.》라고 하였다. 임금은 《형틀에 매여놓고 엄하게 다스려라.》하고 엄한 분부를 내렸다. 미이천의 몸은 성한 곳이 없게 되였다. 살점이 떨어지고 뼈마저 부러졌다. 미이천은 정신을 가다듬고 소리쳤다. 《나는 이 나라 신하이고 〈자봉와〉는 우리 나라 보물입니다.》미이천의 웨침소리를 들은 몇명의 신하들이 임금앞에 나섰다. 《저 웨침소리가 저렇듯 당당하니 그 죄에 억울한 사연이 있는듯 합니다. 목숨을 부지하도록 하여주었으면 합니다.》신하들의 간청에 임금은 미이천을 살려주되 먼 바다 섬으로 귀양보내라고 하였다. 미이천은 귀양지로 떠나면서 대성산 장수각을 우러러보았다. 《〈자봉와〉야, 부디 나라를 지켜다오.》미이천은 눈물을 흘리면서 이런 말을 남기고는 숨지고말았다.

그때로부터 몇해가 지나 외적들이 쳐들어왔다. 그날밤 장수각의 지붕우에서는 푸른 불길이 봉화처럼 하늘높이 치솟아올랐다. 그것을 본 온 나라는 일시에 봉화를 올렸고 적군을 막을 방비를 튼튼히 갖추었다. 그리하여 적군을 제때에 물리치고 나라를 지켜낼수 있었다. (《평양의 금란화》 금성청년출판사 1985년)

설화의 내용은 이상과 같다.

설화 《〈자봉와〉이야기》는 고구려인민들이 귀중한 문화재창조에 기울인 노력과 조국방위에 바쳐진 애국적인 희생정신을 보여주고있다.

설화에서는 무엇보다도 고구려인민들이 슬기와 재능을 다하여 우수한 문화재를 창조한 사실을 보여주고있다.

설화에서는 외적이 쳐들어오면 저절로 봉화를 일으키는 신기한 보물기와인 자봉와를 서해룡왕이 기증한것으로 해설하였다. 이것은 인민대중의 슬기와 재능이 깃든 귀중한 창조물을 신비화하기 위하여 꾸민것이다.

고구려인민들은 나라의 이르는 곳마다에 외적의 침략을 방비할 튼튼한 성새들을 꾸리였다. 자봉와는 외적의 침략을 막고 나라와 민족의 안녕을 지키려는 인민대중의 지향과 념원에 따라 이루어진 환상적인 물건이다. 설화에서는 그것이 어떤 보물인지 누구도 알아보지 못하지만 오랜 장인바치인 미이천이 알아보는것으로 이야기를 꾸미였다. 이것은 귀중한 문화재의 창조자가 다름아닌 인민대중이라는것을 보여준다. 작품에서는 문화재를 향유하는것은 왕을 비롯한 봉건통치배들이지만 그들은 사실상 무지하고 몽매한 계층이라는것을 은연중에 암시하였다.

또한 임금이 자봉와를 알아보고 매우 기뻐하면서 그것을 어떻게 간수하였으면 좋겠는가고 물었을 때 미이천이 대성산에 있는 성안에 정각을 짓고 거기에 보관하자고 제의하는것은 당시 대성산성이 고구려의 방위를 위한 싸움에서 지휘처로 리용되였음을 보여주고있다.

이처럼 설화 《〈자봉와〉이야기》는 고구려후기 인민대중이 문화재를 창조하는 과정과 그들의 반침략애국투쟁을 련결시켜 창작한 작품이다.

설화에서 미이천의 형상은 작품의 주제사상적과제를 해명하는데서 중요한 자리를 차지한다.

우선 미이천은 애국심이 강한 사람이다.

그는 나라에서 성을 쌓고 궁궐을 세우는 일을 도맡아하여온 이름난 장인바치로서 나라의 방위력강화에 많은 기여를 한 사람이다. 그는 룡왕이 보내온 자봉와가 나라를 지키는데서 큰 역할을 하는 귀중한 보배임을 알아보고 기뻐 어쩔줄을 몰라하며 그 비밀을 지키기 위해 왕에게만 자봉와의 가치를 말해주고 그것을 감출 방도를 내놓는다. 미이천은 자봉와를 보호하고 또 나라 방위에 도움이 되는 장수각을 세우는 일을 도맡아하여 장수각을 높다랗게 일떠세운다.

그가 억울하게 자봉와를 적들에게 팔아먹었다는 루명을 쓰고 모진 고문을 당하면서도 소리높이 웨친 《나는 이 나라 신하이고 〈자봉와〉는 우리 나라 보물》이라는 말에는 미이천의 높은 애국심이 집약되여있다.

설화에서는 다음으로 미이천을 지혜로운 인간으로 형상하였다.

미이천은 왕을 비롯하여 신하들이 알아보지 못하는 자봉와를 인차 알아보았을뿐아니라 대성산성에 높은 정각을 세우고 자봉와와 꼭같이 생긴 기와를 만들어 씌워 자봉와를 간수할것을 임금에게 건의한다. 이것은 미이천이 한갖 장인바치에 지나지 않지만 슬기롭고 지혜로운 사람임을 보여준다. 작품에서는 미이천의 이러한 지혜와 슬기가 오랜 로동과정에 터득된것이라는데 력점을 두고있다.

설화에서는 또한 미이천을 강의한 의지와 왕에 대한 신의를 지닌 인간으로 형상하였다.

미이천은 적들로부터 많은 보물을 받고 자봉와를 넘겨주었다는 루명을 쓰고 살점이 떨어지고 뼈가 부러지도록 모진 고문을 받는다. 그러나 그는 자기 자랑하기 좋아하는 왕이 자봉와에 대해 발설하였을것이라는것을 짐작하면서도 자신이 고스란히 죄를 뒤집어쓴다. 그러면서도 미이천은 자기는 이 나라 신하라고 당당하게 소리쳐 왕과 신하들을 놀라게 한다. 그는 자봉와를 가져다보이거나 그 위치를 알려주어 자기의 청백함을 증명할수도 있었지만 억울한 죽음을 당하면서까지 비밀을 지킨다.

물론 설화에서는 임금의 그릇된 처사와 적들의 모략에 대하여 날카롭게 까밝히지는 못하였다. 이것은 미이천의 형상에서 부족점이라고도 볼수 있지만 당시의 력사적환경에서는 어쩔수 없는 일이라고 인정하게 된다.

설화에서 임금은 암매하고 무능한 봉건통치배의 전형으로 형상되여있다. 그는 사건의 전후과정을 잘 따져보고 옳바로 해결하려고 노력하는것이 아니라 무턱대고 강권과 폭력으로 미이천에게 죄를 뒤집어씌운다. 임금은 또한 경솔하여 자기의 직책에 어울리지 않게 제 자랑을 하기 좋아하며 결국에는 나라의 중요한 비밀까지 루설한다. 그러고도 자기와 미이천 단둘이 아는 비밀을 미이천이 루설했다고만 생각하면서 자기에 대해서는 돌이켜보려고 하지 않는다. 임금은 사리를 분별할 능력도 없어 신하들이 말하는대로 무턱대고 맹종맹동한다.

설화에서는 암매하고 우직한 통치배들에 의해 인민대중의 존엄과 운명이 무참히 짓밟히고 롱락당하는데 대해 통탄하고있다. 설화는 바로 여기에서 통치배들에 대한 인민대중의 립장과 태도를 드러내보이고있다.

설화 《〈자봉와〉이야기》는 구성이 비교적 째여있으며 인물들의 형상에서도 일정한 발전적면모를 찾아볼수 있다. 설화에서는 특히 대사가 매우 론리적이고 진실하다. 이상과 같은 측면에서 볼 때 설화 《〈자봉와〉이야기》는 비교적 높은 수준에서 창작된 작품이라고 말할수 있다.

설화는 오랜 세월 전하여오면서 사람들에게 깊은 감명을 주었다. 그것은 대성산에 있는 맑은 호수를 미이천의 이름을 따서 《미천호》라고 지은것만 보아도 잘 알수 있다. 《미천호》는 장수각밑으로 흘러내리는 내물을 저축하여

호수를 만들고 성을 지키기 위한 수원지를 만들데 대한 미이천의 구상에 따라 이루어진 인공호로서 처음에는 《미이천호》라고 하던것이 후날에 《미천호》로 되였다고 한다.

2. 우 화

고구려후기 설화문학창작에서 특기할 성과는 우화작품들이 창작된것이다.

일반적으로 우화는 의인화수법에 의해 창작된 문학의 한 형태로서 풍자적인 성격이 짙고 교훈적인 내용을 담는것이 특징적이다. 우화는 오랜 민간설화에 원천을 두고있으며 자연에 대한 다방면적이고 풍부한 지식에 기초하여 창작된다.

고구려사람들은 이미 이른 시기부터 우화적인 이야기를 창작할수 있는 기초를 가지고있었다. 고구려전기 및 중기에 창작된 일부 전설들에서 참새, 노루, 사슴, 메돼지 등 동물들에 대한 이야기를 삽입한것은 그 단적인 실례라고 할수 있다. 전설들에서는 비록 참새, 사슴 등에 대하여 의인화하거나 어떠한 성격도 부여하지는 않았지만 작품에 동물들을 인입시킨것은 그 싹이라고 볼수 있다.

우화는 처음 설화문학형태로 창작되면서 사회의 이러저러한 측면에 대한 풍자와 조소를 전제로 하였고 의인화된 대상에 대한 이야기를 통하여 생활에서 교훈으로 삼아야 할 의의있는 내용을 제기하였다.

고구려후기에 풍자적인 성격을 띤 우화들이 나올수 있은것은 당시 사회의 부정면이 늘어나고 봉건통치배들과 인민들의 모순과 대립이 격화되여있은것과 관련된다. 고구려후기의 사회력사적환경은 지배계급과 피지배계급 즉 통치배들과 인민대중간의 모순이 격화되여있었으며 사회생활령역에서 새것과 낡은것과의 대립이 첨예화되여있었다.

또한 고구려후기 사람들의 미학정서적요구가 이전시기에 비해 높아진것도 우화가 창작될수 있은 중요한 조건이다. 시대와 사회가 발전함에 따라 사람들의 미학정서적요구와 수준이 비할바없이 높아졌으며 많은 설화작품들에 대한 창작을 통하여 인민들의 창조력과 예술적상상력이 매우 풍부해졌다. 이러한 요인들로부터 고구려후기에 사상예술적으로 우수한 우화작품들이 나올수 있었던것이다.

《토끼와 거부기》

우화 《토끼와 거부기》의 창작시기는 7세기이전, 구체적으로는 642년이전이다. 《삼국사기》에서는 이 작품을 고구려사람인 선도해가 신라사신에게 들려주는것으로 소개하였다.

《삼국사기》에 수록된 《토끼와 거부기》의 내용은 다음과 같다.

옛날에 동해룡왕의 딸이 속병을 앓았는데 의원이 말하기를 《토끼의 간을 구하여 약에 섞으면 병을 고칠수 있다.》고 하였다. 그러나 바다가운데는 토끼가 없어서 어찌할 도리가 없었더니 마침 거부기 한마리가 룡왕에게 말하기를 《내가 그것을 구할수 있다.》고 하고는 륙지로 나와서 토끼를 보고서 하는 말이 《바다가운데 섬 하나가 있는데 거기에는 맑은 샘이 흐르고 깨끗한 돌이 깔려있으며 무성한 숲이 우거지고 아름다운 열매가 주렁져있다. 추위와 더위가 닥치지 않고 독수리와 매가 침범하지 못하니 내가 만일 거기에 가게 되면 편안하게 살면서 근심할것이 없을게다.》라고 하였다. 그리하여 토끼를 등에 업고 2~3리쯤 헤염쳐가다가 거부기가 토끼를 돌아보면서 말하기를 《지금 룡왕의 딸이 병에 걸리여 토끼의 간을 약으로 쓰려고 하기때문에 수고를 꺼리지 않고 너를 업고오는것이다.》라고 하였다. 그러자 토끼가 말하기를 《아뿔싸, 나는 신령의 자손이라 오장을 꺼내여 씻어서 넣을수 있다. 요지음 속이 조금 불편하여 간과 염통을 잠시 꺼내여 씻어가지고 바위밑에 두었다. 너의 달콤한 말을 듣고 그길로 오는바람에 간은 아직 거기에 있으니 돌아가서 간을 가져오는것이 좋지 않겠느냐. 그렇게 하면 너는 구하려는 약을 가지게 될것이요 나는 간이 없더라도 살수 있으니 피차에 좋은 일이 아니냐?》라고 하였다. 거부기는 그 말을 곧이 듣고 돌아왔다. 언덕에 오르자마자 토끼는 수풀속으로 뛰여들어가면서 거부기에게 이르기를 《어리석다 거부기야, 어찌 간이 없이 사는 놈이 있겠느냐?》라고 하니 거부기는 아무 말도 못하고 물러가고말았다.

현재 전해지는 우화 《토끼와 거부기》는 력사기록인 《삼국사기》에 인용되다보니 매우 간략화되였으며 그만큼 등장인물들의 형상도 소략하게 되여있다.

우화 《토끼와 거부기》에서는 의인화된 대상들이 심각한 사회적성격을 체현하고있다. 이것은 우화의 창작자들이 작품을 통하여 당대의 사회현실을 진실하게 그려보이려는데 목적을 두었기때문이다.

우화에서 룡왕은 절대적인 권력을 가진 대상으로서 봉건국가의 최고통치자인 왕을 형상하고있으며 거부기는 암둔하고 무능력한 존재로서 봉건군주의 충실한 신하이다. 그리고 토끼는 선량하고 지혜로우며 슬기로운 인민대중을 형상하고있다.

우화에서 의인화의 대상을 이렇게 선정한것은 당시 고구려사람들이 현실을 심각한 사회계급적관계속에서 대하였다는것을 말해주며 아울러 그것을 예술적으로 형상할수 있는 높은 창조적능력을 가지고있었다는것을 보여준다.

우화에서 토끼의 형상은 커다란 인식교양적의의를 가진다.

우화에 형상된 토끼는 령리하고 지혜로워 어려운 처지에 빠지였어도 꾀를 잘 써서 벗어난다. 토끼는 처음에 바다가운데여 근심없이 편안하게 살수 있는 섬이 있다는 거부기의 거짓말을 끝이 듣고 그의 등에 올라 룡궁으로 가다가 룡왕의 딸의 병에 네 간이 필요하다는 말을 듣고는 정신을 차린다. 그는 짧은 순간에도 꾀를 써서 자기는 오장을 꺼내여 씻어서 넣을수 있는데 요즈음 속이 조금 불편하여 간과 염통을 잠시 꺼내여 씻어가지고 바위밑에 두었으니 돌아가서 간을 가져오겠다고 거부기를 구슬린다. 어리석은 거부기는 그 말을 끝이 듣고 토끼를 땅우에 내려놓아준다. 그리하여 토끼는 죽음의 구렁텅이에서 벗어나 숲속으로 달아난다.

토끼의 형상은 사람이 아무리 어려운 처지에 빠졌어도 정신을 똑바로 차리고 머리를 잘 쓰면 얼마든지 벗어날수 있다는것을 보여주고있다.

작품에 그려진 토끼는 또한 신중하지 못하다. 그는 살기 좋은 고장 즉 먹을것이 풍부하고 그 어떤 침해도 당할 위험이 없는 고장이 있다는 거부기의 꾀임수에 넘어가 경솔히 거부기의 잔등에 오른다. 토끼는 그러한 생활을 자기 힘으로 창조하려고 한것이 아니라 공짜로 누리려고 하였던것이다. 결국 원쑤의 꾀임에 넘어가 죽음의 구렁텅이에 빠질번 하였다.

토끼의 이런 형상은 허영심에 들떠서 경솔하게 행동하지 말것을 강조하고있다. 이 작품이 사람들에게 주는 교훈적인 내용이 바로 여기에 있다.

우화에서 룡왕은 봉건사회에서 절대적인 권력의 소유자인 군주의 형상이다.

룡왕은 무고한 근로인민대중을 희생시키면서 자기의 리익을 추구하는 봉건통치배들의 대변자이다. 그는 자기 딸을 위하여 남의 목숨을 빼앗는것도 서슴지 않는다. 작품에 그려진 룡왕의 형상은 인민대중을 지배와 착취의 대상으로 여기면서 자기의 리익과 향락을 위해 그들의 운명을 함부로 롱락하는 왕을 비롯한 봉건통치배들의 파렴치한 행위에 대한 폭로이고 비판이다.

우화에 형상된 거부기는 봉건사회에서 군주에게 《충실》한 신하의 형상이다.

거부기는 왕의 총애를 받기 위해 그의 딸의 병에 토끼간이 필요하다는 말을 듣고 스스로 요청하여 륙지로 나간다. 그리고는 토끼를 꾀여내여 룡궁으로 끌고가려고 한다. 거부기의 이러한 형상은 봉건군주를 위하여서는 인민대중을 서슴없이 희생시키는것도 마다하지 않고 온갖 악행을 다 저지르는 봉건관료들과 통치배들의 면모를 보여준것이다.

그러나 거부기는 우매하여 사리를 갈라볼줄 모르며 속히우기를 잘한다. 《나는 간이 없더라도 살수 있》는 《신령의 자손》이라는 토끼의 말에 거부기는 속히워 그를 도로 륙지에 데려다준다. 우화에서 거부기의 이러한 형상은 통치배들이란 암둔하고 우매하며 인민대중을 통치할 능력도 없다는것을 신랄히 야유하고있는것이다.

작품에서는 결국 인민대중은 슬기롭고 지혜로운 존재이며 통치배들은 무능하고 무기력한 존재라는것을 강조하면서 지배계급, 통치계급에 대한 인민대중의 승리를 암시하였다.

우화는 이처럼 의인화된 형상으로 당시의 사회현실과 봉건통치배들의 전횡을 비교적 생동하게 그려내였다.

우화는 룡왕과 거부기, 토끼의 형상과 그들의 호상관계를 통하여 당대 봉건사회의 계급관계를 보여주면서 일신의 향락과 공명출세만을 추구하는 암둔하고 무능한 지배세력을 조소하고 인민들의 슬기를 찬양하고있다. 당시까지 창작된 설화문학에서 우화 《토끼와 거부기》처럼 심각한 사회적문제를 제기하고 인민대중과 지배계급사이의 모순관계를 파헤친 작품은 그리 많지 못하다.

우화 《토끼와 거부기》는 구성이 째이고 일정하게 묘사가 주어져있다. 작품에서는 이야기줄거리가 째여있고 사건이 유기적으로 맞물려있으며 형상의 요소들이 작품의 주제사상적과제를 해결하는데 지향되고있다. 작품에서는 또한 묘사도 일부 시도되였다. 그러므로 작품은 소설같은 인상을 주기도 한다. 력사기록인 사전(史傳)에 인용되여 내용이 몹시 간략화되였음에도 불구하고 작품은 일판한 이야기줄거리가 있고 묘사가 있으며 등장인물들의 성격이 개성화되여있다.

이러한 인식교양적가치와 높은 예술성으로 하여 우화 《토끼와 거부기》는 광범한 사람들속에 널리 전하여왔으며 18세기경에는 이 설화를 기초로 한 소설작품까지 나오게 되였다.

3. 구전가요

고구려구전문학유산가운데는 인민창작의 구전가요들도 있다.

인민창작의 구전가요란 개인창작의 서정가요와 구별하여 부르는것으로서 인민대중의 집체창작으로 이루어지고 인민들속에서 불리워진 노래를 말한다.

고구려사람들은 선행시기에 창작보급되였던 인민가요들의 창작경험과 성과에 토대하여 당시의 사회력사적환경과 인민대중의 미학정서적요구를 반영한 구전가요들을 창작하였다.

위대한 수령 김일성동지께서는 다음과 같이 교시하시였다.

《예로부터 우리 인민은 노래부르고 춤추기를 즐기였으며 자기들의 생활과 념원을 담은 좋은 노래와 춤을 많이 만들었습니다.》(《김일성전집》 제7권 174페지)

오랜 옛날부터 발전된 문화와 풍부한 정서를 가지고 살아온 우리 인민은 노래와 춤을 즐기였으며 자기들의 생활과 념원을 반영한 노래와 춤을 많이 만들었다.

고구려의 구전가요는 고대시기에 창작된 가요들에 비해 사상정서적측면에서나 예술적측면에서 보다 더 발전하였다.

고구려의 인민구전가요는 우선 고구려사람들의 높은 미학적요구와 창조력에 의하여 발전하였다.

다감한 정서와 풍부한 생활체험을 가지고있던 고구려사람들은 일찍부터 노래를 발전시켜왔다. 현재까지 전해지고있는 고구려초기의 구전가요에 대한 자료는 많지 못하나 고구려인민들의 정서생활을 보여주는 기록은 일부 전해진다. 《후한서》(後漢書)의 기록에 의하면 예족은 10월에 하늘에 제사를 지내는 의식을 진행하면서 노래를 부르고 춤을 추었는데 그것을 《무천》(無天)이라고 하였다.*

 * 《常用十月 晝夜飮酒歌舞 名之舞天》(《後漢書》 卷八十五 列傳 七十五 《穢》)

예족은 고구려의 령역안에 살던 우리 민족의 옛 집단이다. 그들이 해마다 진행하는 제천의식때 부르군 하던 노래에는 그에 따르는 가사가 있었을것이다.

일반적으로 노래는 자연을 정복하고 사회를 개조하기 위한 사람들의 창조적인 로동과정에 발생하였고 구체적인 생활속에서 발전하여온 예술의 한 형태이다. 예술일반이 그러하듯이 노래와 음악의 발생발전도 사람들의 자주적이며 창조적인 생활을 떠나서는 생각할수 없다. 사람들은 세계를 자기의 의사와 요구에 맞게 목적의식적으로 개조하여나가는 과정에 체험한 생활을 예술적으로 형상하였고 자주적인 요구와 창조적인 능력이 높아지는데 따라 그것을 더욱 발전시켰다.

고구려사람들은 자연을 정복하기 위한 투쟁과 외래침략자들을 물리치는 투쟁을 비롯하여 자기들의 생활과정에 체험한 사상감정과 념원을 담아 여러가지 노래들을 창조하고 발전시켜왔다.

고구려에서 음악이 발전하였다는것은 당시에 리용된 악기들의 종류를 보아도 잘 알수 있다. 고구려에는 튕기는 아쟁, 치는 아쟁, 누운 공후, 선 공후, 비파, 저대, 통소, 작은 피리, 큰 피리, 복숭아껍질피리, 메는 북, 허리가는 북 등 다종다양한 악기들이 있었다. (《삼국사기》 권32 악지)

이러한 기록은 고구려에서 일찍부터 음악이 발전하였으며 사람들이 노래와 춤을 일상생활에서 항시적으로 즐겨왔다는것을 말해준다. 노래와 춤을 좋아한 고구려사람들은 여러가지 악기들을 가지고 일상적으로 노래를 부르는 과정에 구전가요들을 창조발전시켰을것이다.

고구려에서 인민구전가요는 다음으로 이전시기부터 발전하여온 시가유산에 토대하여 발전하였다.

고조선시기에 우리 인민은 이미 발전된 음악유산을 창조하여놓았으며 이것은 고구려에도 그대로 보존되여 전하여졌다. 시가유산으로서의 《신지비사》(神誌秘詞)와 《공무도하》(公無渡河)(《공후인》)가 그 대표적인 유산이였다. 이러한 작품들의 창작성과와 경험들은 고구려에서의 가요창작에 좋은 밑거름으로 되였다.

1) 고구려전기의 구전가요

《꾀꼬리노래》

고구려전기에 창작된 인민가요유산으로서 현재까지 전해지는 작품으로는 《꾀꼬리노래》(일명 《황조가》, 黃鳥歌)가 있다.

지난 시기 일부 론자들은 《꾀꼬리노래》를 고구려의 7대왕인 류리명왕(재위기간 B.C. 19-A.D. 18)의 개인창작서정가요로 인정하려고 하였다. 그것은 이 노래가 《삼국사기》에 류리명왕의 생활과 결부하여 기록되여있기때문이다.

《삼국사기》에서는 이 노래와 관련하여 다음과 같은 이야기를 전하고있다.

류리명왕 즉위 3년(B.C. 17년)에 왕비인 송씨가 죽었다. 왕은 다시 두 녀인을 맞아들이여 왕비로 삼았다. 두 녀인은 이름을 화희, 치희라고 불렀는데 서로 사이가 좋지 못하였다. 임금의 사랑을 독차지하기 위해 서로 반목질시하였던것이다. 그래서 왕은 량곡(凉谷)이라는 곳에 동쪽, 서쪽으로 따로 궁궐을 지어놓고 그들이 각각 거처하게 하였다. 후에 류리명왕은 사냥을 나갔다가 이레동안이나 돌아오지 않았다. 그사이에 두 녀인사이에는 싸움이 벌어졌고 치희는 화희에게서 당한 모욕을 참을수 없노라고 하면서 친정으로 돌아가버렸다. 이 사실을 알게 된 류리명왕은 그를 따라갔으나 치희는 되돌아오려 하지 않았다. 하는수없이 홀로 돌아오게 된 왕은 나무밑에서 쉬다가 쌍을 이루고 날아예는 꾀꼬리를 보고 느낀바가 있어서 노래를 불렀다. 그때 부른 노래가 《꾀꼬리노래》인데 그 내용은 다음과 같다.

     훨훨 나는 꾀꼬리도
     쌍쌍이 서로 의지하는데
     외로워라 이내 신세
     뉘와 함께 돌아가리

翩翩黃鳥
雌雄相依
念我之獨
誰其與歸
　　　(《三國史記》卷十三 高句麗本紀 《琉璃明王》三年)

　《삼국사기》의 일부 판본들은 《翩翩黃鳥》를 《翩翩黃鳥》로 기록하고있다.(《삼국사기》 상, 과학원 1958년) 《翩翩》은 의미상 《翩翩》과 같은것으로 볼수 있다.

　우의 이야기와 노래의 내용을 깊이 음미하여보면 가요 《꾀꼬리노래》는 개인창작이 아니라 인민대중의 집체창작이라는것을 알수 있다.

　우선 우에 제시된 이야기는 내용이 몹시 압축되여있다. 따라서 이 노래의 창작과정도 《삼국사기》에는 구체적으로 밝혀져있지 않다.

　다음으로 노래에 반영된 정서와 설화적이야기에 체현된 생활감정이 일치하지 않는다.

　가요 《꾀꼬리노래》에 체현된 정서는 사랑하는 님에 대한 그리움이다. 다시 말하면 어쩔수 없는 사정으로 헤여진 님에 대한 서정적주인공의 애타는 그리움이 기본정서이다. 그러나 류리명왕의 경우에는 왕비를 잃은 감정이 그렇게 진지하다고 볼수 없다. 왜냐하면 왕은 두 왕비의 시앗싸움으로 늘 머리가 아팠고 이레동안이나 그들을 뒤둔채 사냥놀이를 갔다오는것이다. 또한 왕이 직접 따라가서 간청하는데도 오지 않을 정도로 왕비의 사랑은 열렬하지 못하며 그를 데려오지 못한 왕의 심기도 좋지 못하였을것은 뻔한 일이다. 그런데 자기를 따라오지 않는 왕비를 그렇듯 그리며 왕이 노래까지 지어불렀다는것은 잘 리해되지 않는다.

　그러므로 《꾀꼬리노래》가 설사 류리명왕의 입에서 나왔다고 하더라도 그것은 치희에 대한 그의 진실한 사랑의 감정을 이야기한것이 아니라 꾀꼬리만도 못한 자기들의 관계에 대한 한탄이며 비판이라고 볼수 있다.

　다음으로 《삼국사기》의 구체적인 표현을 보아도 《꾀꼬리노래》가 류리명왕의 창작이 아니라는것을 알수 있다.

　《삼국사기》에는 류리명왕이 쌍을 이룬 꾀꼬리를 보고 《느껴서 노래하였다.》(感而歌)고 하였지 《노래를 지었다.》고는 하지 않았다.

　한문문장에서 《歌曰》과 《作歌曰》은 엄연히 구별된다. 《歌曰》은 《노래를 불렀다.》라고 하면서 그 노래를 인용한것이며 《作歌曰》은 《노래를 지었다.》라고 하면서 노래를 인용한것이다. 이러한 표현을 《삼국유사》에서 찾아본다면 《죽지랑을 사모하여 노래를 지었다.》(慕郎而作歌曰…)(《삼국유사》권2 《효소왕대 죽지랑》), 《그리하여 노래를 지었는데 세상에 전해진다.》(仍作歌流于世)(《삼국유사》 권4 《원효불기》)를 들수 있다. 그리고 《노래를 부르면서 춤을 추었다.》(且歌且舞)에서의 《歌》는 《노래부르다》의 뜻이다.

《삼국사기》에서는 명백히 류리명왕이 《노래지었다》고 하지 않고 《노래불렀다》고 기록하였다. 그러므로 류리명왕이 치희로부터 배척을 받고 날아예는 꾀꼬리를 보며 느껴지는것이 있어서 당시에 흔히 불리우던 노래를 생각하였고 그것을 혼자서 불러보았던것으로 인정하게 되는것이다.

가요 《꾀꼬리노래》는 서정성이 강한 노래이면서 또한 근로인민대중의 사상감정을 반영한 작품이다. 이 가요는 당시에 부르기 위한 노래로 창작되였다. 부르는 노래는 례외없이 음악과 결부되여 노래로 불리웠으며 설화가 삽입되여있었다. 그러므로 《꾀꼬리노래》에는 후세의 인민가요인 《명주》와 마찬가지로 그에 따르는 설화가 안받침되여있는것이다. 현재 《삼국사기》에서 《꾀꼬리노래》와 결부하여 수록한 류리명왕과 두 왕비에 대한 이야기는 력사기록이라기보다 설화적인 이야기에 가깝다.

그러면 가요 《꾀꼬리노래》의 창작시기를 어떻게 보겠는가 하는것이다.

《삼국사기》에는 이 가요가 류리명왕 3년 즉 B.C. 17년항목에 수록되여있다. 그러나 이 노래를 그때 류리명왕이 지어부른것이 아니라 인민창작의 구전가요로 본다면 그 창작시기는 더 우로 올라간다. 그러므로 가요 《꾀꼬리노래》는 늦어도 B.C. 1세기말이전에 창작된것으로 인정하게 된다.

가요 《꾀꼬리노래》는 명백히 《공무도하》를 비롯하여 이전시기에 창작되여 전해지던 고대가요의 전통을 이어받아 그것을 새로운 시대적환경에 맞게 발전시킨것이다.

서정시가작품은 많은 경우 서정적주인공의 주관적인 체험을 표현하며 인간의 구체적인 내면세계를 로출시킨다. 가요 《꾀꼬리노래》를 서정적인 시가작품으로 인정하는것도 작품에 체현된 정서가 보다 주관적이며 내면적이기때문이다.

가요 《꾀꼬리노래》는 4언고시형태로 전해진다.

일반적으로 4언고시는 한자를 가지고 지은 운문의 초기형태이다. 뜻이 있는 글자이며 음절문자인 한자를 리용하여 노래를 지을 때 가장 기초적인 운률조성단위는 두음절문장이였다. 두음절로 이루어진 문장이 다시 여러가지 형식으로 배렬되면서 시적운률을 이루는것이 한자시의 가장 일반적이면서도 고유한 특성이다.

가요 《꾀꼬리노래》는 한자시에서의 운률조성의 이러한 특성을 충분히 구현하고있다. 꾀꼬리가 나는 모양을 형상한 《翩翩》과 꾀꼬리를 가리키는 《黃鳥》는 그 뚜렷한 실례이다. 꾀꼬리를 구태여 《黃鳥》라고 표현한것은 시적운률을 조성하기 위하여 두음절단어를 리용하였기때문이다.

한자시창작에서는 일반적으로 조사의 사용을 극력 제한한다. 4언시일수록 이것은 더욱 그러하다. 그것은 글자수가 엄격히 제한되여있는 한문운문에서 어휘적인 의미가 없는 글자를 리용한다면 그만큼 시적내용이 적어지며 따라서 시작품이 《무력》해진다고 해서였다. 그래서 읊거나 부르기 위해 창작되는 시작품들에서는 조사글자들이 하나의 소리마디를 이루면서도 운문의 구획 밖에 놓이게 하는것이 보통현상이였다. [《시본음》(詩本音) 권1]

그런데 가요 《꾀꼬리노래》에서는 노래의 내용을 원만히 전달하는데 기본을 두고 조사를 리용하였으며 그 소리값을 하나의 소리마디로 전반적인 시의 운률조성에 적응시켰다. 《나의 외로움을 생각한다》는 의미의 《念我之獨》에서 《之》가 그런 경우이다. 이것은 고구려전기에 한자를 리용하여 시가를 창작하는 방법이 일정하게 보편화되고 발전하였다는것을 말해준다.

가요를 창작하거나 기록하는 경우에 한문을 이처럼 리용한것은 당시 서사문학창작에서 한자를 널리 리용하였던것과 관련된다. 한자사용의 이러한 보편화가 민간가요정리에도 그대로 영향을 주어 가요 《꾀꼬리노래》와 같은 4언 고체시형태의 시가작품을 남기게 되였던것이다.

2) 고구려중기의 구전가요

《인삼노래》

고구려중기에 창작된 구전가요작품으로는 《인삼노래》가 전해지고있다.

고구려의 인민가요로서 《인삼노래》(일명 《인삼찬》, 人蔘讚)를 전해주는 비교적 오랜 문헌은 6세기 량(梁)나라 도정홍이 편찬한 의학서적인 《명의별록》(名醫別錄)이다. 그것이 그후 송나라 리석이 편찬한 《속박물지》(續博物志)에 그대로 옮겨져서 후세에 전해지게 되였다. 한치윤(1765-1814)이 《해동역사》(海東繹史)에서 인용한 《명의별록》의 내용을 보면 다음과 같다.

《〈명의별록〉에 이르기를 〈인삼찬〉은 고려사람이 지었다고 하였는데 따져보건대 고려는 곧 고구려이다.

　　　세개의 가지, 다섯개의 잎
　　　양지를 등지고 음달을 향해라
　　　나를 찾으러 오려거든
　　　단나무를 찾아보라》*

* 《名醫別錄曰人蔘讚高麗人作 按高麗卽高句麗也 三椏五葉 北陽向陰 欲來求我 椵樹相尋》(《海東繹史》卷四十七 藝文志 六 《本國詩》人蔘讚)

한치윤은 《속박물지》로부터 《명의별록》을 인용하면서 거기서 말하는 《고려》란 고구려라는 자기의 견해까지 첨부하였다.

가요 《인삼노래》는 고구려중기의 이른 시기에 창작된 구전가요로 인정된다. 이 노래를 고구려중기의 이른 시기에 창작된 작품으로 보게 되는것은 기록형식이 4언고체시이기때문이다.

우에서도 말한것처럼 한자시에서 4언고체시형식은 비교적 이른 시기에 리용되였다. 고구려전기의 작품인 《꾀꼬리노래》가 4언고체시형식이라면 6세기에 을지문덕장군이 창작한 시는 5언고시형식이다. 한자시로서 5언시는 후기에 리용된 형식이였다.

가요 《인삼노래》의 시형식은 《꾀꼬리노래》와 마찬가지로 전형적인 4언고체시이다. 물론 《꾀꼬리노래》보다 형상수준이 높고 따라서 한문운문에서 리용되는 형상수법들을 더 많이 리용하였다. 이것은 《인삼노래》가 《꾀꼬리노래》보다 발전하였다는것을 말해준다.

가요 《인삼노래》는 형상이 생동하다. 이것은 인삼에 대한 생리적특성을 깊이 파악하고 인삼을 채취하는 일을 오랜 기간 진행하여오는 과정에 터득한 생활체험이 풍부하였기때문이다.

인삼은 우리 인민이 오랜 기간 채취하고 재배하여온 귀중한 약초이다. 인삼의 원산지는 우리 나라이며 인삼의 효능을 과학적으로 인식하고 그것을 사람들의 건강증진과 병치료에 처음으로 리용하기 시작한것은 재능있는 우리 민족이다. 인삼은 이름으로 보나 생산지, 전파과정, 인삼에 대한 전설적인 이야기 그리고 재배정형으로 보아 우리 나라, 우리 민족과 련결되여있다.

근대에 들어와 삼의 약효가 세계적으로 널리 알려지고 따라서 인삼재배가 중요한 경제실용적문제로 제기되였는데 중국에서의 인삼재배는 오직 료녕성, 길림성, 흑룡강성 등지에서만 진행되였다. 이것은 인삼의 재배가 중국의 동북지방 즉 옛 고구려의 지역과만 관련된다는것을 보여준다. [《고려인삼사연구》 사회과학출판사 주체91(2002)년] 그러므로 인삼이 옛날에는 《조선인삼》으로 세상에 알려져있었다.

고구려때 특히 고구려중기에 이르러서는 삼의 채취와 리용에서 더욱 풍부한 경험이 축적되였으며 그것이 사람들의 일상생활과도 련결되고 이웃나라에도 알려져있었다. 량나라사람인 도경홍이 고구려에서 불리우는 《인삼노래》를 옮겨놓은 사실이 그것을 잘 말해준다. 도경홍은 중국에서 오래전부터 전해지던 의학서적들, 실례를 들면 《본초》(本草) 등의 내용을 보충하면서 《별록》(別錄)을 만들었는데 거기서 고구려의 인삼을 소개하면서 《인삼노래》를 인용하였던것이다. 다시말하여 도경홍은 약리학에 대한 책을 만들면서 《고려인삼》 즉 고구려의 인삼에 대하여 소개하였고 아울러 당시 고구려사람들속에서 삼을 캐러 다니면서 부르던 노래도 기록해놓았던것이다.

가요 《인삼노래》는 삼을 채취하던 사람들이 지어부른 노래이다.

가요에서는 삼의 생태학적특징과 삼이 자라는 곳을 밝혀주었다.

박지원은 여기서 말하는 《단나무》를 《자작나무》라고 하였다. 그는 고구려가요 《인삼노래》 즉 《인삼찬》을 소개하면서 이렇게 썼다.

《중국문서에 이 찬(《인삼찬》을 가리킴. 인용자)을 많이 싣고있다. 〈단나무〉는 잎이 오동나무와 비슷한데 몹시 커서 그늘이 많이 진다. 그러므로 인삼이 그 그늘에서 난다고 한다. 〈단나무〉란 곧 우리 나라에서 이른바 〈자작나무)인에 책판을 만든다. 우리 나라에서는 지극히 천하지만 중국에서는 무덤들에 모두 이 나무를 심는다.》*

* 《中國文書多載此讚 椵樹葉似桐 而甚大多陰云椵樹卽我國所謂自作木 以 爲冊板 我國至賤 而中原墳墓皆種此樹》(《燕巖集》 卷四十二 熱河日記 《銅 蘭涉筆》)

가요 《인삼노래》가 삼을 캐는 사람들이 지어부른 노래라고 하는것은 이 노래의 내용이 그것을 시사해주기때문이다.

삼을 캐는 일은 결코 쉬운 일이 아니였다. 인적이 닿지 않는 깊은 숲속의 음달에 숨어 자라는 삼을 찾기란 조련치 않은것이다. 가요는 삼을 찾아 산발을 톺고 숲을 누비며 다니던 삼군들의 체험에 기초하여 삼의 생김새와 생태적 특성을 밝히고 삼을 쉽게 찾아낼수 있는 방도를 가식없는 소박한 언어로 진실하게 표현하였다. 특히 가사의 마지막구절에 모진 고생과 고충이 없이 삼 캐기에서 성과를 거두기를 바라는 생활감정을 락천적인 기백속에 반영함으로써 노래전반에 밝고 명랑한 정서를 안겨주고있다.

노래는 인민가요로서의 특성에 맞게 매우 알기 쉬운 말로 인삼을 노래하였으며 4언고시의 문체적특성에 맞게 내용을 함축하여 표현하면서도 대비, 대구를 명백히 하고 운률을 평이하게 조성하였다. 《셋》과 《다섯》, 《가지》와 《잎》, 《양지》와 《음달》 그리고 《둥지다》와 《향하다》와 같은 시어의 선택과 의미의 대조는 높은 시적형상을 담보하는 우수한 표현들이다.

노래에서 예술적일반화의 높은 수준은 넉줄의 짤막한 시행속에 삼에 대한 뚜렷한 표상과 종합적인 지식을 안겨주는 풍부한 내용을 명료하게 담고있는데 있다.

가요의 높은 형상성은 특히 인삼을 의인화하여 노래한것이다. 노래에서는 인삼을 한갖 식물로서가 아니라 사람들과 말을 주고받고 뜻이 통하는 의인화된 존재로 형상하였다. 가요 《인삼노래》의 이러한 형상적특성은 고구려전기의 인민가요인 《찌꼬리노래》보다 훨씬 발전된 측면이다.

그런데 고구려사람들이 왜 이 노래를 《찬》(讚)이라고 명명하였겠는가 하는것이다.

한문운문에서 《찬》이란 일반적으로 어떤 사건이나 사실 또는 개별적인 물들의 《업적》을 밝히고 그에 대한 감탄을 표시하면서 찬양하는 내용으로 이루어지는 글이다. 즉 《찬》은 어디까지나 찬양하기 위하여 쓰는 글이다. 《찬》은 무엇을 찬양하는가에 따라 몇가지 류형으로 나뉘여지는데 사물현상에 대하여 찬양하는 내용으로 이루어진 《찬》은 흔히 《잡찬》(雜讚)이라고 한다. 따라서 가요 《인삼노래》는 잡찬형식에 속하는 운문이다.

그러면 《인삼노래》에서 찬양되는것은 무엇인가. 그것은 세상에 자랑높은 인삼 그자체이다. 《인삼노래》는 오랜 옛날부터 인삼의 원산지로서의 우리 나라, 인삼을 약물로 리용한 오랜 경험을 가지고있는 우리 민족의 높은 긍지 를 보여주고있다. 우리 나라, 우리 민족의 자랑인 인삼에 대한 찬양은 그 창 조자들의 높은 긍지와 보람을 반영하고있다.

이런것으로 하여 가요 《인삼노래》는 고구려인민들속에서 널리 불리워졌 을뿐만아니라 이웃나라들에까지 전파되였으며 내외의 문헌기록에 올라 후세 에 전해질수 있었다.

3) 고구려후기의 구전가요

고구려후기에도 앞선 시기의 창작경험을 계승하여 많은 인민구전가요들이 이루어졌다. 그러나 그것이 구비로 전하여오는 과정에 잃어져서 제목만 전하 여오기도 하고 가요는 없어지고 그와 관련한 설화적인 이야기만 전해지기도 하였으며 또 노래의 곡만 남아있기도 하였다.

고구려후기 인민가요의 이러한 실태를 놓고 지난날 어떤 연구자들은 고구려 에서는 서사문학이 급속히 발전하면서 인민창작의 구전가요가 상대적으로 많 이 나오지 못하였고 그와 반대로 백제와 신라에서는 가요창작이 성행한 반면 에 서사문학이 덜 발달하였다고 하였다. 그러나 이것은 고구려에서의 문학창 작의 전 과정을 포괄적으로, 깊이있게 분석하지 못하고 내놓은 견해이다.

《고려사》 악지에 의하면 15세기 당시까지 전해지던 고구려의 악곡만 하여도 세편이나 된다. 여기에는 물론 《동동》과 같은 작품은 포함시키지 않았다.

《고려사》 악지에 수록된 고구려노래는 그 주제령역을 보아도 반침략적인 것, 계급적인 지배와 예속관계를 반영한것, 우리 민족의 아름다운 인정세태 를 보여주는것 등 다양하다. 이것은 고구려후기에 창작된 인민가요가 매우 폭 넓고 다양하다는것을 말해준다.

이에 비해볼 때 고려시기에 리용된 백제가요는 다섯편이고 신라노래는 여 섯편이지만 그 주제사상적내용을 보면 지배계급에 대한 반항의식을 반영하 거나 세태생활을 보여주는것이 기본인데 개중에는 지배계급의 안락한 생활을 노래한 작품도 있다.

이것은 고구려에서 가요창작이 발전하지 못하여 전해지는것이 적은것이 아니라 오랜 세월을 거치는 과정에 없어지거나 봉건통치배들에 의하여 선별되면서 적지 않은 작품이 배제되였을수 있다는것을 말해준다.

《래 원 성》

가요 《래원성》(來遠城)은 15세기까지 전하여왔으나 가사는 인멸되고 곡만이 알려져있었다.

가요는 대체로 5세기를 전후한 시기 고구려의 륭성발전과 외세의 침략으로부터 나라의 안전을 굳건히 지켜낸 고구려인민들의 긍지를 노래한 작품으로 추측된다.

《고려사》의 악지에 수록된 《래원성》을 여기에 소개하면 다음과 같다.

《래원성은 정주에 있는데 바다가운데의 땅이다. 오랑캐사람들이 와서 투항하면 여기에 거처하게 하였는데 그 성의 이름을 〈래원〉이라 하고 노래를 지어 그것을 기념하게 하였다.》*

* 《來遠城在靜州 卽水中之地 狄人來投 置之於此 名其城曰來遠 歌以紀之》
   (《高麗史》卷七十一 樂志 二 《三國俗樂》高句麗)

이상의 기록에 의하면 가요 《래원성》은 고구려에 투항하여온 이민족사람들이 모여 살면서 고구려의 강대한 국력과 관대한 포용력을 찬양하여 지어부른 노래라는것을 알수 있다.

고구려는 4세기이후 북쪽으로 거란족을 비롯한 여러 이민족의 많은 주민들을 옮겨왔다. 실례로 392년에 북쪽으로 거란을 치고 남녀 5백명을 사로잡아왔고 395년에는 거란 8부의 하나였던 비려를 정벌하여 수많은 사람들과 가축들을 로획하였으며 398년에는 숙신을 공격하여 3백여명을 데려왔다.*① 그리고 385년에는 료동지역을 치고 남녀 1만명을 사로잡아왔다.*②

*① 《九月北伐契丹 虜男女五百口》(《三國史記》卷十八 高句麗本紀 《廣開土王》卽位年)
   《永樂五年歲在乙未王以碑麗…破其三部落六七百當牛馬群羊不可稱數於是旋還》(《廣開土王陵碑》)

《八年戊戌敎遣偏師 觀息愼土谷 因便抄得莫新羅成加太羅谷男女三百餘
人》(우와 같음)

*② 《二年夏六月 王出兵四萬 襲遼東…遂陷遼東玄莵 虜男女一萬口而還》
（《三國史記》卷十八 高句麗本紀 《故國壤王》）

중원땅에서 란리를 피하여 고구려로 들어온 사람들은 이전에도 있었다.
《삼국사기》에는 중원땅이 몹시 어지러워지니 투항하여온 한인들이 매우 많
았다고 기록되여있다.*① 지어 연나라통치배들은 고구려의 강대한 국력에 의
거하여 지배권을 유지하여볼 타산밑에 435년에는 국왕인 풍홍자신이 고구려
에 투항할것을 결심하였었다.*②

*① 《中國大亂 漢人避亂來投者甚多》（《三國史記》卷十六 高句麗本紀 《故國
川王》十九年）

*② 《魏人數伐燕 燕日危蹙 燕王馮弘曰 若事急 且依高句麗 以圖後擧》(우
와 같은 책, 卷十八 《長壽王》二十三年 夏六月)

이처럼 전쟁과정에 옮겨오게 된 사람들과 스스로 찾아온 사람들을 고구려
에서는 한곳에 정착시키고 그들에게 필요한 생활조건을 마련해주었다. 따라
서 가요에는 고구려의 강대한 국력이 반영되였을것이며 사람들에게 삶의 보
금자리를 마련해준 고마움에 대해 찬양하였을것이다.

고구려후기의 인민구전가요들은 대체로 노래의 제목이 고장이름으로 되여
있다. 이것은 백제나 신라의 경우에도 마찬가지였다.

가요의 제목이 고장이름으로 된것은 그것이 그 노래를 창작하고 보급한 지
역이나 노래의 내용과 관련이 있는 지역이기때문일것이다. 실례로 고구려후
기 세태설화인 《서생과 처녀》와 관련된 노래의 제목이 《명주》로 되여있는
것을 들수 있다. 명주는 그 노래가 나온 고장이며 전설과 관련된 《고기기르
는 못》이 있는 지역이다.

가요 《래원성》도 제목이 고장이름으로 되여있는것은 노래의 내용이 래원
성의 연원과 관련이 있기때문일것이다.

《고려사》에서는 래원성이 정주(靜州)에 있다고 하였다. 《신증동국여지승
람》에 의하면 정주는 의주남쪽 25리 되는 곳에 있던 고을이였다.*

* 《古靜州〔在州南二十五里 本高句麗松山縣 德宗二年築城 爲靜州鎭…城

周一萬二千六百十尺）》（《新增東國輿地勝覽》卷五十三 義州牧 《古跡》）

가요 《래원성》은 이상과 같이 강대한 국력을 가진 고구려에 대한 례찬을
내용으로 하고있었기때문에 고려시기 궁중음악으로도 리용되였다.

《연 양》

고구려후기에 창작된 인민구전가요에는 사람의 신의와 도리에 대하여 노래
한 《연양》(延陽)도 있다.

이 가요도 15세기까지 전해졌으나 그후 인멸되였다.

《고려사》의 《악지》에는 노래의 창작경위와 함께 그 대의(대략적인 내
용)가 실려있다.

《연양에 남의 수용을 당하는자가 있었는데 죽음으로써 자신의 마음을 밝
히면서 나무에 비유하여 말하기를 〈나무는 불을 일으켜서 적을 해치는 재앙
이 있다. 그래서 수용을 당하는것을 다행으로 여기니 비록 불에 타서 재가 된
다 하더라도 사양하지 않을것이다.〉라고 하였다.》*

* 《延陽有爲人所收用者 以死自效 比之於木曰木之資火 必有戕賊之禍 然
深以收用爲幸 雖至於灰燼 所不辭也》（《高麗史》 卷七十一 樂志 三國俗樂
《延陽》）

보는바와 같이 노래는 연양땅에 사는 어떤 사람이 남의 신임을 받아 채용되
였는데 그 은혜를 생명을 바쳐서라도 갚을 결의를 담아 지어 부른것이다.

노래에서는 자기의 마음속결의를 나무에 비유하여 노래하였다.

이 노래의 내용을 두고 나무가 불을 일으켜 적을 해치듯이 자기를 수용해준
사람의 원쑤를 갚겠다는 내용으로 리해하는 견해도 있고 나무처럼 불에 타서
자기 몸을 손상당하는 화를 당하더라도 기어이 주인의 은혜를 갚겠다는 내용
으로 리해하는 견해도 있다.

어쨌든 자기를 신임하여 일을 맡겨준 사람에 대한 고마움의 감정과 그에 한
몸 다 바쳐 보답하려는 의리심을 노래한것만은 사실이다.

가요는 사람은 언제나 신의와 의리를 지키며 그를 위해서는 목숨도 서슴없
이 바칠줄 알아야 한다는 사상적지향을 반영한것으로 하여 고려시기까지도 널
리 불리워졌으며 궁중음악에도 리용되였다.

《고려사》의 《악지》에서는 가요제목으로 《연양》을 제시하면서 한편 《연

산부》(延山府)라는 해설을 첨부하여놓았다.

《신증동국여지승람》에 의하면 연산부 즉 연양은 오늘의 녕변지방에 있던 고장이름이며 구체적으로는 녕변에서 남쪽으로 30리 되는 곳이라고 한다.*

* 《古延山〈在府南三十里〉》(《新增東國輿地勝覽》 卷五十四 寧邊府 《古跡》)

이것은 가요 《연양》이 오늘의 녕변지방에서 창작되였거나 거기서 전해지던 노래가 아니였겠는가 하는것을 추측하게 한다.

《명 주》

고구려후기의 인민구전가요에는 또한 우리 민족이 지닌 고상한 생활감정을 반영한 노래로서 《명주》(溟州)가 있었다. 세태설화인 《서생과 처녀》와 결부되여 전해지는 가요 《명주》는 신의를 귀중히 여기는 우리 민족의 아름다운 도덕품성을 노래한 작품이다.

고구려인민들의 고상한 정신도덕적풍모와 아름다운 생활감정을 보여주는 세태설화인 《서생과 처녀》의 기본사상주제적지향이 가요 《명주》에 반영되여 있었을것이다. 그리고 전설의 내용에 귀착시켜보면 이 가요는 서정성이 강한 노래였을것으로 추측된다.

가사는 현재 전해지는것이 없고 《고려사》에 창작경위가 소개되여있다.

서생이 명주땅에서 한 처녀를 알게 되였는데 처녀는 그에게 과거에 급제하고 부모들의 승낙을 받은 다음에 만나자고 한다. 사랑을 약속하고 떠나간 서생을 기다리는 처녀의 사정을 알리 없는 부모는 다른 혼처를 구해 딸을 시집보내려 한다. 부모의 요구를 거절할수 없어 안타까운 마음으로 모대기던 처녀는 평소에 기르던 물고기들에게 자기의 심정을 하소연하면서 편지를 띄운다. 우연히 시장에서 사온 물고기를 통해 처녀의 소식을 알게 된 서생이 처녀의 집으로 달려가 방금 대문안으로 들어서는 신랑의 앞길을 막고 지난날의 언약을 토로하자 부모들은 신랑을 돌려보내고 서생을 사위로 맞아들인다.

창작경위와 관련된 전설적이야기로 볼 때 노래에는 신의와 의리를 귀중히 여기고 진심과 노력으로 사랑을 꽃피워가려는 고구려사람들의 순결한 마음씨와 진취적인 생활감정이 반영된것으로 짐작된다.

가요 《명주》는 의리와 신의에 넘친 순결한 사랑의 감정을 담고있는것으로 하여 세상에 널리 보급되였으며 고려때에 와서는 궁중음악에까지 인입되여

《고려사》에 수록되게 되였다.

한편 애정륜리적인 문제를 노래한 가요 《명주》에서 지향한 다른 하나의 사상감정은 봉건적인 가부장적제도에 대한 불만과 자유로운 사랑에 대한 지향이였다고 생각된다.

처녀는 서생과 사랑을 약속한 사이이지만 부모들에게 말할수 없었다. 그것은 자유로운 사랑과 혼인이 금지되여있는 당대 사회에서 자기들의 행동이 륜리도덕에 어긋나는 행위로 인정되기때문이였다. 그래서 처녀는 부모들이 자기를 다른 사람에게 시집보내려 하여도 사연을 터놓지 못하고 물고기들에게 하소연하며 마음에 없는 혼례식까지 당해야 하는것이다.

서생과 처녀는 자유로운 사랑과 결혼을 바랐으나 당대의 현실은 그것을 허용하지 않았다. 서생과 처녀의 지향과 요구는 정당한것이였으나 당대의 봉건적제도, 생활관습은 그것을 부정시하였다.

가요 《명주》에서는 이에 대한 불만과 비판이 미약하게나마 표현되였을것이며 자유로운 사랑과 결혼에 대한 지향이 일정하게 반영되였을것이다.

이 가요제목을 《명주》라는 고장이름으로 명명한것은 노래와 관련한 설화에서 서생과 처녀가 처음 만난 곳이 명주이며 또 세나라시기 가요들이 대체로 고장이름을 제목으로 삼았던것과 관련된다. 이것은 그 노래가 처음 생겨난 곳이거나 불리워진 곳을 의미한다.

우에서도 말하였지만 《명주》라는 고장이름은 후날에 불리운것이나 그 고장은 본래 고구려의 령역이였다.

《동 동》

고구려후기에 이루어진 인민구전가요로서 이채를 띠는것은 《동동》이다.

가요 《동동》은 현존하는 시가유산가운데서 달거리체형식의 제일 오래된 작품으로서 그 내용으로 보나 형식으로 보나 고구려의 인민구전가요를 대표할뿐아니라 당시의 우리 나라 가요발전수준을 집중적으로 보여준다고 말할수 있다.

지난 시기 일부 연구자들은 가요 《동동》을 고려시기에 창작된것으로 인정하였다. 그 단적인 실례가 《조선문고》(1940년)에서 가요 《동동》을 《고려가사》(高麗歌詞)로 취급한것이다.

《동동》을 고려가요로 인정하려고 한것은 우선 《고려사》의 《악지》에서 이 가요를 《고려속악》(高麗俗樂)의 항목에 넣었기때문이였다. 《고려사》에서는 다음과 같이 기록하였다.

《고려속악은 여러 악보들을 참고하여 기록한다. 그 〈동동〉 및 〈서경〉이하 24편은 모두 속된 말로 썼다.》*

* 《高麗俗樂考諸樂譜載之 其動動及西京以下二十四篇 皆用俚語》(《高麗史》卷七十一 樂志 二)

《고려사》에서는 《동동놀이》(動動戱)의 진행과정을 구체적으로 전하였다.

《무용대, 악관 및 기녀의 의관과 행렬은 전의 의식(《무애》의 진행과정을 말함. 인용자)과 같다. 기녀 두 사람이 먼저 나와서 북쪽을 향하여 좌우로 나뉘여 서서 손을 거두고 발을 구르면서 절을 하고 허리를 구부리고 엎드렸다가 일어나 꿇어앉으며 아박을 잡고 〈동동사〉의 첫구를 부른다.(혹 아박을 잡지 않는다.) 여러 기녀들이 따라서 화답하는데 향악은 그 가락을 연주한다. 두 기녀는 꿇어앉아 아박을 허리에 꽂고 음악의 첫 소절이 끝나기를 기다려서 일어나 선다. 음악의 두 소절이 끝나면 손을 거두고 춤을 추는데 음악이 세 소절이 끝나면 아박을 뽑고 한번은 나가고 한번은 물러서고 한번은 마주서고 한번은 등지면서 음악의 가락에 따라 혹은 왼쪽으로 혹은 오른쪽으로 혹은 무릎으로 혹은 팔로 서로 치면서 춤을 추다가 음악이 끝나기를 기다려 두 기녀는 전처럼 손을 거두고 발을 구르면서 절하고 엎드렸다가 일어나 물러간다.》*①

《고려사》에서는 《동동놀이》에 대하여 다음과 같은 해석을 달았다.

《동동놀이는 그 가사가 흔히 칭송하고 기원하는 말이 있으니 대개 신선의 말을 본받아서 그것을 만들었다. 그러나 가사가 속되여 기재하지 않는다.》*②

*① 《舞隊樂官及妓 衣冠行次如前儀 妓二人先出 向北分左右立 斂手足蹈而拜 俛伏興跪奉牙拍 唱動動詞起句(或無執拍) 諸妓從而和之 鄕樂奏其曲 兩妓跪 挿牙拍於帶間 俟樂終一腔 起而立 樂終二腔 斂手舞蹈 樂終三腔 抽拍 一進一退 一面一背 從樂節次 或左或右 或膝或臂相拍舞蹈 俟樂徹 兩妓如前 斂手足蹈而拜 俛伏 興退》(《高麗史》卷七十一 樂志 二)

*② 《動動之戱 其歌詞多有頌禱之詞 蓋效仙語而爲之 然詞俚不載》(우와 같은 책)

《고려사》의 《악지》에 의하면 《동동놀이》는 고려궁중에서 진행되였다. 《동동놀이》에는 《동동사》와 《동동춤》이 리용되였다. 《고려사》에서는

《동동놀이》를 언제 누가 만들었는가 하는데 대하여서는 밝히지 않았다.

《고려사》의 《악지》에 올라있는 《동동》에 대한 기록을 구체적으로 따져보면 《동동놀이》에서 리용된것은 음악으로서의 《동동가》였고 가사는 《동동사》의 첫 구절 즉 《기구》(起句)뿐이였다. 다시말하여 아박을 들고 추는 춤인 《동동춤》에서 기본으로 되는것은 춤과 가락으로서의 《동동가》였으며 가사인 《동동사》는 첫 구절만 불리웠다. 여기서 《불리웠다》고 하는것은 노래로서가 아니라 가사로서 랑송되였다는것을 의미한다. 그 가사의 첫 구절을 아박을 들고있는 기녀가 랑송하면 모든 기녀들이 따라서 그에 화답하였다. 여기서 《화답》이란 선창자의 웨침에 따라 그것을 복창하는것을 말한다.

현재 전해지는 《동동》의 내용에 의하면 그 《기구》란 분절가사가 시작되기 전에 머리말처럼 되여있는 다음의 부분을 말한다.

> 덕으란 곰배에 받잡고
> 복으란 림배에 받잡고
> 덕이여 복이여 호날
> 나아라 오소이다
> 아으 동동다리

가요 《동동》에서 이 부분은 전편에 대한 머리시부분에 해당한다. 그다음 열두개의 분절로 된 가사로 이루어져있다.

《고려사》의 편찬자들은 《동동놀이》의 가사에 《칭송하고 기원하는 말》이 많이 있다고 하였고 그것은 《신선의 말》(仙語)을 본받았기때문이라고 하였다. 《악학궤범》을 통하여 후세에 전해지는 《동동》의 가사에는 머리시부분을 제외하면 이른바 《칭송하고 기원하는 말》이 없다. 7월부분에 《…님과 함께 지내고자 축원을 올립니다》라는 한 구절이 나오지만 이것을 가지고 《동동》의 가사에 칭송하고 기원하는 말이 많다고 할수는 없다.

《고려사》의 편찬자들이 말한 《동동놀이》의 가사란 춤을 추면서 부르던 부분인 《기구》를 가리킨다고 보지 않을수 없다. 이 부분의 가사에는 이른바 《덕》과 《복》이 차례지기를 바라는 감정이 반영되여있는데 고려때에 궁중음악으로 리용되면서 새롭게 보충된것이라고 생각한다. 그러나 《고려사》의 《악지》편찬자들은 고려시기에 궁중음악으로 리용되던 《동동》과 거기에서 웨치던 앞부분을 강조하여 그것이 고려시기에 이루어진것이라고 하였던 것이다.

《동동》의 앞부분은 후세에 첨가한것이였다. 《동동》의 앞부분 즉 《기구》를 후세에 첨가한 부분으로 인정하게 되는것은 그 사상주제적내용이 그 다음 부분인 열두달에 따르는 열두개의 분절과 전혀 어울리지 않기때문이다. 정월로부터 시작하여 12월에 이르기까지 매 달에 따라 노래한 가사의 사상주제적내용과 정서는 멀리 떠나간 다음 돌아오지 않는 정든 님에 대한 서정적 주인공의 절절한 그리움이다.

그러나 《악학궤범》에 소개된 《동동》의 머리시부분인 첫절은 이른바 《덕》과 《복》이 차례지기를 바라는 감정이며 《동동놀이》를 시작하게 되는 리유를 밝히고있다. 《덕이요 복이요 하기에 노래를 시작합니다》라고 한 첫 구절의 내용은 인민창작의 서정가요로서의 《동동》의 사상감정이나 미학정서에 어울리지 않는다.

그러므로 이 부분은 원래 고구려에서 인민들이 《동동》을 창작할 때에 만든것이 아니라 후세에 그것을 궁중음악으로 리용하면서 통치배들의 기호에 따라 보태넣은것이라고 보게 된다.

지난날 일부 연구자들은 《동동》이 고려시기에 이루어진것이라고 하면서 그렇게 인정하는 다른 하나의 리유를 노래에 나오는 불놀이이야기와 《록사》(錄事)라는 벼슬이름에서 찾으려고 하였다. 그들의 견해에 의하면 2월에 진행하는 불놀이란 불교적인 행사로서 고려시기에 성행하였던 《연등회》(燃燈會)를 가리키며 《록사》라는 벼슬이 고구려때에는 없었고 고려이후에 존재하였다는것이다.

등불놀이가 불교적인 행사에 리용된것은 고려때이다. 《고려사》에 의하면 태조 왕건은 림종을 앞두고 내린 《훈요》(訓要)에서 《연등은 부처를 모시기 위한것》*① 이라고 하였고 1010년에는 한동안 잠잠해졌던 《연등회》를 다시 부흥시키려는 조치가 취해졌었다. *② 그보다 앞서 후기신라시기에도 국왕이 절간에 가서 등불을 구경한 일이 있는데 890년에 진성왕이 황룡사를 찾아갔던 것이 그 실례이다. *③

*① 《二十六年夏四月 御内殿 召大匡朴述希 親授訓要曰 … 其六曰 朕所至顧 在於燃燈八關 燃燈所以事佛 …》(《高麗史》卷二 太祖)

*② 《元年 … 閏二月甲子 復燃燈會》(우와 같은 책, 卷四 顯宗)

*③ 《四年春正月 … 十五日 幸皇龍寺看燈》(《三國史記》卷十一 新羅本紀 《眞聖王》)

그러나 등불놀이자체는 원래 불교적인것이 아니였다. 조선봉건왕조시기 향악정재때에 등불을 리용한것은 그 단적인 실례이다. 《용재총화》(慵齋叢話)에 의하면 《동동》을 연기할 때에 무대에는 높이가 한길이나 되는 련꽃과 그림을 그린 등불초롱을 설치하였다.*① 이러한 정재의식에 불교적인 색채가 있다고 제기되여 그것을 조사하게 하였는데 당시 대재학이였던 남곤의 말에 의하면 아박정재자체에는 불교적인 색채가 없으며 《동동사》에 남녀사이의 이야기가 들어있으므로 《동동사》는 리용하지 말고 그대신 《동동사》와 음절이 같은 《신도가》를 리용하도록 하였다.*②

*① 《設香山池塘 周揷彩花 高丈餘 左右亦有畵燈籠》(《慵齋叢話》 卷一)

*② 《大提學南袞啓 曰前臣命臣 改製樂章中語涉淫詞釋敎者 臣與掌樂院提調及解音律樂師 反覆商確 如牙拍呈才動動詞 語涉男女間 代以新都歌盖以音節同也》(《中宗實錄》 卷十三 十三年 四月)

당시 사람들의 견해에 의하더라도 등불놀이에는 불교적인 색채가 없었다. 다시말하여 향악정재때에 리용된 무대장치인 《향산지당》(香山池塘)에 설치된 등불은 불교적인것이 아니였다.

우리 나라에서 등불놀이는 오랜 옛날부터 성행하였다. 제주도지방과 경상도지방의 등불놀이는 특히 력사가 오래고 그 형식도 다채로웠으며 그에 대한 사람들의 느낌도 각이하였다. 19세기 후반기에 활동한 녀류문인인 송설당 최씨(1855-?)는 당시에 등불놀이를 구경하고 이렇게 노래하였다.

좋은 시절 돌아오니 생각이 곱절 많네
집집마다 젊은이들 즐겨 노는 때이거니
랑군님은 이날에 어느 곳에 계시는가
달맞이 등불구경 아무것도 모르면서

佳節初回倍有思
家家年少冶遊時
郎君此日在何處
望月觀燈總不知
　　(《松雪堂集》 卷一 《春閨怨》)

－ 182 －

시에서는 달을 보며 즐기는 놀이와 등불을 구경하며 즐기는 놀이를 함께 노래하고있다. 여기서의 등불구경에도 불교적인 의미는 전혀 없다.

따라서 가요 《동동》의 2월을 노래한 절에서 《이월의 보름날에 아으 높이 켠 등불같고나》라는 구절을 구태여 불교적인 행사인 《연등회》와 결부시키면서 그 창작시기를 고려때로 늦잡아야 할 까닭은 없다. 2월 보름날에 진행한 등불놀이는 불교적인 행사가 아니라 우리 민족이 즐기던 하나의 풍습이였다.

가요 《동동》의 4월달 분절에 나오는 《록사》도 고려시기에만 있던 벼슬이 아니다.

지난 시기에 나온 일부 도서들에서는 《〈록사〉는 고려로부터 리조시대까지 존속되여온 벼슬이름이다.》(《고가요집》 국립문학서적출판사 1959년)라고 하거나 《봉건시기에 대체로는 직위가 높은 관료의 수하에서 서기노릇을 하는 선비를 록사라고 하였으며 또한 봉건정부의 관직상에서 볼 때에도 록사는 최하급의 문관직이였다.》(《고려시가연구》 김일성종합대학출판사 1989년)고 하였다. 이러한 견해들은 다시 연구하여볼 여지가 있다.

고구려의 덕흥리벽화무덤에는 《참군전군록사》(參軍典軍錄事)라는 벼슬이름이 기록되여있다.

덕흥리무덤벽화에 해설문으로 기록한 벽서에는 《참군전군록사》가 있고 말을 타고 활쏘기를 하는 장면을 그린 벽화에는 《주기인》(注記人)이 있으며 무덤의 주인인 진(鎭)에게 사업을 보고하는 열세개의 고을들에는 《사실을 알리는 아전》(通事吏)이 있다. 고구려때의 록사가 《참군전군록사》인것으로 보면 그것은 군사관계벼슬이였다고 생각된다.

한편 759년에 전국의 벼슬이름을 한문식으로 고칠 때 후기신라에서는 봉성사성전, 감은사성전, 봉덕사성전, 령묘사성전의 청위(靑位)를 록사로 고쳤던적이 있다.*

* 《奉德寺成典 景德王十八年改爲修營奉德寺使院 後復古…靑位二人 景德王改爲錄事 惠恭王復稱靑位》(《三國史記》 卷三十八 雜志 職官 上)

신라말기에도 《록사》로 부르는 벼슬이 있었는데 923년에 록사참군(錄事參軍)인 김유경을 사신으로 파견하였다고 한다.*

* 《七年秋七月…王遣倉部侍郎金樂錄事參軍金幼卿》(《三國史記》 卷十二 新羅本紀 《景明王》)

이상의 자료들을 고려해본다면 《록사》를 구태여 고려시기의 벼슬로 인정하거나 《서기노릇을 하는 선비》라고 생각할 까닭은 없다. 고구려때의 록사는 군사관계의 관직이였고 그것은 이미 5세기이전 고구려중기에 있었다.

이처럼 여러가지 사실은 가요 《동동》을 고려시기에 창작한 작품이라고 주장하는것이 잘못된것이라는것을 말해준다.

《동동》은 고구려시기에 창작되여 전하여오는 우리 민족의 오랜 가요유산이다.

《성종실록》에는 다음과 같은 기록이 있다.

《월산대군 정이 술을 치를 때에 어린 기녀가 춤을 추니 원사신이 말하기를 〈이것이 무슨 춤입니까?〉라고 하였다. 임금이 이 춤은 고구려때부터 이미 있었는데 이름은 〈동동춤〉이라고 말하니 원사신이 말하기를 〈이 춤이 좋습니다.〉라고 하였다.》*

   * 《月山大君婷行酒時 童妓起舞 上使曰是何舞耶 上曰此舞自高句麗時已有
     之 名曰動動舞 上使曰此舞則好矣》(《成宗實錄》卷一百三十二 八月 乙巳日)

이것은 1481년 8월 3일에 있은 사실을 기록한 기사이다.

《용재총화》나 《악학궤범》에 기록한것도 바로 15세기말 조선봉건왕조 성종때의 사실이다. 따라서 사신을 위해서 춘 《동동춤》이란 세조때에 이름을 《아박》이라고 고쳤던 《시용향악정재》의 《동동무》였다. 성종때에는 《동동사》라고 하였으나 여기에 남녀가 서로 좋아하는 내용이 있다 하여 후에 가사를 《신도가》로 바꾸었다. 성종때에 《동동가》의 가사는 비록 쓰지 않았으나 《동동무》 즉 춤과 《동동가》 즉 노래의 가락은 그대로 리용하였다. 《성종실록》에서는 《동동》에서 불리우는 노래의 가사에 남녀가 서로 좋아하는 내용이 있다고 하면서 그것을 리용하지 못하도록 하였으나 《악보는 경솔히 고칠수 없으니 곡조에 의거하여 가사를 따로 짓는것이 어떠한가를 례조에 물어볼것이다》고 하였고 그에 따라 정도전이 쓴 《신도가》를 리용하도록 하였는데 그것은 《신도가》가 《동동》의 가사와 음절이 같기때문이라고 하였다. 그러면서 《동동가》의 곡을 고치지 못하는 리유에 대해 《곡조로 말하면 옛날것은 늘어졌지만 지금것은 빠르기때문에 고칠수 없》다고 하였고 《고유한 풍도 역시 보존하여야 할》것이기때문이라고 하였다.

결국 1481년 8월에 궁중연회에서 춘 《동동무》는 고구려때로부터 전하여오던 춤이며 《동동》의 곡조에 의해 추는것이였다.

《동동》의 가사 즉 《동동사》의 내용이 처음으로 소개된것은 1493년에 편

- 184 -

찬된 음악도서 《악학궤범》이다.

　15세기 당시에 전해지던 《동동》을 제시하면 다음과 같다.

　　　《기구》(起句)

　　　덕으란 곰배에 받잡고
　　　복으란 림배에 받잡고
　　　덕이여 복이라 호날
　　　나아라 오소이다
　　　아으 동동다리

　　　《사》(詞)

　　　정월 나릿므른
　　　아으 어져녹져 하논대
　　　누릿가온대 나곤
　　　몸하 하올로 녈셔
　　　아으 동동다리

　　　이월 보로매
　　　아으 노피현 등불다호라
　　　만인 비취실 즈이샷다
　　　아으 동동다리

　　　삼월나며 개한
　　　아으 만춘달 욋고지여
　　　나매 브롤즈올 디녀나샷다
　　　아으 동동다리

　　　사월 아니니지
　　　아으 오실셔 곳고리새여
　　　므슴다 록사니만 녜ㅅ나랄 닛고신져
　　　아으 동동다리

...

류월 보로매
아으 별해바론 빗 다호라
도라보실 니믈 적곰 좇나나이다
아으 동동다리

칠월 보로매
아으 백종 배하야 두고
니믈 한대 녀가져 원을 비압노이다
아으 동동다리

팔월 보로만
아으 가배나리마란
니믈 뫼셔녀곤 오날ㅅ 가배샷다
아으 동동다리

구월 구일에
아으 약이라 먹는 황화
고지 안해 드니 새셔가 만하애라
아으 동동다리

시월에
아으 져미연 바랏다호라
젓거 바리신후에 디니실 한부너 업스샷다
아으 동동다리

십일월 봉당자리에
아으 한삼 두퍼누워
슬할 사라온뎌 고우닐 스싀옴 녈셔
아으 동동다리

십이월 분디남가로 갓곤
아으 나알반앳 져다호라
니믜 알패 드러 얼이노니 소니 가재다 므라압노이다
아으 동동다리

(《악학궤범》권5 《시용향악정재도의》)

(표현을 현대자모로 고쳤음)

우의 노래를 풀이해보면 대체로 다음과 같다.

《기구》

덕을랑 높이 고여드리고
복을랑 줄로 벌려드리고
덕이요 복이요 하기에
노래를 시작합니다
아으 동동다리

《사》

정월의 시내물은
아으 얼듯 녹을듯 하는데
세상가운데 태여난
몸은 혼자서 지내네
아으 동동다리

이월의 보름날에
아으 높이 켠 등불같고나
일만사람 비쳐줄
모양이로구나
아으 동동다리

삼월되여 피여난
아으 한봄의 배꽃이여

남들 부러워할 모습
지니고 태여났고나
아으 동동다리

사월 아니 잊어
아으 왔고나 꾀꼬리새여
왜서일가 록사님은
옛 나를 잊으셨는가
아으 동동다리

...

류월의 보름에
아으 벼랑에 버린 빗 같네
돌보아주실 님을
잠간만 따랐습니다
아으 동동다리

칠월의 보름에
아으 온갖 종류 벌려놓고
님과 함께 지내고저
소원을 비옵나이다
아으 동동다리

팔월의 보름은
아으 가위날이지마는
님 모시고 지내야
오늘날 가위날이리
아으 동동다리

구월 아흐레에
아으 약이라 먹는 국화
꽃이 단지에 드니

절기가 늦어가누나
아으 동동다리

시월에
아으 저며놓은 모과같아
꺾어버리신 뒤에
간수할 한사람 없네
아으 동동다리

십일월의 봉당자리에
아으 한삼 덮고누워
슬픔을 사르는데
고운 님 혼자 보내리
아으 동동다리

십이월의 분디나무로 깎은
아으 소반우의 저같아라
님의 앞에 드리였더니
손님 가져다 물었습니다
아으 동동다리

우에서 보는바와 같이 가요 《동동》은 머리시부분인 《기구》와 일년열두
달에 따르는 서정적주인공의 감정정서를 노래한 열두개 절의 《사》로 이루
어져있다.

《악학궤범》에 수록된 가요 《동동》은 15세기 당시 향악정재때에 연기된
《동동춤》 즉 《동동무》와 관련하여 인용되었다. 조선봉건왕조시기의 향악정
재 《아박》에서는 음악으로 《동동가》가 연주되고 무용으로 《동동무》가 연
기되였으며 가사로 《동동사》가 제창되였다.

무용은 생활에 기초하여 창작되며 률동과 정서를 음악에서 받아안는다. 무
용을 창작하는데서 소재는 현실생활에서 찾지만 무용형상의 기초에는 음악이
놓인다. 고구려때에 창조된 춤인 《동동무》는 고구려사람들의 생활에 기초하
여 창작되였으며 률동과 정서는 《동동가》에 의해 부여되였다.

무용의 률동이 정서적인 표현력을 가지고 펼쳐지는것은 무용의 구체적이

고 섬세한 동작들이 음악의 장단과 선률을 타고 이루어지기때문이다. 《동동무》가 15세기까지도 훌륭한 무용으로 전해질수 있은것은 그 무용에 안받침된 음악이 그만큼 원숙하고 세련되여있었기때문이다. 그러므로 16세기사람들도 《악보는 경솔히 고칠수 없》다는 립장을 취하였던것이다.

고구려사람들은 신체를 단련하고 무술을 련마하기 위하여 춤을 널리 추었으며 특히 칼춤과 창춤을 비롯하여 무기를 가지고 추는 군사무용을 즐겨하였다. 《동동무》는 고구려사람들의 이러한 생활감정과 미학정서적요구를 반영하여 창작된 우수한 작품이였다.

지난날 중세사회에서 무용은 그에 따르는 노래가 있었고 노래에는 해당한 가사가 있었다. 현실생활에서 체험하게 되는 사상감정과 정서를 률동에 담아 표현하는 무용에서 노래 즉 가곡은 률동과 그에 따르는 정서를 주었고 가사는 사상과 그에 따르는 감정과 지향을 나타내였다. 다시말하여 무용에서 음악은 률동과 정서를 주었고 가사는 사상과 내용을 밝히였다. 그러므로 흔히 가무형식으로 이루어진 예술작품에서는 노래와 춤이 잘 어울리고 노래에서는 가사와 곡이 서로 밀착되였다. 이로부터 《동동무》에는 그와 어울리는 《동동가》가 있었고 《동동가》에는 《동동사》가 잇달렸다.

15세기 후반기에 궁중에서 연기된 향악정재의 하나인 《아박》은 사실상 《동동무》와 《동동가》를 위주로 하는것이였고 《동동사》는 그 사상주제적 내용이 인민적인것으로 하여 봉건통치배들로부터 배척을 받았다. 고구려때에 창작된 《동동》은 바로 조선봉건왕조시기 봉건통치배들이 배척하던 《동동사》이다.

대제학 남곤의 제의에 의해 《아박》의 연기에 리용되면 《동동》 즉 《동동사》를 정도전이 창작한 《신도가》로 바꾸기 이전에는 《동동사》가 그대로 궁중에서의 정재때에 리용되였는데 노래의 가사로가 아니라 시가작품으로 울랐다.

《악학궤범》에 의하면 음악으로 《동동가》의 느린 가락이 연주되면 두명의 기녀가 머리를 조금 들고 《동동사》의 첫부분인 《기구》를 웨쳤다. 이러한 방법은 고려때의 속악으로서 《동동》의 연기때와 마찬가지였다. 그다음 아박을 들고 춤을 추기 시작하면서 모든 기녀들이 《동동》의 일월편을 웨치면 음악반주는 《동동》의 중간가락으로 넘어가는데 기녀들이 뒤따라 《동동》의 이월편으로부터 십이월편까지를 런달아 웨쳤다.*

* 《樂師由東楹入 置牙拍於殿中左右 舞妓二人分左右而進 跪取牙 擧而還置
起立 斂手足蹈 跪俛伏 樂奏動動慢機 兩妓小擧頭 唱起句… 跪取牙拍 掛
挿於帶間 斂手起立足蹈 諸妓唱詞 兩妓舞 樂奏動動中機諸妓仍唱詞…擊拍
兩妓跪執牙拍 斂手起立 從擊拍之聲 北向舞 對舞又北向舞 背舞 還北向而
舞 隨每月詞 變舞 進退而舞…》(《樂學軌範》卷五 時用鄕樂呈才圖儀 《牙拍》)

이상의 기록에 의하면 《아박》정재때에 리용한것은 《동동춤》과 《동동
가》의 느린 가락, 중간가락이였고 《동동사》는 시로서 랑송하였다.

《악학궤범》에 수록된 시용정재(時用呈才)때의 공연과정에는 구호(口號),
치어(致語), 창사(唱詞), 창가(唱歌) 등의 공정들이 있었다. 구호는 출연자
가 웨치는 말이고 치어는 출연자의 설화이며 창사는 출연자가 랑송하는 시이
고 창가는 출연자가 가사와 함께 부르는 노래이다.

향악정재로 《아박》을 연기할 때에 리용되는 《동동사》는 창사였다. 창
사를 한편 《창시》(唱詩)라고도 하였는데 이것은 한자시형태로 이루어지거
나 국어시가형태로 이루어졌다. 《당악정재》의 《헌선도》(獻仙桃), 《오양
선》(五羊仙) 등에 리용된 창사는 한자시형태였다면 《향악정재》의 《아박》,
《봉래의》(鳳來儀) 등에 리용된 창사는 국어시가였다. 《봉래의》에 리용된 국
어시가는 《룡비어천가》였고 《아박》에 리용된 국어시가는 《동동》이였다.

《악학궤범》의 《향악정재》에 수록된 《동동》에는 노래로서의 가창법이 밝
혀져있지 않다. 그러나 《무고》(舞鼓)에 리용된 《정읍사》(井邑詞)나 《학
련화대처용합설》(鶴蓮花臺處容合說)에 리용된 《처용가》(處容歌)는 가창법
이 밝혀져있다. 이것은 《정읍사》와 《처용가》는 향악정재때에 창가로 리용
되였다는것을 말해준다.

향악정재 《무고》에서 리용된 《정읍사》는 철저히 곡과 함께 불리웠다. 그
러므로 《정읍사》는 소절에 따라 앞소절(前腔), 뒤소절(後腔)로, 후렴부분
은 소엽(小葉)으로 표시되였고 과편(過篇), 금선조(金善調) 등 곡들이 표시
되였다.

그러나 《아박》에 리용된 《동동사》에는 이러한 표시가 없다. 《정읍사》
와 《처용가》는 창가로 리용되면서 가사가 많이 달라졌다. 그에 비하면 《동
동사》는 창사로 리용되여 원문이 크게 고쳐지지 않고 원래의것을 그대로 전
하여왔다.

《동동사》가 곡을 동반하지 않은 가사였다는것은 이 작품이 후세에 가사로

전하여지기는 하였으나 곡과는 별개로 존재하였다는것을 말해준다. 다시말하여 《동동사》는 문학작품의 형태로 가사로만 전해지면서 곡과는 별도로 《동동무》의 연기파정에 리용되였고 《동동무》는 《동동가》와 결합된 가무로 전해졌다는것을 말해준다.

15세기까지 전해진 《동동무》는 결국 노래와 춤이 하나로 조화되여 이루어진 가무였다. 이 가무에서는 노래이자 춤이고 춤이자 노래였다.

《동동사》가 《동동무》, 《동동가》와 일정하게 분리된것은 문학작품으로서의 형상적특성과 중요하게 관련되여있다.

고구려사람들이 《동동무》를 창조하고 연기할 때에는 춤과 노래와 가사가 유기적으로 결합된 하나의 작품이였다. 그러나 《동동무》가 궁중무용으로 리용되면서 봉건귀족들의 생활감정과 정서에 맞게 고쳐지게 되였다. 궁중무용으로서의 《동동무》의 변천파정에 가사인 《동동사》에서도 일정한 변화를 가져왔다. 그것이 바로 《동동사》의 앞머리에 붙여진 머리시형식의 이른바 《기구》이다.

궁중무용으로 리용되던 《동동무》는 봉건통치배들의 기호에 맞게 점차 고쳐졌지만 가사문학으로서의 《동동》은 그렇게 쉽게 고쳐버릴수 없었다. 그리하여 가사가 창사 즉 웨치는 소리로 되였다가 16세기 전반기에는 그것마저도 봉건지배계급의 감정정서에 배치되는것으로 인정되여 리용하지 않게 되였고 그대신 통치배들의 사상감정에 부합되는 《신도가》로 대치되였던것이다.

고구려가요 《동동》의 기본정서는 떠나간 님에 대한 그리움이다. 《동동》은 고구려후기 평민계층에 속하는 녀인의 생활에 토대하여 창작된 서정가요로서 님에 대한 그리움의 감정을 일년 열두달의 각이한 생활적계기속에서 펼쳐보이고있다. 즉 매달의 계절적변화와 자연풍치, 민속적행사들에 의탁하여 서정적주인공이 체험하는 생활감정과 심리세계의 변화과정을 섬세하게 보여주고있다.

가요는 내용상 크게 세개의 단락으로 나누어볼수 있다.

1월부터 4월까지의 노래에는 계절의 변화에 따라 갈마드는 님에 대한 생각을 자신의 외로움과 떠나간 님에 대한 간절한 그리움속에 펼쳐보이고있으며 5월부터 9월까지의 분절에서는 매달 찾아드는 민속명절을 맞으며 님의 건강을 바라면서 돌아올 날을 기다리는 서정적주인공의 심정을 노래하고있고 10월부터 12월까지의 마지막 세 분절에서는 기다려도 돌아오지 않는 님에 대한 야속한 심정과 슬픔속에서 님을 기다리는 자신의 처지를 토로하고있다.

작품에 등장하는 서정적주인공은 매우 평범하며 소박한 녀인이다. 그는 떠나간 님을 애타게 그리워하면서 매달, 매 절기를 님에 대한 그리움속에 맞고 보낸다.

작품에 《록사》라는 말이 나오는것으로 보아 서정적주인공이 그리워하는 님은 무관 즉 싸움터에 나간 군인의 한 사람이라고 생각된다. 그는 하루이틀이 아니라 한해, 두해가 지나도록 돌아오지 못하였다. 가요는 님과 헤여져 외로이 세월을 맞고 보내는 서정적주인공의 쓸쓸한 심정을 구체적인 환경속에서 진실하고 생동하게 노래하고있다.

얼음이 얼듯녹을듯 한 봄철이 왔다. 봄철은 사람들에게 많은것을 생각하게 한다. 서정적주인공은 텅 빈 세상에 저홀로 살아가는듯 한 느낌에 잠긴다. 2월이면 보름달이 휘영청 밝다. 그것은 마치도 이 세상 만사람의 얼굴을 밝게 비쳐줄 행복의 상징인듯싶다. 3월에 피여난 배꽃을 하염없이 바라보며 서정적주인공은 그 아름다움속에 남들이 부러워하는 자신을 비겨보군 한다. 4월이면 이른 여름을 맞아 꾀꼬리가 찾아와 정답게 노래부른다. 짝을 이루고 울어예는 꾀꼴새의 모습은 문득 떠나간 님에 대한 그리움을 더욱 간절하게 한다. 정녕 떠나간 님, 록사님은 나를 잊어버리고 돌아올 생각을 안하는것이 아닌가.

가요에서는 다음부분에서 매달에 들어있는 명절을 맞으면서 님에 대하여 느끼게 되는 감정을 간명하면서도 절절하게, 정서적으로 펼쳐보이고있다.

6월 류두날에는 녀인들이 맑은 물에 머리를 감는 풍습이 있다. 작품에서는 머리를 감으면서 느끼게 되는 자신의 처지를 마치도 벼랑에 내버린 낡은 빗과 같다고 한탄하면서 님과 함께 즐기던 길지 않은 세월을 회고한다. 7월 보름 백중날은 온갖 곡식과 과일이 무성한데 한해 봄, 여름철에 있었던 고달픈 나날들을 돌이켜보고 피로를 푼다. 이날을 맞이한 서정적주인공은 풍년이 들어 그 기쁨을 님과 함께 즐기기를 원한다. 8월 가위날은 오곡백과 무르익어 한해농사를 총화하는 일년중 제일 좋은 명절이다. 이날은 누구나 배불리 먹고 즐겁게 노는 명절이지만 가요의 주인공은 님을 모시고 지내지 못하는것으로 하여 명절을 즐기지 못한다. 9월 9일은 이른바 중양절(重陽節)이라 하여 늦은 가을의 명절로 즐기는 날이다. 항간에서는 국화꽃을 술에 담그었다가 이날 그것을 마시면서 즐긴다. 작품의 서정적주인공은 국화꽃을 따서 단지안에 정히 넣는데 이때 느끼는 감정은 명절을 맞이한 즐거움이 아니라 한해가 늦어가도록 돌아오지 않는 님에 대한 사무치는 그리움이다.

다음 10월부터 12월까지의 분절에서는 자신의 처지에 대한 한탄과 님에 대한 그리움 그리고 님을 위하는 간절한 마음을 펼쳐보이고있다.

10월에 접어들어 초겨울을 맞이한 서정적주인공은 의지할데 없는 자신의 처지를 썰어놓은 모과에 비겨 노래하였고 11월에는 차거운 잠자리에 홑적삼을 덮고 누워 외로움을 참아가는 슬픈 심정을 보여주었으며 12월에는 님에 대한 정성이 아무리 지극하여도 그것을 바칠수 없는 섭섭한 감정을 노래하였다.

가요에서는 짧은 시구절속에 한달의 인상적인 생활, 특징적인 현상을 함축하여 그려보이면서 그로부터 받아안게 되는 감정과 정서를 생동하고 진실하게 노래하고있다.

노래는 지나치게 애상적인 감정이 다분히 반영되여있는 제한성도 있으나 지금까지 알려진 가장 오래된 달거리체의 노래로서 중요한 문학사적의의를 가진다.

가요의 인민적성격은 평범한 녀인의 생활을 진실하게 노래한 주제사상적내용에서만이 아니라 시어의 소박성에서도 찾아볼수 있다. 가요 《동동》의 시어는 대체로 고유어어휘로 이루어져있으며 그것은 또한 매우 평이하고 소박하며 유순하다.

가요는 후세에 전해지면서 일부 고쳐진 흔적이 없지 않아있다. 《開한》, 《滿春달》, 《排하야두고》, 《長存》 등과 같은 한자어휘는 후세에 가사를 개작한 흔적이라고 할수 있다. 그러나 노래의 전반가사는 한자어휘보다 우리말 고유어어휘가 기본을 이룬다. 《나릿물》, 《누리》, 《벼랑에 버린 빗》, 《아흐레》, 《가위날》, 《즈믄》 등 우리 말 고유어들이 가요의 전반적인 정서와 운률을 살리는데서 결정적인 작용을 하였다. 시어가 인민적이고 운률이 민족적인것으로 하여 가요 《동동》은 우리 민족이 창작한 인민가요로서의 면모를 뚜렷이 보여준다.

가요 《동동》의 시적운률은 우리 인민에게 친숙해진 민족적인 운률이다.

가사는 대체로 2.3의 음수률로 이루어져있다. 여기서 한개 절을 실례로 들어보면 다음과 같다.

정월 나릿므른
아으 어져녹져 하논대

누릿가온데 나곤

몸하 하올로 녈셔

아으 동동다리   (정월편)

2. 4(2. 2)

2. 4(2. 2). 3

5(2. 3). 2

2. 3. 2   ·

2. 4(2. 2)

이러한 음수률은 우리 민족시가의 운률조성에서 보편적으로 리용되였던것
이다.

일반적으로 시가의 운률적기초는 매 나라, 매 민족마다 서로 다르다. 그것
은 해당 민족의 언어의 어음적특성과 관련되기때문이다. 민족어의 어음적특
성은 생리학적 및 음향학적측면에서 서로 다르게 나타난다. 시가작품의 운률
은 민족어의 어음이 가지고있는 음향학적측면이 나타낸다.

우리 나라 인민가요작품들의 운률조성의 기초는 우리 말의 말소리가 가지
고있는 높낮이, 길고짧음, 세고약함과 음절군의 결합방식이다. 우리 말의 말
소리가 가지고있는 높낮이, 길고짧음, 세고약함과 음절군의 결합방식은 우리
인민의 오랜 기간의 언어생활과정과 가요창작과정에 이루어지고 공고화된것
으로서 우리 민족의 감정과 정서에 부합된다.

우리 민족의 오랜 가요들은 운률이 매개 말소리의 음향학적특성올 살리면
서 일정한 음절군올 적절히 배합하는것으로 이루어졌다. 울림소리와 스침소
리, 터침소리 둥올 유기적으로 배합하고 2.3음절을 기본으로 한 음절군올 적
당히 반복하여 운률을 이루는것, 이것이 우리 나라 민족시가작품에서의 운률
조성의 기본방법이였다.

가요 《동동》은 우리 나라 민족시가의 이러한 운률조성방법을 그대로 리
용하였다. 《동동》에서는 매개 말소리를 조절, 배합하여 운률올 이루었을뿐
아니라 음절수룰 2.3음절군이 되도록 함축하거나 펴놓은것도 있다. 《어져
녹져》, 《즈믄햴》, 《녀가져》 둥은 음절수룰 조절하기 위해 말소리를 함축
한 실례라면 《하올로》, 《져미연》 둥은 음절수를 조절하려고 말소리룰 펴

놓은 실례이다.

이처럼 가요 《동동》은 우리 민족시가창작에서 리용하는 운률조성방법을
비교적 원만하게 활용하여 운률을 이루었다.

가요 《동동》은 북소리장단에 기초하여 창작한 서정가요이다.

《동동》이 북소리장단에 기초하여 창작한 가요라는것은 제목과 조흥구가
잘 말해준다. 《동동》에서 제목은 북소리를 상징한것이다. 이에 대하여 실학
자인 리익(1681-1763)은 다음과 같이 썼다.

《〈동동〉이란 지금의 팡대들이 입으로 북소리를 내여 춤의 가락으로 삼는
것이 이것이다.》*

* 《動動者今倡優口作鼓聲 而爲舞節者是也》(《星湖僿說類選》 卷四 下 《治道
門》 三)

리익은 《동동》이 입으로 흉내내는 북소리로서 북소리와 같은것이라고 하
였다. 북소리를 《동동》으로 표기하는것은 예로부터 있은 사실이다. 실례로
최치원(857-?)은 후기신라시기에 놀던 가면놀이인 《속독》(束毒)을 보고 쓴
시에서 《북소리 동동 바람은 슬슬》이라고 하였었다.

최치원의 《향악잡영》(鄕樂雜詠)에서 《속독》은 다음과 같다.

흩어진 머리, 쪽빛얼굴
사람모양 아니건만
떼를 지어 뜰에 나와
란새처럼 춤을 춘다

북소리 동동
바람은 슬슬
앞으로 달리고 뒤로 뛰며
끊임없이 노니누나

蓬頭藍面異人間
押隊來庭學舞鸞
打鼓冬冬風瑟瑟
南奔北躍也無端

(《三國史記》 卷三十二 樂)

한편 고려시기에 창작된 노래에도 《동동》이 있었다. 이에 대하여 《증보문헌비고》에서는 다음과 같이 기록하였다.

《합포만호인 류탁은 위엄과 은혜를 베푼것이 있었다. 왜가 순천(順天)의 장생포에 침입하자 류탁이 달려가 도왔는데 왜들은 광경만을 바라보고 패주하였다. 군사들은 그것을 기뻐하면서 이 곡을 지어 그를 찬미하였다.》*

* 《合浦萬戶柳濯有威惠 倭寇順天長生浦 濯赴援 倭望風潰 軍士悅之 作此曲以美之》(《增補文獻備考》卷之一百六 樂考 十七)

이 노래를 《증보문헌비고》에서는 《동동》이라고 제목을 달았으나 《고려사》에서는 《장생포》(長生浦)라는 제목아래에 기록하였다.

《고려사》의 기록은 다음과 같다.

《시중 류탁이 전라도에 부임해있을적에 위엄과 은혜를 베푼것이 있어 군사들이 아끼며 두려워하였다. 왜가 순천부(順天府) 장생포에 침입하자 류탁이 가서 지원하였는데 적들은 바라보다가 두려워서 즉시 군사를 이끌고 물러갔다. 군사들은 크게 기뻐하면서 이 노래를 지었다.》*

* 《侍中柳濯出鎭全羅 有威惠 軍士愛畏之 及倭寇順天府長生浦 濯赴援 賊望見而懼 卽却之 軍士大悅 作是歌》(《高麗史》卷七十一 樂志 二 《長生浦》)

우의 두 기록을 살펴보면 같은 노래를 서로 다르게 이름지은것으로 인정된다. 그러나 《증보문헌비고》에서는 《장생포》와 《동동》을 서로 다른 노래로 인정하여 다음과 같이 기록하였다.

《장생포, 류탁이 왜구를 만덕사에서 격파하고 포로들을 모두 데려왔는데 왜구들이 감히 범접하지 못하였다. 류탁이 스스로 장생포곡을 지었는데 악부에 전한다.》*

* 《長生浦 柳濯破倭寇於萬德社 悉還俘獲 寇不敢犯 濯自製長生浦曲 傳于樂府》(《增補文獻備考》卷一百六 樂考 七)

이 기록에 의하면 《장생포》라는 노래는 류탁이 창작한것이며 만덕사(萬德社)에서 왜구를 격파하고 포로되였던 우리 나라 사람들을 탈환하고나서 지은것으로 되여있다.

지난 시기 우의 기록들을 가지고 서로 다른 론의들이 있었다. 일부 연구자들은 《동동》과 《장생포》는 서로 다른 작품이며 따라서 두 작품이 주제사상적내용과 정서에서 같지 않다고 하였고(《고려시가연구》김일성종합대학출판사 1989년) 《가요로서의 〈동동〉을 현재 가사가 전해지는 작품 한편으로 단정하지 말아야 하며 〈동동〉이라는 이름은 같으나 그 내용이 서로 다른 작품도 있었다는것을 고려할 필요가 있다.》고 하였다.(우와 같은 책)

고려시기에 창작된 가요인 《장생포》와 《동동》이 서로 다른 작품인가 하는것은 앞으로 더 연구하여보아야 할 문제이지만 《동동》이라는 이름으로 불리워진 노래가 하나뿐이 아닐수 있다는 주장은 타당하다고 본다. 왜냐하면 《동동》이 북소리를 상징하여 부른 이름이기때문이다.

《고려사》에 올라있는 《장생포》와 《증보문헌비고》에 수록된 《동동》이 만약 같은 노래에 대한 두가지의 이름이라면 《장생포》라는 이름은 그 노래를 창작한 고장이거나 그 노래와 관련된 고장이름일것이고 《동동》은 그 노래의 특징적인 음률 또는 노래연주에 리용되던 악기들을 가지고 지은 이름이라고 생각할수 있다.

여하튼 우리 나라의 중세가요들에 북소리를 상징하는 《동동》 또는 《동동》으로 제목을 단 노래들이 있었던것만은 명백하다. 바로 고구려후기에 창작된 인민가요인 《동동》도 북소리를 상징하여 이름지은 작품이였다고 인정된다.

고구려에서는 음악연주에 관악기와 현악기, 타악기를 다 리용하였는데 타악기에서는 북이 널리 쓰이였다. 고구려무덤벽화들을 보면 4세기 중엽에 이루어진 고국원왕릉(안악3호무덤)벽화에는 말북, 세운 북, 메는 북, 손북, 흔들북이, 408년에 꾸려진 덕흥리무덤벽화에는 메는 북, 손북, 흔들북이 보이며 5세기말의것으로 인정되는 쌍기동무덤벽화에는 큰북이, 4세기말경의것으로 인정되는 안악1호무덤벽화에는 매단 북이 그려져있다. 그리고 6세기에 이루어진것으로 인정되는 길림성 집안(통구)다섯무덤의 5호무덤벽화에는 장고가 그려져있다. 이처럼 고구려에서는 형태와 크기, 용도가 다양한 여러가지 북들이 음악연주에 리용되였다. 가요 《동동》은 이러한 북들의 반주속에 불리워졌던 노래라고 인정된다.

물론 고구려가요인 《동동》의 북소리와 고려가요인 《동동》의 북소리가 정서적으로 같을수는 없다. 고구려때의 《동동》은 련정가요로서 그에 알맞는 북소리장단이 있었을것이며 고려때의 《동동》이나 《장생포》의 북소리는 왜적을 쳐부시고 승전을 기뻐하는 군사들의 정서가 넘쳐흐르는것이였을것이다. 다시말하여 고구려후기에 창작된 인민가요인 《동동》은 련정가요로서 님을

그리워하는 녀인의 정서가 흐르는 서정가요였다면 고려때의 가요인 《동동》
은 승전을 축하하는 씩씩한 군가였을것이다.

고구려후기의 인민가요 《동동》에서 이채로운것은 《동동》이 후렴구를 이
룬것이다. 이 가요의 후렴구는 북소리를 상징한 《동동》과 감동사 《아으》
그리고 《다리》로 이루어져있다. 우리 나라 중세가요들에 쓰인 감동사는 여
러가지이나 그중에서 《아으》가 비교적 이른 시기의것이다. 고구려인민가요
인 《동동》에 리용된 감동사 《아으》는 백제가요인 《정읍사》에도 쓰이였고
후기신라시기의 가요인 《처용가》에도 쓰이였다. 이것은 고구려의 인민가요
에 쓰인 감동사를 백제나 후기신라에서도 리용하였다는것을 말해준다.

감동사 《아으》를 리용한 가요들을 실례로 들어보면 다음과 같다.

《아으 동동다리》
《아으 만춘달 윗고지여》   (《동동》)

《어긔야 어강됴리
  아으 다롱디리》   (《정읍사》)

《아으 열병대신의 발원이샷다》   (《처용가》)

고구려의 인민가요에 쓰인 감동사가 백제나 후기신라에서 그대로 리용되였
다는것은 고구려인민가요의 강한 영향력을 말해주는 동시에 당시 세나라인민
들의 생활감정, 미학정서적느낌이 같았다는것을 의미한다.

감동사 《아으》가 이처럼 씌여온 력사가 오래고 감정정서적색채가 민족적
인것이기에 조선봉건왕조의 건립을 찬미하는 노래인 《문덕곡》(文德曲)을 지
으면서도 《아으》를 그대로 리용하였던것이다.

《아으 아후지덕이 수무궁하샷다》
《아으 증재락개 향천추하샷다》
《아으 공성치정이 배무극하샷다》 (《樂學軌範》卷五 《文德曲》)

한편 고려때에 창작된 가요인 《정과정》(鄭瓜亭)에서는 감동사로 《아으》

와 함께 《아소》를 리용하였고 《사모곡》(思母曲)에서는 《아소》를 리용하였다.

《살웃브뎌 아으

　　니미 나랄 하마 니자시니잇가》　　　　(《정과정》)

《아소 님하 도람드르샤 피오쇼셔》　　　　(《정과정》)

《아소 님하 어마님가티 괴시리 업세라》　(《사모곡》)

《정과정》에서 리용한 감동사 《아으》도 고구려인민가요인 《동동》이나 그것을 이어받았던 《정읍사》, 《처용가》에 연원을 둔것이라고 말할수 있다.

《정과정》과 《사모곡》에 리용된 《아소》 또는 《아소 님하》는 《리상곡》(履霜曲)에서도 쓰이였다.

일부 연구자들은 《아소》를 감동사가 아니라 《앗다》, 《버리다》, 《없애다》의 의미를 가지는 단어로 해석하였다.(《고가요집》 국립문학예술서적출판사 1959년)

《아소》를 감동사로 리해하려면 《삼국사기》에 소개된 《회소곡》(會蘇曲)과 관련시켜보지 않을수 없다. 《삼국사기》에서는 가위날 실낭이경기에서 진 어떤 녀인이 부른 노래를 이야기하면서 《이때에 진 집의 한 녀인이 일어나 춤을 추면서 탄식하기를 〈회소, 회소〉라고 하였는데 그 소리가 애처로우면서도 우아하였다. 후세사람들이 그 소리에 따라서 노래를 짓고 이름을 〈회소곡〉이라고 하였다.》*고 썼다.

*　《自秋七月旣望 每日早集大部之庭績麻 乙夜而罷 至八月十五日 考其功之多小 負者置酒食 以謝勝者 於是歌舞百戲皆作 謂之佳俳 是時負家一女子起舞 歎曰會蘇會蘇 其音哀雅 後人因其聲而作歌 名會蘇曲》(《三國史記》卷一 新羅本紀 《儒理尼師今》九年)

우의 기록에 의하면 《회소》는 명백히 감동사였고 그 음색이 《애처로우면서도 우아》하여 사람들의 깊은 감명을 불러일으켰다. 《아소》는 《회소》와 가깝다.

그런데 중세가요창작에서 《아소》를 리용하기 시작한것은 고려시기이다. 이것은 당시 고려봉건통치배들속에서 신라의 문물을 내세우는 경향이 농후하

- 200 -

였던 결과 가요창작에서도 신라시기의것을 간혹 받아들인 사정과 관련된다. 그러나 고려시기 가요창작에 많이 리용된것은 고구려인민가요에 리용되었던 감동사 《아으》였다.

《아으》는 그후 《아》 또는 《위》, 《어와》로 되였다. 고려때에 창작된 가요인 《리상곡》에 감동사 《아》가 쓰이였고 《처용가》에는 《어와》가 쓰이였으며 그밖에 《서경별곡》, 《한림별곡》, 《관동별곡》, 《죽계별곡》에는 《위》가 리용되였다. 《위》는 고려시기 가요들에서 흔히 리용되였던 감동사로서 《아으》의 변형이다.

《위 덩더둥성》	(《사모곡》)
《위 두어렁성 두어렁성 다렁디리》	(《서경별곡》)
《위 날조차 몃부니잇고》	(《한림별곡》)

《爲 四海天下無豆舍叱多》	
《爲 又來悉何奴日是古》	(《관동별곡》)
《爲 雪月交光景 幾 何如》	
《爲 四節遊是沙伊多》	(《죽계별곡》)

15세기에는 《히웅》이라는 감동사가 쓰이였다. 《금양잡록》(衿陽雜錄)에 의하면 당시 경기도 시흥지방의 농민들이 부르던 느린 가락의 노래에 《히웅아야리》라는 조흥구가 있었다. 《해동죽지》(海東竹枝)에서는 《아라리》를 조흥구로 보면서 우리 나라 노래가락에 《아라리타령》이 있다고 하였다.

요컨대 우리 나라 인민가요들에서 조흥구에 감동사를 리용하기 시작한것은 고구려후기 인민가요인 《동동》때부터였다. 《동동》에서 리용한 조흥구, 감동사가 세나라시기는 물론 그후 고려를 거쳐 조선봉건왕조시기에도 리용된것이다.

후렴구 《아으 동동다리》에서 《다리》의 의미에 대하여서도 여러가지 주장들이 있었다. 《고려가사》(高麗歌詞)에서는 《동동》을 북소리에 대한 상징으로서 현대말의 《둥둥》으로 인정하였고 《다리》는 먹임소리로서 《두리둥둥》의 《두리》라고 보면서 노래하고 춤을 출 때에 흥을 돋구기 위한 후렴구라고 하였다. 그리고 《고가요집》에서는 《동동》은 북소리에 대한 상징이고 《다리》는 《달》로서 가요 《동동》의 형식이 달거리체임을 의미한다고 하였다.

그 어느 경우를 막론하고 《동동다리》는 가요 《동동》의 조흥구로서 전반적인 노래의 예술적정서를 북돋아주는 작용을 하였던것이 명백하다.

가요 《동동》은 비교적 긴 형식의 절가작품으로서 우리 나라의 절가형식가요창작에서의 발전면모를 보여준다.

절가는 인민대중에 의하여 발생발전하여온 인민가요의 형식이다. 절가형식은 그 발생자체가 근로인민대중의 로동생활과 밀접히 결부되여있으며 집단적인 가창형식에 기초를 두고있다. 력사적으로 우리 인민들이 즐겨부르고 사랑하여온 가요들은 거의다 절가형식으로 이루어져있다. 우리 민족의 우수한 민요들이 대체로 절가형식으로 되여있는것도 바로 이때문이다.

고구려후기에 이처럼 내용적으로나 형식적으로 우수한 가요작품이 창작된것은 당시 고구려인민들의 높은 예술적창조능력을 보여준다.

고구려의 구전가요에는 이밖에도 여러 작품들이 있었겠지만 현재 전해지는 유산은 우에서 이야기한것이 대체로 기본을 이룬다고 생각한다.

Ⅲ. 서사문학유산

위대한 령도자 김정일동지께서는 다음과 같이 교시하시였다.

《우리 나라는 민족문화유산이 풍부한 나라입니다.》(《김정일전집》 제2권 168페지)

고구려에서는 구전문학과 함께 산문 및 운문분야에서 여러 형태의 작품들이 창작됨으로써 자기 발전의 새로운 길을 개척하게 되였다.

서사문학의 출현은 문학발전의 새로운 단계를 의미한다.

구전문학이 대체로 집체적지혜의 산물로서 사람들의 입을 통하여 창조되고 보급된다면 서사문학은 개인창작으로서 글로 씌여져 기록에 남아 전해진다.

서사문학은 서사생활의 풍부한 체험과 문학예술에 대한 사회적요구가 높아짐에 따라 발생발전한다.

삼국시기에는 이미 발전된 우리 말과 고대로부터 전해내려오는 풍부한 구전문학작품들에 의하여 서사문학발전의 토대가 마련되여있었다.

고구려에서는 구전문학의 풍부한 유산과 창조경험에 토대하여 서사문학을 개척하고 발전시켰으며 그것을 력사기록에 남겨 후세에 전하였다.

1. 산 문

일반적으로 산문은 운문에 상대하여 이르는 말이다. 운문이 일정한 운률에 기초하여 이루어진 문장이라면 산문은 운률이 없이 이루어진 문장이라고 말할수 있다.

고구려사람들은 선행시기에 이루어진 산문의 창작경험과 성과에 토대하여 그것을 새롭게 발전시켰다.

고구려전기에는 벌써 산문을 발전시킬수 있는 여러가지 조건들이 갖추어져있었다.

우선 고조선시기에 이루어진 산문창작의 경험과 유산이 있었다.

《천부경》(天符經)이라고 불리우는 기록물이 력사기록들과 함께 후세의 자료들에 나타나고 특히 《신지비사》(神誌秘詞) 등이 고구려에 전해저 새롭게 주해를 달고 해석을 붙이였던것으로 보면 고구려때에는 고조선시기에 이루어진 문헌들이 일정하게 있었다는것을 알수 있다.

이러한 문헌들에 의하여 그 창작 및 편찬경험과 성과들이 고구려에 전해졌으며 그것이 여러가지 형태의 산문을 창작할수 있는 토대로 되였다.

고구려시기에 산문이 발전할수 있은것은 또한 당시의 사회력사적조건과도 관련되여있었다.

고구려는 노예소유자국가에서 새롭게 출현한 봉건국가였다. 고구려인민들은 건국초기부터 낡은 지배세력을 반대하여 싸우는 한편 외래침략자들과의 치렬한 투쟁을 벌리였다.

새로운 사회정치제도를 세우고 경제를 발전시키며 외래침략자들을 물리치고 낡은 세력을 극복하기 위한 투쟁과정에 있었던 여러가지 사건, 사실들과 나라와 겨레를 위한 일에 몸바친 인물들에 대한 감동적인 이야기는 당시 사람들을 몹시 흥분시켰고 그것은 후세에 반드시 전하여야 할 고귀한 경험과 교훈을 주는것으로 인정되였다. 고구려전기산문에 고구려의 건국과정과 건국시조인 고주몽에 대한 이야기들이 많은것도 바로 이때문이였다.

사람들의 문화수준, 창조력이 보다 높아진것도 고구려에서 산문문학이 발전할수 있은 하나의 요인이였다.

고구려의 산문문학은 주로 당시에 전해지던 민간설화들을 글말로 정리한것과 력사적인 사건, 사실 그리고 그에 대한 필자의 주장같은것을 형상적으로 기록해놓은것이였다.

삼국시기에는 아직 문학과 력사기록이 뚜렷하게 구분되여있지 않았다. 다시말하여 력사적인 사건, 사실에 대한 기록에 여러가지 이야기가 삽입되여있거나 문학작품이 곧 력사기록이기도 하였다.

《삼국사기》나 《삼국유사》 등 력사문헌들의 체계와 내용에 비추어보면 고구려시기에 편찬된 력사기록들에는 나라의 건국과 력대 왕들의 사적, 외적의 침입과 그를 반대하는 투쟁, 국가의 문물제도와 그의 변화과정, 대외관계와 외교문서, 국가정책에 대한 인민들의 동향, 농민폭동을 비롯한 이러저러한 력사적사변들과 사실들, 각종 민속놀이와 년중행사, 음악과 예술, 종교와 관련된 자료, 자연기후적변동자료, 농업, 상업, 수공업 등과 관련한 자료, 관혼상제와 풍습, 충신과 간신 등에 관한 자료들과 함께 예로부터 전해지는 유적과 유물, 신화와 전설, 민화를 비롯한 설화와 구전가요 등 풍부하고 다양한 문화유산들이 담겨져있었다고 추측된다. 이로부터 이러한 력사기록들이 고유한 의미에서의 문학작품은 아니지만 서사문학의 발생발전과정으로 볼 때 문학과 전혀 무관계하다고는 볼수 없다.

서사문학은 원래 발생초기에 력사기록과 저서, 여러가지 문서의 작성과 밀착되여있었으며 이러한 상태에서 오랜 기간 발전하다가 점차 분리되여 예술적산문으로서의 독자적인 모습을 나타내게 되였다. 이것은 중세 서사문학 특히 산문문학의 발생과 발전에서 보편적인 현상이였다고 할수 있다.

특히 구전문학유산자료와 함께 인물전기, 격문, 상소문, 외교문서, 민속과 풍습 등에 대한 기록들은 그자체내에 문학적인 요소를 다분히 내포하고있었고 문체적측면에서도 비교적 세련되여있은것으로 하여 이후시기 예술적산문의 출현을 위한 귀중한 밑천으로 되였다.

오늘 우리가 고구려의 문학유산을 학술적으로 정리하면서 가장 큰 애로로 느끼게 되는것은 현재까지 전해지는 고구려의 산문자료가 몹시 부족하다는것이다. 끊임없이 계속된 외래침략자들의 파괴, 략탈만행과 그밖의 여러가지 원인에 의하여 오늘까지 전해지는 고구려의 산문자료는 많지 못하다.

따라서 여기서는 현존하는 력사기록들을 통하여 고구려의 산문문학발전정형에 대해 살펴보려고 한다.

1) 고구려전기의 산문

고구려전기산문들을 전해주는 자료는 력사기록들이다. 이런 조건에서 고구려전기의 산문을 력사기록들을 통하여 론의하지 않을수 없다.

고구려전기에 이루어진 산문은 대체로 력사적인 사건, 사실을 기록한 산문과 인물전기식산문 등이다.

《류 기》

고구려전기의 산문유산으로 현재까지 알려진 문헌들가운데는 《류기》(留記)가 있다.

《삼국사기》에는 다음과 같은 기록이 있다.

《태학박사 리문진에게 명령하여 옛 력사를 요약하여 〈신집〉 5권을 만들게 하였다. 건국초기에 처음 문자를 사용할 때 어떤 사람이 사실 100권을 기록하고 이름을 〈류기〉라고 하였는데 이때에 이르러 깎고 수정하였다.》*

* 《詔太學博士李文眞 約古史 爲新集五卷 國初始用文字時 有人記事一百卷
名曰留記 至是刪修》(《三國史記》 卷二十 高句麗本紀 嬰陽王 十一年)

우의 기록을 보면 고구려의 건국초기에 어떤 사람이 사실을 기록하여 100권
으로 된 문헌을 만들고 그 이름을 《류기》라고 하였다는것을 알수 있다. 한
문에서 사실이란 사건과 마찬가지로 력사적으로 실재한 일을 말한다.

《류기》는 당시에 실재한 사건, 사실을 기록한 산문집이였다.

《류기》가 100권이라는것은 권축본(卷軸本) 즉 두루말이형태로 장정한 문
헌의 분량을 말하는것이다. 고구려건국초기에 벌써 사건, 사실을 기록한 문
헌이 100권으로 이루어졌다는것은 당시 고구려의 문헌편찬사업이 상당한 정
도로 발전하였다는것을 보여준다.

《류기》는 봉건국가가 주관하여 편찬한 문헌이 아니라 《어떤 사람》 즉 개
인이 편찬한 문헌이였다. 고구려의 건국초기에 개별적인 사람이 이처럼 방대
한 문헌을 집필, 편찬할수 있은것은 고구려초기 사람들의 문화수준과 창조적
능력이 그만큼 높았으며 당시 고구려사회에 후세에 남겨야 할 력사적인 사건
과 사실, 의의있는 경험과 교훈이 많았다는것을 말해준다.

《삼국사기》에서는 《류기》를 가리켜 《옛 력사》(古史)라고 하였다. 이것
은 《류기》가 반영한 내용을 집약적으로 표현한것이다.

지난날 사람들의 견해에 의하면 력사란 지나간 나날에 있었던 사건, 사실
들가운데서 사람들에게 경험을 주거나 교훈을 주며 귀감으로 될만 한것을 기
록해놓은 글을 말하였다.

실례로 《삼국사기》를 편찬하면서 김부식은 력사의 인식교양적의의를 《임
금이 착한가 악한가, 신하가 충직한가 간사한가, 나라가 편안한가 위태로운
가, 백성들이 다스려졌는가 란잡한가 하는것을 모두 드러내놓아 후세에 힘쓰
기를 권고하고 경계하도록 하는것》*이라고 하였다.

* 《君后之善惡 臣子之忠邪 邦業之安危 人民之理亂 皆不得發露 以垂戒 宜
得三長之才 克成一家之史 貽之萬世 炳若日星》(《三國史記》 進三國史表)

이러한 견해가 물론 고구려사람들의것은 아니라 하더라도 력사를 다루는 봉
건사가들의 판점과 립장은 대체로 이러하였다.

결국 《류기》는 《옛 력사》로서 당시의 사회현실에서 제기되였던 사건, 사
실들가운데서 경험과 교훈을 주고 귀감으로 될만 한것들을 선택하여 기록한
것이였다고 말할수 있다. 《류기》의 편찬자는 력사에 반드시 남겨야 할 사

- 206 -

건, 사실, 인물에 대하여 거록하면서 문헌이름자체도 《남겨놓은 기록》 또는 《기록을 남긴다》는 의미에서 《류기》로 달았다.

후날 그것을 요약해서 새로운 력사문헌을 편찬한 사실은 《류기》의 력사문헌적가치를 짐작할수 있게 하여준다.

고구려건국초기에는 력사적인 사건과 사실들로 가득차있었다. 노예소유자국가로부터 새로운 봉건국가의 형성, 나라와 겨레를 위한 인민들의 헌신적인 노력, 사람들의 생활속에서 발현되는 비상한 사실들과 풍부한 경험과 교훈, 외적의 침입을 막고 국력을 키우기 위한 투쟁 등 고구려건국초기의 사회현실은 새롭고 격동적인 사실들로 충만되여있었다.

이러한 다종다양한 사건들과 사실들을 자기가 보고 듣고 느낀데 따라 서술해놓은것이 《류기》였다고 생각된다.

중세의 봉건사가들에게는 유교적인 력사서술방법에 얽매여 력사적사건, 사실의 선택과 서술에서 반드시 견지해야 할 몇가지 방법이 있었다. 6세기말에 편찬된 력사책인 《신집》에서는 이러한 방법이 어느 정도 적용되였을수 있었지만 《류기》에서는 아직 리용되지 않았었다. 《류기》에서는 필자의 견문이 미치는 한계안에서 전설적인 이야기와 실화들 그리고 널리 알려진 인물들의 행적 등을 자유롭게 기록할수 있었으며 자료의 취사선택에서 정치적 및 종교적구속을 크게 받지 않았다. 이러한 사실을 웅변적으로 말해주는것이 후세의 《신집》편찬과정과 현재까지 전해지는 각종 《고기》들의 내용이다.

《삼국사기》나 《삼국유사》에 인용된 《고기》(古記)의 내용들을 통해서도 《류기》의 내용을 어느 정도 추측할수 있다.

《삼국사기》나 《삼국유사》에 인용된 《고기》의 내용은 매우 다양하고 풍부하다.

물론 《고기》를 무조건 《류기》라고 인정할수는 없다. 그리고 《삼국사기》와 《삼국유사》에 인용된 《고기》들을 모두 독자적인 문헌이름으로 인정하기는 곤난하며 그것을 하나의 문헌으로만 리해할수도 없다.

실례로 《삼국사기》에 인용된 《고기》는 구《삼국사》를 포함하여 《삼국사기》편찬이전에 나왔던 세나라력사를 기록한 문헌들을 두루 가리키는 말이며 《삼국유사》에 인용된 《고기》는 고조선과 부여, 고구려, 백제, 신라에 대한 내용과 불교에 대한 이야기 등을 싣고있는 포괄범위와 내용이 다양하고 풍부한 문헌들을 가리키는 말이다.

《삼국유사》 권1 기이2의 《고조선》, 《북부여》에 인용된 《고기》는 고조선에 대한 기록이며 《태종춘추공》과 권2의 《후백제 견훤》, 권3 탑상4의 《대산 오만진신》조에 인용된 《고기》는 고구려, 후기신라말기의 사실을 기록한것이다. 또한 권3 탑상4의 《전후소장사리》, 《어산불영》 등에 인용된 《고기》는 불교의 전파 및 그와 관련한 이야기들을 기록한것이며 권3 홍법3의 《보장봉로 보덕이암》조에 인용된 《고려고기》는 고구려말기의 력사적사실들을 기록한것이다. 한편 《삼국사기》 권32 악지에 인용한 《신라고기》들과 《삼국유사》 권1 기이2 《말갈, 발해》조에 인용한 《신라고기》는 전기신라시기의 사실을 기록한것이며 《삼국유사》 권1 기이2의 《태종춘추공》에 인용한 《백제고기》는 백제의 력사적사실을 기록한것이다.

이상의 여러 《고기》의 내용들을 종합하여보면 《고기》란 어떤 하나의 구체적인 문헌이름이 아니라 《옛 기록》이라는 범박한 명칭이며 세나라시기의 사실을 기록한 《옛 기록》 즉 《고기》에는 나라별로 된것, 시기별로 된것 등 여러가지 종류가 있었다는것을 알수 있다.

그러나 여기서 명백한것은 이러한 《고기》들에 《류기》나 《신집》의 내용을 옮겨놓은것도 있다는 사실이다.

《류기》의 편찬목적은 고구려의 건국과정과 강대한 국력을 키우는 과정에 있었던 사건, 사실들과 인물들을 소개하여 사람들로 하여금 고구려사람들의 애국심과 헌신적투쟁을 널리 알게 하고 그것을 후세에 전하자는것이였다.

여기서 《삼국사기》의 고구려본기에 수록된 고구려초기의 몇가지 사실기록을 들어보면 다음과 같다. 물론 이것이 꼭 《류기》의 기록은 아니라 하더라도 그에 반영된 내용과 서술방식을 가늠하는데는 참고로 된다고 본다.

―《여름 6월에 송양이 와서 나라를 바치며 항복하므로 그 지방을 〈다물도〉로 개칭하고 송양을 봉하여 그곳 우두머리로 삼았다. 고구려말에 옛땅을 회복하는것을 〈다물〉이라고 하기때문에 그 지방의 명칭으로 삼은것이다.》*①

―《봄 3월에 황룡이 골령에 나타났다. 가을 7월에 상서로운 구름이 골령 남쪽에 나타났는데 그 빛이 푸르고 붉었다.》*②

―《여름 4월에 구름과 안개가 사방에서 일어나 7일동안이나 사람들이 빛을 분간하지 못하였다. 가을 7월에 성곽과 궁실을 건축하였다.》*③

*① 《夏六月 松讓以國來降 以其地爲多勿都 封松讓爲主 麗語復舊爲多勿 故以名焉》(《三國史記》 卷十三 高句麗本紀 始祖東明聖王 二年)

*② 《春三月 黃龍見於鶻嶺 秋七月 慶雲見鶻南 其色靑赤》(우와 같은책, 三年)

*③ 《夏四月 雲霧四起 人不辨色七日 秋七月 營作城郭宮室》(우와 같은 책,
    四年)

이 사실을 구《삼국사》에서는 다음과 같이 기록하였다.

― 《7월에 검은 구름이 골령에서 일어나 사람들은 그 산을 볼수 없었는데
오직 수천명의 사람들이 일하는 소리만이 들리였다. 임금이 말하기를 〈하늘
이 나를 위하여 성을 쌓는구나.〉고 하였다. 7일이 지나자 구름과 안개는 저
절로 사라지고 궁궐과 성곽이 자연히 이루어졌다. 임금은 하늘에 절을 하고
들어가 거처하였다.》*

* 《七月 玄雲起鶻嶺 人不見其山 唯聞數千人聲 以起土功 王曰天爲我築城
    七日雲霧自散 城郭宮室自然成 王拜皇天就居》(《東國李相國集》卷三 《東明
    王篇》)

우의 두 문헌은 명백히 같은 사실을 기록한것이다. 이 두 문헌의 내용을 종
합하여보면 대체로 다음과 같은 내용이 있었다는것을 알수 있다.

우선 고구려의 전국과 그 강성과정에 대한 이야기들이다. 즉 고주몽의 활
동과 고구려의 전국과정 그리고 비류국, 행인국, 북옥저를 징벌하고 고구려
의 령역으로 만들던 과정에 있었던 일들이 기록되였다.

다음은 고구려전국초기에 있었던 여러가지 력사적사건과 사실들이다.

실례로 고구려를 세운 다음 궁궐과 성곽을 쌓은 이야기와 고주몽의 어머니
류화의 최후, 그를 둘러싼 고구려와 부여와의 레우관계 등에 대한 이야기들
을 기록하였다.

또한 당시에 있었던 특이한 자연기후현상에 대한 이야기들이다.

이른바 《상서로운 구름》에 대한 이야기와 상상적인 날짐승인 란새에 대한
이야기 등이 바로 그러한것이다.

《삼국사기》와 구《삼국사》에 수록된 이러한 이야기들이 곧 《류기》의 내
용은 아니라 하더라도 고구려초기의 사실기록내용과 방식을 알수 있게 한다.
지금까지 고구려초기의 자료들을 싣고있던 문헌으로 알려진것이 유독 《류
기》인것만큼 이것을 그와 결부시켜 생각해보지 않을수 없다. 다시말하여 《삼
국사기》에 올라있는 고구려전국초기에 대한 기록이 그대로 《류기》의 내용
은 아니라 하더라도 《류기》의 내용이 《신집》에 전해지고 그것이 다시 구
《삼국사》나 그밖의 기록으로 전해지던것이 《삼국사기》에 옮겨진것으로 생
각하게 된다.

《류기》에는 이러한 내용들과 함께 고구려의 건국과 강성에 이바지한 오이, 마리, 협보, 부분노 등과 같은 인물들에 대한 이야기와 구전문학작품과 음악, 예술과 같은 문학예술적인 내용도 있었을것이라고 추측된다. 《류기》에서는 력사적사건, 사실들을 서술함에 있어서 설화적인 방식도 많이 리용하였다고 생각된다. 이로부터 《류기》에는 문학적인 요소가 일정하게 반영되여있었다.

《류기》의 내용은 후날 후기신라시기에 김대문에 의하여 편찬되였던 문헌들을 생각하게 한다. 김대문은 신라의 력사를 리해하는데 참고가 될 자료들을 가지고 문헌을 편찬하였었다. 그 문헌의 이름이 무엇이였던지는 알수 없으나 《삼국사기》와 《삼국유사》에 인용된 김대문의 글들은 대체로 전기신라시기에 있었던 력사적인 사건과 사실들에 대한 자기나름의 해설이였다. 실례로 《차차웅》(次次雄)과 《마립간》(麻立干)에 대한 그의 해설을 들수 있다.

— 《차차웅은 우리 말로 무당을 이르는것이다. 세상사람들이 무당으로 귀신을 섬기고 제사를 받들므로 이를 존경하다가 마침내 높은 어른을 일러 〈자충〉이라고 하게 되였다.》*①

— 《마립간이란것은 방언으로 말뚝을 이르는것이다. 말뚝은 직위에 준하여 표식하여 설치하므로 왕의 말뚝이 주장이 되고 신하의 말뚝은 아래로 벌려서게 되므로 이렇게 이름을 지은것이다.》*②

*① 《次次雄或慈充 金大問云方言謂巫也 世人以巫事鬼神尙祭祀 故畏敬之 遂稱尊長者爲慈充》(《三國史記》 卷一 新羅本紀 《南解次次雄》)

《金大問云次次雄方言謂巫也 世人以巫事鬼神尙祭祀 故畏敬之 遂稱尊長者爲慈充》(《三國遺事》 卷一 紀異 ― 第二 《南解王》)

*② 《金大問云麻立者方言謂橛也 橛標准位而置 則王橛爲主 臣橛列於下 因以名之》(《三國遺事》 卷一 紀異 ― 第二 《南解王》)

김대문의 이러한 기록방식은 《류기》에서 리용하던 방식을 따른것이 아닌가 생각하게 한다. 요컨대 김대문의 기록이라고 하는 전기신라시기의 력사적 사실에 대한 서술이 대체로 잡기형식인것이다.

《삼국사기》에서는 《류기》의 편찬시기를 전하면서 《처음 문자를 사용할 때》라고 하였다. 이것은 《류기》가 어떤 서사수단으로 이루어졌는가 하는것을 가늠하게 하는 중요한 단서로 된다.

우예서도 말하였지만 우리 민족이 이웃의 여러 지역들과 정치, 경제적 및 문화적관계를 가지기 시작한것은 퍼그나 오랜 옛날부터였다. 그 과정에 한자를 알게 되였고 일부 계층들속에서 한자를 익히고 사용하게 되였는데 《류기》를 편찬하던 시기는 고구려의 건국초기로서 일부 계층이 한자를 글말생활에 리용하기 시작하던 시기라고 인정된다. 처음으로 문자를 쓰기 시작하였다고 하는 이른바 《문자》는 한자, 한문을 의미하는것이다.

고구려초기에 편찬된 《류기》는 그후 《신집》을 비롯한 력사문헌편찬의 귀중한 밑천으로 되였으며 우리 나라에서 중세초기 산문창작의 새로운 발전의 길을 열어놓는데 이바지하였다.

《단군기》와 《동명기》

고구려전기의 산문에서 특기할것은 고구려의 건국과정과 유구한 력사를 보여주는 《단군기》(壇君記)와 《동명기》(東明記)를 만든것이다.

고구려사람들은 고구려를 단군의 뒤를 이어 세운 나라로 인정하였다. 그러므로 고구려를 창건한 고주몽을 《단군의 아들》이라고 하였다.

《삼국유사》에서는 이러한 사실을 다음과 같이 기록하였다.

《동명왕은 갑신년에 왕위에 올라 18년간 나라를 다스렸다. 성은 고씨이고 이름은 주몽이며 한편 추몽이라고 하는데 단군의 아들이다.》*

* 《第一 東明王〈甲申立 理十八 姓高名朱蒙 一作鄒蒙 壇君之子〉》(《三國遺事》卷一 《王曆》)

이러한 견해와 립장으로부터 고구려사람들은 자기들의 건국시조인 동명성왕을 이야기할 때면 의례히 단군에 대하여서도 이야기하군 하였다. 그래서 동명성왕의 전기와 함께 단군의 전기도 쓰게 되였던것이다.

현재 전하여지는 문헌에 의하면 《단군기》를 처음으로 소개한것은 《삼국유사》이다.

《삼국유사》에는 다음과 같은 기록이 있다.

《〈단군기〉에 이르기를 〈단군이 서하 하백의 딸과 관계하여 아들을 낳으니 이름을 부루라고 하였다.〉고 하였다.》*①

한편 이러한 이야기를 전하는 《단군본기》(檀君本記)가 또 있었다. 그 《단군본기》의 내용은 다음과 같다.

《비서갑 하백의 딸과 결혼하여 아들을 낳으니 이름을 부루라고 하였다.》*②

*① 《壇君記云 君與西河河伯之女要親 有産子 名曰夫婁》(《三國遺事》卷一

　　　紀異二 《高句麗》)

*② 《檀君本記曰 與非西岬河伯之女 婚而生男 名夫婁》(《帝王韻紀》下)

우의 두 기록을 대조하여보면 같은 사실을 기록한 두개의 문헌이 서로 다르다는것을 알수 있다.

《단군기》에서는 단군을 《壇君》이라고 쓰고 부루의 어머니는 《서하 하백의 딸》이라고 하였지만 《단군본기》에서는 단군을 《檀君》이라고 쓰고 부루의 어머니는 《비서갑 하백의 딸》이라고 하였다.

두 문헌의 이러한 차이는 단순히 문헌편찬자들의 실수나 오인에 의한것이 아니라 서로 다른 문헌을 리용하였기때문이다.

후에도 이야기하겠지만 《제왕운기》에 인용된 《단군본기》와 《동명본기》는 정연한 체계를 갖춘 력사기록으로서 구《삼국사》의 내용으로 추측된다.

구《삼국사》에서의 고구려관계기록 즉 동명왕과 그의 조상 또는 아버지로 리해된 단군에 대한 기록은 그 이전시기에 편찬되였던 력사책에서 옮겨놓은 것이였다. 그것은 바로 고구려의 《신집》이였다고 인정된다.

《삼국유사》의 《고기》에 씌여진 단군이 《제왕운기》의 《단군본기》에서 처럼 《박달나무 단》(檀)자의 단군이 아니라 《단 단》(壇)자의 단군인 사실은 《삼국유사》에 인용한 단군관계자료가 구《삼국사》계통이 아닌 다른 어떤 문헌의 내용 즉 《단군기》의 내용이라고 인정하게 된다. 《삼국유사》에는 다음과 같이 기록되여있다.

　　　옛날 환인의 서자 환웅은 자주 나라를 가져볼 뜻을 두고 인간세상을 지망하더니 그의 아버지가 아들의 뜻을 알고 아래로 삼위태백의 땅을 내려다보며 인간에게 크나큰 리익을 줄수 있을것 같은지라 이에 천부인 세개를 주어보내여 가서 그곳을 다스리게 하였다. 환웅이 무리 3천명을 거느리고 태백산꼭대기의 신단나무아래에 내려오니 여기를 일러 신불이라고 부르고 이를 환웅천왕이라고 일렀다. 그는 바람맡은 어른, 비맡은 어른, 구름맡은 어른을 거느리고 농사와 생명과 질병과 형벌과 선악을 주관하게 하니 무릇 인간세상의 삼백예순가지의 일을 다 주관하면서 세상에서 정사를 베풀수 있었다. 때마침 한마리의 곰과 한마리의 범이 같은 굴에서 살면서 늘 신령스러운 환웅에게 사람으로 되게 하여주기를 원하여 빌었다. 환웅신은 령험있는 쑥 한타래와 마늘 스무개를 주면서 말하기를 《너희들이 이것을 먹으면서 백날동안 해빛을 보지 않으면 사람의 모습으로 될 수 있으리라.》고 하였다. 곰과 범이 그것을 먹으면서 스무하루동안을 기하여 곰은 녀자의 몸으로 되였으나 범은 그것을 못하여 사람의 몸으로 되지 못하였다. 곰녀인은 혼사할 곳이 없기때문에 매양 단나무아래에서 아이를 배게 하여달라고 빌었다. 환웅이 잠시 사람의 몸으로 변하여 그와 혼인하여 잉태하게 하였는데 아들을 낳으니 이름을 단군왕검(壇君王儉)이라고 하였다. … 평양에 도읍을 정하고 비로소 조선이라 일컬었다. 다시 도읍을 백악산 아사달에 옮기였으며 … 1 500년동안 나라를 다스렸다. … 단군이 곧 장당경으로 옮기였다가 후에 돌아와 아사달에 은거하여 산신으로 되였는데 나이는 1908살이였다.*

* 《昔有桓因庶子桓雄 數意天下 貪求人世 父知子意 下視三危太伯 可以弘益人間 乃授天符印三箇 遣往理之 雄率徒三千 降於太伯山頂神壇樹下謂之神市 是謂桓雄天王也 將風伯雨師雲師 而主穀主命主病主刑主善惡 凡主人間三百六十餘事 在世理化 時有一熊一虎 同穴而居 常祈于神雄 願化爲人 時神遺靈艾一炷蒜二十枚 曰爾輩食之 不見日光百日 便得人形熊虎得而食之 忌三七日 熊得女身 虎不得忌 而不得人身 熊女者無與爲婚 故每於壇樹下 呪願有孕 雄乃假化而婚之 孕生子 號壇君王儉 … 都平壤城 始稱朝鮮 又移都於白岳山阿斯達 … 御國一千五百年 … 壇君乃移於藏唐京 後還隱於阿斯達爲山神 壽一千九百八歲》(《三國遺事》卷一 紀異 二 《古朝鮮》)

이상의 기록을 《제왕운기》에 인용한 《단군본기》와 비교하여보면 공통적인것도 있고 차이점도 있다.

두 기록의 내용에서 공통적인것은 환웅이 환인의 서자라는것과 그가 인간세상에 나라를 세우고 다스려볼 뜻을 두었다는것, 천부인 세개를 가지고 지상에 내려왔는데 그 장소는 태백산꼭대기(太伯山頂)라는것 그리고 곰녀자와 혼인하여 아들을 낳았는데 그가 단군이라는것이다.

그러나 다음과 같은 구체적인 표현에서 두 기록은 차이를 가진다.

《삼국유사》에서 인용한 《고기》에서는 환웅이 거느리고 이 땅에 내려왔다는 사람들을 《무리》라고 표현하였으나 《제왕운기》에서 인용한《단군본기》에서는 《귀신》(鬼)이라고 하였고 하늘에서 내렸다는 장소를 《고기》에서는 《제단에 있는 나무아래》(壇樹下)라고 하였으나 《단군본기》에서는 《박달나무아래》(檀樹下)라고 하였으며 이로부터《단군》이라는 표현도 《고기》에서는 《단 단》(壇)자를 썼고 《단군본기》에서는 《박달나무 단》(檀)자를 쓴것이다. 그리고 《삼국유사》에 인용된 《고기》에서는 단군이 나라를 다스린 해수를 1 500년이라고 하였고 《제왕운기》에 인용된 《단군본기》에서는 1 038년이라고 하였으며 단군의 어머니라고 하는 곰녀인이 혼인한 대상을 《고기》에서는 환웅이라고 하였으나 《단군본기》에서는 《박달나무의 신》(檀樹神)이라고 하였다.

두 기록의 이러한 차이는 그것이 각각 서로 다른 시기에 이루어진 두가지의 문헌이라는것을 말해준다.

그런데 《삼국유사》에 인용된 《고기》에는 《단군본기》보다 내용이 더 풍부하면서도 설화적인것이 들어있어 이채롭다. 《삼국유사》에 인용된 《고기》에는 환웅이 하늘에서 내려올 때에 인간세상의 360여가지의 일을 주관할 신하들을 거느리고 내려오는 이야기와 곰과 범이 사람으로 되기를 희망하는 이야기가 들어있으나 《단군본기》에는 혹시 생략되였는지 이러한 내용이 없다.

그리고 《제왕운기》에서는 직접전달법으로 《曰》자를 써서 《단군본기》를 인용하였으나 《삼국유사》에서는 간접전달법으로 《云》자를 써서 《고기》의 내용을 옮겨놓았다.

이상의 제반 사실을 통하여 보면 《제왕운기》에 인용된 《단군본기》는 력사기록으로서의 품격과 면모를 보이려고 노력한 흔적이 엿보이며 《삼국유사》에 수록된 《고기》는 보다 설화적인 느낌을 준다. 따라서 《삼국유사》에 인용된 《고기》는 고구려에서 이른 시기에 이루어진 문헌이였던 《단군기》라고 인정하게 된다.

《단군기》는 고구려전기의 사람들이 고구려의 력사가 오랜 전통을 가지며 우리 민족의 원시조와 직접 관련되는것으로 여기고 만들어놓은 단군에 대한 전기식산문이였다.

《단군기》에서는 단군을 고구려와 관련된 인물로 그리였을뿐아니라 매우 신비로운 존재로 형상하였다.

전기로서의 《단군기》에서 단군은 우리 민족의 첫 국가를 세운 인물이면서 아울러 고구려를 세운 임금인 동명왕의 조상으로 내세워진 인물이다. 그런것만큼 단군에 대한 형상은 당시 사람들속에서 숭상되던 단군의 면모를 그대로 보여준다고 말할수 있다.

《단군기》에 하늘세계의 이야기와 곰과 범의 이야기 등 원시 및 고대설화의 흔적이 남아있는것은 단군설화가 창조되고 전하여온 과정과 관련된다. 고구려초기사람들은 단군에 대한 설화를 가지고 《단군기》를 창작하면서 거기에 당대의 현실과 사람들의 지향과 념원을 반영하려고 노력하였던것이다.

《삼국유사》에 인용된 《고기》의 내용에는 일정하게 불교적인 색채도 없지 않다. 그것이 《삼국유사》의 편찬자인 일연의 세계관의 반영인지 아니면 그전에 이미 그렇게 윤색되여있었던것인지는 알수 없으나 환인을 《제석》(帝釋) 즉 불교에서 말하는 하늘의 주재신으로 본것이다.

그러나 《삼국유사》에 인용된 《고기》에서 기본핵으로 되는것은 고조선건국설화인 《단군신화》를 정리하면서 거기에 구현한 고구려사람들의 지향과 념원, 요구이다. 《단군기》의 창조자들은 단군에 대한 설화를 소재로 하여 그것을 고구려의 력사, 구체적으로는 고구려의 건국자인 동명왕을 더욱 빛나게, 자랑스럽게 내세우려는 지향으로부터 《동명기》와 함께 그것을 만들었던것이다.

《단군기》에서 단군의 성격은 뚜렷하지 못하다고 말할수 있다.

그것은 고구려초기사람들이 단군에 대하여 쓰는것은 단군 그자체를 소개하는데도 목적이 있었지만 그보다는 고구려와 동명왕을 내세우자는데 더 큰 목적이 있었기때문이 아닌가 생각된다. 《단군기》를 쓴 고구려사람들의 경우 단군이 동명왕의 선조라는것을 확인하면 그만이였던것이다.

《단군기》는 고구려의 전기에 벌써 오랜 옛날부터 전하여오던 우리 민족의 건국전설을 정리하였다는데 의의가 있으며 후세의 전기문학발전에 기여하였다는데 그 문학사적가치가 있다.

다음 고구려전기에 창작된 문학유산으로서 《단군기》와 함께 《동명기》가 있다.

《동명기》(東明記)는 동명왕의 일생행적을 전기형식으로 서술한 문예산문이다.

고구려건국초기에 《동명기》를 창작한것은 사람들속에 건국시조인 동명왕의 특출한 면모에 대해 자랑스럽게 소개하자는데 목적이 있었다.

현재 전해지는 기록은 매우 단편적인것이여서 작품으로서의 《동명기》의 전모를 리해하기 어렵다. 하지만 단편적인 이야기속에서도 명백하게 안겨오는 것은 고구려의 건국과정과 거기에 바쳐진 시조왕의 비범한 행적이다.

《동명기》의 단편적인 내용은 《삼국유사》에 올라있다. 《삼국유사》에는 다음과 같은 기록이 있다.

《또한 〈동명기〉에 이르기를 〈졸본성은 땅이 말갈과 잇달려있다.〉》*

* 《又東明記云 卒本城地連靺鞨》(《三國遺事》卷一 紀異二 《靺鞨渤海》)

《삼국유사》에서는 여러곳에서 《동명기》의 내용을 단편적으로 인용하면서 동명왕에 대하여 서술하였다.

한편 《삼국유사》에는 《고기》라는 표제아래에 동명왕의 사적이 기록되여 있다. 《삼국유사》에 인용된 《고기》의 내용은 다음과 같다.

《…임술년 4월 8일, 하늘임금이 흘승골성에 내려왔는데 오룡거를 탔다. 도읍을 세우고 임금이라 일컬으면서 나라이름을 〈북부여〉라 하고 자칭 이름을 해모수라고 하였다. 아들을 낳아 이름을 〈부루〉라 하였고 〈해〉로 성씨를 삼았다. 임금은 후에 상제의 명에 따라 도읍을 동부여에로 옮기였는데 동명제가 북부여를 계승하여 일어나 졸본천에 도읍을 세우고 졸본부여로 되였으니 곧 고구려의 시조이다.》*

* 《壬戌四月八日 天帝降于訖升骨城 乘五龍車 立都稱王 國號北扶餘 自稱名解慕漱 生子名扶婁 以解爲氏焉 王後因上帝之命 移都 于東扶餘東明帝繼北扶餘而興 立都于卒本川 爲卒本扶餘 卽高句麗之始》(《三國遺事》卷一 紀異二 《北扶餘》)

지난 시기 일부 연구자들은 이 기록을 《제왕운기》에서 인용한 《동명본기》로 인정하려고 하였다. 그러나 《삼국유사》에 인용된 《고기》의 내용과 《제왕운기》에 인용된 《동명본기》의 내용은 명백히 다르다.

《고기》에서는 《임술년 4월 8일》이라고 날자를 구체적으로 밝히였으나 《동명본기》에서는 그저 《임술년》이라고 하였다. 더우기 차이나는것은 《고기》에서는 《하늘의 임금》인 《천제》가 《흘승골성》에 내렸다고 하였는데 《동명본기》에서는 《천제가 태자인 해모수를 보내여 부여왕의 옛 도읍을 유람하게 하였다》고 한것이다. 그리고 《동명본기》에는 《따르는자 백여명이 모두 흰 따오기를 탔다》고 하였는데 《고기》에는 그러한 내용이 없다.*

* 《壬戌 天帝遣太子解慕漱 遊扶餘王古都 乘五龍車 從者百餘 皆乘白鵠》(《帝王韻紀》下)

《제왕운기》에서 인용한 《동명본기》의 내용은 《삼국사기》의 《고구려본기》에 실린 동명왕에 대한 기록과도 차이난다. 《제왕운기》의 《동명본기》는 직접전달방식으로 인용하였지만 《삼국사기》의 《고구려본기》보다 내용이 함축되여있고 수식이 부족하다.

이것은 《제왕운기》에 인용한 《동명본기》가 《삼국사기》의 《고구려본기》도 아니라는것을 말하여준다.

《제왕운기》의 《동명본기》는 《단군본기》와 같은 계렬의 문헌이며 《삼국유사》에 인용한 《동명기》는 《단군기》와 같은 류형의 문헌이다.

결국 《삼국유사》에 인용된 《고기》의 동명왕관계기사는 《동명기》의 내용을 옮겨놓은것이라고 볼수 있다.

《동명기》는 《단군기》와 마찬가지로 고구려초기에 이루어진 전기산문의 하나였다.

《단군기》에서는 동명왕을 고조선의 계승자, 단군의 후손으로 내세웠다면 《동명기》에서는 고구려를 북부여를 계승한 나라, 동명왕을 북부여의 임금인 해모수의 아들로 강조하였다. 이런 점에서 《단군기》와 《동명기》는 편찬목적과 내용에서 차이가 있다.

《동명기》에서는 동명왕이 《북부여를 계승하여 일어나 졸본천에 도읍을 세우고 졸본부여로 되였으니 곧 고구려의 시조》라고 하였다. 그리고 동명왕의 아버지인 해모수는 《하늘의 임금》이며 북부여의 왕이라고 하였다. 이처럼 당시 사람들은 동명왕을 하늘임금의 아들로 내세웠다.

《동명기》에서는 고구려의 건국초기 대외적으로 초미의 문제로 제기되던 부여와의 관계도 친족적인 판점에서 해결하려고 하였다. 그리하여 동부여를 세운 임금인 해부루를 해모수의 아들이라고 하였던것이다. 《동명기》에서는 결국 동부여와 고구려를 아버지가 같은 형제의 나라로 표방하였다. 그러므로 13세기에 《삼국유사》를 편찬한 일연까지도 부여왕 부루와 동명왕은 아버지는 같으나 《어머니가 다른 형제》*라고 하였던것이다.

* 《壇君記云 君與西河河伯之女要親 有産子 名曰夫婁 今按此記 則解慕漱
   私河伯之女 而後産朱蒙 壇君記云 産子名夫婁 夫婁與朱蒙異母兄弟也》
   (《三國遺事》卷一 紀異二 《高句麗》)

고구려와 부여를 형제의 나라, 친족관계의 나라로 인정하려 하였던것은 고구려건국초기에 심각한 사회적문제로 제기되였던 고구려와 부여의 관계를 대립과 마찰이 없이 해결하기를 바라는 당대 인민들의 념원과 희망을 반영한것이라고 할수 있다.

《단군기》가 그러하였던것처럼 《동명기》에서도 동명왕의 형상이 살아나지 못하고있다고 보아진다. 《동명기》에서는 동명왕의 출신과 성장과정 그리고 고구려의 성립과 발전과정을 보여주는것을 기본으로 하여 내용을 꾸미였던것이다. 그것이 동명왕을 중심에 놓고 서술한 전기임에도 불구하고 그의 면모가 뚜렷하지 못한것은 당시는 아직 전기식산문창작의 시초단계로서 인물소개보다 력사적사건서술에 더 많은 주의를 돌렸던데 원인이 있다고 생각된다.

그러나 《동명기》는 《단군기》와 함께 고구려전기의 산문문학의 대표작으로서 문학사적의의가 일정하게 있다고 보아야 할것이다.

2) 고구려중기의 산문

고구려중기의 산문창작은 전기에 비하여 커다란 발전을 가져왔다. 그것은 고구려전기 산문창작의 성과와 경험들이 발전적으로 계승되고 사람들의 미학정서적요구가 높아졌으며 사회생활이 보다 풍부하고 다양해진데 원인이 있었다.

이 시기 사람들은 당시의 벅찬 현실을 다양한 형태의 문학작품으로 형상하기 시작하였다.

고구려중기에는 우선 산문형태가 다양해졌다.

고구려중기의 사회현실과 사람들의 미학정서적요구는 이전시기의 잡기식산문이나 1인1대기적인 전기만이 아니라 다양한 형태의 산문을 만들어내게 하였다. 그리하여 편지체와 같은 새로운 산문형태들이 나왔고 전기문학도 그 소재탐구와 형상에서 한단계의 발전을 가져와 여러 사람의 전기를 하나의 작품속에 포괄하는 이른바 《다인다전》(多人多傳)형식도 나오게 되였다.

고구려중기의 산문에서는 또한 등장인물에 대한 형상수준이 높아져 서로 대조되는 성격이 작품들에 그려지기 시작하였다.

뿐만아니라 작품에 대화가 도입되기 시작하였다. 전기작품이나 그밖의 산문들에 리용된 대화는 등장인물들의 성격을 부각시키고 인물들의 관계를 설정하여주면서 진실하고 생동하게 형상되였다.

현재 전해지는 고구려중기의 산문유산들을 문학작품이라고 인정하게 하는 리유의 하나도 바로 대화문의 높은 예술적형상력에 있다고 볼수 있다.

고구려중기의 산문작품들은 또한 언어구사에서도 커다란 발전을 가져왔다.

문학은 언어의 예술이다. 능란한 언어구사가 없이는 훌륭한 문학작품의 창작에 대하여 말할수 없다. 고구려중기에 창작된 산문들에서는 생동한 언어표현과 함께 문체적인 표현수법이 다양하게 리용되였다. 우리 민족의 오랜 생활속에서 창조되고 다듬어진 경구들과 속담들이 널리 리용되였으며 표현이 한결 간결하고 생동해졌다.

이렇듯 고구려중기 산문은 그 이전시기에 비하여 커다란 발전을 가져왔다.

고구려중기에 창작된 산문에는 당시 봉건통치배들의 세계관과 계급적립장도 적지 않게 반영되였다. 미신에 대한 견해와 유교적인 충군사상, 불교적인 세계관이 반영된것은 그 실례이다. 자연과 사회에 대한 과학적인 리해가 부족한 데로부터 생긴 미신은 원시사회로부터 고대를 거쳐 중세에 이르기까지 줄곧 지배계급의 통치수단으로 리용되였고 인민대중의 계급의식, 투쟁의욕을 마비시켰다. 봉건통치배들에 의하여 조장되고 류포된 미신과 각종 종교는 인민대중의 건전한 의식을 좀먹고 인민대중을 무기력한 존재로 만드는데 리용되였는데 이것은 문학창작령역에도 일정하게 침투되여 부정적인 작용을 하였다.

그러나 슬기롭고 문명한 고구려인민들은 자기들의 창조적인 지혜와 재능을 발휘하여 당시로서는 발전된 산문을 수많이 창작하여놓았다.

① 금석문에 들어있는 인물전기

고구려중기에 이루어진 산문유산에서 특이한것은 비문과 묘지문 등 금석문들에 인물전기가 들어있는것이다.

금석문이란 주로 금속이나 돌 등에 새겼거나 쓴 글을 말한다.

금석문의 한 종류로서의 비문은 오랜 옛날부터 씌여지기 시작하였다. 비문은 비석에 새겨놓아 오랜 세월 전할수 있도록 쓴 글이다.

사람들은 글말생활을 시작하면서 서사수단이 아직 덜 발달하였던 시기에 자연상태의 천연바위를 리용하여 어떤 사실을 기록하군 하였다. 종이가 발명된 이후에도 오랜 세월 길이 보존하기 위한것과 널리 알리기 위한것은 바위에 새겨놓거나 일정하게 다듬은 돌에 새겨놓았는데 천연바위에 새겨놓은것을 《마애》(磨崖) 또는 《석각》(石刻)이라고 하고 다듬은 돌에 글을 새겨 세운것을 《비석》(碑石)이라고 하였다.

원래 《마애》나 《비석》 그자체는 문학예술적창조물이 아니다. 하지만 그 내용에 인간생활이 반영되고 언어표현에 형상성이 부여되면 문예산문으로 될수 있는것이다.

우리 나라에서는 이미 고조선시기에 훌륭한 석각을 만든 경험이 있었다.

《녕변군지》(寧邊郡誌)에서는 고조선시기에 천연바위에 새겨놓은 《천부경》(天符經)이 20세기초까지도 묘향산에 남아있었다고 기록하였다.*① 이러한 내용은 20세기초에 활동한 개성의 문인인 왕성순의 문집에도 올라있다.*②

*① 《有一道人桂延壽 距今二十三年丁巳 採藥太白山(妙香山) 窮入山根 石壁得見右天符經八十一字 照寫則無違原文 想其實是崔孤雲所藏耳 道人以是傳于老儒尹孝定云云》(《寧邊郡誌》遺事)

*② 《近歲平南人游香山 見有磨崖縱橫九字 傍書檀君天符經八十一字神志篆 … 此經東方始著之奇文》(《尤雅堂集》卷四 題跋 《天符經跋》)

오랜 석각경험에 토대하여 고구려에서도 일찍부터 이러한 창조물들을 이루어놓았으나 현재 자료적으로 전해지는것은 98년에 태조왕이 동쪽지방을 순행하다가 책성(柵城)에 이르러 그 고장 관리들의 공적을 평가하고 바위에 새겨놓았다는 기록이 있을뿐이다.*

* 《春三月 王東巡柵城 至柵城西罽山 獲白鹿 及至柵城 與群臣宴飮城守吏物段有差 遂紀功於巖》(《三國史記》卷十五 高句麗本紀 《太祖大王》四十六年)

현재까지 전해지는 고구려중기의 금석문에서 전기문학유산으로 찾아볼수 있는것은 광개토왕릉비의 비문과 모두루의 묘지, 진의 묘지이다.

광개토왕릉비의 비문

지금까지 전해지는 고구려의 비석으로 가장 오랜것은 414년에 세운 광개토왕릉비이다.

광개토왕(374-412)은 젊은 나이에 집권하여 북쪽으로 광활한 령토를 개척하였을뿐아니라 남쪽으로도 세력을 확장하여 삼국통일의 확고한 토대를 마련하여놓았다. 광개토왕릉비는 광개토왕의 아들인 장수왕(394-491)에 의하여 세워진 비석으로서 광개토왕이 통치기간에 이룩한 업적을 기본으로 하면서 당시에 전해지던 고구려건국시조 동명왕의 래력과 함께 비석을 세우면서 새롭게 정비한 고구려의 무덤지기제도 등을 기록해놓은것이다.

광개토왕릉비의 비문을 전기문학유산으로 인정하게 되는것은 거기에 사람들속에서 전해오던 고구려의 건국시조 동명왕에 대한 전설적인 이야기가 기록되여있기때문이다.

비문에서는 고구려의 건국과정과 시조 동명왕의 업적을 찬양하면서 광개토왕이 즉위하여 국력을 키우고 령토를 넓혀 당시 고구려가 대외적으로 강대한 국력을 시위한 사실을 긍지를 가지고 기록하였으며 삼국통일을 실현하기 위해 기울인 광개토왕의 노력을 구체적으로 렬거한 다음 광개토왕릉을 길이 보존하기 위하여 취한 일련의 국가적조치들을 새겨놓았다.

비문에서 문학적가치를 가지는 부분은 다음과 같다.

옛날 시조 추모왕이 나라의 기틀을 처음으로 세울 때에 북부여로부터 출발하였다. 하늘임금의 아들인데 어머니는 하백의 딸이다. 알을 깨고 내려 나와 아들을 낳았는데 거룩한 …이 있었다. 수레를 몰아 남쪽으로 내려왔는데 길이 부여의 엄리대수를 거치였다. 왕이 나루에 다달아 말하기를 《나는 하늘의 아들이요 어머니는 하백의 딸인 추모왕이다. 나를 위하여 풀을 잇고 거부기를 띄우라.》고 하였더니 말소리에 따라 즉시 풀이 이어지고 거부기가 떴다. 그런 다음에 건늘수 있었다. 비류곡 홀본서쪽 성이 있는 산우에 도읍을 세웠다. 임금의 자리에 있기를 좋아하지 않았다. 그리하여 황룡을 보내여와서 왕을 맞이하게 하였는데 왕은 홀본동쪽언덕에서 황룡에게 업히여 하늘로 올라갔다. 천명을 받은 세자인 유류왕은 도로써 나라를 다스렸고 대주류왕은 왕업을 이어받았다. 열일곱대손자인 국강상광개토경평안호태왕에 이르러 열여덟살에 위에 올라 이름을 영락대왕이라 하였다. 은혜와 덕택은 하늘에 미치였고 위엄과 무예는 사해를 뒤덮었다. …을 없애버리여 그 왕업을 편안하게 하였으니 나라는 풍요하고 백성은 유족하였는데 다섯번 풍년이 들었다. 넓은 하늘이 돌봐주지 않아 서른아홉살에 세상을 떠났으니 갑인년 9월 스무아흐레날인 을유에 산릉으로 옮겨왔다. 이리하여 비석을 세우고 위훈과 공적을 새기여 후세에 보여주려고 한다.*

* 《惟昔始祖鄒牟王之創基也 出自北夫餘 天帝之子母河伯女郎 剖卵降出生
子 有聖□□□□□□ 命駕巡車南下 路由夫餘奄利大水 王臨津言曰 我是
皇天之子 母河伯女郎鄒牟王 爲我連□浮龜 應聲即爲連□浮龜然後造渡 於
沸流谷忽本西城山上而建都焉 不樂在位 因遣黃龍來下迎王 王於忽本東岡
黃龍負昇天 顧命世子儒留王 以道興治 大朱留王紹承基業 □至十七 世孫
國岡上廣開土境平安好太王 二九登祚 號爲永樂大王 恩澤□于皇天 威武
□被四海 掃除□□ 庶寧其業 國富民殷 五年豊熟 昊天不弔 □有九寔駕

棄國 以甲寅年九月廿日乙酉 遷就山陵 於是立碑銘記勳績 以示後世焉》

《三國遺事》三中堂本 附錄 三～四)

비문의 내용은 크게 세개의 단락으로 나누어볼수 있다.

첫번째 단락에서는 고구려의 시조 동명왕의 건국사적을 소개하였고 둘째 단락에서는 유류왕, 대주류왕을 거쳐 17대손인 광개토왕에 이르기까지의 세대를 기록하였으며 셋째 단락에서는 광개토왕통치시기 나라의 형편과 그가 죽은 다음에 릉을 만들고 비석을 세우게 된 사실을 새겨놓았다.

비문에서 일관하게 강조되고있는것은 고구려의 강대성에 대한 높은 긍지와 자부심이다.

비문은 광개토왕의 업적을 소개하기 위하여 지은것인것만큼 그의 치적이 매우 뚜렷하게 기록되여있으나 그 리면에 깔려있는것은 《하늘임금의 아들》인 동명왕이 세운 나라, 고구려에 대한 무한한 자부심이다. 이러한 사상감정은 고구려인민들이 강대한 국력을 떨치고 삼국통일을 지향하면서 한결같이 품고있던것이였다.

비문에서는 당시 고구려사람들이 지니고있던 높은 민족적긍지와 자부심은 동명성왕의 신비한 출생과 그가 이룩한 민족사적인 업적에 있다는것을 강조하였다. 이를 위해서 첫머리에 동명왕의 행적을 기록하였던것이다.

물론 비문에는 국력을 키우고 령토를 넓히는 투쟁에 떨쳐나섰던 인민대중의 업적은 무시되고 그것이 동명왕이나 광개토왕 개인의 《업적》인것처럼 서술되여있는 제한성이 있다. 그리고 비문인 까닭에 너무 간략화된 부족점도 있다.

그러나 비문은 고구려중기 당시에 이루어진것으로 하여 커다란 력사적 및 문화사적가치를 가진다. 광개토왕릉비의 비문은 고구려사람들이 직접 쓴 그대로인것으로 하여 그 어느 자료보다도 더 신빙성을 가진다.

광개토왕릉비의 비문은 무엇보다도 고구려인민들이 창조하고 전하여온 동명왕전설, 고구려건국설화의 면모를 똑똑히 알수 있게 한다.

고구려사람들은 고구려가 북부여에서 갈라져나온것으로 인식하였고 시조인 동명왕은 《하늘임금의 아들》로, 따라서 이 세상에 더없이 거룩한 존재로 생각하였다. 이러한 견해는 고구려사람들의 높은 민족적자부심을 낳게 한 정신적기초였다.

광개토왕릉비의 비문은 다음으로 고구려의 발전과정 특히는 고구려중기의 현실을 구체적으로 리해할수 있게 한다.

《홀본서쪽 성이 있는 산》우에 도읍을 정하고 《고구려》라는 이름을 내외에 공포한 동명왕대로부터 17대에 이르는 광개토왕의 재위기간까지는 고구려 력사에서 빛나는 시기였다. 고구려는 건국후 이웃의 군소세력을 통합하고 외래침략을 물리치면서 국력을 키웠는데 특히 영원히 즐거움을 누리게 하는 임금이라는 뜻에서 《영락대왕》(永樂大王), 나라의 령토를 크게 넓히고 편안하게 살게 한 《좋은 임금》이라는 뜻에서 광개토경평안호태왕(廣開土境平安好太王)으로 불리운 광개토왕의 집권시기는 《나라는 풍요하고 백성은 유족》한 때였다. 이러한 기록은 4세기말~5세기초 강대한 국력을 세상에 떨치던 고구려의 위용의 일단을 보여주고있으며 또 광개토왕이 고구려력사에 남긴 업적을 말해주고있다.

광개토왕릉비의 비문은 또한 당시 우리 민족의 글말생활을 보여주는 자료로서도 의의가 있다.

비문은 한자로 기록되여있으나 전반적서술에서 우리 민족 고유어의 표현과 어감을 살려쓰기 위해 노력한 흔적이 뚜렷하다. 여기서 특히 한자를 리용하여 우리 말을 기록하는 독특한 서사방식인 리두를 사용한것은 매우 중요한 자료이다.

고구려사람들은 문자생활에 한자, 한문을 리용하면서도 그것을 그대로 쓰지 않고 가능한 한 우수한 우리 말을 정확히 기록할수 있도록 서사방식을 고쳐서 리용하였다. 그리하여 생겨난것이 리두이다.

한자의 음과 뜻을 리용하여 우리 말을 기록하는 독특한 서사방식인 리두는 우리 민족의 창조적인 지혜와 재능의 산물로서 우리 말을 정확히 기록할수 있는것으로 하여 한문보다 더 우월하였다.

광개토왕릉비의 비문에 리두적인 표현이 들어있는것은 우리 나라에서 한문의 사용과정을 리해하는데 필요한 자료를 제공해주는것으로 되며 특히 5세기 우리 민족의 글말생활에 리두를 사용한 사실을 직접적으로 보여주는것으로 하여 귀중한 가치를 가진다.

광개토왕릉비의 비문에서 리두식표현을 한두가지 실례들어보면 《비류곡 홀본서쪽 성이 있는 산우에 도읍을 세웠다》를 《於沸流谷忽本西城山上而建都焉》이라고 쓰고 《그리하여 황룡을 보내여와서 왕을 맞이하게 하였는데 왕은 홀본동쪽언덕에서 황룡에게 업히여 하늘로 올라갔다》를 《因遣黃龍來下迎王 王於忽本東岡黃龍負昇天》이라고 쓴것 그리고 《판 사람은 형벌을 주며 산 사람은 법에 따라 무덤을 지키게 한다》를 《賣者刑之買人制令守墓之》라고 쓴것 등을 들수 있다. 이러한 표현들은 우리 말을 고유어의 어감에 맞게 쓰기 위하여 한문의 고유한 문법적요구를 고쳐서 쓴것이다.

비문은 오랜 력사적기간의 방대한 내용을 세련되고 함축된 문장속에 정연하게 담고있는것으로 하여 당시에 서사적표현능력과 수준이 비교적 높은 단계에 이르고있었음을 알수 있게 한다.

광개토왕릉비는 그 비문이 현존 문헌기록들에서는 찾아볼수 없는 귀중한 사료들을 적지 않게 전해주고있을뿐아니라 지금까지 알려진 삼국시기 비석가운데서 가장 크고 오래된것이라는 점에서도 중요한 문화사적가치를 가진다.

모두루의 묘지

모두루(牟頭婁)의 묘지(墓誌)는 광개토왕릉비와 함께 고구려중기에 이루어진 금석문의 하나이다.

묘지란 무덤의 주인공에 대하여 기록한 글이다. 옛날사람들은 무덤을 만들 때 무덤의 안벽이나 돌에 묻힌 사람의 일생행적과 대표적인 공적을 기록하여 놓았다. 무덤에 광실을 만들고 벽면에 그림을 그리던 시기에는 묘지가 대체로 무덤의 안벽에 기록되였지만 광실이 없고 벽화를 그리지 않던 후세에 이르러서는 따로 마련한 판석에 묘지를 새겨서 무덤에 묻었다.

묘지는 무덤주인공의 일생행적을 기록하는것으로 하여 전기의 형태를 띤다.

모두루의 묘지는 광개토왕시기나 또는 그 이후에 산 북부여출신의 고구려관료로 인정되는 모두루라는 사람의 무덤 벽면에 기록한 글이다.

중국의 집안시에 있는 모두루의 무덤은 전실과 안칸으로 되여있는데 전실의 정면에 무덤의 주인공인 모두루에 대하여 기록한 800여자의 글이 있다. 묘지에 의하면 모두루는 광개토왕의 각별한 신임을 받은 사람으로서 북부여지방을 지키는 벼슬을 하였다.

묘지는 일반적으로 예술산문에 속하지 않는다. 그런데 모두루의 묘지를 예술산문으로 인정하려 하는것은 거기에 고구려의 건국설화와 모두루의 일생행적이 기록되여있고 고구려사람들의 생활감정이 형상적으로 반영되여있기때문이다.

모두루의 묘지는 오랜 벽서로서 알아볼수 없이 된 글자들이 많다. 여기서 리해할수 있는 몇개의 문장단락을 소개하면 다음과 같다.

…하백의 손자이며 해와 달의 아들인 추모성왕은 북부여에서 태여났다. 천하사방은 이 나라가 가장 거룩한 …것을 안다.…

…하백의 손자이며 해와 달의 아들이 태여난 땅에 와서 …북부여의 대형인 염…

…하백의 손자이며 해와 달의 아들인 거룩한 임금…*

* 《河伯之孫日月之子鄒牟聖王 元出北夫餘 天下四方知此國鄉最聖□□□ 河伯之孫日月之子所生之地來□ 北夫餘大兄冉… 河伯之孫日月之子聖王…》(《三國遺事》三中堂本 附錄 七~八)

모두루의 묘지에는 광개토왕릉비의 비문과 마찬가지로 당시 고구려사람들속에 알려져있던 건국시조 동명성왕에 대한 설화적인 이야기가 반영되여있다.

광개토왕릉비의 비문에서는 동명왕을 《하늘임금의 아들》이고 《하백의 딸》인 어머니가 낳은 자식이라고 기록하였으나 모두루의 묘지에서는 그를 《하백의 손자》이며 《해와 달의 아들》이라고 하였다. 즉 고구려사람들은 동명왕을 《하늘임금의 아들》이라고도 생각하고 《해와 달의 아들》이라고도 생각하였다.

모두루는 광개토왕과 같은 시대에 산 사람이였으며 광개토왕의 충직한 신하였다. 그는 원래 북부여지역사람으로서 광개토왕의 신임을 받아 대사자라는 지위를 차지하고 북부여지방을 관할하는 벼슬을 하였다. 묘지에 의하면 모두루는 고구려의 관리로 된것을 몹시 긍지롭게 여기면서 자기자신을 《노객》(奴客)이라고 하고 고구려에 충직할것을 맹세한 사람이였다.

모두루의 조상은 모용선비족이 침입하기 이전까지는 북부여의 대형(大兄)이였다. 광개토왕이 서쪽으로 모용선비족의 연나라를 제압한 뒤에 모두루는 고구려에 충직한 《노객》으로 되여 북부여지방에 대한 고구려의 지배권을 보장하는 관리로 되였던것이다.

이러한 모두루의 립장에서 보면 동명왕을 《해와 달의 아들》이라고 한것은 최대의 존경과 숭배심이 깃든 표현이라고 보게 된다.

모두루의 묘지에 반영된 사상적지향은 고구려사람들이 지닌 높은 민족적긍지와 자부심이다. 묘지에서는 고구려의 충직한 관리로 된 모두루의 긍지를 고구려의 건국시조인 동명왕, 추모성왕이 《하백의 손자이며 해와 달의 아들》이라는것과 이 세상의 모든 사람들이 고구려를 《가장 거룩한》 고장으로 알고있다는데 근거하여 강조하였다. 모두루의 이러한 긍지는 비단 그 개인에 한한것이 아니라 당시 고구려사람들, 고구려에 포섭된 여러 지역 사람들의 한결같은 마음이였다. 그러므로 많이 마모되여 얼마 남아있지 않음에도 불구하고 묘지에서는 《하백의 손자이며 해와 달의 아들》이라는 표현이 무려 세곳에서나 거듭하여 나타난다.

모두루의 묘지는 광개토왕릉비와 비교하여볼 때 전반적인 구성에서 일정한 차이를 보여주고있다.

광개토왕릉비에서는 사건, 사실이 중심으로 되여있다면 모두루의 묘지는 주인공인 모두루의 인간적면모가 중심으로 되여있다. 모두루의 묘지에서는 그의 일생행적을 단순히 년대순에 따라 라렬해놓은것이 아니라 의의있는 사건, 사실을 선택하고 그것을 형상하는데 힘을 기울이였다. 이것은 모두루의 묘지가 보다 전기문학형식에 가까운 산문이라는것을 말해준다.

묘지에는 비록 단편적이기는 하지만 5세기 전반기 고구려의 진취적인 기상이 강하게 반영되여있다. 묘지에는 서쪽으로 선비족의 연나라를 제압하고 북쪽으로 부여의 지역을 관할하던 당시 고구려의 면모가 그대로 반영되여있으며 강대한 국력을 시위하던 고구려에 대한 당대 사람들의 높은 긍지와 자부심, 나라와 겨레를 위한 일에 헌신하려는 고구려사람들의 의지가 표현되여있다.

모두루의 묘지는 문체적측면에서도 광개토왕릉비문과 마찬가지로 전반적으로 함축되고 세련된 점에서 특색을 가진다.

진의 묘지

고구려중기에 이루어진 묘지가운데는 원문의 면모를 비교적 충실하게 보존하고있는 진의 묘지가 있다. 진의 묘지도 무덤의 주인공인 진의 일생행적을 기록하는것을 기본으로 만들어졌다.

진의 묘지는 408년에 이루어진 진(鎭)이라는 사람의 무덤에 벽서로 남아있다. 덕흥리벽화무덤으로 세상에 알려져있는 진의 무덤에는 앞칸 북쪽벽면에 그의 묘지가 기록되여있다.

진의 묘지는 우리 나라 중세묘지들가운데서 가장 이른 시기의것이면서도 서술체계와 내용, 서술방식에 있어서 전형적인것의 하나이다.

진의 묘지는 다음과 같다.

···석가문부처의 제자인 ··· 진은 벼슬을 하여 건위장군, 국소대형, 좌장군, 룡양장군, 료동태수, 사지절동이교위, 유주자사로 되였다.

진은 나이 일흔일곱에 죽었다. 영락 18년 태세 무신 12월 신유일이 초하루인 25일 을유일에 무덤을 이루고 옥으로 만든 관을 옮기였다.

주공이 땅을 보고 공자가 날을 가리고 무왕이 때를 골라서 ··· 부귀는

일곱대에 미치고 자손이 번창하며 벼슬은 날마다 옮겨져서 지위가 후왕
에 이를지어다. …*

* 《釋加文佛弟子□□氏鎭 仕位建威將軍國小大兄左將軍龍驤將軍遼東太守
使持節東夷校尉幽州刺史 鎭年七十七壽焉 永樂十八年太歲在戊申十二月辛
酉朔廿五日乙酉成遷移玉柩 周公相地 孔子擇日 武王選時…富及七世 子
孫番昌 仕宦日遷 位至侯王…》[《삼국시기의 한자서체연구》 사회과학출판사
주체99(2010)년]

진의 묘지는 중세묘지의 면모를 완전히 갖추고있다.

중세에 이루어진 묘지는 일반적으로 묻힌 사람의 관향(시조가 난 고장)과
출생, 벼슬, 죽은 날자와 자손들이 밝혀지는데 진의 묘지는 관향이라고 볼수
있는 그의 출신지역을 기록하고 벼슬이 소개되였으며 죽을 때의 사실이 밝혀
져있다. 진의 묘지가 후세의 묘지와 차이가 있다면 자손들을 밝히지 않은것이
고 또 무덤을 만들 때의 음식대접에 대한 사실을 기록한것이다.

진의 묘지에는 무덤을 만들면서 자손들이 바라던 념원이 기록되여있다. 이
것은 당시 사람들이 일반적으로 바라던 념원으로서 많은 재산과 높은 벼슬을
가지고 자손들이 번창하여 가문이 흥하는것이였다.

묘지에는 이와 함께 무덤의 주인공을 높이 내세우려는 립장에서 쓴 미사려
구들이 있다. 묘자리는 주공이 선택하였고 장사지낼 날자와 시간은 공자와 무
왕이 가리여 잡았다고 한것은 진을 《석가문부처의 제자》라고 한 앞부분과 함
께 당시 봉건통치배들, 지배계급들의 세계관과 사상관점을 보여준다.

당시 고구려에서는 국가적조치로 불교를 급속히 전파하였는데 봉건관료배
들은 자신을 스스로 《석가문부처의 제자》라고 표방하기까지 하였다. 묘지에
서 공자와 무왕, 주공을 이야기한것은 당시 사회생활령역에 유교가 깊이 침
투되여있었다는것을 말해준다.

묘지에서는 또한 진의 행적을 통하여 고구려의 강대한 국력과 발전면모를
일정하게 보여준다. 5세기초에 고구려는 료동, 유주를 장악하고 관리들을 파
견하여 통치하였다. 묘지에 렬거한 진의 벼슬이름은 이러한 력사적사실을 잘
말하여준다.

진의 묘지는 모두루의 묘지와 마찬가지로 개별적인 관료의 일대기형식으로
된 산문으로서 고구려시기 개인전기의 면모를 일정하게 가늠해볼수 있게 한
다. 문장을 간결하게 만들고 내용을 함축할것을 요구하는 묘지여서 묘사와 형

상은 크게 나타나지 않지만 체계와 내용, 서술방식은 많은 경우에 전기작품의 형식을 본받았던 사실을 엿볼수 있다. 이런 의미에서 진의 묘지도 문예산문유산으로 인정하게 되는것이다.

② 력사기록에 들어있는 인물전기

고구려중기 산문유산에서 중요한 자리를 차지하는것은 인물전기이다.

이 시기에 창작된 전기작품들은 력사문헌인 《삼국사기》에서 찾아볼수 있다.

《삼국사기》의 렬전에는 삼국시기에 활동한 인물들의 전기를 싣고있는데 신라의 인물들이 중심으로 되여있다. 《삼국사기》에는 고구려인물들의 전기도 실려있는데 여기에 수록된 고구려의 인물은 모두 7개의 항목에 11명이다. 그런데 그중 4명이 고구려중기에 속하는 2~3세기에 활동한 사람들이다.

《삼국사기》의 렬전에 수록된 고구려인물전기는 몇가지 특징적인 측면을 가지고있다.

그것은 우선 시기적으로 일정하게 한정되여있는것이다.

《삼국사기》의 렬전에 올라있는 고구려인물들은 2~3세기에 활동한 사람들과 6세기말~7세기에 활동한 사람들뿐이다. 실례로 명림답부는 신대왕(재위기간 165-179)시기에 활동한 인물이고 을파소는 고국천왕(재위기간 179-197)시기에 생존한 인물이며 밀우와 뉴유는 동천왕(재위기간 227-248)시기에 생존한 인물이다. 그리고 창조리는 봉상왕(재위기간 292-300)시기에 활동한 인물이고 온달은 6세기말에 활동한 인물이며 을지문덕과 연개소문은 7세기 전반기에 활동한 인물들이다.

그것은 다음으로 인물들의 활동내용이 규제되여있는것이다.

2~3세기에 생존한 인물들은 외래침략자들을 물리치는 싸움에 기여하였거나 사회적진보를 이룩하는데 크게 기여한 사람들이고 6세기말~7세기 전반기에 활동한 인물들은 주로 고구려인민들의 반침략애국투쟁에 헌신한 사람들이다.

그것은 또한 서술방식에서도 차이를 가지고있는것이다.

고구려중기에 해당하는 2~3세기에 활동한 인물들에 대한 기록에서는 그들의 나라소속을 밝히여 《고구려사람이다》라고 썼다. 그리하여 명림답부, 을파소, 밀우와 뉴유, 창조리는 모두 이러한 전제밑에 활동내용이 기록되여 있다.

그러나 을지문덕에 대한 기록에서는 나라를 밝힘이 없이 《집안래력은 자세하지 않다.》라는것으로 시작하였고 연개소문에 대한 기록에서도 역시 나라소속을 밝히지 않고 《성은 천씨인데 자신이 물속에서 나왔다고 하면서 사람들을 미혹시켰다.》라는 식으로 이야기를 시작하였다.

이러한 차이들은 중요하게 《삼국사기》의 편찬자들이 의거하였던 문헌이 서로 다른것이였던 사정과 관련된다고 본다. 다시말하여 《삼국사기》의 편찬자들은 렬전을 집필할 때에 서로 다른 문헌을 리용하였는데 하나는 고구려후기에 힘있게 벌어진 반침략애국투쟁을 주로 서술한 문헌이였고 다른 하나는 고구려중기에 나라의 안정과 국력을 강화하는데 기여한 인물들의 사적을 기록한 문헌이였다. 고구려후기의 력사적사실을 언급한 대표적인 문헌은 《고구려고기》 등이였고 고구려중기의 인물들을 취급한 문헌은 《신집》 등이였던것으로 인정된다.

《삼국사기》의 편찬시기에 자료가 가공된 흔적은 일부 인물들의 나라소속을 밝힌데서 대표적으로 나타나고있다. 실례로 《명림답부》에 올라있는 다음과 같은 기록을 들수 있다.

《한나라 현도군 태수 경림이 많은 군사를 출동하여 우리를 치려고 하였다.》*

* 《漢玄菟太守耿臨 發大兵攻我》(《三國史記》卷四十五 《明臨答夫》)

고구려사람인 명림답부의 공적을 서술한 기록에서 고구려를 가리켜 《우리》라고 한것은 이 기록이 고구려사람들에 의하여 이루어졌다는것을 보여주는 증거이다.

현재 《삼국사기》 렬전에 서술되여있는것처럼 《명림답부는 고구려사람이다.》라고 전제하였다면 우의 기록은 반드시 《고구려를 치려고 하였다.》라고 표현되여야 론리에 맞는다. 그럼에도 불구하고 《고구려》를 《우리》라고 쓴것은 이 기록자체가 고구려사람들에 의하여 이루어진것이며 《명림답부는 고구려사람이다.》라고 한것은 신라의 립장에서 렬전을 편찬한 후세사람들의 설명이라는것을 말해주는것이다. 따라서 《삼국사기》의 렬전에 올라있는 명림답부, 을파소, 밀우와 뉴유, 창조리를 비롯한 인물들에 대한 기록은 당시 고구려에서 쐬여졌던 전기들을 옮겨놓은것이라고 인정하게 된다.

《명림답부》

《명림답부》는 고구려중기에 이루어진 반침략애국주의주제의 인물전기로서
그 기본내용은 외래침략자들을 물리치는 싸움에 이바지한 명림답부의 전략전
술적기지와 헌신적투쟁기풍을 보여준것이다.
《명림답부》의 기본줄거리는 다음과 같다.

　… 신대왕때에 국상으로 되였다. 한나라 현도태수 경림이 많은 군사를
출동하여 우리를 치려고 하였다. 왕이 여러 신하들에게 싸우거나 지키는
데서 어느것이 유리한가를 물었더니 여럿이 의논하고 말하기를 《한나라
군사들은 수가 많은것을 믿고 우리를 가벼이 여깁니다. 만약 나가서 싸우
지 않으면 그들은 우리를 비겁한것으로 알고 자주 쳐들어올것입니다. 그
리고 우리 나라는 산이 험하고 길이 좁으니 이것은 이른바 한명의 사나
이가 길을 막으면 만명을 당해낼수 있는것입니다. 군사를 출동하여 그들
을 막았으면 합니다.》라고 하였다. 그러자 명림답부가 말하기를 《그렇
지 않습니다. 한나라는 나라가 크고 백성이 많습니다. 지금 강한 군사로
멀리 나와서 싸우고있으니 그 선봉을 당해낼수가 없습니다. 그리고 또 군
사가 많은 편은 싸우려 하고 군사가 적은 편은 지키려고 하는것이 군사
가들의 례사로운 일입니다. 지금 한나라사람들이 천리 먼곳으로 군량을
나르고있으니 오래동안 견디여낼수 없습니다. 만약 우리가 깊은 해자와
높은 성벽으로 성을 지키면서 들판을 비워놓고 그들을 기다린다면 저들
이 반드시 한달을 넘기지 못하고 굶주려서 돌아가게 될것이니 그때에 우
리가 굳센 군사로 그들을 뒤따른다면 능히 뜻대로 될수 있을것입니다.》
라고 하였다. 왕이 그것을 타당한것으로 여기여 성문을 닫고 굳게 지키
였더니 한나라군사들이 공격하였으나 이기지 못하여 굶주린 군사들을 이
끌고 돌아가게 되었다. 명림답부가 수천명의 군사를 거느리고 그들을 추
격하여 좌원에서 싸웠는데 한나라군사들은 크게 패하여 한필의 말도 돌
아가지 못하였다. 왕이 몹시 기뻐하면서 명림답부에게 좌원과 질산을 주
어 식읍으로 삼게 하였다. 15년 가을 9월에 죽으니 나이가 백열세살이였
다. 왕이 찾아와 애달파하면서 이레동안 조회를 금지하였고 례의를 갖추

어 질산에 장사지내였으며 무덤지기 스무집을 두었다.

전기작품 《명림답부》에 관통되여있는 사상주제적내용은 외래침략자들과의 싸움에서 발휘된 명림답부와 고구려사람들의 애국심, 뛰여난 슬기와 용맹이다.

전기는 고구려중기에 빈번하였던 반침략투쟁을 배경으로 하여 외래침략자들을 물리치는 싸움에서 위훈을 떨친 고구려인민들의 애국심과 헌신적투쟁기풍을 높은 민족적긍지속에서 찬양하였다. 전기에서는 이러한 내용을 주인공인 명림답부의 형상을 통하여 보여주고있다.

명림답부는 애국심이 강한 뛰여난 전략가이다. 그는 당시의 형편에서 적아간의 관계를 정확히 꿰뚫어보고 그에 기초하여 명철한 전술적방안을 내놓아 승리에 크게 이바지한다. 이것은 오랜 세월 우리 인민들이 외래침략자들을 물리치는 싸움에서 널리 리용하여 큰 성과를 거둔 《견벽청야전술》(堅壁淸野戰術)을 잘 응용한 결과에 이룩된것이였다.

명림답부가 이런 뛰여난 지략을 내놓을수 있은것은 그의 군사적자질이 높았던것과도 관련되지만 그 근본바탕은 나라의 운명을 진심으로 걱정하고 위험에서 벗어날 묘책을 찾기 위해 깊이 마음쓴 그의 높은 애국심에 있었다고 볼수 있다. 그러한 명림답부였기에 적들이 퇴각할 때에도 솔선 군사들을 이끌고 추격하여 놈들을 한놈도 살려보내지 않았던것이다.

작품에서 명림답부에 대한 형상은 고구려인민들이 지닌 애국적이며 헌신적인 투쟁정신을 강조하는데서 커다란 작용을 한다.

전기작품인 《명림답부》는 일정한 이야기의 줄거리가 있고 사전들이 주어지며 그것이 작품의 주제해명으로 지향된다. 이것은 고구려중기에 창작된 전기문학이 이전의 전기와 엄연하게 구별되는 측면의 하나이다.

《명림답부》에서 이야기줄거리는 대무신왕때 침략자들을 물리치는 싸움에 공헌을 한 을두지의 이야기와 비슷하나 그보다는 훨씬 전개된 형태를 띠고있다.

작품은 인물전기로서의 특성에 맞게 그의 경력을 일정하게 소개하고있다. 이것은 고구려중기 전기문학의 발전정형과 당시 전기문학과 다른 형태의 산문문학들과의 관계를 보여주는것이라고 할수 있다.

《밀우와 뉴유》

고구려중기에 창작된 반침략애국주의주제의 전기로서 《명림답부》는 1인1대기식의 구성으로 이루어졌다면 《밀우와 뉴유》는 다주인공작품으로서 2인1전(二人一傳)의 구성을 가지고있는것이 특징적이다. 《밀우와 뉴유》도 고구려인민들속에서 발양된 애국심과 헌신성을 보여주고있다.

《밀우와 뉴유》의 줄거리는 다음과 같다.

··· 동천왕 20년에 위나라 유주자사 판구검이 군사를 거느리고 침입해 들어와 환도성을 함락시켰다. 왕은 성을 버리고 달아났는데 적장 왕기가 뒤따랐다. 왕이 남옥저에로 가려고 죽령에 이르니 군사들은 거의다 흩어져버리였는데 유독 동부의 밀우만이 곁에 있다가 왕에게 말하는것이였다. 《지금 뒤따르는 군사들이 몹시 다급하니 형세가 벗어날수 없게 되였습니다. 제가 죽음을 각오하고 그들을 막을것이니 임금님은 몸을 피하시오이다.》 그러고나서 결사대를 모집하여가지고 그들과 함께 적진으로 달려가 힘껏 싸웠다. 왕이 그틈을 타서 겨우 벗어났다. 왕은 가다가 산골짜기에 의지하여 흩어졌던 군사들을 모아 자신을 호위하도록 하고서 말하기를 《만약에 밀우를 데려올수 있는 사람이 있다면 후한 상을 주겠노라.》고 하였다. 하부의 류옥구가 앞으로 나와 대답하기를 《제가 가보겠습니다.》라고 하고 싸우던 곳으로 가서 땅에 쓰러져있는 밀우를 찾아 업고왔다. 왕이 그를 자기의 다리를 베워 눕혔더니 한동안이 지나서 깨여났다. 왕은 사이길로 이리저리 헤매다가 남옥저에 이르렀으나 위나라군사들은 추격을 멈추지 않았다. 왕은 계책이 막연하고 형세가 불리하여 어찌할바를 몰라하는데 동부사람인 뉴유가 나서면서 말하기를 《형세가 몹시 위급합니다. 헛되이 죽을수는 없으니 어리석으나마 저에게 계책이 있습니다. 음식을 가지고가서 위나라군사들에게 먹이면서 기회를 보다가 적장을 찔러죽이겠습니다. 만약에 저의 계책이 성공하고 임금님이 이때에 떨쳐나서서 치면 이길수 있습니다.》라고 하니 왕은 좋다고 하였다. 뉴유가 위나라군사들에게로 가서 거짓항복하여 말하기를 《우리 임금이 큰나라에 죄를 짓고 바다가에 도망쳐갔는데 몸둘 곳이 없다. 그래서 장차 진앞으로 와서 항복하고 법을 맡은 관원에게 목숨을 바치기로 하였는데 먼저 나를

보내여 변변치 않은 음식이나마 이곳 군사들에게 대접하라고 하였다.》고 하였다. 위나라장수는 그 말을 듣고 장차 항복을 받아들이려 하였다. 뉴유는 음식그릇에 칼을 숨기였다가 앞으로 나가 칼을 뽑아들고 위나라장수의 가슴을 찌른 다음 그와 함께 죽었다. 그러자 위나라군사들은 소란해졌다. 이때에 왕이 군사를 세 길로 나누어가지고 급히 들이쳤다. 위나라군사들은 대오가 문란해지고 진을 이루지 못하여 드디여 락랑으로부터 물러갔다. 왕이 나라를 회복하고나서 전공을 평가하였는데 밀우와 뉴유를 첫 번째로 인정하여 밀우에게는 거곡과 청목곡을 주고 류옥구에게는 압록과 두눌하원을 주어 식읍으로 삼도록 하였으며 뉴유에게는 구사자벼슬을 추증하고 또 그의 아들 다우를 대사자로 삼았다.

《밀우와 뉴유》는 《명림답부》와 마찬가지로 고구려인민들이 벌린 반침략애국투쟁을 주제로 한 작품으로서 246년 위나라침략자들을 물리치는 싸움에서 위훈을 세운 인물들을 통하여 고구려인민들이 지니였던 열렬한 애국심과 완강한 희생정신을 보여주고있다.

작품의 주인공들이 발휘한 애국심과 희생정신은 고구려인민들이 고이 간직하였던 애국심과 투쟁기풍을 예술적으로 일반화한것이라고 말할수 있다.

작품에서는 주인공들의 희생정신을 봉건적인 충군사상에 기초한것으로 묘사하고있으나 그들이 당시 왕에 대한 충직한 마음에서 목숨을 내대면서까지 그런 희생정신을 발휘하였다고 하여도 궁극에는 나라를 위한 열렬한 애국심에서 출발한것이였다. 당시 그들은 임금이 있어야 나라도 있다고 생각하였던것이다.

밀우와 뉴유의 이러한 형상은 당시 고구려사람들속에서 무한한 공감을 불러일으키고 높이 찬양되였다.

작품에서는 고구려가 외래침략자들과의 싸움에서 거둔 승리는 바로 밀우와 뉴유를 비롯한 평범한 인민들과 군사들에 의한것이였음을 힘있게 확증하였다. 적들이 쳐들어오자 왕은 인민들과 함께 싸울 생각을 하지 않고 성을 버린채 황황히 달아난다. 하지만 밀우와 뉴유를 비롯한 군사들은 왕을 따라 퇴각해가면서도 끝까지 싸울 생각을 한다. 적들이 계속 추격해오자 밀우는 결사대를 무어가지고 죽기로 싸워 임금을 구원하며 뉴유는 형세가 위급하여도 헛되이 죽을수는 없다고 하며 자신이 직접 계책을 내놓고 실행하여 죽음으로써 위나라군사들을 물리치는데 크게 이바지한다. 이러한 내용을 통하여 작품에서는 싸움이 일어날 때 왕은 비록 도망쳤어도 군대와 인민은 불타는 애국심으로 끝까지 싸워 나라를 지키였으며 고구려의 강성은 결국 고구려인민의 애국심과 헌신적투쟁에 의한것이였음을 명백히 밝히였다.

전기 《밀우와 뉴유》는 형식적측면에서 전기문학의 면모를 일정하게 갖추었다고 말할수 있다.

작품에서는 해당 인물의 출생지역, 사회적으로 의의있는 활동과 그에 대한 평가 그리고 결말이 비교적 정연한 체계속에서 이야기되고있다. 또한 이야기 줄거리가 있으며 그것이 일정한 사건들을 통하여 이어지고 해결되고있다. 작품에서는 또한 작가의 지문과 등장인물들의 대화가 명백히 구분되여있다.

전기 《밀우와 뉴유》의 이러한 면모는 고구려중기 전기문학의 발전정형을 보여준다.

《을 파 소》

고구려중기에 창작된 전기 《을파소》는 사회적안정과 번영을 지향하는 고구려인민들의 념원을 반영하고있다.

고구려중기는 사회정치생활에서 복잡한 문제들이 많이 제기되던 시기였다. 봉건통치배들의 가혹한 착취와 압박으로 계급적모순과 갈등이 우심해졌고 왕실안에서의 권력다툼과 지배계급내부에서의 세력분쟁은 당시 사회의 발전을 저해하고 나라안에 무질서와 혼란을 조성시켰다. 이것은 나라의 힘을 심히 약화시켰으며 인민대중에 대한 통치배들의 착취행위를 더욱 조장시키는 결과를 가져왔다.

그리하여 근로인민대중과 진보적문인들은 당대의 현실을 비판적안목으로 대하면서 어지러워진 정치를 바로잡고 나라의 안정을 이룩할것을 갈망하였다.

전기작품인 《을파소》는 당대 인민들의 이러한 요구를 반영하여 창작되였다.

작품은 진보적계층인 선비(士)의 견지에서 2세기말 고구려봉건국가의 부정적인 사회현실을 일정하게 폭로하고있으며 나라를 안정시키고 인민들을 도탄에서 건져내기 위하여서는 어떻게 해야 하는가 하는 사회적문제를 제기하고있다.

전기 《을파소》의 줄거리는 다음과 같다.

국천왕때에 패자인 어비류와 평자인 좌가려 등이 외척으로서 나라의 권력을 독차지하고 의롭지 못한 일을 많이 저질러 나라사람들이 원망하면서 통분해하였다. 왕이 노엽게 여기면서 그들을 죽이려 하니 좌가려 등이 반역을 꾀하는지라 왕이 그들을 쳤다. 그러고나서 령을 내리기를 《근래에 벼슬이 총애에 따라 차례지고 직위는 덕있는 사람이 아닌데 올라서 그 해독이 백성들에게 흘러들고 우리 왕실을 흔들게 만들었으니 이것은 내가 현명하지 못하여 그렇게 된것이다. 지금 너희들 내 부에서는 각기 아래에 있는 어진 사람들을 추천하도록 하라.》고 하였다. 이리하여 네 부가 함께 동부의 안류를 추천하게 되였다. 왕이 그를 불러들이여 나라의 정사를 맡기려 하니 안류가 왕에게 말하기를 《보잘것 없는 저는 용렬하고 어리석어 애당초 큰 정사에 참견할수가 없습니다. 서압록곡 좌물촌의 을파소라는 사람은 류리왕의 대신인 을소의 손자인데 성질이 강의하고 지혜가 많지마는 세상에서 등용되지 못하여 제힘으로 밭을 갈면서 살아가고있습니다. 대왕님이 만약 나라를 다스리려 하신다면 이 사람이 아니면 안될것입니다.》라고 하였다. 왕이 사람을 보내여 겸손한 말과 진중한 례의로 그를 불러들이고 중외대부로 임명하고 우태의 작위를 주면서 이르기를 《내가 부질없이 선조들의 왕업을 이어받아 백성들의 우를 차지하게 되였지만 덕이 없고 재주가 모자라 나라를 다스리는데서 보람이 없소. 선생은 재주를 감추고 형체를 숨기면서 시골에 묻혀 지낸지 오래 되였는데 지금 나를 버리지 않고 결연히 오시였으니 이것은 나에게만 기쁘고 다행스러운것이 아니라 나라와 백성들에게도 복이요. 가르쳐주시기를 청하니 그 마음을 다하여주시기를 바라오.》라고 하였다. 을파소는 마음속으로는 비록 나라를 위하려고 하였으나 받은 작위가 일을 성사시킬수 없다는것을 생각하여 곧 대답하기를 《저의 보잘것 없는 재주로는 지엄하신 분부를 감당할수 없으니 원하건대 대왕님은 어진 사람을 가리고 높은 벼슬을 주시여 대업을 이룩하시오이다.》라고 하였다. 왕은 그의 마음을 알아차리고 즉시 국상으로 임명하고 정사를 돌보게 하였다.

이렇게 되자 조정의 신하들과 왕실의 외척들은 을파소가 새로 등용된 사람으로서 옛사람들과 사이를 둔다고 미워하였다. 왕이 지시하기를 《귀천을 물론하고 국상에게 복종하지 않는자들은 엄벌할것이다.》라고 하니 을파소가 사람들에게 이르기를 《때를 만나지 못하면 은퇴하고 때를 만나면 벼슬하는것은 선비들의 례사로운 일인데 지금 임금님이 나를 후의로 대하니 어찌 다시 옛날처럼 은퇴할 생각을 하겠는가.》라고 하였다. 그리고나서 지성으로 나라일을 받들어 정사를 명백하게 하고 상과 벌을 분명하게 하니 백성들은 편안하고 안팎은 무사하였다.

왕이 안류에게 말하기를 《만일 그대의 한마디의 말이 아니였다면 나는 을파소를 얻어 나라를 다스리지 못할번 하였노라. 지금의 뭇공적은 그대의 공이로다.》라고 하고 대사자로 임명하였다.

산상왕 7년 가을 8월에 이르러 을파소가 죽으니 나라사람들이 통곡하면서 슬퍼하였다.

작품은 나라의 정사는 전적으로 왕이 재주와 능력이 겸비된 인재들을 어떻게 골라쓰는가 하는데 있다는 인재등용의 사상을 제기하고있다.

작품에서는 무엇보다먼저 당대의 부정적인 사회현실을 일정하게 비판폭로하고있다.

작품에 의하면 2세기 후반기 고구려의 현실은 매우 암담하였다. 외척들이 나라의 권력을 틀어쥐고 세력다툼을 일삼았고 사람들의 지위와 벼슬이 재주와 능력에 의해서가 아니라 왕의 외척들과 개별적인 사람들의 주관과 독단에 의해 좌우지되고있었다. 이러한 폐단은 사회생활에 엄중한 후과를 끼쳐 백성들이 그 해독을 입게 되었고 왕실이 뒤흔들리게 되었다. 한편 이러한 어지러운 정국은 재주있는 사람들로 하여금 정계에 나서지 못하고 속절없이 묻혀 지내게 하였다.

작품에서는 당시의 이러한 현실은 왕이 《현명하지 못하》고 또 왕의 외척들을 비롯한 몇명 안되는 관료배들이 나라의 권력을 독차지하고 좌지우지한데 있다는데 대해 비판하였다. 작품에 그려진 이러한 현실비판의 정신은 이전의 문예산문들에서는 찾아보기 어려운것이었다.

작품에서는 다음으로 당시 진보적인 계층이 리상하던 정치, 《평온하고 안정된 사회》를 그려보이고있다.

작품에서는 총적으로 《백성들은 편안하고 안팎은 무사》한 현실을 그리면서 그 방도를 인재등용과 《지성으로 나라일을 받》드는데서 찾고있다. 즉 재능있고 능력있는 인재들을 등용하고 그들에게 전적인 권한을 부여함으로써 그들이 나라일을 성심성의로 받들어 정사를 명백하게 하고 상과 벌을 분명하게 하도록 하는것이 나라를 편안하게 하기 위한 방도라고 본것이다.

전기의 주인공 을파소는 매우 지혜롭고 능력있는 사람이다.

을파소는 비록 재주있는 사람이나 때를 잘못 만나 초야에 묻혀있었다. 그러다 왕의 부름을 받고 들어가 왕에게서 중외대부에 우태라는 직위까지 받으나 그러한 벼슬과 직위로써는 나라일을 평정하는 일을 감당할수 없음을 간파하고 왕에게 점잖은 방법으로 자기의 소견을 제기한다. 이것은 을파소의 솔직성과 함께 앞을 내다볼줄 아는 예견성과 주견을 보여주는 사실이다.

왕으로부터 국상이라는 높은 벼슬을 하사받은 그는 조정의 간신들과 왕의 외척들로부터 미움을 받았지만 주눅이 들지 않고 《지성으로 나라일을 받들어 정사를 명백하게 하고 상과 벌을 분명하게 하》여 《백성들은 편안하고 안팎은 무사》하게 하였다. 작품에서는 을파소의 이러한 활동을 임금의 《후의》에 대한 보답으로 그렸지만 어쨌든 그는 자기의 실천력으로 나라와 인민을 안정시키고 편안하게 하였던것이다.

전기에서 국왕의 형상도 주목을 끈다.

작품에서는 《국천왕》(國川王) 즉 고국천왕(故國川王)을 일정하게 리상화하였다. 고국천왕은 왕권을 차지하기 위한 왕실내부의 치렬한 싸움속에서 집권하였고 재위기간에는 왕후의 친척들의 전횡으로 국정이 몹시 문란해진 속에서 통치하였다.

《삼국사기》에는 당시의 문란한 국정과 통치배들의 악독한 착취행위에 대하여 이렇게 기록되여있다.

《중외대부 패자 어비류와 평자 좌가려는 모두 왕후의 친척으로서 나라의 권력을 틀어쥐고있었다. 그의 자제들도 모두 그 세도를 믿고 교만하고 사치해져서 남의 자녀를 략탈하고 남의 토지와 주택을 빼앗으니 나라사람들이 원망하고 분개해하였다.》*

* 《中畏大夫沛者於卑留 評者左可慮 皆以王后親戚 執國權柄 其子弟竝恃勢驕侈 掠人子女 奪人田宅 國人怨憤》(《三國史記》 卷十六 高句麗本紀 《故國川王》十二年)

이것은 고국천왕시기 사회현실의 일단을 기록한것이다.

한편 고국천왕의 정사에 불만을 품고 외척들과 일부 귀족들이 반란을 일으켰다.

작품에서는 당시의 사회력사적배경속에서 활동한 을파소를 형상하면서 왕을 자신에 대하여 돌이켜볼줄 알고 신하들의 의견을 받아들일줄 아는 이른바 《어진 임금》으로 표방하였다. 작품에 그려진 국왕에 대한 이러한 형상도 당시 인민들과 진보적인 계층의 요구와 념원을 따른것이라고 보아야 할것이다. 인민들은 나라와 백성을 위한 정치를 베풀자면 《어진 신하》와 《어진 임금》이 있어야 한다고 생각하였던것이다.

전기는 사건, 사실이 위주이고 인물에 대한 형상이 부차시된 측면도 있으나 구성과 형상에서 전기문학작품의 특성을 일정하게 체현하고있다.

《창 조 리》

《창조리》는 고구려중기에 제기되였던 심각한 사회정치적문제를 반영한 인물전기이다.

지난날 봉건사회에서 나라의 정사는 최고통치자인 국왕에게 크게 달려있었다. 이것은 국왕이 절대적인 권한을 가지고 인민대중우에 군림하고있던 봉건사회에서는 하나의 일반적인 현상이기도 하였다.

고구려중기 나라의 발전을 저해한것은 부패무능한 봉건통치배들과 함께 사치와 방탕을 일삼고 안일과 방종에 물젖어 인민대중을 무제한하게 착취하고 억압한 봉건군주의 무능과 그릇된 처사였다.

인물전기 《창조리》는 이러한 심각한 사회적문제를 전면에 제기하고 그것을 인민대중의 념원과 진보적세력의 요구에 맞게 서술한 의의있는 산문이다.

《창조리》의 내용은 다음과 같다.

창조리는 봉상왕때에 국상으로 되였다. 그때 모용외가 변방의 우환거리로 되였다. 왕이 여러 신하들에게 말하기를 《모용씨의 군사가 강하여 자주 우리의 변강을 침범하니 어찌하면 좋을고.》라고 하였더니 창조리가 대답하기를 《북부대형 고노자는 어질고도 용맹합니다. 대왕님이 만약 적을 막고 백성들을 안정시키려 하신다면 고노자가 아니고서는 쓸만 한 사람이 없습니다.》라고 하였다. 왕이 그를 신성태수로 임명하였더니 모용외가 다시는 침범하지 못하였다.

9년 가을 8월에 왕이 나라안에서 열다섯살이상의 장정들을 징발하여 궁궐을 수리하였는데 백성들은 먹을것이 떨어지고 부역에 시달렸다. 이때문에 고향을 떠나 정처없이 흩어지는 사람이 많은지라 창조리가 간하여 말하였다. 《하늘의 재난이 거듭되고 올해 흉년이 들어서 백성들은 살곳을 얻지 못하여 장정들은 사방으로 떠돌아다니고 늙은이와 어린것들은 구렁텅이에 빠져들었으니 이것은 진실로 하늘을 두려워하고 백성들을 걱정하며 매사에 조심하면서 자신을 돌이켜보아야 할 때입니다. 대왕님은 한번도 이에 대하여서는 생각하지 않으시고 굶주린 백성들을 내몰아 나무와 돌을 나르는 일로 피곤하게 하니 백성들의 부모로 된 본의에 크게 어긋나는가 봅니다. 하물며 가까운 이웃에는 강한 적이 있는데 만약 우리가 피폐해진 틈을 타서 처들어온다면 나라와 백성들이 어찌되겠습니까. 바라건대 대왕님은 깊이 헤아리시오이다.》이에 왕이 언짢아하면서 이렇게 말하였다. 《임금이란 백성들이 우러러보는것인데 궁궐이 웅장하고 화려하지 않으면 위엄을 보일수 없노라. 지금 국상이 나를 비방하는것으로 백성들의 칭찬을 받아보려는가.》창조리가 말하기를 《임금으로서 백성들을 생각하지 않는다면 어질지 못한것이고 신하로서 임금을 깨우쳐 간하지 않는다면 충성스럽지 못한것입니다. 제가 이미 국상의 자리를 차지하고있으니 말씀드리지 않을수 없습니다. 어찌 칭찬까지야 바라겠습니까.》라고 하니 왕이 비웃으면서 말하기를 《국상이 백성들을 위해 죽고싶은가. 뒤말은 더 하지 말라.》고 하였다. 창조리는 왕이 개준되지 않으리라는것을 알고 물러나와 여러 신하들과 론의하고 그를 페위시켰다. 왕은 죽음을 면할수 없으리라는것을 알고 스스로 목매여 죽었다.

작품에서는 우선 3세기말 고구려 봉상왕(재위기간 292-300)시기의 사회현실을 신랄하게 폭로하고있다.

작품에 의하면 당시 나라에 흉년이 들어 백성들은 먹을것이 없어 굶주렸지만 봉상왕은 사치와 향락에만 물젖어 백성들이 우러러보게 하고 위엄을 돋구기 위하여 인민들을 내몰아 궁궐을 수리한다. 인민들은 살길을 찾아 사방으로 류랑의 길을 떠났다. 이러한 현실을 창조리의 입을 통하여 반영하면서 작품에서는 봉상왕의 무능과 부패성에 대해 신랄히 폭로하고있다. 그러나 우매한 왕은 오히려 그것을 창조리가 자기를 비방하는것으로써 백성들의 칭찬을 받아보려는 행위로 조소하면서 귀담아듣지 않으며 백성들을 위해 죽고싶은가고 무례한 위협까지 한다.

창조리는 자기의 직분에 충실하며 대바른 성격의 봉건관료이다.

그는 신하로서의 직분을 자각하고 왕의 그릇된 처사에 대해 《굶주린 백성들을 내몰아 나무와 돌을 나르는 일로 피곤하게 하》는것은 《백성들의 부모로 된 본의에 크게 어긋》난다고 하면서 《가까운 이웃에는 강한 적이 있는데 만약 우리가 피폐해진 틈을 타서 처들어온다면 나라와 백성들이 어찌되겠》는가고 준절히 일깨워준다. 자기가 충고하는 말에 대하여 왕이 못마땅해하자 그는 신하로서 임금을 깨우쳐 간하지 않는다면 충성스럽지 못한것이라고 하면서 제가 이미 국상의 자리를 차지하고있으니 말씀드리지 않을수 없다고 자기의 직분에 대해 당당하게 말한다. 그래도 왕이 귀담아듣지 않고 오히려 자기를 위협하자 그는 다른 신하들과 론의하고 왕을 페위시킨다. 이로써 창조리의 결단성있는 성격도 함께 표현되였다.

창조리의 이러한 형상은 당시에 사회실천적으로 제기된 문제를 해결하기 위하여서는 대바르고 충직한 관료가 필요하다고 생각한 인민들과 진보적인 계층의 립장과 견해를 보여준것이다.

작품에서 봉상왕의 형상도 인상적이며 교훈적이다.

《을파소》에서 고국천왕은 이른바 《어진 임금》의 본보기였다면 《창조리》에 등장하는 봉상왕은 무지하고 무능한 봉건군주의 전형이였다. 봉상왕은 자기 한몸의 부귀와 향락밖에 모르는 방탕한 인물이며 사리의 옳고그름도 구별하지 못하고 정의와 진리도 권력으로 누르는 무지한 폭군이다.

작품에서는 그에 대한 비판을 통하여 국왕은 인민들의 부역을 경감하고 부모가 된 심정으로 백성들을 돌보며 신하들의 정당한 의견을 받아들이고 시행할데 대한 지향을 보여주었다. 또한 인민들의 버림을 받은 통치자는 반드시 멸망하고만다는 심각한 교훈을 주었다.

전기는 구성에서 특징적인 측면이 있다.

작품은 구체적인 력사적사건과 사실을 부차시하고 주인공의 형상에 중심을 두고 이야기를 꾸미였다. 그러므로 작품에서는 《삼국사기》의 《본기》(本紀)에 있는 력사적사실과 사건들도 대담하게 삭제하였다. 작품에 그려진 고노자에 대한 이야기나 모용선비족의 이야기 등은 당시에 있었던 많은 력사적사실가운데 일부로서 오로지 창조리의 형상을 창조하는데 이바지하기 위하여 리용한것일뿐이다.

작품은 전기로서 주인공의 일생행적을 그대로 라렬한것이 아니라 사회적으로 의의있는 문제를 해결한 그의 공적을 뚜렷이 부각시키는데 지향시켜 이야기를 꾸미였다.

작품은 많은 경우 대화문으로 이루어졌는데 대화문은 주인공 창조리의 성격을 형상하기 위한 수단으로 리용되였다. 작품에 리용된 대화문들은 비교적 길고 형상성도 높으므로 이전의 문예산문들에 비해 일정한 발전을 보여주었다고 말할수 있다. 이러한 측면들은 작품의 주제사상을 해명하는데 맞게 구성을 독특하게 하였다는것을 말해준다.

전기는 심각한 사회계급적갈등으로 하여 극성이 강하고 형상성도 비교적 높은 우수한 작품으로 인정되고있다.

3) 고구려후기의 산문

고구려후기에 이르러 산문문학은 다른 형태의 문학과 함께 급속한 발전을 이룩하였다. 그것은 당시의 력사적조건과 문화적환경 그리고 인민대중의 높아진 창작적열의와 관련되여있었다.

위대한 령도자 김정일동지께서는 다음과 같이 교시하시였다.

《…고구려는 한때 온 겨레와 강토의 거의 대부분을 차지하였으며 백제와 신라는 일부 지역만 차지하고있었다.》(《김정일전집》 제2권 160페지)

고구려는 평양에로 수도를 옮긴 다음 삼국통일을 위한 정책을 본격적으로 추진해나갔다. 그리하여 온 겨레와 강토의 거의 대부분을 차지하였다.

고구려사람들은 국토통일을 위한 투쟁을 침략자들을 물리치는 투쟁과 결부하여 진행하였다. 고구려후기에 벌어진 반침략투쟁과 국토통일을 위한 투쟁은 인민대중을 각성시켰다. 그 민족사적투쟁에는 언제나 인민대중이 앞장서있었으며 근로인민출신의 장군들도 배출되였다.

고구려후기 사회생활령역에서는 봉건통치배들과 근로인민대중의 계급적모순이 보다 격화되였으며 봉건지배계급에 대한 인민대중의 항거정신이 높아졌다.

봉건통치배들은 저들의 통치체제와 통치질서를 유지하고 공고히 하기 위하여 유교와 불교 등 반동적인 종교들을 대대적으로 류포시켰는데 이것은 전반적인 사회발전에 엄중한 후과를 끼치였다. 인민대중은 반동적인 종교의식을 배척하면서 조상전래의 민족적전통을 고수하고 계승하기 위해 노력하였다. 상무정신, 집단적유희풍습 등 고구려사람들이 고이 간직하고 발전시켜온 민족적전통과 풍습들은 종교의식과 대결하면서 민족자주정신을 높여주었으며 현실생활에서 제기되는 여러가지 문제들을 겨레와 인민대중의 리익에 맞게 풀어나가는데서 커다란 역할을 하였다.

이러한 사회력사적, 문화적환경은 문학발전에도 영향을 미치였다.

고구려후기의 문학발전 특히 산문문학의 발전을 크게 추동한것은 이전시기에 이룩된 산문창작의 성과와 경험이였다. 고구려전기와 중기에 이룩된 산문창작의 성과와 경험은 이 시기에 새롭게 변화된 현실생활을 대상으로 하여 내용과 형식에서 새로운 문예산문을 창작하도록 한 토대로 되였다.

고구려후기 산문창작에서 나타난 중요한 경향은 우선 현실을 구체적으로 반영한것이다.

고구려후기의 산문들은 당시에 벌어진 민족사적투쟁속에서 위훈을 떨친 애국적인 인물들에 대한 이야기를 전기 또는 잡기형식으로 기록하였다. 외래침략자들에 의해 그러한 산문작품들이 오늘까지 전하여지지 못하고 많은 경우 유실되였으나 옛문헌들에 나타나는 문예산문의 흔적들은 당시 문예산문의 형태적특성과 발전정형을 보여준다. 그것들은 흔히 외래침략자들을 물리치는 싸움에서 위훈을 떨친 인물들에 대한 전기이거나 그 투쟁과정을 보여주는 잡기형식의 산문들이다.

그런데 그 내용은 대체로 당대의 현실을 사회력사적환경속에서 구체적으로 폭넓게 그려보인것이다. 이러한 창작경향은 그 이전의 산문창작에서는 찾아보기 어려웠다.

고구려후기 산문창작에서 나타난 경향은 다음으로 민족자주정신, 애국주의감정이 강하게 반영된것이다.

삼국통일을 민족사적과제로 내세우고 그것을 거의 실현단계에까지 이끌어간 고구려사람들은 높은 민족적자각과 민족자주정신을 지니고있었다. 특히 집요하게 계속된 수나라, 당나라의 침략을 물리치는 투쟁과정은 사람들의 민족적자존심과 민족자주의식을 비할바없이 높이였다. 그리하여 이 시기에 창작된 문예산문작품들에는 고구려사람들이 지니였던 이러한 사상감정이 강하게 반영되게 되였다.

고구려후기 산문창작에서 나타난 경향은 또한 그 형태가 다양해지고 형상수준이 높아진것이다.

고구려후기에 조성된 사회력사적환경과 사람들의 높아진 미학정서적요구는 문학에서 인간과 생활을 다양하게 그릴것을 요구하였다. 그리하여 전기작품창작을 위주로 하면서도 새로운 형태의 산문들이 나오게 되였다. 그리고 작품들에서는 인물들의 성격을 그리는데 있어서 묘사를 강화하는 새로운 형상방법들이 도입되게 되였다. 그리하여 고구려후기의 산문분야에서는 우리 나라 중세초기 산문의 발전수준을 보여주는 우수한 작품들이 나오게 되였다.

현재까지 남아있는 고구려후기의 산문유산은 력사책 《신집》과 잡기식, 전기식산문집인 《고구려고기》 등에 실리여 전해진것들이다.

《신 집》

《신집》(新集)은 고구려후기에 편찬된 대표적인 문헌이다.

《신집》은 고구려에서 이전시기에 편찬되였던 문헌들의 내용을 새로운 시대적요구에 맞게 수정, 보충하여 만든 책으로서 그 내용으로 보나 편찬체계로 보나 중요한 의의를 가진다.

《신집》의 편찬을 위해 직접적으로 의거한 문헌은 고구려초기에 이루어진 문헌인 《류기》였다. 《삼국사기》에 기록된 자료를 다시한번 인용하여보면 다음과 같다.

《태학박사 리문진에게 명령하여 옛 력사를 요약하여 〈신집〉 5권을 만들게 하였다. 건국초기에 처음 문자를 사용할 때 어떤 사람이 사실 100권을 기록하고 이름을 〈류기〉라고 하였는데 이때에 이르러 깎고 수정하였다.》*

* 《詔太學博士李文眞 約古史 爲新集五卷 國初始用文字時 有人記事一百卷 名曰留記 至是刪修》(《三國史記》卷二十 高句麗本紀 《嬰陽王》十一年)

이 기록에 의하면 《신집》의 편찬년대는 600년이고 편찬한 사람은 태학박사인 리문진이다.

600년 즉 영양왕 11년이면 고구려에서 평양에 다시 성을 쌓고 도읍을 새로 옮긴지 열네해가 지난 다음이며 수나라와의 싸움을 한창 벌리고있던 때였다. 고구려에서는 586년에 오늘의 평양시 중구역일대에 새로 성을 쌓고 도읍을 옮기였으며*① 581년에 일어선 수나라는 598년에 1차로 수군과 륙군 30만명을 동원하여 고구려에 대한 침공을 개시하였던것이다.*②

*① 《二十八年 移都長安城》(《三國史記》卷十九 高句麗本紀 《平原王》)

*② 《九年 … 隋文帝 … 命漢王諒王世績 幷爲元帥 將水陸三十萬來伐》
    (우와 같은 책, 卷二十 高句麗本紀 《嬰陽王》)

《신집》의 편찬목적은 우선 력사를 새롭게 정립하여 사람들에게 고구려사람으로서의 자존심과 자주정신을 높여주기 위한데 있었다고 인정된다.

삼국의 통일을 지향하여 수도를 평양으로 옮기고 그것을 거의 완성단계에 이르게 하였으며 수나라의 횡포한 침략을 성과적으로 물리친 고구려로서는 그 어느때보다 사람들속에 고구려사람으로서의 높은 자각과 자존심을 가지도록 하는것이 필요하였다. 이러한 필요성으로부터 봉건국가가 직접 주관하여 고구려력사를 새로 편찬하게 되었다.

《신집》의 편찬목적은 다음으로 고구려의 위력을 과시하여 고구려에 대한 대외적인 영상을 높이자는데 있었다고 본다.

고구려의 서쪽에서 새롭게 《수》라는 나라를 세운 양견은 건국초기부터 대국주의적자세에서 오만하게 행동하였다. 이런 조건에서 천년력사를 가진 나라, 《하늘임금의 아들》, 《해와 달의 아들》이 세운 나라인 고구려의 력사에 대해 정확히 알려주는것은 대외적으로도 의의있는 일이였다. 그러므로 《신집》에서는 무엇보다도 고구려의 오랜 력사와 신비로울 정도로 자랑스러운 건국시조와 건국과정에 대해 명백히 기록하였다.

고구려에서 《신집》을 편찬하게 된 동기와 목적은 마치도 10세기말 고려에서 구《삼국사》를 편찬하였던것과 비슷하다고 말할수 있다. 고려에서는 국토통일위업을 완성하고 나라의 제반 정사를 새롭게 정비하고난 다음 993년에 거란의 1차침입을 성과적으로 물리치고나서 구《삼국사》를 편찬하였었다. (《구〈삼국사〉에 대한 연구》 김일성종합대학출판사 1994년)

결국 고구려에서는 외래침략자들을 물리치고 국토통일을 완성하기 위하여 사람들에게 민족적자존심과 자주정신을 높여주고 대외적으로 나라의 위력을 시위할 목적에서 력사를 새롭게 정립하였다고 볼수 있다.

고구려에서는 372년에 봉건국가가 운영하는 교육기관으로 태학(太學)을 세웠다.*

* 《二年 … 立太學 敎育子弟》(《三國史記》 卷十八 高句麗本紀 《小獸林王》)

고구려의 태학은 당시에 발전한 과학문화에 토대하여 세워진 교육 및 연구기관이였다. 박사(博士)는 태학의 중요한 학술업무를 맡은 벼슬이였다.

신라에서는 후기신라초기인 682년에 국학(國學)이 설치되였는데*① 그 기능은 고구려의 태학과 같은것이였다. 국학의 경우에는 행정직제로 경(卿)이 있었고 그아래에 학술직제로 몇명의 박사(博士)와 조교(助敎) 등이 있었다.*② 박사는 일부 분야의 문헌을 맡아서 가르치였다.

*① 《二年 … 六月 立國學 置卿一人》(《三國史記》 卷八 新羅本紀 《神文王》)

*② 《國學屬禮部 神文王二年置 景德王改爲大學監 … 博士〈若干人 數不

– 244 –

定〉 助教〈若干人 數不定〉 … 博士若助教一人 或以禮記周易論語孝經
或以春秋左傳毛詩論語孝經 或以尚書論語孝經文選 敎之》(《三國史記》
卷三十八 雜志 〈職官〉上)

이상의 경우를 놓고보면 리문진은 태학에서 학술사업을 맡은 사람으로서 주
로 력사관계문헌을 가르쳤다고 생각된다. 고구려에서는 력사관계문헌에 정통
한 리문진에게 새롭게 력사책을 편찬할것을 명령하였던것이다.

《신집》은 《옛 력사》인 《류기》를 삭제하거나 수정하는 방법으로 편찬하
였다. 이것은 600년 당시 고구려앞에 나선 시대적요구와 당대 사람들에 대한
인식교양적목적에 따라 요약, 수정하였다는것을 말해준다.

《류기》에 대한 수정은 우선 당시의 시대적요구를 따른 사업이였다.

고구려건국초기에 개별적인 사람이 집필한 《류기》의 내용에는 600년 당시
로서는 부합되지 않는것이 없지 않았다. 그것은 시대적으로 거의 천년세월이
지난 뒤인데다가 당시 고구려앞에 제기되는 주요과제는 대외적으로 수나라의
침략을 성과적으로 물리치는것이고 대내적으로는 국토통일을 마감단계에서 결
속하는것이기때문이였다. 이러한 시대적요구는 사람들에게 옳은 력사관, 민족
관을 세워주고 그들의 민족적자존심과 긍지감을 높여주는것이였다.

《신집》은 이러한 관점에서 시대적요구에 맞지 않는것은 빼거나 수정하였
다고 생각된다.

《류기》에 대한 수정은 다음으로 유교사상에 토대하여 고구려의 력사를 체
계화하는 사업이였다.

《류기》는 개별적인 문인이 당시에 전해지던 력사적인 사건과 사실들을 기
록해놓은 문헌이였다. 《류기》는 내용과 체계 그리고 서술방식에서 의거한
문헌적 및 세계관적기초가 거의 없었다고 말할수 있다. 다시말하여 《류기》
는 개별적인 사람이 자신의 립장과 견문이 미치는 한계안에서 자연과 사회에
서 벌어진 일들을 두루 기록해놓은것이였다.

그러나 6세기말에 이르러 고구려에서는 유교를 비롯한 종교적세계관이 사회
에 일정하게 퍼졌고 통치배들은 그것을 자기들의 통치목적에 리용하였다.

《신집》은 당대의 이러한 현실에 토대하여 《류기》의 내용을 수정하거나
보충하였는데 여기에서 중요한 작용을 한것은 봉건지배계급이 통치리념으로
내세운 유교사상이였다. 그리하여 새로 편찬한 《신집》에서는 유교적인 정통
관념을 내세우면서 력사를 왕조사로 꾸미고 이른바 《술이부작》(述而不作)의
서술방식을 표방하면서 《류기》의 내용을 재편성하였다고 생각된다.

《신집》의 편찬에서 선별되여 삭제된것은 고구려이전시기의 설화적인 이야기들과 고구려초기의 력사적사건, 사실들에서 왕조사체계안에 들어갈수 없었던 내용들 그리고 《술이부작》의 서술방식에 어긋나게 내용이 전개되였거나 당시 사람들의 세계관에 기초하여 꾸며졌던 이야기들이였을것이다. 반면에 남겨놓은것은 왕조사로서의 체계를 세우고 고구려의 정통성을 보여주기 위한 자료들과 고구려의 강대성을 내외에 보여줄수 있는 자료들이였을것이다.

100권이던 《류기》가 국왕의 명령에 의하여 고쳐 편찬되면서 5권으로 되였던것으로 보면 《신집》은 《류기》의 내용을 대폭 축소하여 옮기고 고구려의 력사를 주로 동명왕과 그의 계통을 서술하는것으로 되여있었으리라고 생각된다.

현재 전하여지는 자료들에 의하면 《제왕운기》에 인용된 《단군본기》와 《동명본기》는 《신집》의 내용을 옮겨놓은것이 아닌가 생각된다. 《삼국사기》에는 《단군본기》가 들어있지 않다. 그리고 《동명본기》의 내용도 김부식의 《삼국사기》와는 다르고 구《삼국사》의 《동명본기》와 대체로 일치한다.

리규보는 1193년에 장편서사시 《동명왕편》을 창작하면서 《지난 계축년 4월에 구〈삼국사〉를 얻어서 〈동명왕본기〉를 보》고 그 신비로운 사적에 매혹되였기때문에 《온 세상으로 하여금 우리 나라는 본래 성인의 나라라는것을 알게 하기 위해서》 력사를 읊은 장시를 짓는다고 하였다.(《동국리상국집》 권3 《동명왕편》 서문)

《제왕운기》에 인용된 《동명본기》의 내용이 《동명왕편》에 리용된 《동명왕본기》와 같은것은 너무도 응당하다. 리승휴와 리규보는 모두 구《삼국사》의 기록에 근거하여 《제왕운기》와 《동명왕편》을 썼던것이다. 따라서 《제왕운기》에 인용된 《동명본기》는 바로 구《삼국사》의 《동명왕본기》였다고 인정하게 되는것이다. 이로 보면 《제왕운기》에 들어있는 《단군본기》도 구《삼국사》에 포함되여있던것이라고 보지 않을수 없다.

구《삼국사》의 편찬에 리용된 자료는 대체로 신라중심으로 이루어진것이 아니라 고구려를 중심으로 서술한것이였으며 이것은 곧 고구려후기에 나라의 명령에 의하여 편찬되였던 《신집》의 내용이라고 인정하게 된다.

구《삼국사》의 편찬자들은 우리 나라 중세초기의 력사를 고구려중심의 력사로 인정하였고 따라서 구《삼국사》에서는 고구려의 력사를 빛나게 서술하기 위해 노력하였다. 그와 반면에 《삼국사기》의 편찬자들은 신라중심의 력사관에서 세나라의 력사를 대하면서 우리 나라 중세초기의 력사를 심히 외곡

하였는데 이러한 관점과 립장은 동명왕에 대한 서술에서부터 집중적으로 표현되였다.

구《삼국사》의 편찬자들이 고구려력사서술에 리용한 문헌은 《신집》의 내용이였던것으로 인정된다. 그것은 《신집》의 편찬동기와 목적이 구《삼국사》편찬자들의 의도와 대체로 같았기때문이다.

현재까지 전해지는 자료가 많지 못하여 《신집》의 내용과 구성체계를 구체적으로 밝히기는 어려우나 《신집》에는 적어도 동명왕에 대하여서와 그의 계통을 밝히는 《동명본기》와 《단군본기》가 있었으리라고 생각된다.

《제왕운기》에 인용된 《단군본기》와 《동명본기》를 그대로 《신집》의 내용으로 인정하기는 어려우나 그 기본내용에서는 큰 변화가 없었으리라고 보면서 여기에 《단군본기》와 《동명본기》를 소개한다.

《단군본기》

《제왕운기》에 인용된 《단군본기》의 내용은 다음과 같다.

상제 환인에게 서자가 있었는데 웅이라고 하였다. … 이르기를 《아래로 삼위태백에 이르러 인간세상에 크게 리익을 주어야 하겠다.》고 하였다. 그러므로 웅은 천부인(天符印) 세개를 받고 귀신 3천을 거느리고서 태백산마루의 신비로운 박달나무아래에 내렸는데 이것이 단웅천왕이다. …

손녀로 하여금 약을 마시고 사람의 몸으로 되게 하고 박달나무의 신과 결혼하여 아들을 낳으니 이름을 단군이라고 하였다. 조선의 지역을 차지하고 왕으로 되였다. 그러므로 시라(尸羅), 고례(高禮), 남북옥저(南北沃沮), 동북부여(東北扶餘), 예(濊)와 맥(貊)은 다 단군의 수역(壽域)이다. 1 038년을 다스리고 아사달산에 들어가 신으로 되였으니 죽지 않았기때문이다.(《제왕운기》 권 하)

이상의 기록에는 설화적인 내용이 일체 삭제되여있다. 이런 측면에서 《삼국유사》에 인용된 《고기》와 차이난다. 그리고 《단군본기》에는 북부여의 력사가 포함되여있다.

《제왕운기》에 인용된 《단군본기》의 단군관계기사는 《삼국유사》에 인용된 《고기》에서의 단군에 대한 이야기와 근본적으로 다르다. 기록에 있는바와 같이 《제왕운기》의 《단군본기》에서는 웅이 하늘에서 거느리고 내려온것이 《귀신》이라고 하였으나 《고기》에서는 그저 《무리》라고 하였고 《단군본기》에서는 웅이 하늘에서 내려와 이른 장소를 《신비로운 박달나무아래》(神檀樹下)라고 하였으나 《고기》에서는 《신비로운 단의 나무아래인데 그곳을 일러 신불이라고 하였다.》(神壇樹下 謂之神市)라고 하였다.

또한 《단군본기》에서는 단군을 《박달임금》(檀君)이라고 표현하였으나 《고기》에서는 《단의 임금》(壇君)이라고 기록하였다. 이것을 단순히 오기라고만 인정하기는 어렵다.

그리고 《단군본기》에서는 《손녀로 하여금 약을 마시고 사람의 몸으로 되게 하고 박달나무신과 결혼하여 아들을 낳》았다고 하였으나 《고기》에서는 곰이 스무하루동안 쑥과 마늘을 먹고 기하여 녀인으로 되여 《단나무아래》(壇樹下)에서 아이를 배게 하여달라고 비니 웅이 잠시 남자로 변하여 그와 혼인해서 아들을 낳게 하였다고 썼다.

이러한 차이는 《단군본기》와 《고기》는 내용이 근본적으로 다른 두 종류의 문헌이였다는것을 말해준다.

《단군본기》는 력사기록으로서 다듬어진것이라면 《고기》는 설화적인 내용을 그대로 보존하고있던 문헌이다. 다시말하여 《단군본기》는 력사문헌으로서의 면모를 보다 갖춘 문헌이라면 《고기》 즉 《고구려고기》는 력사보다는 문학작품집으로서의 면모를 가지고있던 문헌이라고 볼수 있다.

고구려전기에 이루어진 《단군기》에서는 아직 중심인물이라고 할수 있는 단군이나 동명에 대한 형상에 응당한 힘을 기울이지 못하였었다. 그러나 고구려후기에 편찬된 《고구려고기》는 등장인물을 중심에 놓고 이야기의 줄거리를 꾸미고 사건들을 전개하면서 형상에 일정한 힘을 넣은 작품집이였다. 이러한 의미에서 《단군기》는 《고기》와 명백한 차이를 보여주고있다.

따라서 《단군본기》와 《고기》의 관계를 설명한다면 《단군본기》는 고구려후기에 국가적으로 편찬한 력사문헌인 《신집》의 한 부분으로 인정하며 《고기》는 곧 《고구려고기》로서 문학적인 이야기가 많은 야사형식의 기록이였던것으로 인정하려고 한다.

《동명본기》

《제왕운기》에 실린 《동명본기》의 내용을 소개하면 다음과 같다.

부여왕 해부루는 늙도록 자식이 없어서 산천에 제사를 하여 자식을 얻으려고 하였다. 타고다니던 말이 곤연(鯤淵)에 이르러 큰 돌을 보고 눈물을 흘리는것이었다. 왕이 피이하게 여기여 사람들을 시켜서 돌을 굴리게 하였더니 금빛개구리모양의 어린아이가 있었다. 왕이 말하기를 《하늘이 나에게 아들을 주었구나.》라고 하며 내세워 태자로 삼고 이름을 금와라고 하였다.

그의 상인 아란불이 말하기를 《저번에 하늘이 나에게 내려와 이르기를 〈장차 나의 자손으로 하여금 여기에 나라를 세우도록 하려고 하니 너희들은 피하여라. 동해기슭에 땅이 있는데 이름을 가섭원이라고 한다. 땅이 오곡을 가꾸기에 알맞춤하니 도읍을 할만 하다.〉고 하였습니다.》고 하면서 왕을 권하여 도읍을 옮기고 이름을 동부여라고 하였다. …

비류왕 송양이 이르기를 《나는 신선의 후예로서 여러 대를 임금노릇을 하였다. 지금 그대는 나라를 세운 날자가 짧으니 우리의 부용으로 되는것이 옳다.》고 하였다. …

임술년에 하늘의 태자인 해모수를 보내여 부여왕의 옛 도읍을 유람하게 하였는데 오룡거를 탔고 따르는자 백여명이 흰 따오기를 탔다. …

웅심산에서 사냥을 하였는데 하백의 세 딸이 우발하에 나와서 놀다가 맏딸인 류화가 왕에게 저지당하였다. … (《제왕운기》권 하)

《동명본기》의 서술방식은 《단군본기》와 같다. 설화적인 수식을 없애고 고구려의 시조인 동명왕의 계통, 출생담을 력사기록이라는 특성에 맞게 서술해놓았다.

《동명본기》의 내용은 구《삼국사》와 같고 《삼국사기》와는 다르다. 《단군본기》에서는 고조선의 시조인 단군과 북부여를 세웠다는 해부루까지의 력사를 서술하였고 《동명본기》에서는 북부여에서 떠나온 동명왕의 건국과정을 기록하였다.

《단군본기》와 《동명본기》를 통해 《신집》의 내용상 특성을 추정하여본다면 우선 고구려의 력사를 유구한 력사로, 신성한 력사로 서술한것이다.

《동명본기》와 《단군본기》에서는 고조선의 건국시조인 단군을 고구려의 원시조로 인정하는 관점에서 단군에 대하여 서술하고 그의 뒤를 이은 고구려의 력사를 기록하였다. 이러한 견해와 관점은 리규보의 《동명왕편》과 일맥상통하다.

《신집》의 내용상 특성은 다음으로 고구려 및 고조선의 력사를 서술함에 있어서 일체 설화적인 요소를 가능한 한 제거해버린것이다.

총적으로 《신집》은 고구려의 유구한 력사와 강대한 국력을 긍지높이 서술한 력사산문집이였다고 말할수 있다.

력사산문집을 여기서 언급하게 되는것은 우에서도 말하였지만 당시의 산문이 아직 력사와 문학을 구분해놓지 않았기때문이다. 우리 나라 민족고전들을 통하여 보면 옛날에는 력사적인 기록속에 문학적인 이야기가 있었고 인간과 그 생활을 형상적으로 기록하면서 사건과 사실을 라렬하여놓았었다.

《신집》의 경우도 바로 이러한 형태로 되였다고 생각한다. 물론 《신집》은 보다 력사적인 기록에 많이 치우쳤을것으로 인정되나 거기에는 오직 력사만이 아닌 문학적인 이야기도 있었을것이다. 그것은 《신집》이 의거한 《류기》에 설화적요소가 다분히 있었으며 《삼국사기》에도 많은 설화적이야기들이 포함되여있는 사실을 놓고도 말할수 있다.

고구려후기에 《신집》을 편찬한것은 커다란 의의를 가진다.

그것은 우선 《신집》이 당시 과학과 문화가 발전한데 토대하여 력사와 문학을 더욱 발전시키였으며 력사와 문학을 각각 독자적으로 발전시킬수 있게 하였다는데 있다.

문학과 력사는 학문으로서 엄격히 구별된다. 기록의 중심에 사건, 사실이 놓이면 그것은 력사기록이라고 말할수 있고 반면에 기록의 중심에 인간이 놓이고 그의 생활이 그려지면 문학작품으로서의 면모를 가진다고 볼수 있다.

《류기》는 잡기형식의 산문집으로서 력사와 문학이 결합된것이였다. 여기에는 설화적인 이야기도 있었고 력사적인 사건과 사실을 견문에 따라 단편적으로 기록해놓은것도 있었다. 다시말하여 《류기》에 포함된 내용은 력사적인것인 동시에 문학적인것이였다.

그러나 《신집》은 력사기록으로서의 면모를 세워 봉건유교적인 정통사관에 토대하여 력사를 서술한 문헌으로서 그때까지 력사와 문학이 유착되여있던것을 구분할수 있는 토대를 마련하고 그것이 서로 독자적인 자기발전의 길을 걸을수 있게 하였다.

《신집》의 편찬은 또한 고대 및 중세초기의 문학과 력사연구에 풍부한 자료들을 제공해주었다는데 그 의의가 있다.

《신집》은 비록 력사문헌이지만 당시까지 전해지던 력사기록들과 설화적인 이야기들을 종합한데 기초하여 이루어진 문헌이였다. 그러므로 거기에는 우리 나라 중세초기의 문학유산이 많이 포함되여있었다.

《신집》이 고려시기에 편찬된 구《삼국사》에 자료로 리용되고 장편서사시들인 《제왕운기》와 《동명왕편》의 창작에 리용되였던것은 그것이 우리 나라 중세초기의 사실을 풍부하게 담고있는 문헌이며 중세문학발전에 커다란 영향을 준 문헌이라는것을 웅변적으로 말해준다.

이처럼 《신집》은 고구려의 유구한 력사와 강대한 국력을 시위하고 우리 나라 고대 및 중세초기의 문학사를 자료적으로 풍부하게 해준것으로 하여 의의있는 문헌이다.

《고구려고기》

고구려후기에 산문창작이 활발해지면서 그것을 종합하여 묶은 작품집형태의 문헌들이 나오게 되였다. 이렇게 편찬된 문헌들은 당시에 창작되였거나 이전부터 전해오던 산문들을 편찬자의 기호에 따라 또는 문헌편찬의 목적에 따라 종합하여놓은것이였다.

고구려후기에 이렇게 이루어진 문헌으로는 《고구려고기》(高句麗古記)를 들수 있다. 《고구려고기》는 고구려후기에 이루어진 대표적인 종합작품집형태의 문헌이였다.

《고구려고기》의 면모를 보여주는것은 다음과 같은 기록이다.

수나라 양제가 대업(大業) 8년 임신에 군사 30만명을 거느리고 바다를 건너왔는데 10년 갑술 10월에 고구려왕이 글을 보내여 항복을 청하였다. 그때에 어떤 사람 하나가 몰래 작은 활을 가슴속에 감추고 표문을 가지고 가는 사신을 따라 양제가 탄 배에 이르러 그가 표문을 들고 읽을 때 활을 쏘아 양제의 가슴을 맞혔다. 양제가 군사를 되돌려세우려고 하면서 좌우의 신하들에게 말하기를 《내가 천하의 주인으로 되여 작은 나라를 치다가 이기지 못하였으니 만대의 웃음거리로 되였구나.》라고 하였다. 그때 우상(右相)인 양명(羊皿)이 아뢰이기를 《제가 죽어서 고구려의 재상으로 되여 이 나라를 반드시 멸망시켜서 제왕님의 원쑤를 갚겠습니다.》라고 하였다. …

양제가 죽은 다음에 고구려에서 태여났는데 열다섯살에 총명하고 무예가 신비로웠다. 그때 무양왕(武陽王)이 그가 어질다는 소문을 듣고 불러들이여 대신으로 삼았더니 스스로 성을 개(盖), 이름을 금(金)이라고 하였으며 지위가 소문(蘇文)에 이르렀다. 개금이 아뢰이기를 《솥에는 세개의 발이 있고 나라에는 세개의 교(敎)가 있는데 제가 나라안을 보니 오직 유교와 불교만이 있고 도교가 없습니다. 그러므로 나라가 위태롭습니다.》라고 하였다. 임금이 그 말을 옳다고 여기여 당나라에 그것을 요청하였더니 당나라 태종이 서달 등 도사 여덟명을 보내여왔다. 임금이 기뻐서 불교의 사원을 도관으로 만들고 도사들을 존대하여 유교선비의 웃자리에 앉혔다. 도사들이 나라의 이름난 산천을 찾아 산신들을 제압하였다. 옛 평양성은 형세가 초생달같았다. 도사들이 남쪽강의 룡을 시켜서 성을 덧쌓아 만월성을 만들고 이름을 룡언성(龍堰城)이라고 하였고 참언을 지어 룡언도(龍堰堵)라고 하였다. 또 천년보장도(千年寶藏堵)라고도 하였으며 때로는 신령스러운 바위를 뚫어서 깨뜨렸다. 개금은 또 아뢰여 장성을 동북에서 서남으로 쌓게 하였는데 그때에 남자들은 부역에 나가고 녀인들이 농사를 지어 일은 열여섯해에 이르러서야 끝났다.

보장왕의 대에 이르러 당나라 태종이 6군을 거느리고 와서 쳤으나 또다시 실패하고 돌아갔으며 고종 총장원년 무진에 우상 류인궤, 대장군 리적과 신라의 김인문 등이 침공하여 나라를 멸망시키고 임금을 사로잡아가지고 당나라로 돌아갔다. 보장왕의 서자는 4천여호를 이끌고 신라에 투항하였다.(《삼국유사》 권3 《보장왕이 도교를 신봉하고 보덕이 절을 옮기다》)

우에 소개한 《고구려고기》의 내용은 총체적으로 고구려의 애국명장 연개소문을 중심에 놓고 고구려말기의 이야기들을 종합적으로 서술한것이다.

《고구려고기》에서는 수나라 양제가 우리 나라에 쳐들어왔다가 패망하고 돌아간 이야기와 연개소문의 비범한 자질에 대한 이야기, 그의 정치, 군사적 시책들가운데서 몇가지 의의있는것을 소개하였으며 당나라가 신라와 련합하여 고구려를 침략하여 멸망시킨 사실을 이야기하고있다.

《고구려고기》는 우선 당대의 시대적요구를 반영하여 수나라침략자들을 반대하여 싸운 고구려인민들의 반침략애국투쟁을 높은 민족적긍지와 자부심을 가지고 서술하였다.

《고구려고기》의 집필자는 당시 인민들이 창조한 반침략애국주의적내용을 담은 설화들에 관심을 가지고 그것을 문학적으로 정리하였다. 《만대의 웃음 거리가 되였구나.》라는 수양제의 부르짖음은 그의 패망상을 통쾌하게 립증해 주는것이며 《제가 죽어서… 제왕님의 원쑤를 갚겠습니다.》라고 하는 양명의 말은 당시 그 어떤 세력도 고구려에 대한 침략적야욕을 실현할수 없다는것을 시사한것이다. 여기에는 반침략애국투쟁에 한사람같이 떨쳐일어난 고구려인 민들의 애국정신과 투쟁기풍이 반영되여있다.

《고구려고기》는 다음으로 연개소문의 비범한 자질과 그가 쌓은 공적에 대 하여 긍지높이 보여주었다.

당시 고구려사람들속에서는 반침략투쟁에서 빛나는 위훈을 세운 연개소문 을 높은 민족적긍지감을 가지고 소개하면서 그의 비범성과 공적에 대해 신비 화한 이야기들을 많이 만들어내였고 그것을 널리 전하였다.

연개소문은 태여나서부터 《총명하고 무예가 신비로웠》으며 《풍채가 웅장 하고 기걸스러우며 의기가 호매하고 분방》하였다. 그래서 열다섯살에 대신으 로 되여 나라의 정사를 주관하였으며 침략세력의 집요한 준동에 대처하여 변 방에 거대한 성벽을 쌓았다.

《고구려고기》에서는 이러한 이야기들을 집약적으로 소개하였다.

《고구려고기》에서는 수나라에 뒤따른 당나라의 침략책동에 대하여 이야기 하면서 그토록 《영걸》스럽다고 하던 리세민도 고구려를 침공하였다가 참패 를 당하였다는것을 강조하였다. 앞에서도 언급하였던것처럼 연개소문에 대한 전설적인 이야기는 고구려사람들에 의해서만이 아니라 주변나라사람들에 의 해서도 전해졌다. 그것은 모두가 연개소문을 출중한 인물로, 커다란 위훈을 세운 장수로 내세운것이였다. 당시 고구려의 반침략투쟁에서의 승리는 연개 소문의 활동과 중요하게 관련되여있었다.

《고구려고기》는 이러한 사실을 라렬만 한것이 아니라 일정한 형상속에서 보여주었다.

이처럼 《고구려고기》는 고구려말기에 있었던 여러가지 설화적인 이야기들 과 력사적인 사건, 사실들을 개괄하였다.

《고구려고기》에서는 력사적사실이 중시된것이 아니라 반침략투쟁과정에 위훈을 세운 애국적인물들의 형상이 중심으로 되였다. 그러므로 소개되는 어떤 사실이나 인물이 실지 있었는가 없었는가 하는것은 문제로 되지 않았다.

실례로 《고구려고기》에는 고구려의 무양왕(武陽王)이 등장하는데 고구려의 력사에는 이러한 인물이 실재하지 않았다. 《삼국유사》에서는 《고구려고기》를 인용하면서 이른바 《무양왕》이 영류왕이 아닌가 의문시하였다.*

* 《國史榮留王名建武 或云建成 而此云武陽 未詳》(《三國遺事》 卷二 《寶藏奉老 普德移庵》)

그러나 《고구려고기》에서는 이러한 표현에 개의치 않았다. 《고구려고기》는 력사적인것보다 문학적인것을 강조한 문예산문이였다. 이런 측면에서 《고구려고기》는 《단군본기》나 《동명본기》와 구별된다.

《삼국유사》에 인용된 《고기》들가운데는 고구려건국초기 또는 고구려건국이전의 력사적사실들과 설화적인 이야기들을 반영한것도 있다. 실례로 《삼국유사》의 《고조선》조와 《북부여》항목에 인용된 《고기》를 들수 있다. 이것들도 《고구려고기》에 실려있던 내용의 일부가 아니겠는가 생각된다.

이러한 추측이 가능하다면 《고구려고기》는 천년강국인 고구려의 전기간에 있었던 력사적사건과 사실들, 인물들에 대한 설화적인 이야기들과 기록들을 보다 문학적으로 종합해놓은것이였다고 말할수 있다.

따라서 《신집》은 보다 력사기록으로서의 체모를 갖춘 문헌이였다면 《고구려고기》는 문학적인 이야기들을 종합해놓은 작품집이였다고 말할수 있을것이다.

《삼국사기》의 《렬전》에 올라있는 온달, 을지문덕, 연개소문에 대한 이야기도 《고구려고기》의 자료를 옮겨놓았거나 혹은 그것을 토대로 하여 개작한것이 아니였겠는가 생각하게 된다.

이렇게 생각하는것은 우선 《삼국사기》에 수록된 고구려말기 인물들의 이야기가 대체로 력사적사실을 부차시하고 인물들의 구체적인 생활을 중심으로 서술하였기때문이다.

우에서도 이야기하였지만 《삼국사기》의 《렬전》에 수록된 《온달》에서는 그의 생존시기를 기록하면서 왕대를 바꾸어놓아 그를 평강왕의 사위로서 평강왕의 아버지인 양강왕때에 출전을 자원하였던것처럼 만들어놓았다. 이것이 잘못된 기록이기때문에 《신증동국여지승람》의 편찬자들은 온달을 양강왕의 사위로 기록하였고 평강왕이 즉위하자 출전을 자원하였던것으로 정정해놓았다.

한편 《을지문덕》에서는 그의 《집안래력은 자세하지 않다.》고 하면서 《수나라 개황년간에 양제가 조서를 내려 고구려를 쳤는데…》*라고 하였는데 이것도 력사기록으로서는 대단한 오기이다.

* 《隋開皇中 煬帝下詔征高句麗》(《三國史記》 卷四十四 《乙支文德》)

《개황》은 양제의 년호가 아니라 문제(文帝)의 년호로서 581년부터 600년까지의 기간에 쓴 년호이며 양제는 605년에 집권하여 618년까지 통치한 왕으로서 년호는 대업(大業)이였기때문이다.

정사인 《삼국사기》에 이런 기록들이 오르게 된것도 《삼국사기》가 참고한 문헌이 력사적인 사건, 사실을 중심으로 꾸민것이 아니라 생활을 중심으로 한 것이였기때문이라고 보지 않을수 없다. 다시말하여 온달이나 을지문덕에 대하여 이야기한 문헌이 언제, 어디서, 누가, 어찌하였는가라는 구체적인 사실보다 공주가 《바보》온달에게 시집가서 그를 장수로 내세웠다, 온달과 을지문덕이 외래침략자들을 물리치는 싸움에서 공을 세웠다, 수나라가 고구려를 침략하였다가 패하였다는 생활적인 이야기가 더 중시되였던것이다.

《을지문덕》에서는 수나라의 양제가 고구려를 침략하였다가 살수에서 대참패를 당한 이야기만을 을지문덕의 뛰여난 지략과 용맹을 강조하는 방향에서 서술하였으며 《연개소문》에서는 그의 구체적인 가정래력은 밝히지 않고 《자신이 물속에서 나왔다고 하면서 사람들을 미혹시켰다.》고 전제하고는 그의 사람됨과 군사가, 정치가로서의 활동을 소개하였다. 이러한 서술방식은 《고구려고기》의 서술방식과 대체로 류사하다.

《삼국사기》의 《렬전》에 올라있는 인물들에 대한 이야기가 《고구려고기》의 자료를 토대로 하였다고 생각하는것은 다음으로 《삼국사기》에 수록된 고구려말기 인물들의 이야기에 흔히 설화적인 요소가 들어있기때문이다.

봉건국가가 주관하여 편찬한 력사에 전설적인 이야기가 들어가는것은 대체로 나라의 건국자를 신비화하거나 개별적인 봉건관료를 이른바 《출중한 인물》로 내세우기 위해서이다.

그런데 《삼국사기》의 《온달》에도 전설적인 이야기가 수록되여있다. 《삼국사기》에 수록된 《온달》에는 다음과 같은 이야기가 있다.

《…날아오는 화살에 맞고 도중에서 죽었다. 그를 장사지내려 하였으나 관이 움직이지 않았다. 공주가 와서 관을 어루만지며 말하기를 〈죽고 사는것이 결판났습니다. 아, 돌아가시오이다.〉라고 하였더니 그제야 관이 돌리여 하관

을 하였다.》(《삼국사기》 권45 《온달》)

이러한 이야기는 봉건사회에서 편찬되는 정사에는 사실상 오를수 없는것이다. 그리고 《삼국사기》에 실린 《연개소문》에도 설화적인 이야기가 많이 들어있다.

이것은 《삼국사기》의 렬전에 수록된 《온달》이나 《연개소문》이 당시에 전해지던 전설을 옮겨놓았다는것을 말해준다. 그러한 전설을 싣고있던 문헌이 《고구려고기》가 아니였겠는가 생각한다.

그것은 또한 고구려말기의 제반 사실로 보아 온달이나 을지문덕, 연개소문과 같은 애국명장들의 전기를 국가적인 사업으로 편찬하기는 어려웠다고 보기때문이다.

《삼국사기》의 기록에 의하면 온달이 죽은 년대는 대략 560년경이거나 591년경이다. 온달이 평강왕(평원왕)의 사위라면 그가 남쪽으로 출전한 시기는 영양왕초기인 591년경으로 되며 그가 양강왕(양원왕)의 사위이고 평원왕때에 출전하였다면 560년경으로 된다. 온달이 죽은 년대를 560년경으로 본다면 그의 사적이 간혹 《신집》에 수록될수 있었으나 591년에 죽었다면 그의 전기에 설화적인 요소가 들어갈 시간적여유가 없었다고 말할수 있다.

온달에 대한 이야기는 인민대중이 구비로 전하는 과정에 전설로 되였다. 따라서 온달의 이야기는 후에 《고구려고기》와 같은 문헌에 문자로 정착되였다고 생각하게 된다. 을지문덕이나 연개소문의 애국적업적에 대한 이야기들도 흔히 인민대중의 구비전설로 전하여졌고 그것이 후에 문자로 정리되였다. 그들에 대한 설화적인 이야기를 처음 문자로 정리하고 고착시킨것이 《고구려고기》와 같은 문헌이였을것으로 생각된다.

그렇다고 하여 《삼국사기》의 렬전에 들어있는 《을지문덕》이나 《연개소문》이 곧 그대로 《고구려고기》의것이라는것은 아니다. 《을지문덕》과 《연개소문》은 다같이 렬전의 하나이지만 첫시작과 마감이 서술방식에서 너무도 판이한 대조를 이룬다. 그리고 거기에 다른 나라의 력사책에서 옮겨놓은 자료가 있다는것은 이미 널리 알려진 사실이다.

여기서는 단지 《삼국사기》의 《온달》, 《을지문덕》, 《연개소문》의 일부 내용을 《고구려고기》와 비겨보는것이다.

요컨대 고구려후기에 이루어진 《신집》은 봉건국가가 주관하여 편찬한 문헌이였다면 《고구려고기》는 개별적인 사람이 고구려 전기간에 있었던 의의 있는 사건과 사실들, 력사적인 인물들에 대한 이야기를 종합하여놓은 문헌이였다고 생각한다.

《고구려고기》의 편찬은 커다란 의의를 가진다.

그것은 무엇보다먼저 고구려후기의 산문유산을 폭넓게 종합하여놓았다는 데 있다.

《고구려고기》에는 고구려 전기간의 력사적사실이 반영되여있었을뿐아니라 고구려말기의 사건들과 사실들, 인물들에 대한 자료가 들어있었고 그것도 많은 경우 설화적인 이야기를 비롯한 인민적성격이 강한 글들을 수록하고있어 당시 우리 나라 산문문학의 높은 발전수준을 보여주었다.

《고구려고기》에 실린 산문의 이러한 발전은 지난 시기와는 다른 새로운 형태의 문학작품들을 창작할수 있는 중요한 전제로 되였다. 다시말하여 지금까지 설화로 전해지던 작품들이 개별적인 사람들에 의하여 줄거리가 다듬어지고 묘사와 형상이 강화되는 과정에 중세소설과 같은 새로운 문학형태를 이룰수 있게 하였다.

그 의의는 다음으로 우리 나라 중세초기 문학과 력사 등 넓은 분야의 자료들을 수록하고있어 당대의 현실을 리해하는데 필요한 귀중한 자료들을 제공해준다는데 있다.

《고구려고기》에는 문학적인 이야기와 함께 력사적인 사실도 많이 수록되여있었다. 《고구려고기》에는 고구려건국초기로부터 고구려말기까지의 이야기들이 반영되여있어 그 내용이 실로 풍부하였다. 그리하여 《고구려고기》는 우리 나라 중세초기의 력사와 문학을 연구하는데 필요한 귀중한 자료들을 후세에 전해줄수 있었다.

《고구려고기》와 같은 문헌은 고구려의 영향밑에 백제와 신라에서도 편찬되였다. 그리하여 백제에서는 《백제고기》가 나오고 신라에서는 《신라고기》가 편찬되였는데 이것은 《고구려고기》의 편찬경험이 당시 백제, 신라에도 전해져 산문창작과 문헌편찬에 도움을 주었다는것을 말해준다.

이처럼 《고구려고기》는 그 내용에서와 문헌편찬력사에서 커다란 의의를 가지였다.

2. 한자서정시

고구려후기 시가창작에서 획기적인 의의를 가지는것은 인민가요의 발전과 함께 한자서정시창작이 본격적으로 진행된것이다.

고구려에서 한자로 기록된 시가 출현한것은 이미 중기때부터였다. 당시 사람들은 인민창작의 구전가요를 한자로 기록하면서 4언시형태의 운문을 이루어놓았다. 그런데 고구려후기에 이르러서는 한문운문의 형태가 5언시로 바뀌우고 개인창작의 서정시가 나타나게 되였다.

원래 한문운문에서 5언시는 4언시에 기초하여 발생하였다. 그러나 4언시는 두 음절로 이루어진 문장 두개로 구성되는 시행에 많은 내용을 담을수 없었으며 2.2음절군으로 이루어지는 시적운률도 매우 단조로웠다.

사람들의 미학정서적요구가 높아지고 시적운률에 대한 리해가 깊어지면서 새로운 형태의 운률을 가진 시가형식을 탐구하게 되였는데 그것이 4언시에 기초한 5언시였다. 5언시는 4언시구의 중간에 하나의 음절을 보충하여 2.3음절군을 이루도록 하면서 글자들을 음만이 아니라 성조도 랑송에 편리하도록 조절함으로써 이전의 자연률에 기초하던 시적운률을 보다 규범화하였는데 이 과정에 5언시의 각이한 형식이 나오게 되였다.

5언시의 가장 이른 형태는 5언고절(古絶)이다. 5언고절에서는 한문운문창작에서 기초적인 방법이라고 말할수 있는 압운법(押韻法)을 적용하며 시행에서 매 한자의 성조는 론하지 않고 운률은 자연률에 기초하여 이루어진다.

한문운문에서 《언》(言)이란 시행에 들어가는 음절수 즉 글자수를 가리키며 《절》(絶)이란 두개의 련으로 이루어진 운문을 가늠하는 단위를 말한다.

한문운문에서 가장 작은 형식의 작품은 5언절구(絶句)이다. 5언절구를 후세에 정형운문으로 완성된것과 그이전의것을 구별하기 위하여 고절(古絶)과 요절(拗絶), 률절(律絶)로 나누었는데 5언절구로서 한문의 정형운문이 요구하는 운률조성방식을 다 적용한것은 률절이라고 하고 운문으로서 압운만 하고 시행 및 시련의 운률이 자연률에 기초하고있는것은 고절이라고 하며 률절과 고절의 중간쯤에 있는것은 요절이라고 하였다.

한문운문에서 5언시의 발전과정은 한자음운에 대한 리해가 깊어지고 시문학의 감정정서적특성에 대한 론의가 일정하게 심화되는 과정이였다. 5언시의 발전과정을 보면 4언시가 5언시로 되고 5언시에서는 5언고절이 가장 이른 형식이며 가장 나중에 이루어진것이 5언률절이였다.

고구려중기에 인민구전가요를 기록한 한문운문의 형식이 4언시였다면 고구려후기 개인창작의 서정시형태는 5언고절이였다.

고구려후기에 5언고절형식의 한자서정시가 창작될수 있은것은 무엇보다도 이전시기 서정시창작의 경험과 성과가 있었기때문이다.

우에서도 언급하였지만 고구려중기에는 다양한 형태의 인민서정가요들이 창작되고 그것이 한자로 번역되였으며 더우기 고구려후기에는 큰 형식의 분절시가들이 창작되고 서정시작품들의 사상주제적내용이 다양해졌다. 이러한 서정시창작의 풍부한 경험은 한자서정시창작의 튼튼한 토대로 되였다.

고구려후기에 한자서정시가 나오게 된것은 다음으로 우리 나라에서의 글말생활과 관련된다.

고구려는 건국초기부터 글말생활에 한자를 리용하였다. 그것이 고구려중기에 이르러서는 각종 전기작품창작에 리용되였다. 비문을 비롯한 각종 전기작품들과 그밖의 언어생활에 리용되던 한문의 다양한 표현수법들은 그후 더욱 발전하면서 시가창작에도 그대로 리용되였다. 한문의 언어적인 표현수단들과 수법들은 서정시에서 소박하면서도 생동한 어휘와 표현력이 풍부한 문체론적 수법들과 함께 우리 민족생활을 다양하고 풍부하게 노래하는데 리용되였다.

이상과 같은 여러가지 요인에 의하여 고구려후기에는 한자서정시창작이 하나의 독자적인 시가창작분야를 이루게 되였다.

고구려후기에 창작된 한자서정시는 주제분야에서도 반침략애국주의적인것과 함께 고구려인민들의 강의한 의지, 정신력을 보여주는것 등 다양하다.

현재까지 전해지고있는 고구려후기의 한자서정시유산으로는 을지문덕의 시 《적장 우중문에게》와 정법의 시 《외로운 돌을 읊노라》 두편이 있다.

《적장 우중문에게》

5언고절형식의 시 《적장 우중문에게》는 612년 수나라침략군을 물리치는 싸움때에 을지문덕장군이 전략적목적에서 창작한 작품이다.

을지문덕이 시를 창작하게 된 동기에 대하여 《삼국사기》에서는 다음과 같이 기록하였다.

《…을지문덕은 수나라군사들에게 굶주린 기색이 있는것을 보았는지라 더 피로하게 만들려고 매번 싸우면 일부러 패하는척 하였다. 그리하여 우문술의 군사는 하루에 일곱번을 싸워 일곱번을 다 이겼다. 이미 여러번 이긴데다가 여러 사람들의 의견이 분분하여 동쪽으로 진군하여 살수를 건너 평양성 30리밖에 이르러 산에 의지하여 진을 쳤다. 을지문덕은 우중문에게 시를 보내였다.》*

* 《文德見隋軍有饑色 欲疲之 每戰輒北 述等一日之中七戰皆捷 旣恃驟勝 又逼群議 遂進東濟薩水 去平壤城三十里 因山爲營 文德遺仲文詩 …》(《三國史記》 卷四十四 《乙支文德》)

612년에 300만대군을 출동하여 고구려에 쳐들어온 수나라침략자들은 수적 우세를 믿고 허장성세하면서 고구려를 일격에 무너뜨리려고 맹렬한 공격을 해왔다. 이에 대처하여 고구려의 애국명장 을지문덕은 청야유인전술로 수나라 군대를 와해시켜놓은 다음 적들이 극도로 피로해졌을 때 적장 우중문에게 다음과 같은 시를 써보내였다.

> 신기한 책략은 천문을 꿰뚫었고
> 기묘한 타산은 지리를 통달했네
> 싸움에서 이겨 공도 이미 높거니
> 만족함을 알고 돌아감이 어떠하리

> 神策究天文
> 妙算窮地理
> 戰勝功旣高
> 知足願云止

보는바와 같이 시는 찬양하는듯 한 화려한 표현속에 야유하고있으며 타이르는듯 한 부드러운 권고속에 크게 질책하고 위압하는 느낌을 주고있다. 이것은 마치도 폭풍전야의 정적과도 같은 느낌을 준다.

시는 허장성세하는 침략군에 대한 야유와 조소로 일관되여있다. 시에서 표현한 《신기한 책략》, 《기묘한 타산》 등은 굶주림에 시달리는 적들의 처지에 대한 야유이며 싸워서 이긴 공이 높다고 추어올린것도 허장성세하던 수나라침략군에 대한 일종의 조소이다. 그때 수나라침략군은 싸워서 이긴것이 아니라 심대한 타격을 받고 패한 상태였다. 그리하여 궁여지책으로 생각해낸것이 《왕이나 을지문덕을 만나면 잡》는것이였다.

시에서 《만족함을 알고 돌아감이 어떠하리》라는 마지막문구에는 이제 더는 싸울 기력도 없겠는데 그만하고 돌아가는것이 좋겠다는 은근한 위협이 담겨져있다. 시적정서의 이러한 특징은 고구려군대와 인민들의 승리에 대한 확고한 신념과 조국방위에 대한 굳센 의지에 기초한것이다.

이 시를 받아본 우중문은 고구려의 전략에 말려들어 전쟁에서의 주도권을 이미 빼앗겼다는것을 직감하고 황급히 도주를 시도하였지만 이미 때는 늦어 살수에서 대참패를 당하고말았다.

작품은 시어가 잘 다듬어져있고 문체가 세련되여있는것이 특징적이다. 짧은 시안에 잘 째인 대구를 리용하였는가 하면 에두름법으로 적들에게 파멸의 운명을 선고하였으며 시적운률을 이루기 위하여 《云》과 같은 어조사를 리용하였다. 또한 2.3의 음절군을 가지고 시행의 운률을 보장하면서도 매개 시구에 쓰인 글자들의 성조를 일정하게 고려하여 씀으로써 시행전반이 음악적인 흐름새를 이루게 하였다.

고려의 이름난 문인이였던 리규보는 시 《적장 우중문에게》의 예술적성과를 높이 평가하면서 《시구를 이루는 방법이 기이하고 옛스러우며 아름답게 다듬고 장식하는 관습이 없으니 어찌 뒤날에 걸치레만 하던 글이 따를수 있겠는가.》*라고 하였다.

* 《堯山堂外記備記乙支文德事　且載其遺隋將于仲文五言四句詩 … 句法奇
　古　無綺麗雕飾之習　豈後世委靡之所可企及哉》(《白雲小說》)

한자시창작에서 발휘된 을지문덕의 이와 같은 세련된 기교는 당시 고구려 사람들의 높은 시창작수준을 보여준다.

이처럼 시 《적장 우중문에게》는 고구려인민들의 자랑찬 조국방위투쟁력사와 잇닿아있는 애국적주제의 대표적작품이다.

《외로운 돌을 읊노라》

고구려후기에 창작된 한자서정시로서 정법의 시 《외로운 돌을 읊노라》 (詠孤石)도 있다.

시 《외로운 돌을 읊노라》는 5언률시이다. 5언률시란 한문정형운문의 한 형식으로서 5언률절 두편을 합쳐놓은것과 같은 편폭의 작품을 말한다. 다시 말하여 5언률시는 시 한행이 다섯개의 음절로 이루어진 정형시로서 여덟개 의 구, 네개의 련으로 이루어지고 한문의 고유한 작시법인 압운법과 평측법 이 적용된 시이다.

일반적으로 한문의 률시는 운률이 가장 정교롭게 다듬어진 시이다. 률시의 운률조성은 지난날 봉건사회에서 지배계급출신의 문인들의 사상미학적요구를 구현한것으로서 운률을 인위적이고 도식적으로 만드는 부족점은 있지만 한문 의 정형시로서는 비교적 완성된것이였다. 률시의 운률은 압운과 시구안에서 의 성조배렬, 둘째 련과 셋째 련에서의 정교한 대우(對偶) 등에 의해 이루어 지는데 5언률시가 기본이다.

고구려후기에 일부 개별적문인들이 이러한 운문형식에 의하여 서정시를 창 작하였다는것은 한문에 대한 깊은 조예와 한자시창작의 풍부한 경험이 있었 다는것을 말해준다.

정법(定法)이 어떠한 사람인지는 알수 없다. 실학파학자였던 한치윤(1765- 1814)은 명나라사람인 풍유눌(馮惟訥)이 편찬한 《고시기》(古詩紀)를 인용하 면서 《정법스님은 고구려사람이다.》라고 한 그의 견해에 기초하여 시 《외 로운 돌을 읊노라》를 다음과 같이 소개하였다.

> 바위 드높이 공중에 솟아
> 호수가 어디나 바라보이네
> 물결에 스친 돌뿌리 굳건하여
> 나무가지 바람에 흔들림도 막아주는가
> 물결우에 비친 그림자 밝기도 하다
> 노을마저 비쳐드니 붉은 빛 서리누나
> 그대 산속의 뭇바위들과 달리
> 홀로 구름속에 우뚝 서있음이 장하구나

逈石直生空 平湖西望通
巖根恒灑浪 樹杪鎭搖風
偃流還淸影 侵霞更上紅
獨拔群峰外 孤秀白雲中

《海東繹史》 卷四十七 藝文志 六)

시 《외로운 돌을 읊노라》는 호수가에 우뚝 솟은 기묘한 바위를 노래하고 있다. 작품은 언제나 맑은 물에 씻기고 붉은 노을속에 자기의 유난한 자태를 보이면서 뭇산들과 동떨어져 우뚝 서있는 굳건한 바위에 대한 노래를 통하여 당시 고구려인민들의 씩씩하고 름름한 기상을 찬양하고있다.

시는 구름속을 뚫고 높이 솟은 기묘한 바위를 중심으로 하여 그결에 서있는 나무가지, 호수의 맑은 물결, 붉게 타는 노을빛 등 자연의 아름다운 풍경을 섬세하고 선명하게 그려보이고있다.

시 《외로운 돌을 읊노라》는 사물현상과 시인의 사상감정을 유기적으로 련결시키면서 인간의 아름다운 정서를 시화하였다.

작품에서는 시적정서를 살리기 위하여 한자시창작에 리용되는 여러가지 형상수단들과 수법들을 리용하였으며 시적운률도 일부 조절하였다. 작품에서는 둘째 련과 셋째 련이 엄격한 대우를 이루게 하였고 앞의 두 련은 한문정형운문으로서의 운률조성방법을 그대로 따르게 하였다. 그러나 뒤의 두개 련은 한문정형시의 고유한 운률조성방법을 따르지 않았다. 그것은 작품의 사상주제적내용을 명백하게 살리기 위하여 도식적이며 인위적인 운률구조를 피하려는 의도에서였다.

이처럼 시 《외로운 돌을 읊노라》는 자연을 노래하고있음에도 불구하고 고구려사람들의 름름하고 억센 기상을 엿볼수 있게 한 점에서 깊은 인상을 준다. 작품은 사상적으로나 예술적으로 우수한것으로 하여 일찌기 다른 나라에도 널리 소개되였다.

고구려문학유산

집필 후보원사 교수 박사 오희복
심사 교수 박사 김려숙, 교수 박사 박길남
편집 한경희 장정 량승철 편성 리정옥 교정 허인희

낸 곳 과학백과사전출판사
인쇄소 모란봉인쇄공장
인쇄 주체105(2016)년 6월 10일 발행 주체105(2016)년 6월 20일

ㄱ－66111

우편주소 평양시 서성구역 장경2동
전화번호 572－5107

고구려문학유산

초판 인쇄 2019년 1월 14일 | 초판 발행 2019년 1월 21일

저　자 오희복

펴낸이 이대현

펴낸곳 도서출판 역락 | 등록 제303-2002-000014호(등록일 1999년 4월 19일)

주　소 서울시 서초구 동광로46길 6-6 문창빌딩 2층

전　화 02-3409-2058(영업부), 2060(편집부) | 팩시밀리 02-3409-2059

전자우편 youkrack@hanmail.net

ISBN 979-11-6244-365-1 93810

정가 25,000원